Leonardo
Chiesa di
S. Maria in Vado
Burgus
inferior
Via de' Sabbioni
Castello
dei Curtensi
Chiesa di
Romano
Porta
di Sotto
Borgo
delle Pioppe
Porta S. Pietro
Porta di S. Agnese
Ponte
Barbacane
Isola
S. Antonio
Borgo
S. Giorgio
Borgo di S. Luca

Nuova Narrativa Newton

691

Dello stesso autore

La trilogia del mercante dei libri (*Il mercante di libri maledetti – La biblioteca perduta dell'alchimista – Il labirinto ai confini del mondo*)
L'isola dei monaci senza nome
La cattedrale dei morti
L'abbazia dei cento peccati
L'abbazia dei cento delitti

Nona edizione: luglio 2016

Roma, Casella postale 6214

ISBN 978-88-541-9131-0

www.newtoncompton.com

Realizzazione a cura di Corpotre, Roma
Stampato nel luglio 2016 da Puntoweb s.r.l., Ariccia (Roma)
su carta prodotta con cellulose senza cloro gas provenienti
da foreste controllate, nel rispetto delle normative ambientali vigenti

Marcello Simoni

L'abbazia dei cento inganni

Codice Millenarius Saga

Newton Compton editori

Beati gli occhi che vedono ciò che voi vedete.
Luca, 10, 23

L'abbazia dei cento inganni

(gennaio 1349 - marzo 1351)

PROLOGO

Selve di Ferrara
7 gennaio 1349, notte

Il cacciatore di lupi avanzò sulla distesa di neve, adagio, fra i tronchi di salice e quercia. La luna era ancora alta, l'alba una sfumatura d'argento tra il cielo e le fronde imbiancate. Mantenne la fiaccola sollevata, lasciandosi alle spalle gli argini del fiume per proseguire verso nord, lo sguardo basso in cerca di tracce. Faceva quel mestiere sin da bambino, prima col padre e poi da solo, senza mai nessun altro a tenergli compagnia. Del resto odiava il genere umano e ancor più i cani, bestie indegne asservite al padrone. Si sentiva a suo agio soltanto nel bosco, l'unico luogo in cui la sua barba arruffata e i modi burberi non suscitavano né disprezzo né risate.

Si fermò ad ascoltare un latrato lontano, il pugnale già pronto sotto il mantello di pelliccia. Non lo sfoderò. Benché quel verso somigliasse alla risata del diavolo, sapeva bene di dover temere maggiormente il silenzio. Era da lì che uscivano i predatori più infami.

E venissero pure, pensò all'improvviso. Stava battendo un terreno disseminato di tagliole e trabocchetti di cui soltanto lui conosceva l'esatta collocazione. Fosse comparsa una fiera, anche la più grossa che si potesse immaginare, avrebbe saputo indurla a posare le zampe nel punto giusto, e… sarebbe stata una bella rivalsa! Nessun lupo cadeva nelle sue trappole da oltre una settimana. Quei bastardi si facevano ogni notte più furbi, a dispetto del gelo che li rendeva famelici e disposti a spingersi sempre più vicino agli abitati.

Mentre il latrato si perdeva nel vento, il cacciatore iniziò a controllare a una a una le sue tagliole, sostituendo le esche, dove necessario, con degli scarti di macello. Conservò i bocconi più invitanti per infilzarli in grossi ami legati al tronco di un ippocastano, quindi si spinse verso la lieve depressione in cui il giorno prima aveva lasciato i resti di una capra imbottiti di veleno. Era stato costretto a deporli lontano dai sentieri, dove unicamente gli animali selvatici avrebbero potuto raggiungerli, poiché l'*herba luparia* non uccideva solo le fiere ma anche chiunque, in tempi di carestia, trovasse invitante una carogna mezza putrefatta.

Non immaginò fosse opera dell'uomo, dunque, quando si accorse che la carcassa era stata spostata. La rinvenne a venti passi di distanza, sotto un cespuglio di ginepro. A giudicare dalle tracce, un lupo l'aveva trascinata fin lì e divorata a metà, per poi andarsene. A morire avvelenato. Il cacciatore ne seguì le impronte sulla neve nella speranza che si trattasse di una femmina. Le pagavano di più, le femmine. Specie se gravide. Esaminò una macchia di sangue ai suoi piedi e proseguì con la lama sguainata rivolta verso il basso, un lungo canino pronto all'affondo. Forse la bestia era ancora viva, agonizzante ma intenzionata a difendersi.

Altre tracce scarlatte lo guidarono verso un punto in cui la macchia s'infittiva, fino alle radici di un grande albero.

Il lupo giaceva lì, riverso su un fianco. Scarno, con un manto chiazzato di rogna e la bocca lorda del sangue versato in dolorosi conati.

Con un sospiro deluso, il cacciatore rinfoderò il pugnale. Di una pelliccia tanto malconcia non avrebbe saputo cosa farsene. Si chinò comunque sul corpo dell'animale per verificarne il sesso, quando un improvviso palpitare di luci rapì la sua attenzione.

Si acquattò dietro il tronco e puntò lo sguardo verso alcune figure che avanzavano tra gli alberi. Tonache, cappe e lunghi cappucci, lanterne a schiarire il grigiore. Quindici persone al massimo, nessuna all'apparenza armata, eppure più le vedeva avvicinarsi, più sentiva il pungolo dell'inquietudine. Spense la fiaccola prima di farsi notare e continuò a spiare.

Simile a un corteo di spettri, la processione si mosse sul tappeto di neve fino a un punto in cui i rami degli arbusti si intrecciavano in una sorta di arco, formando un passaggio nella tenebra.

Non fu quella vista a terrorizzare il cacciatore.

Se all'improvviso soffocò un grido e fuggì a gambe levate, verso le mura della città che tanto odiava, fu a causa di quel che scorse a capo di quella congrega di sconosciuti.

Una donna in groppa a una bestia.

Una bestia che non sarebbe dovuta esistere, se non nelle lande più cupe dell'inferno.

PARTE PRIMA
L'arco di luce

1

Abbazia di Santa Maria di Pomposa
10 gennaio

Il giovane Gualtiero osservava ora la volta dell'abside, ora la decorazione a fresco della parete sottostante. Un corteo di santi, angeli e beati si raccoglieva intorno al Cristo Pantocratore, fondendosi alle proporzioni di un arco che diventava porta dell'eterno. Nel corso degli ultimi anni aveva fantasticato spesso su come dipingere quel soggetto, variando nella propria mente l'ordine delle immagini, i colori e persino le sfumature delle ombre, alla ricerca della perfezione. Alla fine si era dovuto arrendere a vederlo realizzare da un'altra persona.

Non fu senza amarezza, quindi, che il suo sguardo si posò sull'uomo barbuto in cima a un ponteggio, intento a definire con un pennello di vaio gli ultimi dettagli. Proprio in quel momento stava ritoccando le ali di pernice dell'arcangelo Michele, rappresentato nell'atto di pesare le anime su una bilancia. Gualtiero ne rimase affascinato. Aveva appreso più da mastro Vitale de Equis in pochi giorni che da suo padre in una vita di peregrinazioni, e finalmente era consapevole di quale genere di pittore volesse diventare.

In mancanza di aiutanti, Vitale aveva accettato di prenderlo come garzone, a patto di non spartire con lui la paga elargita dall'abate. Si era trattato per lo più di preparare i pigmenti, stendere l'intonaco e spostare oggetti pesanti, ma Gualtiero aveva saputo comunque far tesoro del modo in cui il *magister pintor* dava grazia ai volti e corpo alle figure. Sempre astenendosi dal porre domande, poiché conosceva la ritrosia degli artigiani a rivelare i propri segreti. Tanto più che gli era giunta voce della facilità con cui mastro de Equis passava dall'uso del pennello a quello del pugnale, che si diceva avesse imparato a brandire tra le fila dei cittadini in arme di Porta Stiera bolognese.

«Notate difetti?», gli chiese d'un tratto.

Il giovane lo guardò scendere dal ponteggio con la sensazione di aver ricevuto un invito a proferire lodi. Allargò le braccia con un sorriso. «Non ne scorgo alcuno», e prese a esaminare la parte inferiore dell'affresco dedicata alla vita di sant'Eustachio, protettore dalla peste. Dopo un'iniziale titubanza, l'abate Andrea aveva deciso di dargli enfasi per opporsi all'orrore della morte nera che ancora mieteva vittime nei feudi di Emilia e di Romagna. Era strano, tuttavia, trovare un santo a cavallo all'interno di un luogo di preghiera. Ritto in sella dinanzi al cervo crucigero, Eustachio rivelava un piglio focoso accentuato dal falco appollaiato sul suo braccio sinistro. Vitale non aveva saputo celare la somiglianza con una miniatura realizzata mesi prima dallo stesso Gualtiero, che di conseguenza ne andava fiero.

«E ora cosa farete, maestro?».

Prima di rispondere, de Equis rivolse un'occhiata alle pareti lunghe della navata, coperte da affreschi antichi e ormai sbiaditi. Serviva un restauro ma l'abbazia non disponeva di fondi sufficienti a commissionarlo, né tantomeno ad avviare un'opera *ex novo*. «Tornerò a Bologna», rivelò, accarezzandosi il mento con le dita imbrattate di colore. «Ho una bottega da gestire e incarichi da onorare».

«Mi chiedo allora se per caso…», azzardò il giovane.

Vitale lo zittì con un cenno. «Messere mio, credete davvero che non me ne sia accorto? Tenete in serbo questa domanda dal nostro primo incontro». Lo squadrò con sincero rammarico. «Sembrate dotato, ma ho già un apprendista. Anzi, parecchi. Senza contare che siete troppo vecchio per diventarlo pure voi».

«Ma ho già esperienza!», obiettò Gualtiero, rosso in volto. «Mio padre era mastro pittore. Prima di spirare mi ha trasmesso tutto ciò che sapeva».

«Dovreste comunque ricominciare da capo. Ho metodi miei ed esigo che vengano rispettati».

Il giovane strinse i pugni. Non era l'arroganza a farlo insistere, bensì la necessità di trovare un mestiere in grado di mantenere lui e la sua amata. E per quanto si scervellasse, non vedeva altra soluzione che mettere a frutto il proprio talento. «Avete ragione, sono prossimo ai vent'anni», ammise. «Tuttavia mi adatterò alle mansioni più umili pur di accontentarvi».

De Equis titubò, ma prima di poter ribattere si voltò verso il portale del monastero. Il battente si stava aprendo con un gran stridere di cardini, lasciando entrare una figura incappucciata.

Il nuovo arrivato lo richiuse di colpo, tagliando il sibilo del vento, poi avanzò lungo la navata scrollando la neve dalla guarnacca che indossava sopra la tonaca nera. Lo seguiva un levriere zoppo.

«Reverendo abate», lo accolse il pittore con un inchino.

Anziché curarsi di lui, padre Andrea sollevò il cappuccio per meglio contemplare l'affresco dell'abside. Le sue visite si erano fatte assidue e ogni volta lo rendevano più soddisfatto. Mai come allora, tuttavia, apparve compiaciuto. Annuì tra sé, facendo scorrere lo sguardo sull'espressione profonda del Cristo e sui sorrisi beati del corteo, poi più in basso, sui quattro Evangelisti rappresentati sui loro scrittoi, infine sul ciclo di sant'Eustachio. Per ultimo scrutò il monaco raffigurato in ginocchio fra il Pantocratore e la Madonna angelicata. Era quasi in disparte, l'unico privo di aureola, con un'ampia tonsura e il volto glabro a conferirgli una semplicità disarmante. «Nel vedermi ritratto fra una moltitudine di santi», commentò, «non vorrei che i miei monaci mi attribuissero eccessiva superbia».

«La vostra assenza *in figura* sarebbe un errore», spiegò Vitale con ossequio. «Dopotutto, siete il committente dell'opera».

«Lo sarei davvero», si schermì l'abate, «se i fiorini con cui vi pago provenissero dalle mie tasche».

«Ne sono consapevole. Un cavaliere francese, mi è giunta voce...».

Andrea glissò sull'argomento con un sorriso vago, dopodiché indicò l'affresco. «Avete il mio plauso, mastro de Equis. L'intera navata ha ritrovato splendore».

«Mi lusingate, vostra grazia. D'altronde, *color est lux*».

«Parlate bene, finché ci si trova in un monastero benedettino», ironizzò il religioso. «Fossimo in un cenobio cistercense, verremmo accusati di vanità». Attese un cenno di consenso da parte dell'artigiano, quindi si rivolse a Gualtiero. Nel vederlo rimuginare aggrottò la fronte. «La mia visita è forse importuna?»

«No davvero». De Equis si strinse nelle spalle. «Anche se il vostro miniaturista...».

«Non sono più un miniaturista», precisò il giovane, uscendo di colpo dal suo silenzio.

«Potreste tornare a esserlo», propose l'abate, speranzoso. «Le vostre illuminature su pergamena sono capolavori quanto l'abside di mastro Vitale».

Gualtiero non era insensibile all'adulazione, ma colse in quelle parole un che di mellifluo. «Ve ne sono grato», disse chinando leggermente il capo, «però non abbiatevene a male se preferisco seguire le orme di mio padre».

Andrea sobbalzò. «Vostro... padre?», si lasciò sfuggire.

Il giovane lo scrutò prima con sospetto, poi con astio. «Mio padre, sì!», esclamò. Benché avesse confidato l'identità dei suoi veri genitori a una sola persona, un amico fidato, non era tanto ingenuo da escludere che altri conoscessero quel pericoloso segreto. Fra loro, tuttavia, non avrebbe mai creduto vi fosse l'abate di Pomposa. «L'uomo che si prese cura di me fin da quand'ero in fasce: mastro Sigismondo de' Bruni, impiccato ingiustamente. Vi siete già scordato di lui?»

«Come stavo spiegando», s'intromise Vitale, ignaro di quanto stesse accadendo, «non posso fare di costui il mio apprendista perché...».

«Ebbene?», inveì Gualtiero, sfogando su di lui il proprio sdegno. «Raccomandatemi a un maestro vostro pari!».

De Equis indietreggiò con una risatina nervosa. «Coriaceo, il nostro de' Bruni».

«Infatuato, vorrete dire», lo corresse il venerabile Andrea, che nel frattempo pareva essersi scordato dell'uscita poco felice. Scuro in volto, camminò intorno al giovane come se volesse leggergli dentro. «Nonostante abbia fatto valere le proprie ragioni, non ha accennato finora al vero motivo per cui intende trovar mestiere».

Gualtiero intrecciò le braccia al petto. «Con tutto il rispetto, è affar mio».

«Nessuno lo mette in dubbio, figliolo», insistette l'abate. «E tuttavia non vorrei che per la briga di prender moglie gettaste alle ortiche il vostro futuro».

Sentendosi giudicato con tanta superficialità, ci mancò poco che il giovane perdesse le staffe. Fu soltanto per evitare spiacevoli conseguenze che riuscì a stemperare una smorfia di rabbia in un sorrisetto forzato. «Sapete bene quanto vi stimi, *abbas*. È però cessato il tempo in cui decidevate per me».

«Se in passato mi sono permesso», si difese il religioso, «è stato per proteggervi dalle insidie del mondo e da quelle, ancor più gravi, della vostra indole impulsiva. E ora... ora... Questa fissazione per una fanciulla!».

«Non mi dite! Nutrite ancora la speranza di farmi diventare monaco?».

Padre Andrea distolse lo sguardo. «Non è di questo che intendo parlarvi. Ho una proposta per voi, e spero abbiate il buon senso di prenderla in considerazione...».

Prima che il monaco potesse aggiungere altro, si udì un nitrito acutissimo. I tre uomini si zittirono all'improvviso, tendendo l'orecchio per cogliere i rumori provenienti dall'esterno. Pareva che un gruppo di viandanti fosse appena giunto all'abbazia.

Irritato da quell'interruzione, Andrea superò a grandi falcate il pavimento mosaicato, raggiunse il nartece e spalancò i battenti del portale. Davanti ai suoi occhi comparve la corte ammantata di neve, le arcate del chiostro che si stagliavano contro il grigio del cielo. A pochi passi di distanza, due messaggeri a cavallo stavano strattonando le briglie per placare l'impeto dei loro destrieri.

«Cosa vi conduce fin qui, messeri?», vociò per sovrastare il sibilo del vento.

«Il vescovo», rispose uno di loro. «Ci manda a chiedere di un cavaliere, Maynard de Rocheblanche».

«Rocheblanche?»

«Trova ancora asilo fra queste mura?», indagò l'altro.

«Sì, ma...». Andrea si guardò intorno, a disagio. «Ora non è qui... Si trova nelle selve, a caccia».

Il primo ad aver parlato sputò un'imprecazione. «Che qualcuno vada subito a cercarlo. Non possiamo attendere».

«Andrò io!».

In un crescendo di sorpresa, l'abate si voltò e vide Gualtiero.

«So dove trovare messer Maynard», rivelò il giovane, avanzando alla svelta verso l'esterno. «Chiedo licenza di prendere un cavallo dell'abbazia».

Il religioso fece per negargli il permesso, ma le espressioni ansiose dei messaggeri lo costrinsero ad annuire. «Prendete Rufus, il più veloce», sospirò arrendevole. «Ma state attento!».

Dandogli le spalle, il ragazzo si allontanò verso gli stallaggi.

Andrea lo seguì con la coda dell'occhio fino a perderlo nel candore della neve, quindi tornò a fissare gli inviati del vescovo. «Ebbene», li interrogò con ritrovata fermezza, «cosa volete da Rocheblanche?».

2

Gli zoccoli di Rufus affondavano nella neve senza quasi provocare rumore. Chino sulla sella, Gualtiero si aggrappava alle briglie con gli occhi stretti per opporsi ai corpuscoli biancastri portati dal vento. Indossava una semplice tunica di lana, capperone[1] e calzari di cuoio, ma era talmente sconvolto da ignorare i morsi del gelo. Incitò il cavallo con un colpo di calcagno, emettendo un grido di rabbia. Come osava, quel vecchio monaco! Come osava pronunciarsi su sentimenti che non conosceva! Ancora una parola e glielo avrebbe urlato in faccia, a dispetto di quanto gli fosse stato vicino nei momenti difficili. Del resto, perdere i genitori era stato per lui soltanto l'inizio delle traversie che l'avevano reso insofferente a quel Dio silenzioso, tanto diverso dagli affreschi delle chiese. Tacesse dunque il venerabile Andrea, con i suoi sermoni!

Nella vertigine dello spron battuto, seguì il sentiero tra il bianco e gli scheletri degli alberi, immaginando di lanciarsi contro ogni inganno e sofferenza che gli avevano stravolto l'esistenza. Li vide manifestarsi al suo cospetto in un alternarsi di volti traslucidi, alcuni di persone reali, altri di mostri orrendi. «Al diavolo!», imprecò.

Strattonò le redini prima di finire tra i rovi e piegò di colpo verso sinistra, lungo un percorso sempre più angusto. Da allora in poi lo strato di neve divenne più spesso, al punto da impedirgli di procedere al galoppo. Poco male, pensò. Aveva ormai raggiunto il luogo in cui messer Maynard era solito sostare. L'aveva sentito parlare mille volte del sepolcreto abbandonato fra le selve in cui – secondo quanto affermava – si respirava aria antica.

Non appena vi giunse, comprese il senso di quelle parole. Moderò il trotto e avanzò attraverso una radura disseminata di lapidi,

[1] Capo di abbigliamento maschile dotato di mantellina e lungo cappuccio.

con l'impressione di sentirsi un intruso. Meno di una decina di sepolture, pietre illeggibili levigate dal tempo. Secondo padre Andrea appartenevano ai Longobardi, guerrieri ariani periti in una remota battaglia.

Proseguì fin dove gli alberi ricominciavano a infittirsi e riconobbe il morello di Rocheblanche legato a un tronco. Smontò da sella, accarezzò Rufus e si rannicchiò sui resti di un piccolo focolare. Il cavaliere doveva essere giunto prima dell'alba, per poi addentrarsi a piedi nella macchia. Impossibile stabilire quando fosse tornato, né dove si trovasse in quel momento.

D'altro canto, al giovane non dispiaceva aspettare. Aveva una decisione difficile da prendere e gli serviva tempo per meditare. Sedette a terra, liberò il focolare da un sottile strato di neve e armeggiò con un acciarino per riattizzare la fiamma. Ignorava cosa volessero da Maynard i messaggeri vescovili. In passato, i rapporti tra il cavaliere e sua eccellenza Guido di Baisio erano stati contrastanti, addirittura insidiosi dopo l'intromissione del marchese di Ferrara. Ma non erano quei ricordi a renderlo pensieroso.

Aveva ancora davanti agli occhi la reazione istintiva dell'abate Andrea. *Vostro padre?* Per un attimo gli era parso di scorgere paura nei suoi occhi. Eppure… possibile che sapesse? Il rischio era enorme, e se la verità fosse venuta a galla…

Un uomo ammantato di nero sbucò all'improvviso tra gli arbusti. Alto, con le spalle possenti, portava a tracolla un arco da caccia e una bisaccia di pelle. Avanzò verso il fuoco con un gesto di saluto, quindi aprì il mantello e posò a terra una rete contenente della selvaggina di piccola taglia. «Amico mio», esordì con voce profonda, «cosa turba il reverendo Andrea?».

Gualtiero ricambiò il saluto con un cenno. «Chi vi dice che sia turbato?».

L'uomo indicò il magnifico baio legato accanto al morello. «Se così non fosse, non vi avrebbe mai permesso di venire fin qui in groppa a Rufus».

«La faccenda non riguarda padre Andrea, bensì voi», rettificò il giovane. «Siete atteso all'abbazia».

«Da chi?»

«Due messaggeri del vescovo».

Rocheblanche aggrottò la fronte. «Hanno manifestato le loro intenzioni?»

«Non ho potuto udirle. Sono subito corso a cercarvi».

«Due messaggeri, avete detto... Armati?»

«Non più di quanto lo siano dei comuni *missi*».

Il cavaliere gli sedette accanto e tese le mani verso il fuoco. «Lasciamoli aspettare».

«Li farete innervosire», obiettò Gualtiero.

«Un po' di bollore li aiuterà a combattere il gelo», motteggiò Maynard, rivolgendogli un'occhiata acuta. «E ora spiegatemi perché siete giunto voi anziché un famiglio. Non stavate lavorando all'affresco?»

«L'affresco è terminato», s'incupì il giovane. «E mastro Vitale de Equis mi ha rifiutato come apprendista».

Rocheblanche si strinse nelle spalle. «Sono certo che esistano altre botteghe degne del vostro talento».

«Non quanto la sua, messere. Vedeste come dipinge! Come dona espressione ai volti!».

«Volete per caso che lo minacci?», domandò l'uomo con un sorriso sornione.

«Non fatevi beffe di me». Gualtiero scattò in piedi. «Conoscete fin troppo le mie ragioni».

Maynard lo osservò camminare avanti e indietro, sempre più crucciato. «Quando acconsentii a darvi la mano della mia protetta, non mi sarei mai aspettato di mettervi premura. In ogni caso non disperate, siete intelligente e accorto quanto basta. Dovete soltanto pazientare».

Il giovane si avvicinò a una lapide e la sfiorò con un gesto esitante. «Temo non sia così semplice», mormorò.

Il cavaliere tornò a fissare la fiamma, facendosi serio. «Ebbene», disse, «vi decidete a palesare il vero motivo della vostra visita?».

Gualtiero si chiese se fosse saggio rispondere con sincerità. Era corso fin lì in preda all'impulso del momento, ma ora dubitava che il francese potesse aiutarlo. Sapeva altresì di avere stuzzicato troppo la sua curiosità per far scena muta. Dopo un breve silenzio, annuì. «Ho scorto una minaccia».

«Di cosa si tratta?»

«Riguarda le mie origini».

Rocheblanche fece segno di comprendere. Le mani, ancora protese verso il fuoco, si giunsero in un segno di preghiera per poi riaprirsi, quasi a lasciare libero un pensiero. «Ho molto riflettuto su di voi», confessò. «Stento ancora a credere che vostra madre appartenesse alla famiglia d'Este e abbia sposato un pittore unicamente per proteggervi. Un gesto nobile, degno di grande ammirazione».

Il giovane colse in quelle parole un senso di fratellanza che quasi lo commosse. Aveva condiviso molti rischi e altrettanti segreti con quell'uomo, ma fino ad allora non si era mai sentito davvero suo pari. Poi il ricordo della madre prese il sopravvento e lo riportò al momento in cui l'aveva ritrovata ad Avignone, consumata dalla peste. Dovette ricacciare indietro le lacrime. «Fu costretta ad agire così. Doveva nascondere al mondo che ero figlio di Passerino de' Bonacossi, il signore di Mantova trucidato dai Gonzaga. Se i suoi nemici…».

«Avete ricevuto minacce?», lo interruppe Maynard, allarmato.

«No, messere. Però stamane, per un attimo, ho avuto l'impressione che padre Andrea conoscesse il mio segreto».

«Se sospettate che io possa avergliela riferito…».

«No davvero», si affrettò a chiarire Gualtiero, rimuginando sulle proprie paure. «Mia madre, in punto di morte, accennò a un prelato che la tradì. E oggi, di fronte allo sguardo del reverendo Andrea, mi sono chiesto se quell'uomo possa aver trasmesso quanto sapeva su di lei a qualcun altro».

Sempre seduto davanti al focolare, il francese non lasciò trapelare alcuna emozione. Sguainò un pugnale e lo usò per tagliare alcune strisce di carne essiccata. Ne porse una al compagno. «Avete prove a sostegno di quanto affermate?»

«Soltanto un presentimento. Ma giuro su Dio, mi è bastato pronunciare "mio padre" per vedere l'abate trasalire».

«Quindi, se ho ben inteso, supponete che egli abbia interpretato quel "mio padre" come un riferimento a Passerino de' Bonacossi anziché a Sigismondo de' Bruni».

«Precisamente».

«E ora siete venuto da me per avere la conferma ai vostri timori».

Gualtiero addentò la carne e annuì.

Rocheblanche emise un sospiro. Non posso far certo miracoli, parve sottintendere. Eppure le sue iridi indugiavano sulla lama del pugnale, quasi in cerca di una risposta. «Cosa sapete riguardo al prelato che tradì vostra madre?»

«Era il vescovo di Ferrara».

«Guido di Baisio?»

«Il suo predecessore», precisò il giovane. «Monsignor Guido da Cappello, colui che appoggiò le accuse di eresia contro la famiglia d'Este».

A quelle parole, Maynard fece cenno di non voler sapere altro. Si alzò in piedi, raccolse la selvaggina e la assicurò all'arcione del morello. Gualtiero aveva sempre invidiato il suo marziale contegno, ma ora bruciava dall'impazienza di conoscere la sua opinione. Lo guardò infilare un piede nella staffa e salire in sella con un volteggio, temendo che se ne andasse senza proferire verbo.

Infine, l'uomo con il mantello nero annuì. «In effetti, è plausibile supporre che il vecchio vescovo abbia trasmesso al nuovo il segreto di vostra madre. Se inoltre consideriamo il recente sodalizio tra l'abate Andrea e sua eccellenza Guido di Baisio...».

«Dunque mi date ragione!», esclamò il giovane.

«È presto per dirlo», lo tranquillizzò Rocheblanche. «Il fremito di un monaco non è sufficiente a confermare un'ipotesi. Si dovrà indagare, cercare indizi», e abbozzò un sorriso amaro. «Ma se alla fine i vostri sospetti si rivelassero fondati...».

«Ci ho riflettuto», confessò Gualtiero, mentre montava in groppa a Rufus. «Dovrò fuggire, e abbandonare Isabeau». Nascose una smorfia tra le pieghe del cappuccio. «Non voglio che corra rischi a causa mia».

«Non sarà soltanto Isabeau a essere esposta al pericolo», lo mise in guardia il francese, abbassando improvvisamente il tono della voce. «Lo sarà anche il vostro più grande segreto. Anzi, il *nostro* segreto».

«Intendete... Oh!». Il giovane si batté una mano alla fronte. «Se venissi catturato e costretto a parlare...».

«Suvvia, non è ancora tempo di abbattersi». Maynard aizzò il destriero. «Ora seguitemi! Andiamo a scoprire cos'hanno da riferire i messaggeri del vescovo».

3

Quando giunsero all'abbazia, i due messaggeri se n'erano già andati.

«Avevano premura di tornare a Ferrara», spiegò padre Andrea, accogliendo Rocheblanche nel suo studio, all'interno del *Palatium Abbatis*.

Il cavaliere sedette di fronte a lui, su uno scranno circondato da scansie di libri. Le parole scambiate con Gualtiero continuavano a dargli il tormento, accentuando la sua indole taciturna. Aveva preferito non allarmare ulteriormente il giovane, pur sapendo che la situazione potesse essere peggiore di quanto prospettato. Tornati a Pomposa, l'aveva indirizzato agli stallaggi senza accennargli del legame di fedeltà tra il vescovo e monsignor Bertrand du Pouget. Maynard aspettava con trepidazione il momento in cui avrebbe dovuto misurarsi con quel pericoloso cardinale, ma temeva le conseguenze della sua venuta a Ferrara. Se du Pouget si fosse intromesso nel gioco di equilibri tra i potentati locali, ogni segreto sarebbe diventato una pedina nella sua scacchiera d'inganni.

Tornò alla realtà, accorgendosi che padre Andrea gli stava porgendo un rotolo di pergamena. Lo prese ed esaminò lo stemma vescovile impresso nel sigillo di cera.

«Prima di andarsene», lo informò l'abate, «i messaggeri si sono raccomandati di consegnarvi questo».

Il cavaliere lo scrutò di sottecchi. «Vi hanno anticipato qualcosa sul contenuto?»

«Soltanto un accenno. Pare che in cambio di un certo favore, monsignor Guido di Baisio prometta di farvi rientrare nelle grazie di sua signoria il marchese».

«Ne dubito fortemente». Maynard abbozzò una smorfia ironica. «Se solo ne avesse l'occasione, il marchese Obizzo mi ucciderebbe con le proprie mani». Soppesò il rotolo tra le mani, senza alcun desiderio di aprirlo. «Nient'altro?», indagò.

«Nulla che abbia potuto intendere», rispose Andrea, assai vago. «Appena ho assicurato che avreste ricevuto il messaggio dalle mie stesse mani, i due uomini sono ripartiti di gran carriera. Quasi avessero paura».

«Paura», ripeté Rocheblanche, con istintivo ribrezzo. Era nauseato da quella parola e dal modo in cui pareva aver dato significato a ogni momento importante della sua vita. Nauseato dal dominio che esercitava sul genere umano. Afferrò i braccioli dello scranno e si alzò, lasciando intendere di voler cambiare argomento. «A quanto mi è stato detto, l'affresco è stato completato».

Andrea rimase seduto, le dita intrecciate sullo scrittoio, spiazzato dal suo gesto. «Soltanto grazie alla vostra generosità, messere».

Il cavaliere finse di non aver udito la lusinga. «Gradirei vederlo. Adesso».

«E il messaggio del vescovo?»

«Attenderà».

Poco dopo stavano attraversando la navata del monastero in direzione dell'abside. Maynard osservò di sfuggita un gruppo di monaci intenti a contemplare l'opera di mastro de Equis, quindi la ammirò a sua volta. Rimase colpito dalla moltitudine di immagini, ognuna con caratteristiche proprie e con una propria eleganza, distribuita in uno spazio tutto sommato non molto esteso. Capì all'improvviso perché Gualtiero desiderasse tanto diventare apprendista di un simile artigiano.

«I miei fiorini sono stati ben spesi», commentò.

«L'intero cenobio vi è grato», ribatté padre Andrea, spiando la sua espressione.

«Sono io a esservi grato, per l'ospitalità e la protezione ricevute», così dicendo, Rocheblanche gli posò una mano sulla spalla e lo condusse sotto l'arco di una navatella per godere di maggior riservatezza. «Posso soltanto immaginare quale sacrificio sia stato, per voi, offrire asilo a un forestiero entrato in contrasto con il signore di questi feudi».

L'abate scosse il capo, contrariato. «Obizzo d'Este è vicario del papa e marchese di Ferrara, ma non può certo dettar legge entro le mura di Pomposa».

Ora non siate ingenuo, fu tentato di ammonirlo il cavaliere. Però era a ben altro genere di argomento che intendeva arrivare. «Ciò nondimeno», aggiunse, «avete dimostrato coraggio sfidandone l'autorità. E non solo la sua».

«Se vi riferite al vescovo...», esitò Andrea.

«So che siete in ottimi rapporti, al momento».

«Nulla di cui andar fieri. Sua eccellenza mi favorisce soltanto perché gli offrii un rifugio in tempo di peste».

«Ecco spiegate le vostre continue visite a Ferrara», commentò Maynard con una punta di malizia. «Una alla settimana, da quanto ho saputo».

Irritato da quel tono, l'abate arretrò d'un passo. «Mi spiate, Rocheblanche?».

Se si fosse trovato di fronte a quel gesto durante un combattimento, il francese avrebbe pensato a un affondo, magari anticipato da una finta. Sorrise. «Mi limito a osservare. È forse peccato?»

«Non avete nulla da temere da Guido di Baisio», s'indignò Andrea, «tant'è vero che quel messaggio...», e indicò il rotolo nelle mani di Maynard. Subito dopo si morse la lingua.

«Dunque ne conoscete il contenuto», lo provocò Rocheblanche, senza perdere il suo tono ironico.

«Mi è noto soltanto che sua eccellenza desidera aiutarvi», si difese il religioso, superando lo smarrimento.

«A quale scopo?»

«Chiedetelo a lui, santo cielo!», strepitò a pugni alzati. Un mormorio di sottofondo ricordò a entrambi la presenza dei monaci a poca distanza, spingendoli a moderare i toni e ad arretrare ancor più nell'ombra.

«Si può sapere il motivo di tanta diffidenza?», continuò Andrea. «Fu anche grazie a me che riusciste a difendere il segreto del *Codex Millenarius* e delle reliquie che andate cercando. Pensate che me ne sia scordato? No, messere! Ho semplicemente rispettato la vostra riservatezza, anche quando avete coinvolto il giovane Gualtiero. Non vi ho neppure mai chiesto perché l'avete inviato in Francia, mesi fa, pur sapendo che mettevate a repentaglio la sua vita».

«Gualtiero è un uomo, ha fatto le proprie scelte», rispose Maynard, mentre gli angoli della sua bocca si piegavano verso il basso. «Pensate a voi, piuttosto. Inizio ad avere il sentore che con queste giustificazioni vi stiate scusando per qualcosa di cui sono ancora all'oscuro».

Il religioso lo fissò con sdegno. «Un modo elegante per darmi del bugiardo».

«In voi non scorgo alcuna menzogna, bensì la smania di controllare la vita di chiunque vi stia accanto. E benché si tratti di una prerogativa comune a molti preti, da voi continuo ad aspettarmi di più».

Dopo essersi così espresso, Rocheblanche gli diede le spalle e ruppe il sigillo del messaggio. Fu un gesto dettato più dalla rabbia che dalla curiosità. Rabbia che dovette trattenere per salvaguardare un precario quieto vivere. Del resto, rifletté, se l'abate avesse saputo qualcosa sulle origini di Gualtiero non se lo sarebbe lasciato sfuggire a una domanda diretta. Era necessario agire con astuzia, e soprattutto pazienza. Srotolò la pergamena, stropicciandola sotto le dita, e lesse le poche parole vergate sopra di essa. «Ma...», balbettò, «cosa... significa?»

«Una notizia tanto inattesa?», curiosò Andrea.

Maynard fece sparire il messaggio sotto il mantello. «Non saprei», rispose. «Reca soltanto una data e un luogo d'incontro».

«Ovvero?»

«Domani notte, a Ferrara. Presso il convento di San Domenico».

4

Ferrara, contrada di San Niccolò
11 gennaio

«Le vostre armi, messere».
«Ho soltanto il pugnale».
L'armigero ignorò la risposta e perquisì Maynard con attenzione, senza tralasciare l'interno degli stivali e le tasche nascoste nel rovescio del mantello. Il cavaliere nel frattempo osservò la lingua di nevischio e fango che correva lungo la via della Rotta fino a perdersi nel buio della notte. Non aveva ragione di temere, ripeté a se stesso, eppure continuò a cercare con lo sguardo ogni possibile via di fuga. Soltanto un imbecille avrebbe messo piede in un convento di frati predicatori a cuor leggero, specie se quel convento ospitava una sede della Santa Inquisizione. Ormai poco importava. Entro breve si sarebbe avventurato nei meandri di San Domenico completamente disarmato e di sua spontanea a volontà. Fidandosi di un semplice messaggio.
Un ultimo sguardo al campanile di Santa Giustina – sarebbe volentieri fuggito in quella direzione – e ricevette il permesso di addentrarsi nel convento.
«Siete atteso, messere». Un giovane frate lo accompagnò al lume di una candela attraverso la navata maggiore, per poi inoltrarsi in una serie di ambulacri dai soffitti a volta. Rocheblanche resistette alla tentazione di chiedergli anticipazioni sul motivo della sua convocazione e procedette a testa alta per sfidare le ombre, sempre più dense, che sembravano curvarsi su di lui come una silenziosa giuria. Non sarebbe certo stato il primo, pensò, a sparire nella notte in quel modo, docilmente e senza lasciare traccia.
Il converso svoltò varie volte, facendogli perdere il senso dell'o-

rientamento, fino a fermarsi ai margini di un uscio talmente basso che il cavaliere dovette chinare il capo per oltrepassarlo. Non appena l'ebbe fatto, sentì il battente chiudersi alle sue spalle.

Accarezzò il fodero vuoto del pugnale e osservò la stanza in cui era entrato. Ombrosa e priva di finestre, riceveva luce da pochi ceri, per la maggior parte disposti ai piedi di un abnorme crocifisso appeso a una parete. Sotto, assisi a un tavolo rettangolare, c'erano due uomini. Maynard riconobbe subito il più anziano. «Vostra eccellenza», lo salutò con un inchino.

Con un gesto della mano, Guido di Baisio lo invitò ad avvicinarsi.

Soltanto allora Rocheblanche si accorse della presenza di due armigeri in piedi agli angoli dell'ambiente. Immobili nelle loro cotte di maglia, parevano in attesa di un pretesto qualsiasi per sguainare le spade. Non dubitò un attimo, tuttavia, che il pericolo maggiore risiedesse nell'individuo seduto accanto al vescovo. Era un frate domenicano, a giudicare dallo scapolare bianco e dalla cappa nera, con un viso smunto, giallastro, e un corpo gracile di cui si scorgevano soltanto le dita affusolate. Ma gli occhi... Oh, quegli occhi! Avrebbero fatto indietreggiare la più feroce delle belve. Maynard li fissò senza indugio, cogliendovi il ristagnare di un odio che doveva abbracciare gran parte del genere umano.

«Non ero sicuro, messere», si schiarì la voce il reverendo Guido, «che avreste accettato di presentarvi».

«Ci ho riflettuto assai», confessò il francese, «e alla fine ho rammentato di avere un debito di riconoscenza nei vostri confronti. Sarebbe stato scortese rifiutare».

«Nobile fino in fondo».

«Spero non altrettanto stolto».

«Se paventate una minaccia, datevi requie», lo tranquillizzò il vescovo. «Non riguarda voi», e rivolse un'occhiata al domenicano, quasi una tacita richiesta a essere più esplicito.

In attesa di spiegazioni, Rocheblanche intrecciò le braccia al petto. «A quale minaccia state alludendo?».

Guido di Baisio attese un rapido assenso del frate, infine sospirò. «C'è assai poco da dire. L'unico testimone è stato parco d'informazioni».

«Un testimone?»

«Un cacciatore di lupi», precisò il vescovo. «Si chiama Silvano, nativo del *burgus* di Focomorto. Pochi giorni or sono, in una selva vicina a Ferrara, afferma d'aver scorto una processione di... *gentes maleficae*».

Maynard avanzò fin quasi a sfiorare i bordi del tavolo. «Siate più chiaro, eccellenza».

Guido torse la bocca in una smorfia. Era assai invecchiato negli ultimi mesi e portava ancora sul volto i segni, se non delle privazioni, senz'altro del terrore di chi era scampato alla grande pestilenza. A un occhio meno accorto sarebbe parso strano vederlo a un incontro notturno, nel pieno di una conversazione che gli suscitava palese disagio. Non a chi, tuttavia, conosceva la sua indole votata all'intrigo. «A onor del vero», disse, «il cacciatore si è servito di parole meno specifiche. Ha farfugliato di gente incappucciata, vestita di nero, con fiaccole e lanterne... Al seguito di una cosa innominabile».

«Ho avuto a che fare con fin troppe cose innominabili nella mia vita. Ma se ho ben inteso, voi state alludendo a una manifestazione soprannaturale».

«È così, infatti».

«Ne siete certo?», indagò Rocheblanche. «Il vostro cacciatore potrebbe essersi imbattuto in un corteo di battuti neri o di flagellanti. Dopo la peste sono diventati frequenti e assediano i borghi come il contado».

Il vescovo scosse il capo. «Si tratta di un corteo di Diana», affermò con aperto disprezzo. «Ne avete mai sentito parlare, messere? Femmine malefiche, insieme ai loro succubi, vagano nei boschi per rivolgere suppliche alla dea pagana. La quale altri non è che il diavolo».

Maynard abbozzò un sorrisetto scettico. «Se voi preti non lo nominaste di continuo, il diavolo stesso dubiterebbe della propria esistenza».

«Frenate la lingua, impudente!», sbottò il domenicano, facendo sobbalzare i due armigeri appostati agli angoli. La sua voce era stridula, ancor più intimidatoria dello sguardo. «Come osate canzonare i sacri dogmi e le affermazioni di un prelato? Solo per questa bestemmia dovrei farvi inchiodare la lingua a un ceppo di legno!».

«Siate onorato, Rocheblanche», intervenne Guido con un piglio indulgente. «Vi trovate al cospetto di padre Lamberto da Cingoli, uno dei frati più insigni e temuti della Lombardia inferior».

«Inquisitore di Ferrara?», domandò Maynard.

«Non più», rispose il vescovo. «Al momento è priore del convento di Bologna. Gli ultimi eventi tuttavia hanno richiesto urgentemente la sua presenza».

Il cavaliere studiò il domenicano, in bilico tra la curiosità e l'irritazione. «E la *mia*, di presenza?», non riuscì a trattenersi. «Cosa c'entra con tutto questo?»

«Una cosa per volta, messere». Il Baisio abbassò il tono della voce, quasi si stesse preparando a svelare un segreto. «Il manifestarsi di un corteo di Diana è l'ultimo degli oscuri presagi che incombono su Ferrara. Di recente sono stati colti dei *segni* entro queste mura. Segni inquietanti».

«Strano allora non averne sentito parlare per strada», obiettò Rocheblanche.

«Questo perché è stato messo tutto a tacere», spiegò il vescovo, adombrandosi. «Dovete sapere che negli ultimi giorni sono state rinvenute delle rane affisse a battenti di porte e finestre. Rane morte, piantate con chiodi… insieme a dei fogli di pergamena».

«Se non fosse per i fogli si potrebbe pensare a uno scherzo di bambini. Recano dei messaggi?»

«Sempre lo stesso: *Pro bono malum*».

Cogliendo il crescente disagio di Guido di Baisio, Maynard suppose vi fosse dell'altro ad aggravare la situazione. Era ben consapevole d'altronde che l'atto appena descritto fosse sufficiente, in alcune circostanze, a garantire il rogo. *Pro bono malum*, ripeté a se stesso. Sembrava quasi un motto popolare, benché in un latino ambiguo che poteva voler dire tutto e niente. «Pensate a una…».

«A una maledizione», intervenne fra' Lamberto da Cingoli, aggrottando il volto che pareva plasmato nella cera. «Una maledizione ispirata a un preciso versetto dell'*Apocalisse. E vidi uscire dalla bocca del drago, dalla bocca della bestia e dalla bocca del falso profeta tre spiriti immondi, simili a rane*[2]». Poi intrecciò le dita sotto il mento, qua-

[2] *Apocalisse*, 16, 13.

si compiaciuto. «Vi è familiare, messere? Descrive la trinità satanica destinata a funestare il mondo prima delle trombe del Giudizio».

«L'ho già udita, sì», rispose il francese. «Ma come potete esser certo che ci sia un collegamento?»

«Semplice», si preparò a spiegare Guido, sollevando i palmi delle mani. «Per via di quanto scorto dal cacciatore di lupi in testa al corteo di Diana».

«Ebbene?»

«Giura d'aver visto una donna in groppa a una bestia, ma non una bestia comune. Aveva le corna di agnello e la pelle coperta di squame. Capite? È lei! La terza creatura demoniaca citata nel passo dell'*Apocalisse*. È il capro blasfemo, il falso profeta giunto a trascinarci tutti all'inferno!».

Maynard s'intendeva abbastanza di inferni da non restare intimidito. Ma ne sapeva abbastanza anche di visioni soprannaturali, e benché si mantenesse arroccato dietro una parvenza di scetticismo non prese certo alla leggera simili parole. Lui stesso, del resto, era pronto a giurare d'aver visto in sogno tre cavalieri cinti da aureole giunti ad annunciare la fine del mondo. Era capitato sul campo di Crécy, in un lago di sangue e fango, e da allora la sua vita era cambiata più di quanto avrebbe mai potuto immaginare. «Sempre che questa bestia esista davvero», disse, «cosa giustificherebbe il mio intervento?»

«Lo saprete fra un attimo», promise Guido di Baisio. «Non appena avrete giurato di mantenere il silenzio sul luogo in cui sono state trovate le rane con le pergamene».

Il cavaliere chinò il capo e mise una mano sul petto. «Avete la mia parola, reverendi padri».

Fra' Lamberto annuì soddisfatto. «Ebbene», rivelò, «le rane erano tre, e sono state trovate affisse ai battenti del Palazzo della Signoria. L'ultima, davanti alla camera da letto del marchese Obizzo III d'Este».

5

Ferrara, convento di Sant'Antonio Abate

La quarta palla di neve si infranse contro le grate del dormitorio, nell'oscurità della notte. In attesa di ottenere risposta, Gualtiero si accucciò dietro una siepe del chiostro, in un punto ben nascosto, e fissò al chiaro di luna il graticcio di legno attraverso cui le monache scrutavano il mondo. Non riusciva a credere che ci si potesse abituare a quel genere di vita, isolati da tutto e alla mercé delle decisioni altrui. Per un breve periodo l'aveva provato sulla propria pelle, lavorando nello *scriptorium* di Pomposa, nel tedioso scorrere di giornate sempre uguali scandite dalle consuetudini del cenobio. Se aveva resistito era stato grazie al desiderio di ritrovare la madre e alle immagini di fantasia che, miniatura dopo miniatura, aveva realizzato sui codici di pergamena.

Ora tuttavia iniziava a dubitare delle proprie scelte. Rinunciare all'offerta di farsi monaco gli aveva precluso i favori di padre Andrea, e con essi l'accoglienza dell'abbazia di Pomposa. Era facile, per Rocheblanche, suggerire di aver pazienza! Cosa ne sapeva lui dei problemi della gente comune? Inoltre, l'idea di trovarsi al centro di un pericoloso complotto gli instillava il timore di un destino incerto.

Si strinse nella schiavina per combattere il gelo, raccolse un po' di neve, l'appallottolò tra le mani e la lanciò contro la grata del dormitorio. Inutile illudersi. Aveva già preso la sua decisione, ma al pensiero di comunicarla a lei sentiva una morsa stringergli lo stomaco.

Fu quasi sul punto di andarsene quando colse il palpitare di una candela dietro i pertugi di una grata. Si sporse oltre la siepe e guardò quel lume spostarsi da una finestra all'altra, fino alla bifora da cui Isabeau era solita sgattaiolare fuori dal convento.

Non dovette attendere molto per vederla sporgersi e aggrapparsi al ramo di un albero abbastanza robusto perché potesse sostenerla. L'abito da monaca non le impedì di muoversi agile come un gatto. O meglio, come un guitto qual era stato suo padre. Gualtiero si incantava nel vederla compiere acrobazie, pur temendo che a ogni movimento potesse scivolare. Uscì quindi in fretta dal suo nascondiglio e le corse incontro per aiutarla.

Non appena fu tra le sue braccia, lei si divincolò con un sorrisetto. «Volevi svegliare tutte le consorelle?», lo rimproverò con malizia. «Ti avevo già sentito al secondo colpo».

«Non potevo saperlo», si scusò Gualtiero.

Isabeau si sfregò le spalle, osservando la distesa di neve che ricopriva l'intero isolotto di Sant'Antonio. Nell'oscurità, la sua espressione acquisiva un che di ferino, quasi aggressivo.

«Ritiriamoci al coperto», propose lui, incamminandosi verso una stamberga vicina alle stalle.

La ragazza lo trattenne. «La madre badessa sospetta qualcosa, meglio andarcene altrove. Conosco un posticino...».

Gualtiero le accarezzò il viso e scosse il capo. «Non mi fermerò molto».

«Cosa intendi?»

«Che sono venuto qui soltanto per dirti una cosa».

«Così mi spaventi».

«Non hai motivo. Non rischi nulla, tu. Io però...».

«Tu cosa?».

Il giovane abbassò lo sguardo. Indicò un punto in disparte ai margini del chiostro e, dopo averlo raggiunto, appoggiò la schiena a una colonna. «Devo andarmene», confessò. «Da solo».

Lei gli afferrò le vesti, atterrita. «E tutto quello che mi avevi promesso?»

«Sa Dio quanto lo desidero». La strinse a sé. «Eppure non posso. Non ora, con questo nuovo assillo...».

La ragazza gli premette il viso sul petto, in attesa che terminasse la frase. Angosciata dal suo improvviso silenzio, tuttavia, lo fissò negli occhi. «Quale assillo?».

Gualtiero sospirò. Aveva riflettuto a lungo su come dirglielo, ma ora si trovava costretto ad affrontare il discorso in preda all'urgenza, e ciò rendeva tutto più difficile. Meditò un istante per scegliere le parole, infine rispose: «Temo che qualcuno abbia scoperto la verità sulle mie origini, qualcuno di molto vicino a noi, e che col tempo possa usarla per estorcermi dei segreti».

«Segreti che condividi con Maynard?»

«Anche quelli, sì».

«Dunque, il *Lapis exilii*».

Lui annuì. L'ultima volta che aveva pronunciato quel nome era stato davanti a Rocheblanche, per rivelargli cos'aveva scoperto nel lontano monastero di Mont-Fleur. Se un simile mistero fosse giunto alle orecchie di un uomo di potere, delitti e inganni si sarebbero perpetrati come un maledizione. «Potrebbero fare del male anche a te, se solo sapessero...».

Isabeau lo zittì e arretrò in modo brusco, quasi avesse ricevuto un'offesa. Rimase a fissare il buio, le braccia conserte, infine respinse un fremito d'ira e lo fissò sdegnosa. «Non ho mai preteso di sapere nulla su quello che scopristi in Francia, né sull'identità di tua madre o sui tuoi accordi con Maynard», esclamò. «E questo perché sono innamorata di te, non del tuo nome, né delle tue ambizioni! Voglio stare con te, e nulla si frapporrà a questo desiderio».

«E se ti succedesse qualcosa?», ribatté Gualtiero, combattendo la tentazione di assecondarla. «No», insistette, «non lo permetterò! Non potrei mai tollerarlo».

«Mi credi così fragile?», si oppose lei con un ghigno sprezzante. «So affrontare il pericolo! Sai bene in quali condizioni mi trovò Maynard, quando mi soccorse».

«Le insidie di cui ti parlo sono cosa diversa», cercò di spiegare lui, invitandola ad abbassare il tono. «Non si possono respingere con il semplice coraggio, né a colpi di spada. Devi avere pazienza, attendere che le affronti da solo e poi...».

Ma Isabeau non aveva intenzione di ascoltarlo. «Io qui dentro non resisto!», gridò. «Mi sento soffocare, capisci? Ho già patito abbastanza sapendoti lontano e temendo di non rivederti più. Hai idea di cosa abbia significato? Non chiedermelo ancora, ti prego!».

Gualtiero alzò gli occhi e scorse delle sagome muoversi dietro i graticci di legno del convento. Le monache osservavano, avide di rubare frammenti di vita altrui, anche di sofferenza, pur di riempire il vuoto della loro esistenza. All'improvviso sentì una voce di donna chiamare *Isabeau!* e capì di non avere più tempo. Prese la ragazza per le spalle e la baciò sulla fronte, poi sulle labbra. «Devo farlo, Isabeau. Perché ti amo!».

«Bugiardo!».

«Sai che non mento», insistette. Le mise un foglio stropicciato tra le mani e la fissò con tutta lo dolcezza di cui era capace. «Ti supplico di capire. Ti supplico... Abbi fiducia!».

La ragazza lo respinse con rabbia, poi gli strappò un altro bacio.

«Isabeau!», chiamò ancora la voce, al limite dell'ira.

«Ora vai», sussurrò il giovane. «Rientra o ti puniranno».

«Al diavolo le loro punizioni!», esclamò lei, asciugandosi una lacrima. «Dimmi almeno dove andrai. Dimmelo, se mi ami davvero».

Gualtiero scosse il capo. «Se lo facessi, verresti a cercarmi». E con un amarissimo cenno di commiato, le diede le spalle.

«Verrò a cercati comunque!», ribatté lei, guardandolo incamminarsi verso il ponte di legno che collegava l'isola alla terraferma. Rossa in volto, con i pugni stretti e le gambe pervase da un tremito. D'un tratto spezzò le catene invisibili che la tenevano ferma e si lanciò di corsa per seguirlo, ma si sentì trattenere per un braccio. La badessa in persona era uscita nella notte per riportarla al convento.

«Lasciatemi!», si ribellò Isabeau, cadendo carponi sulla neve. Tornò a fissare la sagoma del giovane, sempre più distante. «Mi hai sentito?», gridò. «Fuggirò, lo giuro, e verrò a cercarti!».

Lui non si voltò nemmeno.

Prima di essere trascinata via, la ragazza si accorse di aver perduto il foglio che lui le aveva lasciato. Si divincolò dalla badessa per raccoglierlo e quando lo osservò si sentì travolgere da un'ondata di emozioni.

Recava, disegnato a carboncino, un volto di fanciulla. Una fanciulla poco più giovane di lei, ma con i suoi stessi lineamenti. Forse più bella e più indomita di quanto Isabeau credesse di essere mai stata. D'altronde, quello era il modo in cui Gualtiero la vedeva. Anzi, l'aveva vista.

La prima volta in cui si erano incontrati.

Non molto lontano, nel cuore oscuro della contrada di San Niccolò, Maynard fissava gli occhi spiritati di fra' Lamberto da Cingoli.

Gli sfuggiva ancora se quell'incontro fosse stato orchestrato da lui o dal vescovo Guido, e a quale scopo. L'unica certezza era che non doveva fidarsi. Ancor prima di imparare a brandire la spada, infatti, aveva appreso quanto gli uomini di chiesa fossero abili nel celare i loro interessi dietro eventi di facciata.

«Il marchese Obizzo ha ricevuto delle minacce?», volle sapere per sua maggior chiarezza.

Padre Lamberto fece un gesto vago. «Si teme per lui, ma anche per il suo erede maschio».

«Messer Aldobrandino?».

Il frate annuì. «Sua eccellenza afferma che siete stato suo maestro d'armi».

«Soltanto per un breve periodo», si limitò a dire Maynard, affinché il suo affetto per il giovane signore non venisse usato come strumento di persuasione. Gli era dispiaciuto interrompere le lezioni di spada con Aldobrandino, soprattutto perché aveva colto in lui più valore di quanto ne possedesse il padre, e si era illuso di poterlo far emergere. Ma troppe disgrazie lo separavano da quei ricordi. L'aveva intravisto l'ultima volta da lontano, durante la tenzone del palio dell'Assunta, trovandolo assai provato per il lutto della madre.

Approfittando del suo improvviso silenzio, i religiosi si consultarono con un'occhiata. Dei due, Guido sembrava il più stanco e il maggiormente propenso a tagliar corto. Si sporse in avanti, intrecciando le dita inanellate sul tavolo. «Ebbene, messere», si preparò a concludere, «capirete la gravità della situazione...».

Il cavaliere non era ancora dell'idea di tirare le somme. Aggrottò la fronte e fece un passo in avanti, desideroso di comprendere la sua posizione. «Esattamente cosa mi state chiedendo?»

«Di indagare», rispose secco fra' Lamberto.

Maynard gli rivolse un sorrisetto sghembo. «Seguendo una scia di rane e di bestie immaginarie?»

«Non siate sprezzante», lo rimproverò il domenicano. «Ci sono delle prove».

«Ebbene? Inviate dunque i vostri armigeri!».

«Serve un cuor di leone, messere», intervenne Baisio, ancora una volta pronto a sedare gli animi. «Un uomo accorto che non abbia timore di nulla».

«Un uomo che potete manovrare, questo volete intendere», ribatté Rocheblanche, beffardo.

«Anche questo, sì». Fra' Lamberto batté le dita giallastre sul ripiano, facendo sobbalzare i due soldati appostati agli angoli. «Siete caduto in disgrazia presso la corte ferrarese e noi vi stiamo offrendo l'occasione di riconquistare la fiducia del marchese Obizzo in cambio di un servigio. Vi pare forse un'offerta iniqua?».

Maynard si strinse nelle spalle. «Vi risponderò quando mi sarò fatto un'idea più precisa».

Guido di Baisio sorrise soddisfatto. «Quindi accettate!».

«Ho forse alternative?», ribatté il cavaliere.

«In tutta franchezza, no». L'anziano vescovo si alzò dal seggio con evidente sollievo. «Lavorerete di concerto con fra' Lamberto, mettendolo a parte di ogni informazione che riuscirete a carpire. E nel caso vi servisse un aiutante, verrete affiancato da un religioso di sua fiducia». Indicò quindi l'uscita. «Sarete stanco, messere. L'ora è assai tarda e il gelo troppo intenso perché possiate far ritorno a Pomposa. Sarete ospite del convento di San Domenico, in una stanza della foresteria».

6

Avviluppato in una cappa fratesca, Lamberto da Cingoli uscì da San Domenico senza lasciar detto nulla ai confratelli. A prima vista sembrava a suo agio nel gelo della notte, nonostante camminasse sulla neve con semplici sandali di sparto, eppure covava una profonda inquietudine. Si guardò un paio di volte alle spalle, allungò il passo verso un punto in cui la contrada si univa a quella di Boccacanale e svoltò in un vicolo, guidato dalla luce di una fiaccola infissa accanto a un portone. Imprecò alla vista di un ratto e si fermò davanti al battente. Era di legno borchiato, solido quanto l'arco di pietra che lo sovrastava. Lo fissò per un istante, con esitazione, infine sporse la sua piccola mano per bussare.

Lo scatto dello spioncino lo fece quasi trasalire. Un uomo si affacciò alla grata, la richiuse e aprì il portone. «Vostra grazia vi aspetta», si limitò a dire con accento francese.

Il domenicano avanzò senza proferir verbo, dissimulando il nervosismo dietro una maschera plasmata da anni di roghi e processi. Non era l'incertezza a procurargli l'angustia, bensì il pensiero di dover incontrare un uomo più pericoloso di lui.

Guadagnato l'ingresso, raggiunse una sala illuminata da un focolare che proiettava un bagliore luciferino sulle pareti. Davanti alla fiamma, un'ombra sedeva a uno scranno. Fra' Lamberto rimase sull'uscio, lasciandosi ristorare dal tepore, nell'attesa che l'assiso gli rivolgesse la parola. Di quel profilo in controluce scorgeva soltanto una mano posta sul bracciolo e l'anello dallo stemma leonino infilato all'indice.

«Vostra eminenza», mormorò con una punta di servilismo che lo fece vergognare di se stesso.

L'ombra si mosse, lasciando trapelare un volto imporporato dal fuoco. «Reverendo padre, finalmente».

«Ho da poco congedato Maynard de Rocheblanche».

All'udire quel nome, l'uomo in controluce si sporse oltre lo schienale e rivelò per intero i suoi lineamenti. Anziano ma energico, a giudicare dalle pieghe d'espressione tagliate a colpi d'ascia, pareva reprimere a stento un intimo rovello. «Rocheblanche», succhiò l'aria tra i denti. «Quindi ha accettato di presentarsi».

«Sì», confermò il domenicano, «e non sospetta nulla». Si trovava davanti a monsignor Bertrand du Pouget per la seconda volta – ma la prima in cui gli rivolgeva la parola – e faticò non poco a nascondere il suo astio. Astio reso quasi insopportabile da un'istintiva ammirazione. Per quanto avesse profuso impegno e guadagnato consensi nella *regio* della Lombardia inferior, non avrebbe mai uguagliato in grandezza quel principe di Avignone.

«Ebbene?», lo sferzò sua eccellenza. «Il cavaliere ha accennato a qualcosa di nostro interesse?»

«No». Fra' Lamberto si compiacque d'aver risposto con fermezza. «La conversazione non si è mai discostata dal caso delle... rane. Rocheblanche ha accettato di indagare sotto il mio vaglio».

Du Pouget annuì. «Quindi, nei prossimi giorni legherete abbastanza con lui da poterlo indurre a parlar d'altro».

Il domenicano fu tentato di annuire per il semplice desiderio di tagliar corto, ma serbava troppe obiezioni per lasciar correre. «Se permettete, preferirei concentrarmi sull'indagine e lasciare questa incombenza al vescovo».

Da come lo fissò, il cardinale non si aspettava certo un rifiuto. «Guido di Baisio ha già fatto abbastanza. Ha scoperto il segreto di Rocheblanche e me l'ha comunicato, spingendomi a raggiungere Ferrara. Ora sta a voi, padre Lamberto, violare quel segreto».

«Con tutto il rispetto, no. Sono stato convocato a Ferrara per indagare sull'eresia e sul mercimonio con Satana. Questo farò. Non intendo perder tempo per quel... come si chiama? Quel... ah, sì! Quel *Lapis exilii*».

«Ah, davvero?», rise il cardinale. E fu proprio quella risata, assai più delle parole che seguirono, a suggerire a Lamberto da Cingoli la vastità del gioco in cui era stato coinvolto. «Se ho ordinato a sua grazia il vescovo di convocarvi a Ferrara, è stato per questioni di cui ancora ignorate l'entità. Nell'attesa di esserne informato, ottemperate pure all'ufficio inquisitoriale! Indagate sulle manifestazioni del Maligno, sulle minacce di eresia e su qualsiasi cosa fomenti le vostre ossessioni. Ma non dimenticate *mai*, carissimo padre, che tutto ciò è un mero pretesto per circuire Rocheblanche».

«Ebbene?», ribatté il frate, ansioso di lavarsene le mani il più in fretta possibile. «In questo preciso momento messer Maynard riposa, ignaro di tutto, nel convento di San Domenico. Cosa vi impedisce di farlo rapire e di sottoporlo a un interrogatorio? Non risparmiereste tempo e fatica?».

Benché allettato da simili parole, Bertrand scosse il capo. «Come avrete voi stesso appreso nello svolgimento delle mansioni inquisitoriali, osservare da lontano giova maggiormente alla visione dell'insieme», e indicò l'uscio, a intendere di voler essere lasciato solo. «Ora andate, fra' Lamberto. Andate, prima che sorga l'alba».

7

Selve di Ferrara
12 gennaio, mattina

Silvano di Focomorto aveva una barba così ispida da assomigliare a un cespuglio rinsecchito. Per giunta, il naso fungino che gli spuntava da sotto il cappellaccio dava l'impressione a Maynard di avere a che fare non con un essere umano, bensì con una creatura uscita dalla cavità di qualche albero. Lo seguiva a pochi passi di distanza, guidando il morello con attenzione per non farlo inciampare in sassi, buche o altre insidie nascoste sotto lo strato di neve. Un frate domenicano chiudeva la fila in groppa a un mulo dalle orecchie setose.

Il Borgo delle Pioppe non era distante, eppure il paesaggio boschivo appariva inviolato e quasi ostile. Dopo essersi inoltrato in sentieri sempre più stretti, il cacciatore di lupi si fermò in un punto in cui la vegetazione s'infittiva troppo per proseguire a cavallo.

«Lasciamo qui le bestie», propose Rocheblanche, legando la propria cavalcatura a un alto faggio.

Il frate lo scrutò con disappunto. Si chiamava Prudenzio e aveva l'incarico di assisterlo nello svolgimento dell'indagine. La sua forma grassoccia, accentuata dalle gambe tozze, lo rendeva inadeguato a coprire percorsi che non fossero i pavimenti di un refettorio. Scese da sella mormorando un *Oh Jesus* e strattonò il mulo per condurlo accanto al morello. L'animale tuttavia non aveva alcuna intenzione di obbedirlo.

«Avreste dovuto restare in convento», motteggiò Maynard, osservando i suoi modi impacciati.

«Non conoscete padre Lamberto da Cingoli», ribatté il religioso. Dopo una breve ma accanita contesa, riuscì a far valere le proprie ragioni sulla bestia e la legò all'albero. «I suoi ordini sono vangelo».

Il francese si strinse nelle spalle. «Fra' Lamberto ripone troppa fiducia in questa escursione. Sono trascorsi giorni ed è nevicato. Ammesso che siano rimaste delle tracce, sarà difficile scovarle».

«Tentar non nuoce». Fra' Prudenzio espirò una nuvoletta bianca e si sistemò la bisaccia a tracolla. Era talmente gonfia da far credere che dovesse star fuori per giorni. «Inoltre, se permettessimo il diffondersi di turpitudini e *maleficia* fomenteremmo l'indignazione delle autorità ecclesiastiche...».

Rocheblanche lo zittì. La loro guida si stava già dileguando tra gli alberi. «La direzione?», volle sapere.

Silvano emise un grugnito e fece strada verso nord. Maynard si affrettò a seguirlo prima di perderlo fra un intrico di rami ghiacciati, ma di tanto in tanto fu costretto a rallentare per soccorrere fra' Prudenzio, che si impigliava e scivolava ovunque.

Il cacciatore, al contrario, si muoveva come una delle fiere a cui aveva giurato guerra eterna. Sicuro e silenzioso, manteneva il passo senza mai voltarsi verso di loro. Non ne aveva bisogno, suppose Rocheblanche. Doveva essere dotato di un udito e di un olfatto così fini da non aver bisogno di guardarli per verificare a quale distanza si trovassero. D'altro canto percepiva in lui una sorta di ritrosia, quasi un disprezzo verso i propri simili, e non lo biasimò di certo. Lui stesso, dopo mesi di vita errante, aveva sviluppato nei confronti del prossimo un'insofferenza che aumentava in presenza di infami e scellerati. Provò un intimo sollievo, quindi, nell'interpretare per un attimo quel cammino come una fuga dalla civiltà.

All'improvviso Silvano rallentò, e il cavaliere comprese di essere giunto a destinazione. Aiutò il pingue domenicano a superare un ultimo declivio venato di radici e raggiunse il cacciatore.

«È questo il punto in cui li avete scorti?», chiese, constatando che si era fermato davanti a un sentiero seminascosto tra gli arbusti.

«Sì, messere».

«Quanti erano?»

«Non so».

«Dov'erano diretti?».

Con ritrosia, Silvano indicò un punto in cui il sentiero spariva sotto un pergolato di rovi e rami secchi intrecciati a guisa di un ingresso a volta.

Assai colpito, il francese cercò di immaginare un corteo guidato da una bestia misteriosa dileguarsi oltre quel recesso buio, e si persuase che chiunque, di fronte a una simile scena, sarebbe caduto in preda al terrore. O alla suggestione. Si avvicinò per controllare, ma notò che il cacciatore non accennava a proseguire. «Ebbene, non venite?», lo incitò.

«Preferirei di no, messere».

Rocheblanche scambiò un'occhiata complice con fra' Prudenzio, quindi scostò il mantello per mostrare l'elsa della spada.

Il cacciatore esitò ancora, lasciando trapelare una punta di ostilità. Infine avanzò. Si inoltrarono sotto l'intreccio di rami, lungo circa una ventina di passi. Era talmente fitto da impedire alla luce del mattino di filtrare, e troppo uniforme perché fosse opera della natura.

«Peccato non avere neppure una lanterna», si lagnò fra' Prudenzio, che procedeva con i lembi della cappa sollevati per dar maggior agio alle gambe tozze.

«Non temete», lo confortò Maynard. «Stiamo già uscendo all'aperto». Ma non appena fu di nuovo sotto la luce del sole, non poté trattenere un'esclamazione di stupore.

Il passaggio di rovi conduceva all'interno di una pieve in rovina, talmente antica che la selva le era cresciuta intorno e all'interno, penetrando con rami e radici attraverso finestre, porte e qualsiasi genere di pertugio. Il tetto era crollato da tempo insieme a gran parte delle pareti, lasciando cumuli di macerie ai margini del perimetro. In luogo del coro, tuttavia, restava un crocifisso di legno capovolto e conficcato a terra in spregio al sacrificio del Cristo.

Quell'insulto era nulla, se paragonato all'abominevole manufatto che si ergeva davanti all'altare. Consisteva in una pira di legno e paglia a cui era stato legato un fantoccio dalle sembianze umane. Recava sul capo una corona di spine, sulle spalle un mantello ricavato da cenci e interiora animali. Sul petto, trafitto da una lancia, uno scudo triangolare con lo stemma di un'aquila bianca su campo azzurro.

«*Oh Jesus!*», esclamò fra' Prudenzio, correndo immediatamente verso il crocifisso. «Aiutatemi a raddrizzarlo!».

«Non toccate nulla», gli intimò Maynard. «Meglio non lasciare tracce del nostro passaggio». Si guardò intorno per memorizzare ogni particolare, quindi si concentrò sul fantoccio. Lo stemma sullo scudo non lasciava dubbi: era l'arme della casata d'Este. Per quanto detestasse ammetterlo, il vescovo Guido e Lamberto da Cingoli avevano ragione. Il marchese Obizzo aveva dei nemici.

Dubitava ancora, tuttavia, che si trattasse di un maleficio. Benché ogni indizio sembrasse dargli torto, coglieva troppa ostentazione per non pensare a una messinscena. Ma a quale fine?

Un odore pungente gli giunse alle narici, spingendolo a esaminare i resti di un focolare dinanzi alla pira. Doveva aver arso fino all'alba, poiché emanava ancora tepore.

«Un fuoco troppo piccolo perché potesse attecchire».

Maynard sollevò lo sguardo, incrociando l'espressione perplessa di fra' Prudenzio. Sorrise senza allegria. Il domenicano doveva essere troppo avvezzo agli autodafé per prendere in considerazione altre ipotesi dinanzi a una pira. Annusò le ceneri e scosse il capo. «Questo fuoco non è stato acceso per alimentare un rogo». Raccolse un ramoscello mezzo carbonizzato e glielo mostrò. «*Herba diaboli*».

Il frate sussultò. «Ne avete esperienza?»

«Soltanto in ambito officinale. Come forse saprete, erbe del genere vengono impiegate per lenire il dolore. A giudicare dall'odore, però, qui ne sono state bruciate in eccesso, e di diverso tipo».

«Ritenete siano state impiegate per compiere dei riti satanici?»

«Ciò che ritengo, padre, è che dovrete vuotare la vostra bisaccia», ribatté Rocheblanche. «Dobbiamo raccogliere queste ceneri e sottoporle all'esame di un erborista». Poi si alzò in piedi, manifestando un'improvvisa ansietà. «Ma agite alla svelta, ve ne prego».

«Perché tanta premura?», protestò fra' Prudenzio.

Prima di rispondere, Maynard de Rocheblanche si guardò intorno imprecando tra i denti. «Perché la nostra guida ci ha lasciati soli».

8

Abbazia di Santa Maria di Pomposa

«Ah, quei tempi!». Ritto sul pulpito, padre Andrea declamava il sermone ispirato dall'arco di luce dipinto alle sue spalle. «Li rammentate, fratelli miei? Parlo dei tempi in cui san Pier Damiani calcava i piedi su questo sacro suolo! Trecento anni sono trascorsi. Trecento! Erano i tempi dei santi e dei fasti, i tempi in cui Pomposa diventò leggenda. Invece oggi... decimati dalla peste e impoveriti nello spirito, ci trasciniamo come ignavi. Pigri! Indisciplinati! Soggiogati dalle lusinghe del mondo e dalla paura! Com'è potuto accadere? Quale peccato ci ha reso tanto indegni? Oh, badate bene, io sono il primo ad assumersi la colpa. Mi sono macerato a tal punto nella contrizione da provare disgusto verso me stesso, e mille volte ho desiderato abbandonare il vincastro a favore di gente più meritevole. Ma non temete, fratelli carissimi, poiché voglio farvi una promessa. A Dio piacendo, restaurerò fra queste mura l'antica saggezza e l'equilibrio tra *vita activa et contemplativa*, affinché Pomposa torni a esser grande. E lo farò grazie alle regole che proprio san Pier Damiani scrisse, infiammato dallo Spirito Santo, in un'opera preziosissima. Il *De perfectione monachorum*!».

Batté il palmo sul leggio, ascoltando l'eco delle proprie parole disperdersi nella navata. Erano lontani i giorni in cui aveva creduto che quell'eco si librasse oltre le mura del monastero, fino alla Grazia eterna che muoveva i cieli e i destini degli uomini. Ora si accontentava di scorgere il consenso sui volti dei monaci, con la speranza di aver seminato qualcosa di buono nei loro cuori. Non era abbastanza, tuttavia, e lo sapeva bene. Soffriva ancora per il silenzio del Padre, a volte al punto da credersi al servizio di una religione mendace, inventata per proteggere l'umanità dall'inesorabile vuoto che gravava sul mondo degli uomini. Eppure non tutto era perduto. Dopo anni di traversie, riusciva finalmente a scorgere un barlume di speranza.

Osservò i dieci monaci assisi sugli stalli. Erano tutto ciò che gli restava, il piccolo esercito con cui avrebbe dato inizio al suo progetto di riforma. Un progetto difficile, non si faceva illusioni al riguardo. Ciò nondimeno, le avversità del destino e le prepotenze degli uomini non lo spaventavano più. A dispetto della crisi di fede che lo divorava, non si sarebbe tirato indietro.

Scese dal pulpito, scrutando con la coda dell'occhio le magistrali pitture a fresco di Vitale de Equis. Era un pensiero puerile, eppure aveva la sensazione che insieme a quelle immagini fosse rinata una parte di lui. Come se quei colori lo avessero illuminato, consentendogli di scorgere qualcosa oltre lo sconforto. La luce dell'arte, capace di spingersi oltre l'umano intendimento.

Ma la vera luce, quella più abbagliante, sarebbe nata soltanto dal *De perfectione monachorum*. Era stato il vescovo a consigliarlo in tal senso, porgendogli durante il loro ultimo incontro una copia di quell'opera. Nel riconoscerla, Andrea si era colpito la fronte chiedendosi come avesse potuto essere tanto cieco da non prenderla prima in considerazione. Si era scervellato per anni sugli insegnamenti dei grandi padri della chiesa, Basilio, Agostino, Gregorio Magno, Tommaso, alla ricerca della regola ideale in grado di riformare il suo cenobio, quando invece sarebbe bastato rispolverare quell'agile libello dimenticato fra gli scaffali della sua biblioteca. Un'opera di soli ventiquattro capitoli, in cui si passava al vaglio, con accuratezza, ogni aspetto della vita di un monastero.

Camminò tra le panche della navata, intonando un inno alla Madonna finché il coro dei confratelli non si uniformò alla sua voce, il pensiero già altrove. La convocazione di Rocheblanche era stata un fulmine a ciel sereno e intendeva discuterne quanto prima con il vescovo. Però doveva sbrigarsi, se non voleva cadere vittima di un intrigo che intuiva assai più esteso di quanto gli fosse stato prospettato.

Raggiunse quindi il nartece, uscì nel gelo del mattino e, rivolto uno sguardo alla Madonna affrescata sul portale, allungò il passo verso gli stallaggi.

Un famiglio lo aspettava tenendo per il morso una giumenta già sellata. Andrea si coprì le spalle con un mantello di pelliccia e posò un piede sulla staffa, facendosi aiutare a salire in groppa.

«Vostra paternità desidera essere accompagnato?», chiese il servo.

L'abate sistemò i lembi della tonaca ai lati della seduta e accennò un diniego. Non aveva confidenza con quell'uomo. Ogni volta che se lo trovava di fronte rimpiangeva il fedele Bonus, morto di peste la primavera precedente. Fece per andarsene quando intravide il suo levriere acciambellato in un cantuccio della stalla. «Prenditi cura di Fiumano», ordinò, addolcendo l'espressione del viso.

Superò al trotto la corte dell'abbazia e, mentre rimuginava sulle direttive che aveva lasciato da seguire in sua assenza, spronò la cavalcatura verso un sentiero diretto a levante. Prima di imboccarlo, riconobbe un individuo barbuto intento a caricare i propri averi su un carro. «Mastro de Equis», vociò strattonando le redini, «siete già di partenza?».

Il pittore ricambiò il saluto. «L'affresco è concluso e Bologna mi attende». Fregandosi le mani per il freddo, osservò la borsa da viaggio appesa al fianco della giumenta. «Voi invece dove siete diretto?», chiese di buon umore. «Se pazientate un attimo, potremmo forse coprire un tratto insieme».

«Devo correre alla Torre della Lanterna», rispose l'abate, lasciando intendere di aver premura. Lo attendeva un imbarco diretto a Ferrara, nella speranza di raggiungere la sede vescovile prima di cena. Tuttavia indugiò e, dopo una breve esitazione, aggiunse con rammarico: «Ho sperato fino all'ultimo che cambiaste opinione riguardo la mia proposta».

Vitale si strinse nelle spalle. «Ci ho riflettuto assai, e sono giunto alla conclusione che non ne valga la pena. Con tutto il rispetto, reverendo padre, dipingere ex novo le pareti della vostra navata richiederebbe almeno il doppio di quanto mi offrite».

«Al momento non posso disporre di una cifra più alta», sospirò Andrea, irritato dal modo sottile con cui gli era stato dato del pezzente.

«Quindi», concluse il pittore, «a meno che le vostre finanze non migliorino...».

«Buon viaggio, messere!», tagliò corto il monaco. Prima di dar di sprone, rammentò però una questione che l'assillava dal giorno prima e indugiò ancora. «Un'ultima parola, se mi è lecito».

«Vi ascolto».

«Avete per caso notizie del giovane de' Bruni?».

Vitale de Equis lo scrutò spaesato. «Per quale motivo?».

Padre Andrea nascose l'apprensione dietro una smorfia. «Non lo vedo da quando sono giunti i messaggeri del vescovo».

«A onor del vero, nemmeno io», disse il pittore. «L'ho scorto l'ultima volta ieri mattina, proprio vicino agli stallaggi».

«E vi ha detto qualcosa?»

«Nulla, vostra grazia. È balzato in groppa a un cavallo e si è allontanato di gran carriera».

9

Convento di Sant'Antonio Abate

Suor Eudeline non si era ancora abituata alla vita sull'isola di Sant'Antonio, e non certo per la scarsa affabilità delle consorelle o perché parlasse una lingua diversa. I costumi vigenti non si discostavano molto da quelli del suo monastero di provenienza, a Reims; per quanto riguardava la comunicazione, invece, tutto era facilitato dalle consuetudini, dal latino e dal codice gestuale usato per non infrangere la regola del silenzio. Se la monaca francese continuava a sentirsi a disagio, era per il fatto di non poter stringere lei le redini del comando.

Senza troppa sorpresa, si rendeva conto che anni trascorsi a guidare una comunità di benedettine le impedivano di instaurare un rapporto di parità con le altre. Causa di maggior fastidio, nondimeno, era il sentirsi privata del controllo che le aveva consentito per anni di opporsi alle angherie che aveva subìto.

L'unica consolazione le derivava dal costatare che i suoi nobili natali, i suoi modi autoritari e la sua bellezza suscitavano nella maggior parte delle consorelle una naturale fascinazione. Le si rivolgevano sempre con rispetto, addirittura con riverenza, benché lei non facesse nulla per guadagnarsi attenzioni. Tutto ciò indisponeva la fin troppo suscettibile madre badessa.

Eudeline era ben consapevole d'essersi fatta una nemica. Nell'immutabile quiete della clausura, accoglieva quella consapevolezza come uno stuzzicante diversivo. E fu quasi per indispettire la rivale che, verso sera, sotto gli occhi di tutte, attraversò il chiostro dopo il canto del *Magnificat*[3] per raggiungere il luogo in cui era stata messa in punizione Isabeau.

[3] Cantico contenuto nel Vangelo di Luca (1, 39-55) e recitato durante i Vespri.

Si trattava di un magazzino stipato di botti, sacchi e ogni genere di derrate. L'odore di formaggio e granaglie era talmente intenso da saturare l'aria.

La ragazza stava in un cantuccio. Legata e in ginocchio su dei chicchi di frumento, gli occhi bendati.

Quell'immagine evocò in Eudeline un'ondata di ricordi.

Anche lei aveva inflitto delle punizioni, le più severe delle quali alla novizia che le si era rivoltata contro per ordine di Bertrand du Pouget. Aleydis. Provava ancora rimorso per averla trattata con eccessiva durezza, e dolore al pensiero di averla perduta per sempre, insieme alla sua figlioletta nata nel peccato.

Per certi versi, Isabeau gliela ricordava. Non solo per la giovane età e per lo spirito ribelle, ma soprattutto perché lasciava trasparire un senso di abbandono capace di risvegliare nella monaca francese l'istinto di protezione.

Le si avvicinò e tolse la benda che le copriva gli occhi.

La ragazza batté le palpebre, abituandosi lentamente alla luce fioca del magazzino. «Madre, siete voi». Si guardò alle spalle, incredula. «La punizione è finita?»

«No, mia cara».

«Allora andatevene, o sarà peggio per voi».

Eudeline sorrise. «Vorrà dire che puniranno anche me».

«Se sapeste come ci si sente, non parlereste così».

«So bene come ci si sente. E so che il dolore più acuto non lo provate nella carne». Si chinò su di lei, notando che i lembi della sua veste erano stati sollevati sulle cosce perché le ginocchia si posassero direttamente sui chicchi. Fu nauseata dalla crudeltà della badessa. «Ora lasciate che vi aiuti», disse d'istinto. La fece mettere distesa e la liberò dai vincoli.

Isabeau era visibilmente sconcertata. Appena poté muoversi, emise un sospiro di sollievo e si massaggiò le ginocchia coperte di piaghe. «Perché lo state facendo?»

«Non sono forse tutti convinti che siete mia sorella?», ironizzò la monaca. «Tanto vale continuare nella finzione».

«Non mi piacciono le bugie», commentò la ragazza. «Ma se non fosse stato per questa, Maynard non sarebbe mai riuscito a farmi accettare in convento».

«Se continuate a ribellarvi, renderete vani i suoi sforzi».
«Ho agito per amore. Voi tuttavia non potete capire».
Eudeline le rivolse uno sguardo complice. «Lo pensate davvero?».
Ancora una volta, Isabeau apparve spiazzata. «Ma... non siete monaca?»
«Lo diventai per isolarmi dal mondo, non per vocazione. Prendendo il velo ritrovai la dignità, e per anni mi illusi di essere appagata, persino felice... Poi conobbi un cavaliere...».
Al ricordo di Robert, di come le era stato strappato via, si sentì pervadere da un dolore e da una rabbia che faticò a nascondere.
«Madonna», mormorò la ragazza, «state piangendo...».
Eudeline si asciugò il viso, alzandosi in piedi di scatto. «Non rinunciate mai al vostro amato. Mai. Se tenete davvero a lui, stategli accanto».
«La prima volta che mi parlaste non diceste così», le ricordò Isabeau, ancora inginocchiata a terra. «Mi diceste di restare in convento e di esser grata della protezione che vi offriva».
«Dovete perdonarmi, non vi sapevo innamorata. E ora che ne sono consapevole, aggiungo che vivere protetti non serve a nulla se questo ci tiene lontani da chi si ama. Sempre che il sentimento sia reciproco, ovviamente».
«Lo è, ne sono certa. Lui ha promesso di sposarmi».
«Ebbene, cosa aspetta a prendervi in moglie?»
«È dovuto fuggire. Per via di un complotto, un torto recato alla sua famiglia».
«Che lo affronti», esclamò la monaca, serrando i pugni. «Gli manca forse il coraggio?».
Isabeau scosse il capo, lasciando trapelare una profonda amarezza. «Gualtiero non è un vigliacco, ma nemmeno un cavaliere come Maynard o come l'uomo che amavate». Con estrema cautela cercò di coprire le ginocchia ferite, ma il dolore la costrinse a tener sollevati i lembi dell'abito. «È un figlio del volgo costretto a battersi contro dei giganti. Capite? Ha visto morire la madre e colui che credeva suo padre. Ha molto sofferto, e voi non immaginate la mia pena a saperlo là fuori, da solo... col timore di non rivederlo mai più».
Mentre la ascoltava, la monaca si sentiva svuotare dello sdegno che l'aveva infiammata. Tentava di immaginarsi il volto di quel giovane

sventurato, di cui non sapeva nulla, e d'un tratto provò il desiderio irrefrenabile di aiutare Isabeau. Addolcì lo sguardo e le pose una mano sulla spalla. «Raccontatemi tutto», le ordinò. «Dal principio».

La ragazza si ritrasse. «Reverenda madre, siete sicura...».

«Eudeline », la tacitò rassicurante. «Per voi, mia cara, sono soltanto Eudeline».

Non appena uscì dal luogo della punizione, s'imbatté nella badessa. Alta, e di una magrezza che la rendeva quasi inconsistente sotto la tonaca nera. Il nervosismo le tirava a tal punto il volto da rendere ancor più affilati gli zigomi.

«Madre Eudeline», le puntò il dito contro, «non pensiate di esser giunta fin qui a dettar regole».

«Isabeau è ancora rinchiusa come da voi prescritto», si difese la monaca. «Ho soltanto voluto recarle un po' di sollievo».

«Con quale autorizzazione? Avevo espressamente ordinato che nessuno le facesse visita!».

Ma Eudeline ne aveva abbastanza di farsi redarguire come una novizia. «Avete anche ordinato di deturparne le carni?», ribatté a tono. «Quale cattiveria! Le sue ginocchia erano coperte di sangue. Nel mio convento, non avrei mai permesso...».

«Voi non siete nel vostro convento!», gracchiò la badessa. «Rammentate, reverenda madre? Le vostre monache furono stroncate dalla peste. E se vi trovate qui, ora, è per mia indulgenza».

Al sentir usare tanto sarcasmo verso le sue povere consorelle, fece un passo in avanti con gli occhi stretti in due fessure di rabbia. «Io sono Eudeline di Reims, della nobile casata di Rocheblanche», declamò a gran voce, in modo che le sue parole venissero ben udite da chi spiava attraverso le grate del convento. «E se mi trovo qui è perché vi ho elargito una somma pari alla dote di una novizia. Rendetemela, se vi fa piacere, e troverò subito un alloggio migliore».

La badessa arretrò. «Placate il vostro animo», mormorò a denti stretti. «Se sono venuta a cercarvi, è stato per darvi notizia che un uomo è appena giunto chiedendo di voi».

«Di chi si tratta?», volle sapere la monaca, con eguale alterigia.

«Di vostro fratello, Maynard de Rocheblanche».

10

Se soltanto chiudeva gli occhi, Maynard aveva l'impressione di aggirarsi ancora per i boschi con il sibilo del vento e i lamenti di fra' Prudenzio a tenergli compagnia. Era stato difficile far ritorno senza la guida di Silvano da Focomorto, e se non fosse stato per l'urgenza della situazione avrebbe volentieri allungato il cammino verso i sobborghi di Porta di Sotto, dove abitava quel figlio di cane.

Rammentandosi del luogo sacro in cui si trovava, cercò di sedare i bollenti spiriti. La badessa di Sant'Antonio gli aveva permesso di entrare nel convento a patto che attendesse nel parlatorio fino all'arrivo della sorella. "La maggiore", si era affrettato a precisare il cavaliere, per non lasciar trapelare sospetti verso Isabeau. La reverenda madre aveva annuito con un sorrisetto di dileggio, a sottintendere un'eguale antipatia per entrambe.

Maynard ingannò l'attesa seduto su una panca, osservando una statua di legno dipinto che rappresentava una santa. Assai giovane e di aspetto gentile, indossava un abito da benedettina, impreziosito da uno stemma appeso alla vita con l'insegna dell'aquila bianca.

«Santa Beatrice d'Este», spiegò una voce femminile, «patrona e fondatrice di questo luogo».

Voltandosi, Rocheblanche riconobbe Eudeline. Algida e impassibile, quasi avesse attraversato un mondo in rovina senza batter ciglio. Si alzò in piedi. «Quindi», ironizzò, «la famiglia d'Este non ha generato soltanto lupi».

«Si potrebbe dire altrettanto dei Rocheblanche?», ribatté lei.

«Sorella, sei ingiusta». Maynard le strinse le mani e le baciò una guancia. «Ti trovo bene, nonostante tutto».

«Una menzogna cortese», si adombrò la monaca, prendendo le distanze. «Perché sei qui?».

Sorpreso da quella ritrosia, lui la fissò chiedendosi cosa la turbasse. Percepiva quasi l'odore della burrasca che si agitava dietro la sua espressione distaccata. «Ho bisogno del tuo aiuto», confessò dopo un attimo di esitazione.

«Un altro intrigo?».

Maynard colse l'accento di rimprovero, insieme a un insidioso inarcarsi di sopracciglia. «Sono stato costretto».

«Costretto?», ripeté la sorella. «Non devi nulla a questa città, né tantomeno alla sua corte. Quando ti deciderai a onorare i tuoi doveri?»

«Il mio dovere è restare qui, Eudeline».

«Il tuo dovere è correre a Reims», lo contraddisse lei. «A Reims! Per rivendicare i feudi dei Rocheblanche ingiustamente sottratti dalla Camera Apostolica!». Con uno slancio improvviso gli si avventò contro e gli batté i pugni sul petto, finché il fratello non le afferrò i polsi. Eudeline si divincolò, scrutandolo come se volesse lanciargli una sfida. «Ah, se solo fossi nata uomo!», e finse di brandire una spada. «Sa Dio se mi troverei ancora qui, a nascondermi con le mani in mano!».

Maynard era combattuto tra il rammarico e l'ammirazione per quel carattere tanto fiero. «È una trappola, lo capisci?», esclamò. «Dietro la spoliazione dei nostri beni c'è l'ombra di Bertrand du Pouget, lo sai bene. Rifletti dunque! Quel maledetto vuole renderci deboli, insicuri. Se agissimo d'impulso, cadremmo vittime dei suoi sicari».

«Accetti quindi il sopruso?»

«Giammai! Non immagini quanto si estenda il mio desiderio di affrontare du Pouget e ristabilire la giustizia! Ma intendo farlo qui, a Ferrara».

La rabbia di Eudeline si placò lentamente, svanendo dietro una maschera di incertezza. «E se lui non venisse?»

«Verrà», le assicurò lui. «È roso dalla voglia di scoprire il segreto che custodisco. Non rinuncerà a cercare il *Lapis exilii*».

«Non essere troppo fiducioso», lo mise in guardia la monaca. «Tu non lo conosci. Non l'hai visto in faccia, non hai sperimentato di persona la sua perversione. È un mostro, Maynard. Un mostro peggiore di... di...», e si coprì il viso, soffocando un singulto.

Rocheblanche fece per abbracciarla, ma intuendo la causa di quell'improvvisa reazione si limitò a restarle accanto. Impotente.

Assistere alla sofferenza di Eudeline attizzò nel cavaliere un'antica collera, insieme alla vergogna per l'onta commessa da Gaspar de Rocheblanche, suo padre. Che il diavolo lo trascinasse oltre i più neri cancelli dell'inferno... o che lo risputasse sulla terra, affinché lui potesse trafiggerlo con la propria spada! Al solo pensiero tremò, accorgendosi di avere le dita già pronte sull'elsa. Erano lontani i tempi in cui l'aveva abbandonato morente sulla rena di Algeciras. Lontano pure il bisogno di espiare quel gesto, dopo lo spettacolo di centinaia di vite spezzate dalla peste. Restava soltanto l'odio. Puro, inflessibile, inappagato. Si voltò di scatto, per nascondere la smorfia feroce che gli era affiorata sul volto. «Significa che, uccidendo l'uno, avrò soddisfazione anche sull'altro», sentenziò. Poi, toccato dal pianto della sorella, si impose di moderare i toni. «Ora comprendi il mio impegno?», le chiese. «Quando monsignor Bertrand verrà a combattermi, dovrò poter contare su degli alleati. E il più prezioso è il marchese Obizzo d'Este».

La monaca si asciugò le lacrime, riprendendo in fretta il controllo. «Dunque è per lui che hai accettato il coinvolgimento in questo nuovo... incarico?».

Maynard annuì. «Riguarda un'indagine voluta dal vescovo e dalla Santa Inquisizione, forse legata a un complotto ordito ai danni della famiglia d'Este».

«E cosa c'entra l'Inquisizione?»

«Si pensa a un *maleficium*. Pare siano state rinvenute delle rane morte presso il palazzo marchionale. Rane, con dei messaggi su pergamena. Recitano *Pro bono malum*».

«Male in cambio di bene», tradusse Eudeline, pensierosa. «Cosa significa?»

«Speravo potessi illuminarmi tu», confessò il fratello, lieto che l'argomento la distogliesse dal dispiacere. «Secondo i religiosi con cui ho parlato, la presenza delle rane alluderebbe a una bestia dell'*Apocalisse*».

La monaca fece cenno di comprendere. «Il falso profeta».

«Flegetanis...», mormorò Maynard, in preda a un'improvvisa suggestione.

«A cosa alludi?».

Il cavaliere cadde dalle nuvole. «Perdonami, riflettevo ad alta voce». Esitò a spiegarsi, infine dichiarò: «L'ebreo Flegetanis è l'autore dell'unico libro che parla del *Lapis exilii*. Tempo fa l'abate Andrea lo paragonò a un falso profeta. E ora, alla luce di quanto accade, mi chiedo se non ci sia un collegamento».

«Mantieniti lucido, fratello», lo ammonì Eudeline. «Sovrapponi fatti separati tra loro, te ne rendi conto? È naturale, considerato tutto ciò a cui hai assistito, ma non puoi permetterti di lasciarti suggestionare proprio ora. Attieniti ai fatti! Le rane, i messaggi… e poi?»

«E poi la visione», aggiunse lui. «Un corteo nei boschi al seguito di una bestia misteriosa. Così almeno sostiene un testimone. Ho seguito le tracce e ho rinvenuto un fantoccio legato a una pira, con affisso uno scudo degli Este». Si diresse quindi verso la panca, dove aveva posato la bisaccia di fra' Prudenzio. «Nelle vicinanze, ho trovato queste».

Sempre più curiosa, la monaca scrutò all'interno della borsa. «Di cosa si tratta?»

«Ceneri di erbe».

Eudeline sollevò lo sguardo, perplessa. «E cosa pretendi che ne ricavi?»

«Vorrei farle esaminare da un erborista, per saperne di più», rispose Rocheblanche. «Purtroppo il monaco *infirmarius* di Pomposa è perito durante la peste, e per non rivolgermi ai padri di San Domenico ho preferito rivolgermi a questo convento…».

«Se è una monaca erborista che cerchi, la comunità di Sant'Antonio ne ospita una assai dotta. Tuttavia sai bene che non ci troviamo a Sainte-Balsamie. Qui non posso dettare ordini, né chiedere favori con troppa leggerezza».

«Sono sicuro che troverai il modo», tagliò corto Maynard. «Con discrezione».

Irritata da quel tono sbrigativo, Eudeline riprese a scrutarlo con alterigia. «Ho anch'io un favore da chiederti».

«Ti ascolto», disse lui, colto alla sprovvista.

«Gualtiero de' Bruni».

«A cosa ti riferisci?»

«Al giovane innamorato di Isabeau».

«Continuo a non capire».

«Parlami di lui», chiarì la monaca, con voce severa. «Un anno fa lo inviasti in Francia in gran segreto, e da allora la vita di quel giovane rimase sconvolta».

«Fu stravolta assai prima», ribatté lui, «in seguito all'arresto dei genitori».

«E tu hai osato approfittartene!», lo rimproverò la sorella.

Rocheblanche emise un profondo sospiro, irritato da quell'interrogatorio. «Gualtiero sarebbe comunque partito per la Francia. Desiderava ritrovare la madre, scoprire chi fosse veramente. D'altro canto, se proprio ci tieni a saperlo, in quei giorni mi credevo spacciato, temevo di morire di peste. Ho ritenuto opportuno affidargli il mio segreto più grande».

«Non potevi rivolgerti al tuo amico abate?», gli rinfacciò Eudeline.

«Padre Andrea ha delle debolezze, non è del tutto fidato. Gualtiero invece è un uomo d'onore».

«Un ragazzo, vorrai dire. Un figlio di popolani...».

Il cavaliere scosse il capo. «I suoi veri genitori erano nobili. Suo padre, signore di Mantova, era nemico dei Gonzaga. Sua madre, Elisa d'Este, sorella del marchese Obizzo».

A quelle parole, Eudeline si coprì la bocca in preda allo sconcerto. «Oh mio Dio...».

«Gualtiero ha mantenuto il segreto persino con Isabeau, per proteggerla», continuò a spiegare lui. «Di recente, però, ha maturato il sospetto che qualcuno possa sapere».

«Ora comprendo perché è fuggito!».

«Fuggito? Ne sei certa?»

«Me l'ha rivelato Isabeau, oggi stesso».

«Quell'irruento!». Maynard fendette l'aria con un pugno. «Gli avevo ordinato di aspettare, dannazione».

Intrecciando le braccia al petto, la monaca prese a camminare avanti e indietro per il parlatorio. Teneva il capo chino, gli occhi persi in un oscuro disegno. «Dobbiamo fare qualcosa», proferì all'improvviso. «Aiutarlo».

«Non ti riguarda, sorella».

«Invece sì», esclamò lei, battendo un piede sul pavimento.

Rocheblanche la fissò perplesso, infine si strinse nelle spalle. «Forse», commentò, «la scelta di Gualtiero è stata la migliore».

«E Isabeau?», sbottò Eudeline. «Dovrà aspettarlo per tutta la vita in convento?». Puntandogli il dito contro, lo apostrofò con cattiveria: «Ecco il prode Maynard, come si prende cura delle proprie donne! Le segrega nel claustro, come oggetti inanimati in uno scrigno, mettendosi la coscienza in pace! Egoista! Come osi parlare di rettitudine, quando sacrifichi con tanta facilità la libertà altrui?»

«Sei ingiusta!», si difese lui, nascondendo la ferita che lei gli aveva appena provocato. «Sai bene che ero contrario alla tua scelta di prendere il velo. E sai altrettanto bene quanto soffra nel vederti costretta a questa vita».

«Eppure non ti sei opposto alla mia scelta di ritirarmi fra queste mura! Addirittura pretendi il mio aiuto, quasi dimentico della mia condizione. Senza casa, senza dignità! Privata persino dell'uomo che amavo!».

Maynard fu sul punto di ribattere con rabbia, ma si trattenne. Per quanto avesse sempre creduto di essere nel giusto, non poteva negare le ragioni della sorella, né restare insensibile alla sua fragilità. Le si parò di fronte, costernato, e le mise le mani sulle spalle. «Saprò porre riparo a tutto ciò, te lo giuro».

«Anche riguardo a Gualtiero?», s'impuntò lei.

«Già gli promisi di verificare i suoi sospetti. Ho il sentore che padre Andrea possa conoscere qualcosa sulle sue origini, ma i tempi non sono ancora maturi per...».

Eudeline lo zittì con un cenno. «Parlerò io con l'abate di Pomposa», disse con tono autoritario.

Il fratello la scrutò incredulo. «Sei forse uscita di senno?»

«*Esigo* di incontrarlo», insistette lei, «e lo farò con o senza il tuo consenso».

Maynard non capiva ancora perché la sua nobile sorella si fosse intestardita a tal punto, ma conosceva abbastanza quello sguardo da intuire di poter fare ben poco per dissuaderla. «Tu ignori troppe cose per occupartene», tentò di ribattere.

«Vorrà dire che mi informerai su ogni dettaglio della vicenda». Con l'imperturbabilità di un consumato politico, la monaca si accomodò sulla panca e lo invitò a sederle di fronte. «E io, in cambio, farò esaminare il tuo sacco di ceneri all'erborista di Sant'Antonio».

«Sta bene, sorella», si arrese Rocheblanche. «Ma quando parlerai con l'abate Andrea, non dimenticare mai una cosa: egli sa del *Lapis exilii*, pur ignorando di cosa si tratti e dove sia nascosto. Non dirgli nulla al riguardo, nemmeno un accenno. Il reverendo Andrea non deve sospettare che anche tu sia al corrente del segreto. E soprattutto, non deve conoscere il nome dell'unica persona che è riuscita a posare lo sguardo su quell'inestimabile reliquia». Poi si sporse verso di lei e sussurrò: «Gualtiero».

11

Quartiere di San Romano

Il palazzo del podestà sorgeva ai margini della parrocchia di San Pietro, fra le ombre grigie della sera. Le sue mura non rientravano per poco nell'anello di cinta, campanili e loggiati che isolavano il Castello dei Curiali dal Burgus Superior, ma ne condividevano appieno la storia. Eretto da un vassallo di Roberto d'Angiò sull'antica dimora degli Adelardi, manteneva vivo il ricordo della fazione guelfa che aveva donato alla città la grande cattedrale, insieme all'eco dei sanguinosi scontri tra i papalini e gli imperiali.

A dispetto di tante illustri memorie, padre Andrea si era sentito a disagio prima ancora di varcarne la soglia. Forse per la sorpresa di vedersi accolto in un edificio così cupo e marziale. Forse per le motivazioni che l'avevano costretto ad avventurarsi al suo interno.

Si sforzò di ignorare i lugubri arredi della sala da mensa in cui era stato condotto e piluccò l'arrosto di fagiano servitogli per cena, senza insaporirlo con la salsa giallastra contenuta in una ciotola a parte. Le pietanze untuose lo disgustavano, rendendogli quasi insopportabile la vista dell'unico commensale intento ad abbuffarsi senza ritegno. Quel continuo spolpare, intingere, masticare gli faceva deplorare e al contempo maledire le inclinazioni più basse del genere umano. A maggior ragione perché si trovava di fronte al prelato che con tanta saggezza aveva appoggiato i suoi sogni di riforma, suggerendogli di attenersi all'esempio del *De perfectione monachorum*. Stentava quasi a credere si trattasse della stessa persona.

Notato il suo malanimo, Guido di Baisio sollevò lo sguardo dal piatto con il mento lucido di sugo. «Reverendo padre, non avete appetito?».

L'abate fece un gesto schizzinoso. «Mi interrogavo», divagò, «sull'assenza del padrone di casa».

Sua eccellenza si strinse nelle spalle. «Da quando è stato nominato podestà, il nobile Alemanno degli Obizzi è ospite abituale alle cene del marchese. E in verità, contavo proprio sulla sua assenza quando ho saputo del vostro arrivo. Potremo parlare senza terzi incomodi».

«Una precauzione superflua, se avessimo cenato nel vostro palazzo».

Guido emise uno sbuffo, strappò una porzione di selvaggina e la mosse in circolo, indicando le pareti intorno a sé. «I piani inferiori della curia, le cucine e il refettorio sono ancora danneggiati dal fuoco, per non parlare del tanfo di bruciato che pervade l'ambiente», spiegò. «I disagi provocati dalla pestilenza mi hanno impedito finora di provvedere alla ricostruzione. Finché mi tratterrò a Ferrara, dovrò approfittare dell'ospitalità dell'aristocrazia e del clero».

L'abate si rammentò dell'audacia con cui, due anni prima, Maynard de Rocheblanche era penetrato nella curia per vendicarsi del visdomino Orsini. L'incendio era divampato in quel frangente. Eppure, fino ad allora, non gli era mai capitato di sentire monsignor Guido lamentarsi al riguardo, specie dal momento che più di una volta gli aveva dato udienza nella sua sede. In guardia, si disse. Le condizioni del palazzo vescovile non c'entravano nulla. Baisio doveva aver scelto di incontrarlo altrove per nascondergli qualcosa, se non addirittura per nascondere se stesso da chissà chi. «Mi rincresce», mormorò per occultare i suoi dubbi.

«Non siete responsabile del gesto di Rocheblanche», minimizzò sua eccellenza, liquidando in fretta la questione. «Benché, per l'inagibilità del mio palazzo, stanotte dovrete accontentarvi del dormitorio di Sant'Agnese».

Alludeva al monastero benedettino affacciato sulla via dei Carri. Tra le chiese più piccole e vetuste di Ferrara. Tra le meno adatte ad accogliere ospiti insigni. Andrea abbozzò un sorrisetto sprezzante. «Poco importa. Se sono giunto fin qui, non è stato certo per crogiolarmi negli agi».

«Allora per cosa, di grazia?»

«Voi l'avete detto», rispose con enfasi. «Rocheblanche».

Il vescovo si adombrò. «Se contate di incontrarlo...».

Andrea scosse il capo. «Mi accontenterei di sapere perché lo avete convocato».

«Per reintegrarlo nel seguito del marchese Obizzo d'Este, si capisce! I miei messaggeri non ve l'hanno già comunicato?»

«Alludevo a quali servigi egli debba offrirvi in cambio».

«Oh». Lo sguardo di Guido, evasivo, tornò all'arrosto. «Nulla che possa turbarvi, credetemi. Discorriamo sui vostri propositi di rinascita spirituale, piuttosto, ben più meritevoli di attenzione».

Per tutta risposta, il monaco si sporse in avanti e gli afferrò un bordo del piatto, allontanandolo dalla sua portata. «Come mai siete tanto sfuggente?», lo interrogò tra il burlesco e il sospettoso.

Irritato da quel gesto, il vescovo batté i palmi sul tavolo. «Come mai, dite?», proruppe. «Perché quando si tratta di Rocheblanche perdete la vostra obiettività!».

«Al contrario, sono solito restare fermo sui miei princìpi», ribatté Andrea. «Semplicemente, Rocheblanche si è frapposto tra questi e i vostri».

«A prescindere da come vogliate metterla», borbottò Guido, «non posso rivelarvi nulla. Che vi piaccia o no».

Abbandonandosi allo schienale, l'abate lo scrutò a fondo. «Eravate più schietto in tempo di peste», osservò. «Quando vi offrivo protezione»

«Ora siamo minacciati da ben altro flagello», lo avvertì il prelato, misterioso. «E sono io a proteggere voi».

«Se vi riferite al fatto di avermi agevolato nel pagamento delle decime...».

Con un frettoloso diniego, il vescovo si sporse in avanti e sussurrò: «Mi riferisco al fatto che offriate ancora asilo a Gualtiero de' Bruni. Se solo si scoprisse di chi è figlio...».

«Oltre a me, lo sapete voi soltanto». L'abate s'indispettì. «Come potrebbe dunque trapelare?»

«Mi sono giunte delle voci da Avignone», continuò il Baisio. «Quando Elisa d'Este è spirata, c'era qualcuno al suo capezzale. Un giovane pellegrino».

«E allora? Di pellegrini è pieno il mondo».

«Suvvia, padre! Sappiamo entrambi di chi si trattava».

«Non avete comunque ragione di preoccuparvi», ribatté il monaco, usando la stessa sufficienza con cui gli era stato risposto poc'anzi.

Guido di Baisio tuttavia si era palesemente incupito. Ormai disinteressato al cibo, aveva preso a guardarsi intorno come se temesse l'incombere di una minaccia. «E se la madre gli avesse rivelato qualcosa? Voi non immaginate di cosa fosse capace quella donna. Di quali segreti fosse diventata custode».

«Il figlio è di ben altra tempra».

«Lo ritenete così virtuoso, o sciocco, da non voler rivendicare quanto gli spetta per diritto di nascita? O da non desiderare vendetta verso chi imprigionò sua madre?»

«Gualtiero è affar mio», esclamò Andrea, risoluto. «Ve lo dissi già una volta».

«Non più», lo contraddisse il vescovo. «La madre può avergli confidato delle informazioni dimenticate da anni, ma ancora in grado di gettare fango sulle alte sfere ecclesiastiche. Informazioni che potrebbero consentire di...».

«Consentire cosa, vostra eccellenza?», rise con astio l'abate di Pomposa. «Di smuovere la putredine che ristagna sotto i marmi di Avignone? In tutta franchezza, non mi serve la delazione di una spia per fiutarne il tanfo! Ne sono stomacato da molto tempo, mio signore. Da assai prima che mi raccontaste la verità sul sangue di Gualtiero».

Gli occhi del prelato si sbarrarono di colpo, incupiti da due occhiaie nere come drappi funebri. «Attento a voi, venerabile abate! Vi sono debitore, questo è certo. Ma non pensiate che mi sia scordato della vostra insubordinazione, quando mi teneste all'oscuro dei segreti di Rocheblanche».

«Se vi riferite al *Lapis exilii* », si difese il monaco, «ne so quanto voi».

«Ne dubito, padre. Ne dubito molto», proseguì minaccioso il vescovo. «E comunque, tenete presente che se mi avete mentito...».

«Non avrete teso una trappola a messer Maynard!». Andrea scattò in piedi, livido di sdegno. Quel diverbio l'aveva scosso, e Dio sapeva quanto avrebbe desiderato porvi termine con una frase conciliante. Non per fellonia, bensì per la frustrazione di doversi battere contro un uomo di cui in parte condivideva i propositi. «Se siete ancora vivo», lo ammonì, «lo dovete anche a quel cavaliere! Rammentate? Fu lui a procacciarvi cibo e medicamenti, quando nessuno osava avventurarsi per le strade infestate dal morbo».

Ma a quel punto il reverendo Guido si era arroccato dietro una smorfia estranea a ogni forma di fratellanza e di lealtà. «Vi auguro buonanotte, padre», lo congedò. «Un servo vi attende fuori da palazzo, per condurvi al dormitorio di Sant'Agnese».

12

Convento di San Domenico
13 gennaio

Dopo una prolungata permanenza a Pomposa, consumare i pasti nel refettorio di una chiesa era diventato per Maynard una piacevole abitudine che gli permetteva di distendere la mente e raccogliere i pensieri. Nel convento di San Domenico tuttavia non vigeva la regola del silenzio, o per lo meno non veniva rispettata, ragion per cui il cavaliere era costretto a pranzare nel brusio di una ventina di frati. Una situazione alquanto rappresentativa, per altro, delle differenze tra l'ordine benedettino e quello domenicano, il primo votato all'isolamento e a una rigida ascesi, il secondo a prosperare nelle borgate cittadine, al punto da non limitarsi a condizionare il popolo, bensì ad assumerne certi atteggiamenti.

Ne era un palese esempio fra' Prudenzio. Pingue, chiacchierone, facile a dar confidenza. I suoi modi, così spontanei da renderlo simile a un francescano, mettevano a dura prova la pazienza di Rocheblanche, fomentando in lui il sospetto che quell'affabilità fosse un'astuta messinscena. Maynard non ne aveva le prove, naturalmente, ma conosceva troppe storie di gente gabbata da un sorriso pacioso, specie se incorniciato in una cocolla, per dar credito a un sodale di Lamberto da Cingoli.

Proprio in quel momento, fra' Prudenzio gli sedeva di fronte con una zuppa di segale tra le mani. La gustava lentamente, aiutandosi con una fetta di pane, senza astenersi dal lanciargli qualche occhiata d'intesa. Sembrava meditare su un pretesto qualsiasi per attaccar discorso. «Dovevate essere avvezzo a ben altro tipo di pietanze», se ne uscì infatti, «quando risiedevate in Francia».

Il cavaliere diede un'occhiata alla brodaglia fumante che stava sorbendo dalla ciotola e fece spallucce. «Bisogna sapersi accontentare».

«Cosa vi costringe a farlo?», insistette il domenicano con un pizzico di stupore. «Se fossi in voi, non esiterei a tornare nella mia terra natia. Libero dagli intrighi e dai compromessi».

«Ho delle responsabilità», gli rispose laconico.

Anziché lasciar perdere, fra' Prudenzio lo fissò con maggiore intensità. «Avete forse prestato un... giuramento?».

Rocheblanche studiò la sua espressione di complicità, e addolcì lo sguardo. «Una volta un amico mi disse che i giuramenti non sono fatti per gli uomini d'onore, poiché li spingono a commettere follie». Ripensò a Bastien des Baux, che per un vincolo di lealtà aveva affrontato gli infedeli di Smirne, ricavandone lutto e ignominia. Vecchio maestro! Cosa non avrebbe dato, in quel momento, per un suo consiglio.

«Be', non è detto», commentò il religioso, distogliendolo dai ricordi. «Esiste sempre più di un modo per tener fede alla parola data».

«Buon padre, ragionate più come un mercante che come un *frater praedicator*». Il francese sorseggiò la zuppa e ripose la ciotola sul tavolo. «A volte non c'è scelta. Bisogna battersi, punto e basta».

«E non l'avete già fatto a sufficienza? Battervi, intendo. Corrono voci sulle vostre prodezze, in città. Lo scontro con il visdomino Orsini, la vittoria alla tenzone dell'Assunta...».

«Ebbene? Aspirate a cantare le mie gesta?»

«Perdonate», si ritrasse il frate, «era semplice curiosità. Come immaginerete, la vita in convento è monotona. Non capita spesso di parlare con uno *chevalier*».

«Tutto sommato, non sono molto diverso da voi», spiegò Rocheblanche. «Seguo un codice, dei princìpi che mi furono insegnati fin da bambino. Mi impegno ogni giorno a rispettarli, nonostante siano sempre di meno coloro che lo fanno. Non crediatemi un ingenuo, padre. Conosco bene i miei pari! I signori terrieri diventano sempre più simili ai predoni, i nobili guerrieri ai mercenari. Mi domando spesso se stia inseguendo una chimera».

Fra' Prudenzio annuì compiaciuto. «Prima di conoscervi, ero curioso di sapere come un cavaliere errante giunto dalla Gallia si fosse guadagnato il favore dell'abate di Pomposa. Ora tuttavia comprendo».

Maynard trovò quell'ultima uscita talmente adulatoria che non riuscì a trattenere una smorfia di disgusto. «Sarebbe più saggio da parte vostra», lo ragguagliò, «interrogarvi su come ottenere udienza da sua signoria, il marchese Obizzo d'Este. Ho premura d'incontrarlo, per fare insieme a lui il punto sulle indagini e scoprire se nutra dei sospetti. Come sarete stato informato, non godo più della sua simpatia. Dovrete fare da tramite voi, se non vi spiace».

Il religioso scosse il capo. «Per ora non abbiamo il permesso di interloquire con il marchese. Fra' Lamberto è stato categorico al riguardo».

Rocheblanche fu tentato di ribattere che se ne infischiava di fra' Lamberto. Seppe però usare maggior diplomazia. «Ne conoscete la ragione?»

«Sarà mia cura domandarglielo non appena gli farò rapporto...».

Il domenicano lasciò la frase in sospeso, seguendo con lo sguardo l'avvicinarsi del frate portinaio. Aveva qualcosa tra le mani, nascosto sotto le ampie maniche del saio bianco. Attraversò il refettorio senza rivolgere lo sguardo a nessun confratello e si fermò dinanzi a Maynard.

«Un messaggio per voi, messere. Il mittente è ignoto».

Prima che potesse ringraziarlo, il francese vide il frate porgergli un biglietto piegato in quattro e sigillato con la cera. Lo congedò con un cenno.

«Di cosa si tratta?», lo interrogò fra' Prudenzio non appena rimasero soli.

Rocheblanche spezzò il sigillo e lesse in fretta. Un sorriso rapace gli si allargò sul viso. «A quanto pare», disse, «la nostra spedizione nella selva non si è rivelata del tutto infruttuosa».

«Ebbene?», protestò il domenicano. «Ci godete a lasciarmi sulle spine?»

«Saprete tutto a tempo debito», rispose il francese, alzandosi in piedi. «E ora svelto, portatemi da fra' Lamberto da Cingoli. È giunto il momento di prendere in considerazione dei veri indizi».

Il tribunale della Santa Inquisizione trovava sede nella torre a pianta circolare eretta sul fianco destro della chiesa di San Domenico. Vi si accedeva attraverso un ingresso poco più largo delle finestrelle disposte a raggiera nel piano superiore, dopodiché era necessario inoltrarsi per una rampa di scale a chiocciola seminascoste in un gioco innaturale di ombre. Fra' Lamberto da Cingoli attendeva nella sala più alta.

Appena entrato, Maynard percepì fra le pareti quasi un anelito trattenuto, come se parte delle paure, delle speranze e delle illusioni di chissà quante persone fosse rimasta intrappolata là dentro. Quell'impressione si rafforzò alla vista dell'anziano inquisitore, seduto a un lungo tavolo di noce da cui dovevano essere state declamate centinaia di sentenze. Ma era qualcosa di assai più concreto a pungolare l'animo di Rocheblanche. Custode del segreto di Mont-Fleur, proteggeva un enigma fondato sulle autentiche reliquie del Cristo. Un enigma che molti avrebbero creduto eretico, se ne fossero venuti a conoscenza.

Attese che fra' Prudenzio lo precedesse e sedette dopo di lui al tavolo, di fronte a fra' Lamberto. Quest'ultimo parve non accorgersi subito di loro. Continuò a consultare alcuni documenti alla luce di una candela, dopodiché li rinchiuse in un cartulario. «Ebbene», esordì cupo, «avete fatto progressi?»

«Forse sì, *magister*», rispose il cavaliere. «Ma si dovrà verificare».

Irritato da quel tono sfuggente, Cingoli si rivolse di scatto al suo sodale. «Spiegatemi», lo esortò.

Il pingue domenicano trasalì leggermente. «Be'», farfugliò, «siete già informato della nostra spedizione nelle selve, sulla vecchia chiesa e sul fantoccio con lo scudo degli Este... Oggi Rocheblanche ha ricevuto un messaggio che crede possa aiutarci a far chiarezza nell'indagine».

«Quale messaggio?», chiese Cingoli, sempre più impaziente. «E da parte di chi?».

Fra' Prudenzio abbassò il capo. «Lo ignoro, magister».

Cogliendo il timore reverenziale del frate, Maynard intervenne. «*Mea culpa*», si batté il petto. «Dubitando di avere tra le mani una traccia importante, ho preferito mantenere il riserbo. Non volevo far perdere tempo a fra' Prudenzio».

«Fra' Prudenzio è stato scelto da me con l'apposito scopo di rimanere sempre al vostro fianco», puntualizzò fra' Lamberto. «Vi prego di tenerlo presente la prossima volta».

«Sarà fatto», promise Rocheblanche, sostenendo lo sguardo del religioso. «A ogni modo, la lettera in questione riguarda le ceneri da me rinvenute nella vecchia chiesa, accanto al fantoccio. Le ho fatte esaminare da un erborista, per sapere di cosa si trattasse. Pare contengano i resti di alcune erbe utilizzate per ottenebrare i sensi».

«Se non m'inganno», intervenne fra' Prudenzio, «nel bosco avevate già accennato all'herba diaboli».

«Sì», rispose Maynard. «L'erborista ne ha identificate altre, la maggior parte delle quali piuttosto facili da trovare in natura. Tuttavia nella sua lista compare un ingrediente assai raro e costoso, specie di questi tempi. È stato leggendone il nome che ho scorto una pista da seguire».

«Di cosa si tratta?», lo spronò Cingoli, battendo un pugno sul tavolo.

«Oppio».

L'inquisitore si accarezzò il mento, ammirato ma perplesso. «Non ho mai saputo che venisse impiegato per i *maleficia*».

Il cavaliere annuì. «È più probabile infatti che sia stato miscelato alle erbe per suscitare visioni e soggiogare delle persone. Forse, proprio le persone del corteo intravisto da Silvano da Focomorto. Se ben rammento, il cacciatore di lupi ha accennato nel suo resoconto a delle lanterne. Non escluderei che dentro bruciasse una mistura simile a quella di cui stiamo parlando. E nemmeno che lo stesso Silvano, inalandone le esalazioni, ne sia rimasto suggestionato scorgendo qualcosa di assai più tremendo della realtà».

«Ipotesi interessante», gli concesse fra' Lamberto. «Pur sempre ipotesi, tuttavia».

«Quanto la vostra sul complotto soprannaturale».

«Quel che mi chiedo è se sarete in grado di verificarla».

Di fronte a quella provocazione, Rocheblanche evitò d'insistere sulla questione della lettera. Se non voleva coinvolgere Eudeline, doveva evitare in ogni modo di menzionare il convento di Sant'Antonio. «Come accennavo poc'anzi», si preparò a spiegare, «l'oppio scarseggia di questi tempi. Durante la peste è stato impiegato per vari medicamenti, *pocula* e filtri, al punto da esaurire le scorte di quasi tutti gli speziali. Lo so per certo, dal momento che lo verificai di persona occupandomi di procacciare rifornimenti per i malati di Pomposa. Ammesso quindi che l'oppio impiegato per il *maleficium* contro gli Este provenga da questo territorio, non sarà difficile trovare chi l'abbia acquistato».

Fra' Prudenzio sbarrò gli occhi per la sorpresa. «Proponete quindi di battere ogni bottega di speziale, erborista e *confectionarius* della città per…».

Maynard annuì con fermezza. «Per cercare informazioni su chi, di recente, abbia fatto richiesta di pani di oppio».

13

Abbazia di Santa Maria di Pomposa

L'abate giaceva a terra, le braccia aperte a formare una croce.

Suor Eudeline percepì lo sforzo del suo raccoglimento. Si mantenne in disparte, osservando il profilo di quel volto anziano premuto sul pavimento a mosaico, le dita contratte, come anelassero al dono delle stigmate. Era una pratica severa, quella del reverendo Andrea, al pari di una punizione autoinflitta. Ciò nondimeno, la monaca non ne restò colpita. Le parve di assistere a una farsa, o meglio, al tentativo di raggiungere uno stato inarrivabile. Nessuna estasi. Soltanto frustrazione.

Attese sotto un'arcata, studiando le magnifiche pitture a fresco dell'abside e, con minor trasporto, le vetuste decorazioni di tema biblico sulle pareti lunghe della navata. Isabeau le aveva raccontato come l'opera di restauro fosse stata inizialmente affidata al padre di Gualtiero, per poi essere accantonata a causa di un tragico succedersi di eventi. Eventi di cui Eudeline era venuta a conoscenza soltanto grazie al resoconto di Maynard. E ora, benché reputasse inammissibile che in un simile luogo si consumassero disgrazie, iniziava a prendere confidenza con l'idea che le sventure del giovane de' Bruni fossero in parte legate a quel monaco intento a pregare come se dovesse cavar acqua da un pozzo secco.

D'un tratto lo udì sospirare e vide che si stava rimettendo in piedi. Esitò a farsi avanti, preferendo che fosse lui a notarla. Infatti, poco dopo, padre Andrea le rivolse un'occhiata stranita.

«Reverenda… Eudeline?», mormorò.

Lei abbassò il capo con rispetto. «Sì, vostra grazia».

«Dal vostro messaggio», disse lui con malcelato dissenso, «avevo inteso che ci saremmo limitati a intrattenere un rapporto di corrispondenza».

Eudeline percepì in lui un'istintiva ritrosia, ma non le parve dovuta a un atteggiamento effeminato o bisbetico che certi religiosi assumevano in presenza delle donne.

Continuò a tenere lo sguardo basso, per non alimentare oltre il disagio dell'abate. «Preferirei evitare gli svantaggi dello *scripta manent*», ribatté nel tentativo di instaurare un legame di complicità, «e discutere di persona».

«Come vi aggrada...», farfugliò il monaco. «Non qui, tuttavia. Venite. Parleremo nel *Palatium Abbatis*».

Usciti dall'abbazia, imboccarono un sentiero ai margini della corte ritrovandosi a camminare tra gli alberi, avvolti da una gelida foschia. Davanti a loro, nel bianco della neve, si ergeva un palazzo a due piani munito di un loggiato. Non era molto distante. Eudeline tuttavia ebbe l'impressione che padre Andrea avesse scelto di raggiungerlo attraverso il percorso più lungo, forse per nasconderla agli sguardi dei suoi monaci. Strada facendo ne intravide qualcuno nel chiostro e attraverso le polifore dell'edificio a cui veniva condotta. Erano pallidi, smunti, quasi ombre sotto le tonache nere. Non se ne stupì. Sapeva bene quanto l'abbazia avesse sofferto durante la pestilenza, scivolando in un degrado maggiore di quanto già non versasse in precedenza, mentre i prelati di Avignone pascevano come oche all'ingrasso.

Dopo aver lasciato Reims, aveva sentito citare Pomposa dai pellegrini della via Francigena, ancor prima dei valichi alpini, restando incantata dalle storie sulla sua grande biblioteca e sulla sua tradizione del canto sacro. Ad affascinarla erano state soprattutto le leggende degli eremiti e dei mistici che, abbandonando ogni cosa, erano fuggiti nel silenzio di quel luogo sacro. Padre Andrea, loro erede, ne portava il retaggio con il passo stanco e ostinato di un fante all'ultimo assalto.

Varcarono il loggiato e accedettero a un'anticamera in cui il tepore si opponeva a stento alla morsa invernale. L'abate proseguì fino al suo studio e fece accomodare la monaca su uno scranno. Prese poi posto di fronte a lei, barricandosi dietro lo scrittoio, in attesa.

Prima di parlare, Eudeline esaminò rapidamente la stanza – scansie di libri, immagini sacre, faldoni di scartoffie – e trovandola quasi identica alla *domus particularis* in cui aveva vissuto per anni, nel convento di Sainte-Balsamie, provò un fugace disagio. Forse, rifletté, era più simile a padre Andrea di quanto immaginasse. Restò per un attimo a fissare il levriere bianco acciambellato presso il focolare, poi esordì: «Come vi ho scritto, mio fratello Maynard mi ha informato sulla situazione di Gualtiero de' Bruni».

Il religioso si ritrasse leggermente. «Informata su… cosa?»

«Su quanto basta a essere in pena per quel giovane».

«Ho cercato di proteggerlo», fece lui, quasi volesse giustificarsi. Nel frattempo la scrutò con discrezione, probabilmente interrogandosi su cosa la spingesse a interessarsi di uno sconosciuto.

«Eppure è fuggito», lo punzecchiò la monaca. «Ne conoscete la ragione?».

Padre Andrea emise una sorta di rantolo. «Da quando ha fatto ritorno dalla Francia, Gualtiero non è più lo stesso. Pensate, reverenda madre, gli ho addirittura offerto di riprendere l'incarico di miniaturista presso lo scriptorium dell'abbazia… Ma nulla! Non ha voluto sentir ragioni, e neppure ascoltare la mia ultima proposta».

«Una proposta?».

L'abate annuì. «Assai vantaggiosa, per giunta. Avevo intenzione di affidargli il restauro degli affreschi della navata maggiore. È un'idea che coltivo da un anno a questa parte, benché voi siate la prima persona a cui ne faccio menzione… Naturalmente gli avrei elargito un compenso inferiore rispetto a quanto dovuto a un *magister pintor*, e tuttavia…».

Eudeline fece cenno di comprendere. Sia Isabeau che Maynard le avevano parlato del grande talento di Gualtiero e del suo sogno di diventare mastro pittore. Sogno grazie al quale avrebbe potuto prender moglie e vivere appagato, senza dipendere da chicchessia. Ma era ben altra, al momento, la questione che desiderava affrontare. «Avete idea di dove possa essersi recato?»

«No», rispose Andrea con rammarico. «Ho ordinato invano ai miei famigli di cercarlo in ogni sentiero, rifugio e locanda da qui fino alla Via dei Romei. In tutta franchezza… speravo poteste essere voi a sapere qualcosa».

«Io? E perché mai?»

«Vostra sorella… Isabeau. Non è stata forse lei a istigare Gualtiero alla fuga?».

A quelle parole, la monaca gli si rivolse in un misto di incredulità e indignazione. «Siete davvero persuaso di quanto affermate», lo interrogò, «o tentate semplicemente di nascondere le vostre colpe? Per vostra informazione, Isabeau è una vittima della vicenda quanto Gualtiero, e ciò perché a suo tempo voi decideste di ignorare i suoi sentimenti».

«Quali sentimenti?», ridacchiò lui, sulla difensiva. «Un'infatuazione, piuttosto!».

La monaca non si lasciò intimidire dal suo velato disprezzo. «È vero», proseguì, «che proponeste a Gualtiero di farsi monaco, nonostante foste a conoscenza del suo interesse per Isabeau?»

«Gli offrii una scelta, un aiuto», s'indignò Andrea. «Aveva appena perso i genitori. Era rimasto solo al mondo, disperato».

«Solo e disperato», ripeté lei, muovendo le pedine della sua scacchiera immaginaria. «E pur consapevole di ciò, voi allontanaste da Pomposa l'unica persona che gli era rimasta accanto».

L'abate evitò il suo sguardo. Sembrava ben lungi dal voler accettare rimproveri. «Questo non è posto per… donne!».

«Neanche per uomini veri, a quanto vedo».

«Questo è troppo! Come osate?».

Fiutando il disagio del padrone, il levriere sollevò il muso ed emise un ringhio sommesso.

«Buono Fiumano», lo placò Andrea, senza dar tregua al suo risentimento.

Con un gesto autoritario, Eudeline lo invitò ad ascoltare. «Vi manca il coraggio, reverendo padre. È palese. Colgo in voi buoni propositi, insieme a quanto resta di un fervore che dovette esser grande. Ma questo vostro continuo nascondervi e rivoltare la verità… Questo sfuggire all'ovvio… Mi chiedo se lo facciate da così tanto tempo da non rendervene nemmeno più conto».

«Voi… voi…», balbettò il religioso, talmente sconvolto da non riuscire a trovare le parole. Le puntò l'indice contro, quasi volesse scagliare un anatema.

La lingua di Eudeline, più veloce e tagliente, lo costrinse a tacere per la seconda volta: «Perdonate la mia schiettezza, ma dopo molte traversie ho preso l'abitudine di non risparmiare nulla a nessuno, né tantomeno a me stessa. E per dirla tutta, padre, non sono giunta fin qui per esser garbata, bensì per aiutare un giovane a mio avviso in pericolo di vita».

Andrea fu sul punto di esplodere in un accesso d'ira. Tremante e paonazzo per lo sforzo di controllarsi, o perché in procinto d'indulgere alla collera. All'improvviso le sue emozioni sortirono un effetto inaspettato, facendolo crollare sullo scrittoio come un penitente. Abbassò il capo e lo strinse tra le mani, quasi a voler placare un doloroso rovello. «Gualtiero... Oh, Gualtiero...», mormorò con voce strozzata. «Così appassionato e pieno di sogni... L'estro nel crear figure rappresenta soltanto una parte delle sue doti. Quale teologo, quale grande predicatore sarebbe potuto diventare, se solo si fosse affidato al mio consiglio... Capite, madre? L'avevo creduto un dono del cielo, uno strumento di cui potermi servire per restituire luce a questo monastero...».

«Forse lo è davvero, un dono del cielo», ribatté Eudeline, «ma l'avete mal interpretato. Cercando di manipolarlo, ignorando i suoi sentimenti».

L'abate sollevò lo sguardo lucido di lacrime. «Mi descrivete come un mostro».

«Non lo siamo forse tutti, ognuno a suo modo?». La monaca si fece un attimo malinconica, poi si accigliò per non perdere il vantaggio acquisito da quella reazione emotiva. «Aiutatemi a capire. Forse, se sapessi da cosa fugge quel giovane, riuscirei a ritrovarlo».

«Lo ignoro», s'irrigidì Andrea.

«Però avete accennato al suo viaggio in Francia», insistette lei, «quindi intuite che il suo tormento abbia origine da lì».

Il religioso scosse il capo. «Nasce da prima. Dal dolore e dall'irrequietezza di voler conoscere».

«Conoscere *cosa*?».

C'era ancora angoscia nel volto dell'abate, insieme all'affiorare di una nuova, pungente curiosità. Fissò l'espressione perentoria di Eudeline. «La vera identità della madre», si decise a rispondere. «E capire perché fosse stata arrestata e trasferita in gran segreto ad Avignone».

«Ed è riuscito a scoprirlo?»

«Io non... Come faccio a saperlo? Non me ne ha mai fatto parola».

«Forse non ve ne ha parlato», la monaca si sporse in avanti con l'aggressività di uno sparviero, «ma ciò non vieta che voi siate comunque al corrente dei suoi segreti. O forse m'inganno?».

Andrea si adombrò. «Sono fatti che è meglio non...», iniziò a giustificarsi, poi s'infiammò di colpo, ritrovando la collera che poco prima l'aveva scosso. «Insomma!», sbottò, facendo sobbalzare il levriere. «Chi siete voi, per permettervi di rivolgermi tante domande?».

Anziché intimidirsi, suor Eudeline scattò in piedi con le iridi lucenti di sdegno. «Sono la persona che ha finanziato i vostri affreschi! Che vi ha permesso di sopravvivere e di mantenere voi e i vostri monaci, nonostante i debiti con la Camera Apostolica!». Con un gesto inconsulto, batté le mani sullo scrittoio e si piegò in avanti, fissandolo dritto in faccia. «Vi siete mai chiesto, padre, da dove provengano i fiorini che l'anno scorso vi elargì mio fratello? Sono stata io a inviarglieli! Io! E non si trattava certo di denari rubati o sottratti a qualche ignoto furfante. Appartenevano alla mia famiglia! Passi quindi la tiepida accoglienza che mi avete mostrato. Passi anche la vostra presunzione di credermi tanto sciocca da essere raggirata. Ma ora pretendo, in nome del vincolo di riconoscenza nei miei confronti, che mi diciate la verità».

«La verità?». Il volto del religioso era una maschera sardonica. «Sarebbe stato meglio se Gualtiero non avesse mai saputo...».

«E voi invece?», lo interruppe con un sibilo. «Voi sapete?».

La domanda echeggiò fra le pareti dello studio. Infine rimase soltanto la tensione fra due corpi, l'uno proteso sull'altro in uno slancio rapace. Eppure Eudeline sapeva bene di non esser lei dalla parte del torto. Era stata l'aggressività passiva dell'abate ad aizzarla. Lo stesso Fiumano, sempre accucciato davanti alla bocca del camino, aveva l'aria di fissarlo con biasimo. Andrea, d'altro canto, sembrava combattere anche contro se stesso. Anzi, doveva essere stato proprio quel conflitto interiore a sfiancarlo, senza però indurlo alla resa. E ora taceva, immobile sullo scranno, perso in chissà quali pensieri.

«Sì, io so», rivelò infine, superando la ritrosia con uno sforzo quasi fisico. «La madre di Gualtiero, sotto le vesti di popolana, nascondeva il nome di Elisa d'Este. Fu scoperta per puro caso a Pomposa e arrestata come spia, a causa di precedenti di cui sono all'oscuro».

Eudeline era conscia di aver appena scalfito la superficie della verità. «Da chi ne siete stato messo al corrente?», chiese senza attenuare il cipiglio.

«Che importanza ha?», si schermì il religioso.

«Non capite?», inveì lei. «È proprio da questo che fugge Gualtiero! Dal dubbio che qualcuno sappia!».

Andrea si parò dietro un gesto evasivo. «La persona di cui pretendete di conoscere il nome non rappresenta una minaccia. È affar mio».

A quel punto però non era più una monaca a stargli di fronte. C'era madonna de Rocheblanche, con tutto il suo orgoglio e la sua ostinazione. Una leonessa, l'aveva definita un tempo il suo amato Robert. Quel ricordo risvegliò un dolore ancora giovane, esponendola al rischio di risvegliare il suo lato più fragile. Lo seppellì in fretta, aggrappandosi alla voglia di combattere, di ribellarsi a tutto ciò che anni prima l'aveva schiacciata. Dipinse sul volto un sorriso di sfida. «Quindi», commentò, «se dovessi rivolgere le stesse domande al vescovo di Ferrara, non dovrei temere alcuna ritorsione».

«Oh, misericordia!», sobbalzò Andrea. «Tacete! Tacete prima di sollevare un vespaio!».

«Troppo tardi, reverendo padre». Eudeline lo sovrastò vittoriosa. «La minaccia è già palpabile e voi vi siete illuso di poterla scongiurare. Ma è finito il tempo di nascondersi dietro un gioco di specchi. Intendo parlare col vescovo e risolvere alla radice la questione».

L'abate accennò un mesto diniego. «Sua eccellenza Guido di Baisio non vi concederà mai udienza».

La donna spalancò gli occhi. «Come dite, di grazia?»

«Intendevo che sua eccellenza...».

«No, no!», esclamò lei. «Il nome! Ripetete quel nome!».

«Guido di Baisio», disse Andrea, disorientato. «Ignoravate il nome del vescovo di Ferrara?»

«Finora non conoscevo il suo nome per esteso», spiegò lei. «Ho sempre sentito parlare di lui come del venerabile Guido, o di monsignor Guido. Ma quel Baisio...», si rassettò d'istinto il soggolo, quasi avesse d'un tratto iniziato a soffocarla. «Mi rammenta qualcosa... Quali origini ha?»

«Emiliane, credo. Forse modenesi, o bolognesi. Proviene da una nobile casata di antiche alleanze ghibelline».

«Baisio...», ripeté ancora lei. Pur non avendo certezza della propria intuizione, si sentiva abbastanza sicura d'aver trovato la chiave che le avrebbe consentito di uscire da quel ginepraio. «È forse imparentato con un casato francese?».

L'abate era ben oltre lo stupore. «Non che io sappia...», mormorò, incapace di comprendere quell'improvviso interessamento. «Però, se mi posso intromettere, vostro fratello lo conosce bene... e non mi ha mai rivolto simili domande».

«Mio fratello non ha cervello per questo genere di cose», sospirò la monaca, alzando gli occhi al cielo. Oh Maynard!, pensò. Tanto prode e ugualmente ingenuo!

«Ebbene?», la richiamò all'attenzione Andrea. «Dove volete arrivare?»

«Lo saprete a tempo debito». Eudeline gli rivolse una smorfia enigmatica. «Ma a meno che non m'inganni, sua eccellenza non potrà negarmi un'udienza. Al contrario, pregherà affinché io accetti d'incontrarlo». E senza prendere licenza, stava per avviarsi verso l'uscita dello studio, quando un ripensamento la fece tornare sui propri passi. «Quanto a voi», aggiunse, «vi consiglio il silenzio su questa conversazione. Anche con mio fratello».

«Con tutto il rispetto...», fece per obiettare lui.

«Vi conviene obbedire, padre», gli impose Eudeline, perentoria. «Ho notato lo stato pietoso in cui versano gli affreschi della vostra navata, e sto valutando l'eventualità di commissionare un affresco ex novo. Con i miei denari, naturalmente».

L'abate la scrutò contrariato. «Intendete pagare il mio silenzio?».

La monaca scosse il capo. «Un segno di riconoscenza per il vostro aiuto, se si renderà necessario».

«Quale genere di aiuto?»

«Un affresco ex novo», ribadì Eudeline, sempre più misteriosa. «A patto che sia Gualtiero de' Bruni a realizzarlo».

E senza aggiungere altro, varcò a testa alta l'uscita dello studio.

14

Sobborgo della Giudecca
15 gennaio

La Giudecca si estendeva non lungi della Porta di Furmignana, fuori le mura, oltre il Canton del Follo. Raggiungendola all'imbrunire, Maynard la vide ancora più misera di quanto gli fosse stata descritta, ma quella sera non era incline a lasciarsi impietosire. Dopo due giorni trascorsi per strada, a interrogare ogni erborista e speziale della città su recenti richieste d'oppio, nutriva sempre meno speranze di rintracciare il misterioso artefice del *maleficium*. Fino ad allora nessuna traccia, e le ultime possibilità di successo si raccoglievano intorno a quella propaggine nord-orientale di Ferrara. Fra' Prudenzio l'aveva accompagnato fin lì di malavoglia, borbottando che nessuno – neppure un folle idolatra – si sarebbe rivolto a uno speziale giudeo. Un mezzosangue, aveva precisato il cavaliere. Le voci parlavano di un alsaziano di madre giudea che praticava l'arte del confectionarius ai margini dell'abitato. Pur sempre circonciso, aveva ribattuto il domenicano.

Rocheblanche aveva preferito non ribattere. Era solito dare il giusto peso alle manfrine dei religiosi, specie riguardo la stirpe dei cosiddetti assassini di Cristo. Non simpatizzava per loro, ma gli riusciva difficile attribuirgli la causa di ogni male. Incitò quindi il compagno a proseguire per un dedalo di vie fatiscenti, ignorando la sua aria caustica.

Ai margini delle strade innevate si muoveva gente infagottata in cappe, tuniche e mantelli, quasi tutti uomini dalle lunghe barbe con delle rotelle di stoffa gialla cucite sul petto o sulla spalla. Li fissavano con espressioni che mutavano dal basito al timoroso di fronte all'abito bianco e nero del domenicano. Maynard tuttavia aveva troppa premura per curarsi di dar spettacolo. Se anche quella si fosse rivelata una falsa pista, avrebbe dovuto tornare con la coda tra le gambe da fra' Lamberto da Cingoli e proseguire l'indagine seguendo le sue teorie visionarie.

La bottega del confectionarius trovava sede a ridosso delle mura, al confine con il Borgo di San Leonardo. Vi si giungeva attraverso un androne buio, dentro il quale sibilava uno spiffero di aria così pungente da costringere il francese ad avvolgersi nel mantello. L'ingresso, sprovvisto di insegne, era separato dall'esterno tramite una tenda di pelle di capra.

Rocheblanche varcò la soglia senza indugio, ritrovandosi in una penombra satura di odori pungenti. L'ambiente doveva essere più ampio di quanto apparisse, suddiviso com'era da numerose madie e scaffalature sistemate ai lati, una di fronte all'altra, ricolme di vaselli contrassegnati da etichette.

Davanti all'entrata, su un banco di legno scarsamente illuminato, c'erano una bilancia, alambicchi e ciotole di terracotta. Dietro quegli oggetti, un ometto dalla barba color pelo di volpe era intento a versare della polvere giallastra in una coppa di peltro. Lo faceva con estrema cautela, servendosi di un cucchiaio, ed era talmente assorto nell'operazione da non accorgersi dei due visitatori.

Il cavaliere lo osservò dosare una sostanza dall'aroma acre che avrebbe detto mirra, dopodiché si schiarì la voce. «Stiamo cercando un giudeo di nome Abraham d'Alsazia».

«Abraham di Basilea», lo corresse l'individuo senza staccare gli occhi dal calice. «Benché in quella città non convenga più esser giudeo», ridacchiò enigmatico, «e benché io non lo sia del tutto».

«Non siamo qui per giocare agli indovinelli», chiarì subito Maynard, «né tantomeno per discutere della purezza del vostro sangue».

Abraham sollevò lo sguardo, speranzoso. «Per i miei *pocula*, allora?»

«In un certo senso», gli rispose. «Vorremmo sapere se qualcuno è giunto fin qui per acquistarne uno in particolare. Già confezionato, o sotto forma di ingredienti sfusi».

L'espressione del giudeo s'inasprì. «Soltanto un imbecille si rivolgerebbe a me per degli ingredienti sfusi. Sono un confectionarius, e dei migliori per giunta».

«Portate rispetto!». In un moto di sdegno, fra' Prudenzio avanzò battagliero facendo sbattere la pancia contro il banco. «Il signore qui presente, Maynard de Rocheblanche, vi sta rivolgendo delle domande in nome del vescovo di Ferrara e della Santa Inquisizione!».

Colto alla sprovvista, il cavaliere non seppe se prender le parti del frate o del giudeo, che al sentir nominare l'Inquisizione aveva gettato il cucchiaio all'aria. Prima di poter decidere, udì un tonfo improvviso che lo fece voltare di scatto con la mano pronta sul pugnale.

Un uomo spuntò tra lo spazio di due scaffalature. Con un gesto di scuse, raccolse un vaso caduto sul pavimento, lo ripose su un ripiano e si avviò verso l'uscita. Maynard l'osservò incuriosito. Nonostante fosse sprofondato sotto il cappuccio di una cappa verde, quello sconosciuto non aveva potuto nascondere i suoi tratti moreschi e gli occhi anneriti dal kajal.

Fra' Prudenzio, preso dalla sua invettiva, non si era accorto di nulla. Continuava a scagliarsi contro il confectionarius. «Ebbene, non fate più lo spiritoso?», abbaiò. «Come accade che un figlio di Giuda eserciti una simile professione? Sapete bene che è proibito».

«Io sono battezzato», si difese Abraham, ritrovando il suo piglio mordace, «e sono figlio di un uomo fedele alla Chiesa».

«Allora perché vi nascondete in questa cloaca?»

«Sarà pure una cloaca, ma i cristiani e persino i preti non esitano a visitarla per i miei preparati. In tempo di peste giungevano a frotte, tutti intabarrati per non farsi riconoscere».

Il domenicano ghignò con cattiveria. «Forse è per questo che a Ferrara ne sono morti più di quanto è avvenuto altrove».

«Cosa volete saperne voi», sbottò il confectionarius, «con i vostri salassi e i vostri clisteri applicati a suon di *Pater noster*!».

Stanco di quel battibecco, Rocheblanche mise da parte fra' Prudenzio e batté la mano sul banco. «Non scaldatevi troppo, mastro Abraham», esclamò. «Stavate parlando dei vostri clienti, se ho ben udito».

«Con voi discuto volentieri, messere», ribatté il giudeo, scoccando un'occhiata velenosa al religioso. «Ma tenete a bada quella sorta di grasso furetto. Temo voglia azzannarmi».

«Mi preme sapere», continuò Maynard, «se una o più persone si siano presentate qui di recente per acquistare una mistura contenente dell'oppio. Non serve precisare quanto un simile ingrediente sia raro di questi tempi, perciò tanto dovrebbe bastare a farvene rammentare. D'altro canto, poiché sostenete di vendere solo preparati, sarò più preciso aggiungendo che detta mistura comprende ingredienti quali l'herba diaboli, il giusquiamo e il melampodio».

«Erbe proibite, messere», sobbalzò il giudeo. «Non penserete che io...».

«Se sono proibite, le avrete celate sotto altro nome», tagliò corto il cavaliere. «Non sono affari miei, in ogni caso. Io voglio sapere soltanto se qualcuno è giunto a chiedervi una simile mistura».

«Nessuno, lo giuro».

Maynard annuì, studiando le dita dell'uomo che avevano iniziato a tormentare la barba fulva. Fece per prendere congedo quando, fingendo un ripensamento, gli si rivolse di nuovo come se volesse aggiungere un nonnulla. «Perciò, se tra qualche giorno un delatore mi rivelasse il contrario, ovvero che siete coinvolto in questa faccenda, a chi dovrei dare del bugiardo? A lui o a voi?».

Abraham abbozzò un sorrisetto nervoso. «Un delatore, messere? Perché mai un delatore dovrebbe...».

«Rammentate le parole del mio amico frate?», lo interruppe il cavaliere, tornando sui propri passi. «Agisco su mandato del vescovo e della Santa Inquisizione. Se dovessi fiutare menzogne, mi troverei costretto a portarvi a San Domenico. E sapete come si dice, una volta entrati là dentro...».

«Io non c'entro nulla!». Il giudeo arretrò, rischiando d'inciampare su uno sgabello che aveva alle spalle. Gesticolò per aggrapparsi al banco ma trovò le mani del francese pronte ad afferrarlo. Lo fissò di sbieco, esitante. «L'avevo detto...», mormorò con un sussurro. «L'avevo detto che quella mistura era...».

«Era cosa?», ripeté ad alta voce Maynard.

Abraham cercò di sottrarsi alla sua presa, invano. Le mani del cavaliere gli strinsero i polsi fino a strappargli un lamento. «Pericolosa...», squittì.

Rocheblanche lo trasse a sé con uno strattone, facendogli posare il busto sul ripiano. Lo scrutò a meno di una spanna di distanza. «E a chi l'avete detto?»

«All'uomo...», indugiò, «l'uomo che si presentò qui, due settimane fa... chiedendomi di confezionare quella mistura per lui... Ma io non volevo, messere... Non era mia intenzione...».

«Il nome».

«Non me l'ha detto».

«Non tenete un libro mastro?», chiese Rocheblanche, incredulo. «Come l'avete annotato?»

«Ho evitato di farlo», rispose Abraham, implorandolo con lo sguardo di lasciarlo andare.

Maynard allentò lentamente la presa, consentendogli di tornare eretto. «Quindi sapevate di essere nel torto», lo ammonì.

«Qui si muore di fame, messere», ribatté a sua discolpa il giudeo. «Quando si presenta qualcuno disposto a sborsare tanti bolognini, si accetta volentieri di chiudere un occhio. Anche due, se mi è concesso dirlo. Pertanto non ho fatto domande, né sulla sua identità, né su come intendesse impiegare un simile preparato. Ho obbedito, tuttavia, sollevando qualche riserva come testé affermato».

«Di voi non m'importa», ribadì il cavaliere, per rassicurarlo. «Ma devo trovare quell'uomo. Spremete dunque le meningi, se non volete passare guai seri. Disponete di qualche elemento che mi consenta di riconoscerlo o mettermi sulle sue tracce?»

«No», rispose Abraham. Benché ancora spaventato, sul suo volto iniziava ad affiorare l'espressione scaltra di chi intendeva mercanteggiare. «Posso però fornirvi due informazioni assai utili, a patto di essere lasciato in pace».

«Avete la mia parola».

«E... niente Inquisizione?»

«Niente Inquisizione».

«Ebbene», si decise il giudeo, «quell'uomo aveva una *imagunatio gravidarum* sopra l'occhio destro».

Rocheblanche lo fissò stranito. «Una... che cosa?»

«Una voglia di fragola».

«Tipo una macchia di vino rosso?», intervenne fra' Prudenzio.

Abraham annuì.

«E la seconda informazione?», chiese Maynard, sempre più impaziente.

«La seconda», disse l'ebreo, «è che si presenterà di nuovo qui fra due giorni. Per ritirare una seconda mistura».

L'Arabo si allontanò a passo svelto dalla Giudecca, tenendo il viso sprofondato sotto il cappuccio della cappa verde. Seguì il tracciato delle mura verso ovest ed entrò nel Borgo del Leone, varcando la porta della torre omonima. Aveva imparato a orientarsi in fretta in quella città, nonostante faticasse a prender confidenza con le lingue italiche. Sia lui che il suo padrone si sforzavano di farsi intendere parlando in francese, ispanico, o con qualche frase in vernacolo. Ciò nonostante, aveva afferrato ogni sillaba del discorso udito per caso nella bottega di Abraham. Gli risuonava ancora nelle orecchie, soprattutto quel nome... Oh, quel nome! Al sentirlo pronunciare, era rimasto talmente stupito da lasciarsi scivolare di mano un vaso. Per fortuna era riuscito ad allontanarsi senza destare sospetti. O almeno così credeva.

Il padrone lo attendeva in una locanda del quartiere di Santa Maria in Vado. Benché fosse quasi sera, l'Arabo si attardò comunque presso il mercato vicino alla chiesa di San Crispino, per acquistare da una delle poche bancarelle ancora aperte del latte di capra. Trovò anche delle erbe officinali, che pagò a caro prezzo senza lagnarsi. Era pur sempre un moro in terra cristiana, non intendeva né attaccar briga né dare nell'occhio. Mise ogni cosa nella bisaccia e riprese il cammino verso la via de' Sabbioni.

Giunto alla locanda, visitò innanzitutto gli stallaggi per controllare lo stato dei cavalli che li avevano portati fin lì da Reims, quindi salì al piano superiore.

Il padrone giaceva sull'unico pagliericcio della stanza, sotto uno spesso strato di coltri. Se ne coglieva comunque la stazza, enfatizzata dal respiro cavernoso, a tratti sofferente. Accorgendosi di non essere più solo, alzò la testa dal capezzale cercando tentoni il pugnale riposto alla sua destra. «Ah», ansimò burbero, «sei tu».

«Ho dovuto allungare la strada per far perdere le tracce», spiegò il moro.

«Qualcuno ti seguiva?»

«Solo una precauzione».

Il padrone annuì, emettendo qualche colpo di tosse. Tornò a coricarsi, spossato. «Hai portato la medicina?»

«Non ho potuto acquistarla». L'Arabo posò la bisaccia sul pavimento e sfilò la cappa, mentre il suo sguardo si spostava verso il cantuccio meglio riparato dell'ambiente, l'unico non raggiunto da spifferi d'aria. Lì si trovava una cassa di legno ricolma di paglia, in mezzo alla quale giaceva una bambina in fasce.

«Il denaro non bastava?», risuonò la voce del padrone.

Il moro scosse il capo. Erano molte le cose di cui parlare, ma non voleva farlo subito. «Ho trovato delle erbe, vi preparerò un decotto», lo tranquillizzò. Prese poi il latte di capra e lo versò in un piccolo otre dotato di beccuccio, un oggetto di sua invenzione, che utilizzò per allattare la piccola.

L'uomo al capezzale lo osservò con un'ombra di disapprovazione. «Si è lagnata per tutto il tempo», grufolò. «Mi ha impedito di dormire».

Anziché prestargli attenzione, l'Arabo diede un buffetto alla bimba facendola sorridere. Da quell'estate i capelli le erano cresciuti, castani e ricci, mettendo in risalto gli occhi e le fossette delle guance. Era una benedizione, pensò. Una piccola ma sfavillante luce in mezzo a tanta tenebra. Per un attimo rimase a fissarla incantato, dimentico di ogni altra cosa. Poi la sua attenzione ricadde sul crocifisso d'oro gemmato che le pendeva sul petto, risvegliando il lui l'interrogativo su come un oggetto tanto prezioso – un oggetto appartenuto a Eudeline de Rocheblanche – fosse finito al collo della figlia di una miserabile morta a Reims. In un modo o nell'altro, si disse, avrebbe presto saputo. Anche se quel momento sarebbe stato difficile, forse funesto.

Controllò che la bambina fosse pulita e ben coperta, quindi tornò al padrone. Si piegò su di lui e gli tastò la fronte. «Scottate ancora per la febbre», disse.

«Forse con il decotto...».

«Sì, dovrebbe darvi sollievo», confermò l'Arabo, rammentandosi delle erbe officinali. E poi di Abraham. E poi dei due visitatori giunti nella bottega. Esitò ancora un istante, quindi i suoi occhi si strinsero in due piccole lame ricurve. «A ben pensarci», aggiunse, «non vi ho ancora spiegato il motivo per cui non ho acquistato le medicine dal confectionarius».

Il padrone, che conosceva bene quello sguardo, si allertò. «Ebbene?», lo incitò a spiegare.

«C'era un uomo, nella bottega. Era in compagnia di un frate domenicano e diceva di essere al servizio dell'Inquisizione».

«Un uomo... di quale genere?»

«Il frate ha pronunciato il suo nome. Maynard de Rocheblanche».

A quelle parole, il padrone si liberò delle coperte e si mise seduto sul pagliericcio, i pugni stretti come magli pronti a colpire. Sembrò sul punto di dire qualcosa, ma un attacco di tosse convulsa lo costrinse al silenzio.

«Maynard de Rocheblanche», ripeté l'Arabo, quasi volesse aizzarne la rabbia.

Il padrone si accasciò di lato per contenere la crisi, infine si asciugò la bocca e gli occhi, stremato. «Sei sicuro?», chiese con voce strozzata. «Maynard? Hai udito quel nome?»

«L'ho udito, sì».

«Non immaginavo che anche lui si trovasse qui... Insieme a Eudeline».

«Non credo siano giunti insieme», rifletté il moro. «Ce ne saremmo accorti, seguendola».

«Avremmo dovuto sospettarlo», disse l'uomo, mettendo da parte la foga iniziale. Ora i suoi occhi scintillavano di una freddezza spietata. Tradirono soltanto un attimo di impazienza, posandosi sull'armatura nera riposta contro una parete.

«Comunque sia», ribatté il moro, «sono qui entrambi. Potrete finalmente vendicarvi dell'uno e ricongiungervi all'altra».

«Sì, ma senza fretta», concluse il padrone. «Scopriamo prima cosa sia venuto a fare quel maledetto nei feudi di Ferrara».

15

Sobborgo della Giudecca
18 gennaio

«Che strazio!», si lagnò fra' Prudenzio.

«Pazientate», gli impose Maynard. «Dovreste esserci abituato, voi che siete frate».

Erano appostati dietro una scala di legno collegata al ballatoio esterno di un edificio, di fronte all'androne diretto alla bottega di Abraham di Basilea. Attendevano da ore sotto un tedioso nevischio che infondeva il gelo nelle ossa. Se il confectionarius era stato sincero, quel giorno l'uomo con la voglia di fragola si sarebbe fatto vivo per ritirare una seconda mistura a base di oppio e herba diaboli. Ma ormai era tardo pomeriggio, e per le vie della Giudecca non si scorgeva nulla di sospetto tra l'andirivieni di zucchetti e lunghe barbe.

«Paziento, paziento...», sbuffò il religioso, fregandosi le mani rosse per il freddo. «D'altronde io sono costretto. Non so però cosa trattenga voi, messere, che potreste piantar tutto in ogni momento e procurarvi un po' di brodo caldo».

«Ancora con questa storia?», ribatté il cavaliere, senza staccare gli occhi dalla strada. «Ve l'ho già detto, ho prestato un giuramento».

«A una donna, scommetto. Una bellissima donna».

«Siete in fallo, buon padre. La persona a cui giurai è un saggio abate assai lontano da queste terre. Prima ancora però giurai a me stesso, poiché volevo dare un senso alla mia vita ed espiare un antico peccato».

«*Oh Jesus*», mormorò fra' Prudenzio. «Non sarebbe bastato chiedere l'assoluzione a un confessore? O comprare un'indulgenza?».

Maynard si mise un dito davanti alle labbra, invitandolo ad abbassare la voce. Benché fossero nascosti e ragionevolmente distanti dalla bottega di Abraham, non intendeva allertare la sua preda. «Certe colpe», ribatté, «non si lavano così facilmente».

«Avete ucciso un uomo?», insistette il domenicano, con un sussurro.

«Ne ho uccisi molti, a onor del vero. Uno però l'ho risparmiato. L'ho abbandonato moribondo, nella piazza di una città assediata. Se lo meritava, continuo a ripetermi. Se lo meritava mille volte. Eppure so di aver agito con disonore».

«E chi era costui...?».

«Zitto». Rocheblanche gli tappò la bocca con un lembo della cappa, puntando lo sguardo su una figura ammantata di nero appena sbucata da una svolta. Un uomo, a giudicare dal portamento e dal taglio delle spalle. A mano a mano che si avvicinava, rivelò una statura superiore alla media e una certa prestanza nei movimenti. Però incedeva a capo chino, conservando l'andamento dimesso di chi vuole passare inosservato. Si guardò intorno un paio di volte, quindi entrò nell'androne.

«È lui?», bisbigliò il domenicano, fremente per l'eccitazione. «Aveva la voglia di fragola?»

«Non sono sicuro, si è voltato solo un istante».

«Dunque cosa facciamo?»

«Aspettiamo».

Non dovettero attendere molto, infatti, prima che l'uomo uscisse dall'androne. Dal punto in cui si trovava, il cavaliere riuscì a vedere la sua faccia soltanto di profilo e non notò alcuna chiazza rossa. Non significava nulla, rifletté. Forse era sull'altro lato... Notò però una bisaccia a tracolla che prima non c'era. Probabilmente conteneva la mistura acquistata da Abraham.

«Quel menagramo continua a guardare altrove, senza mostrare il viso», protestò il frate. «Non siamo certi che sia lui».

«Però è entrato e uscito dalla bottega del confectionarius», osservò Maynard. «Non possiamo lasciarcelo sfuggire».

«Ma in caso di errore, perderemmo l'occasione di catturare il vero colpevole».

Rocheblanche scosse il capo. «Non accadrà, se a seguirlo sarò soltanto io. Voi resterete qui, nell'eventualità che si presenti un altro sospetto».

«Nemmeno per sogno», obiettò fra' Prudenzio, accigliandosi. «Ho l'ordine di starvi sempre accanto, e così farò».

«Ci mancava questa... Siete un frate o un mulo?»

«Come vi pare, ma meglio muoversi. O perderemo il nostro uomo».

A quelle parole Maynard tornò a guardare la strada, accorgendosi che l'individuo si stava allontanando. «E sia», esclamò esasperato. Uscì dal nascondiglio e allungò il passo, senza curarsi che il religioso lo seguisse.

L'uomo in nero camminava adagio, conforme all'andatura dei passanti, ma svoltato un angolo tradì premura e allungò la falcata. È lui, si convinse il cavaliere. Uniformò l'incedere al suo, mantenendosi alla dovuta distanza.

«Perché non lo acciuffate ora?», gli suggerì fra' Prudenzio, più fastidioso di una mosca. «Potreste coglierlo di sorpresa, siete armato».

Maynard scosse il capo. «Voglio prima scoprire dov'è diretto».

Continuò a stargli alle calcagna sotto un nevischio sempre più fitto, mentre le vie si allargavano e gli edifici diventavano meno fatiscenti. Poi l'imbocco delle mura, il Borgo del Leone e un nuovo intrico di stradelli, questa volta tra chiese e alti caseggiati... L'uomo in nero si affrettò, probabilmente ansioso di giungere a destinazione. Giunse in una piazzola al battere dell'ora nona e per poco non fu investito da uno stormo di piccioni. Si voltò d'istinto per schivarli. E così facendo, notò i due inseguitori.

Rimasero a fissarsi per un istante.

«La voglia di fragola!», proruppe il frate. «L'ho vista!».

E lui ha visto noi, fu sul punto di aggiungere Maynard.

L'uomo infatti, resosi conto del pericolo, fuggì.

Rocheblanche si lanciò all'inseguimento senza neppure gridare un *fermatevi*. Ignorava sia il nome sia le motivazioni di quell'individuo, ma osservandone l'incedere e il modo di orientarsi credeva d'essersi fatto un'idea del genere di persona. Un veterano o comunque un armigero. Guardandolo negli occhi, nell'attimo in cui si erano fissati, aveva intravisto coraggio e forse il rimpianto di non potersi fermare per combattere. No, si disse. Quell'individuo non avrebbe mai tradito, né parlato sotto tortura. Non era abbastanza veloce, tuttavia.

Maynard l'avrebbe certo raggiunto se non fosse stato per il dolore di una vecchia ferita sopra il ginocchio risvegliatasi con l'inverno.

Si sforzò di ignorare le fitte e guadagnò terreno mentre l'affannato fra' Prudenzio lo seguiva a venti passi di distanza, reggendo il ventre tra le mani. Stavano attraversando una via chiusa e coperta da alte volte, quando il francese si trovò all'improvviso tra i piedi una stecca di legno protesa a un palmo dal suolo. Inciampò faccia a terra, soffocando un'imprecazione nella neve. Tutto ciò che riuscì a scorgere fu un ragazzino uscire da un angolo della strada e mettersi in fuga con la stecca in mano.

Gridò di rabbia, accorgendosi di aver battuto la testa. Fu costretto a restare carponi per non perdere l'equilibrio, finché non udì dei passi pesanti e il rumore di un corpo che stramazzava a terra, ansante.

«Da... che... parte...», sbuffò fra' Prudenzio, trafelato, «è... andato...?».

Maynard si rimise in piedi appoggiandosi a un muro. Umiliato e pieno di collera, fissò il volto del frate arrossato per lo sforzo. «Non lo so», sbuffò. Poi raccolse una manciata di neve e la scagliò lontano.

16

Prima dei rintocchi di compieta, quando la tenebra era fitta e il gelo così intenso da scoraggiare chiunque ad avventurarsi in strada, fra' Lamberto da Cingoli uscì dal convento di San Domenico. In fretta, sulla strada innevata, raggiunse la contrada di Boccacanale e ritrovò la dimora in cui si era recato la settimana precedente. L'uomo di guardia lo fece entrare senza indugio.

Bertrand du Pouget lo attendeva sveglio, seduto su uno scranno davanti al camino. Accanto a lui, Guido di Baisio.

L'inquisitore avanzò guardingo, cogliendo in quell'inattesa presenza una minaccia. «Vostra eccellenza», disse rivolto al vescovo, «non immaginavo di trovare anche voi».

Il reverendo Guido si strinse nelle spalle. «Sua grazia il cardinale ha richiesto la mia presenza per dibattere su alcuni argomenti».

La scusa era volutamente debole, forse meditata apposta per innervosirlo. Fra' Lamberto abbozzò un sorriso grifagno che in passato aveva scucito la bocca a centinaia di reticenti. «Argomenti da affrontare nel cuore della notte?», ribatté con scetticismo.

«Questo perché l'oggetto del discorso siete *voi*», intervenne il cardinale senza staccare gli occhi dalla bocca del camino. Il tono di voce era aggressivo e nervoso, ma fu soprattutto la sua palese complicità con Baisio a preoccupare il domenicano. «Mi interrogavo con il vescovo», continuò du Pouget, «sul vostro modo di agire nei confronti di Rocheblanche. Siamo entrambi del parere che stiate procedendo a rilento».

«Mi uniformo ai tempi e allo sviluppo del caso», si difese fra' Lamberto.

«Ancora con quell'indagine?», sbuffò il porporato. «Speravo aveste ormai escogitato un nuovo pretesto per circuire il cavaliere».

«Non sarà necessario». L'inquisitore si sforzò di apparire freddo e sicuro di sé. «Qualche ora fa, invero, ho concesso udienza a messer Maynard e a fra' Prudenzio. Separatamente, s'intende. E il secondo aveva delle interessanti novità».

Il vescovo scambiò un'occhiata con il cardinale, lasciando trapelare un pungente interesse. «Vi ascoltiamo», lo esortò.

«Pare che Rocheblanche sia vincolato a un giuramento», rivelò fra' Lamberto. «Un giuramento legato a un sentimento di espiazione che lo obbliga a restare in questa città».

Bertrand du Pouget si accarezzò il mento, riflessivo. «Probabilmente ha a che fare con il *Lapis exilii*», suppose. «O forse con la morte di Jang de Blannen».

Lamberto da Cingoli scosse il capo. «Secondo il resoconto di fra' Prudenzio, sarebbe implicato un saggio abate».

«Padre Andrea di Pomposa?», chiese d'impulso Guido di Baisio.

«No», rispose il domenicano. «Un abate sconosciuto, lontano da questi feudi».

Il cardinale continuava a meditare, stringendo gli occhi malvagi. «Secondo alcune voci», se ne uscì infine, «il *Lapis exilii* è tenuto nascosto in un monastero francese, sotto l'attenta vigilanza di un abate... Ma non possiamo esser certi che si tratti di questo». Si rivolse di nuovo a padre Lamberto. «Il vostro frate ha scoperto altro?»

«Sono sicuro che lo farà presto», gli assicurò. «Oggi Rocheblanche è rientrato da un inseguimento fallimentare e mi ha chiesto il permesso di incontrare il marchese Obizzo d'Este. Sostiene di volerlo interrogare sui suoi sospetti, al fine di aprire nuovi spiragli d'indagine. Ho acconsentito, a condizione che porti con sé fra' Prudenzio».

«Finalmente un risvolto interessante», commentò du Pouget, compiaciuto. Batté un palmo sul bracciolo e si alzò per attizzare il fuoco. «Procedete pure con il vostro piano», accordò al domenicano. «Ma sarete voi, domani, ad accompagnare Rocheblanche al palazzo marchionale».

«Non ne vedo l'utilità», obiettò fra' Lamberto, che per sua naturale propensione preferiva restare ai margini delle vicende.

«La vedo io». Con un gesto deciso, il porporato fece scivolare un grosso ciocco di legno fra le braci. «Innanzitutto è ora che stringiate una personale confidenza con il cavaliere de Rocheblanche. E in secondo luogo...», si voltò verso di lui, rivolgendogli un'occhiata arguta, «dovrete spaventare il marchese Obizzo».

Lamberto da Cingoli sobbalzò. «Eminenza! Non starete per caso alludendo a...».

Bertrand du Pouget fece un cenno di conferma. «Questo», spiegò, «è il motivo per cui voi siete la persona più adatta a occuparsi di questo intrigo».

17

Palazzo della Signoria
19 gennaio, mattina

Maynard evitava la residenza del marchese da circa un anno, e potendo avrebbe continuato a farlo. Quel luogo era legato a troppi cattivi ricordi, dagli inganni di padre Facio alla prigionia trascorsa nelle segrete. Inoltre c'era lui, il nobile Obizzo III d'Este, con i suoi occhi di ossidiana e il suo desiderio di vendetta. Il cavaliere sapeva bene che quell'uomo non gli avrebbe mai perdonato il tradimento consumato con la sua favorita, Lippa Ariosti. Già dal loro primo incontro, Rocheblanche ne aveva colto l'indole di mastino laconico, pericolosa quanto imprevedibile. Eppure adesso doveva affrontarlo. Non solo per via di certi aspetti dell'indagine, che riteneva di poter chiarire soltanto parlandogli, ma anche per la necessità di riconquistare – se non l'amicizia – almeno la sua stima.

A complicare le cose c'era l'ingombrante presenza di Lamberto da Cingoli, che aveva deciso di sostituirsi a fra' Prudenzio senza fornire spiegazioni. Maynard non sapeva come comportarsi con lui, soffrendo quel disagio che si crea fra due persone entrambe persuase di dover comandare. Uno più orgoglioso e combattivo dell'altro, erano usciti da San Domenico risalendo la via della Rotta fino alla piazza in un silenzio ostinato, quasi di reciproca sfida, finché il cavaliere non si era accorto dell'insistenza con cui il domenicano scrutava le strade. Benché fosse lunedì mattina erano pressoché deserte, salvo i mercanti e gli artigiani appostati nelle loro botteghe.

Resosi conto d'aver suscitato la curiosità del compagno, fra' Lamberto si era lasciato sfuggire un sospiro. «Aleggia ancora, nonostante tutto».

«L'ombra della peste?», aveva domandato Rocheblanche.

«Peggio. Il timore della fine del mondo».

A quelle parole, Maynard era stato tentato di ricredersi sull'inquisitore, chiedendosi se a dispetto di una vita di roghi e processi avesse conservato un briciolo di compassione. Poi però, riflettendo sulla sfumatura di sarcasmo che aveva usato nell'esprimersi, si era soffermato col pensiero su cosa significasse per un uomo del genere il diffondersi del terrore per il giudizio divino.

Due soldati armati di picca li accolsero all'ingresso del palazzo. Chiesero il loro nome e, apprese le motivazioni della visita, li indirizzarono alla gran sala del piano superiore. Rocheblanche conosceva quella stanza. Non appena fu tra le sue pareti percorse da arazzi, affreschi e bifore, si rammentò della prima volta in cui era stato introdotto nella corte estense. Per dimostrarsene degno aveva dovuto misurarsi con l'acre irrisione del giudice dei Savi e con la spada di un vassallo del marchese. Ora, tuttavia, doveva sostenere ben altra prova.

Obizzo d'Este si trovava a una decina di passi da lui, seduto a un seggio di legno brunito. Era in compagnia di un *notarius* intento a scrivere su un taccuino sotto dettatura, e che pareva usargli fin troppa confidenza per essere un servitore. Il segno dei tempi, meditò Maynard. Procedette verso il centro della sala insieme a fra' Lamberto e prima che quest'ultimo prendesse l'iniziativa disegnò un inchino.

Il marchese interruppe bruscamente lo scriba, restando immobile a fissarlo. Un lampo di collera gli attraversò lo sguardo, per poi svanire nelle iridi nere. Fu come se l'aria, d'un tratto, si fosse impregnata di un umore venefico emanato dalla sua persona. «Il vescovo mi aveva informato che sareste giunto, messere», esordì cupo. «Nondimeno resto colpito dal vostro ardire».

«Conosco il vostro tormento, mio signore», ribatté il cavaliere, «e come sapete sono disposto a darvi soddisfazione. Ora però mi trovo alla vostra presenza per altri motivi».

«Motivi di cui arguisco la natura». Obizzo allontanò il notarius e si alzò, gettando dietro le spalle il suo ampio mantello di broccato. Un gesto studiato a esclusivo consumo di Maynard, per mostrargli la spada inguainata al fianco. Si avvicinò quindi con la mano appoggiata sull'elsa, spostando lo sguardo su fra' Lamberto. «A quanto vedo, siete accompagnato da un frate predicatore. Mi chiedo chi...».

Per tutta risposta, il domenicano abbassò il cappuccio e scoprì il viso. Tanto bastò perché il marchese s'immobilizzasse, colto da un improvviso turbamento. Lo fissò a occhi sgranati mentre il resto della frase gli moriva sulle labbra.

Lamberto da Cingoli ricambiò con una smorfia sardonica. «Le presentazioni sono superflue», disse. «Non è forse vero, vostra signoria?».

Ora l'Estense aveva le dita saldamente aggrappate all'elsa, quasi volesse placare il tremore che d'un tratto gli pervadeva le membra. Maynard non sapeva se essere più sbalordito per quella reazione o curioso di scoprirne la ragione. Gli era nota l'abilità del nobiluomo nel celare qualsiasi stato d'animo dietro una maschera sfuggente. Eppure in quel preciso istante dal suo volto traspariva la paura.

Non dovette essere facile per Obizzo d'Este riprendere il controllo, ma vinse lo sgomento, quasi assorbendolo dentro di sé, e s'incamminò verso l'uscita della sala. «Vogliate seguirmi».

Scese le scale e li condusse nella corte dietro al palazzo, indugiando sotto il loggiato che circondava lo spazio aperto a mo' di chiostro. Benché fosse tutto coperto dalla neve, Maynard riconobbe il pozzo centrale presso il quale aveva impartito lezioni di spada al giovane Aldobrandino. Non distante da lì vi erano siepi, statue e alberi dalle chiome alte abbastanza da sfiorare la balconata su cui Lippa Ariosti era solita affacciarsi, prima della sua morte misteriosa e prematura. Si diceva che Obizzo l'avesse sposata *in extremis* per garantire legittimità alla propria discendenza, anche se, a detta di popolo, la marchesa era giunta all'altare già cadavere. A Maynard bastò ritrovarsi a palazzo per sentirsi coinvolto in quegli eventi, a dispetto del tempo trascorso lontano da corte e della missione assai più importante a cui si era votato. Come se quel groviglio di vite, morti e destini gli si fosse avvinghiato addosso, rinnovando il suo legame con i feudi nebbiosi di Ferrara.

Il nobile Obizzo si fermò sotto un'arcata, avvolto nel mantello. Nonostante lo sforzo di celare le emozioni, era ancora palesemente scosso dalla presenza di fra' Lamberto. Lo osservava di sbieco, studiandone ogni movimento con la cautela di un felino. «Comprenderete il riserbo», disse d'un tratto, alludendo al luogo prescelto per la conversazione, «ma non intendo alimentare il focolaio di pettegolezzi. Fra queste mura circolano già abbastanza voci».

Rocheblanche sollevò un sopracciglio. «Voci sulle... rane?»

«Non solo», rispose il marchese, distogliendo lo sguardo.

Irritato da quella velata reticenza, Cingoli intervenne, ansioso di arrivare al dunque. «Vostra signoria», l'interpellò, «se ci troviamo alla vostra presenza è perché messer Maynard ritiene opportuno aggiornarvi sugli sviluppi dell'indagine. Se foste tanto cortese da prestargli ascolto, potremmo forse ricavare qualche nuovo spunto per le nostre ricerche».

Il cavaliere attese l'assenso del marchese, quindi cominciò a spiegare: «In principio confesso di aver avuto dei dubbi sul legame tra il rinvenimento dei messaggi con le rane e il misterioso corteo intravisto dal cacciatore di lupi. A dispetto delle opinioni del vescovo e di fra' Lamberto, li credevo elementi collegati soltanto dalla nostra suggestione. L'evidenza delle prove, tuttavia, mi ha dimostrato il contrario: devono entrambi far parte del medesimo piano concepito per colpire gli Este. Pochi giorni fa, infatti, avventurandomi nella selva, ho trovato un fantoccio con lo stemma dell'aquila bianca insieme ai resti di una mistura a base di oppio e herba diaboli. Una mistura sicuramente usata dai componenti del corteo. Risalendo alla sua provenienza, ho quasi rintracciato un uomo...».

«Quale uomo?», sobbalzò Obizzo.

«È fuggito tra le vie di Ferrara, ma ho potuto guardarlo in faccia», confessò Maynard. «Ha una voglia di fragola sopra l'occhio sinistro. Se vostra signoria l'avesse notato...».

Il marchese rifletté un istante, poi scosse il capo. «Allerterò le guardie», assicurò, mentre la preoccupazione iniziava a incupirgli l'espressione. «Nel frattempo, sappiate che è stato rinvenuto un altro messaggio».

«*Pro bono malum?*», recitò fra' Lamberto.

«Sì, il testo è invariato», confermò sua signoria. «Sempre su pergamena, e sempre accompagnato da una rana trafitta con un coltello». Digrignò i denti. «Ma stavolta era affisso all'uscio della camera del mio figlio maggiore».

Maynard ripensò al giovane Aldobrandino e non poté che condividere l'ansia del padre. Abbassò il capo, costernato. «Avete sospetti?».

L'Estense si appoggiò a una colonna. «Di nemici ne ho molti», rispose, «ma nessuno che possa violare impunemente queste mura. Le guardie, per giunta, assicurano di non aver scorto alcun sospetto. E io... io...», il suo volto si trasfigurò per l'ira, «io mi ritrovo costretto a sopportare impotente!».

«Calmatevi principe», lo rabbonì fra' Lamberto. «Dopotutto non è ancora stato fatto del male a nessuno».

«Per poco».

«Cosa intendete?»

«Risale all'altro ieri». Il marchese si staccò dalla colonna, ritrovando una postura e un tono di voce più degni. «Mentre attraversavo la piazza, un folle ha osato attentare alla mia vita con un pugnale. Si trattava di un uomo della plebe, nessun legame noto con famiglie altolocate».

«Ha confessato qualcosa?», chiese Maynard, speranzoso.

Obizzo fece un cenno di diniego. «La mia scorta l'ha trucidato al primo assalto. Giusto il tempo che finisse di gridare *Pro bono malum*».

Ancora quella dannata frase, meditò Rocheblanche. Intrecciò le braccia al petto, prendendo a camminare per la corte. Conosceva fin troppo le insidie del battersi contro un nemico celato nell'ombra o dietro i mille volti di una folla. Sia lui che sua sorella erano scampati in più occasioni ai trabocchetti di Bertrand du Pouget, sempre senza scalfirne l'ostinata tempra. Per quel che riguardava il caso di Obizzo d'Este, tuttavia, percepiva una natura differente, forse ancor più ingannevole e sottile. Prima di esprimere la propria opinione, continuò ad affondare i calzari nella neve finché non sentì gli sguardi dei presenti convergere su di lui. «Sono sempre più propenso a credere», disse, «che dietro la storia del maleficio si nasconda una congiura».

«Parlate chiaro, messere», lo incitò il marchese.

Rocheblanche aprì improvvisamente le braccia, mimando i gesti di un istrione. «Fumo agli occhi, vostra signoria», esclamò. «Il corteo di Diana e i messaggi con le rane non sono altro che espedienti per distogliere la nostra attenzione, spingendoci a credere di avere a che fare con qualcosa di satanico. La vera minaccia a mio avviso va ricercata altrove, forse in seno alla vostra stessa corte».

«Ma la visione della bestia è reale!», sbottò Lamberto da Cingoli. «Rammentatevi della bestia! Della venuta del falso profeta! Il cacciatore di lupi ha giurato sulla croce di averla scorta tra gli alberi, con una femmina scellerata che le sedeva in groppa».

«Qualunque cosa abbia scorto Silvano da Focomorto», obiettò Maynard, «resta pura congettura finché non se ne dimostra l'esistenza».

Il frate lo sferzò con una risata nervosa. «Le sacre scritture non sono forse prova sufficiente?».

Obizzo d'Este fece un passo in avanti, intromettendosi tra i due. «Chiunque sia», annunciò con tono basso, «il nostro nemico è stato abile nel tendere una rete tra il reale e l'immaginifico. Una rete in cui ci troviamo invischiati, come animali in trappola, nell'attesa del colpo mortale di chi osserva nell'ombra». Uscendo quindi dal loggiato, si pose di fronte a Maynard e lo fissò dritto negli occhi. «Sono d'accordo con voi, messere».

Per un attimo Rocheblanche ritrovò nello sguardo del marchese la lealtà e la stima che li aveva legati un tempo. In fondo, tuttavia, vi scorse anche una velata supplica. Salvate mio figlio, gli parve di leggere in quelle iridi nere. Salvate Aldobrandino. Aggrottò la fronte, e sfidando le regole del contegno in nome di valori assai più alti – valori per cui titoli e contrasti non contavano nulla – osò mettergli una mano sulla spalla. «Ve lo chiedo un'ultima volta, vostra signoria», mormorò tenace. «Alla luce di quanto discusso, vi sorgono dei sospetti?».

Di primo acchito il nobiluomo osservò la mano del francese quasi con indifferenza, poi si ritrasse come se fosse rovente. «È la prima volta che mi trovo esposto a simili minacce», rispose irritato. «Se almeno conoscessi il movente, potrei farmi un'idea. Però dispongo solo di quella frase... quella maledetta frase! *Pro bono malum*». Alzò le braccia al cielo. «Sapessi almeno cosa significa!».

Maynard consultò fra' Lamberto con una rapida occhiata, ma vedendolo ritirarsi in disparte, probabilmente offeso per via delle sue teorie scartate con scetticismo, tornò a rivolgersi al marchese. «Nella sua enigmatica brevità, quella frase allude forse a un evento del vostro passato che custodite nella memoria. *Pro bono malum*. Intendete? Male in cambio di bene. Quasi aveste tradito le aspettative o la fiducia di qualcuno».

Quelle parole aizzarono l'orgoglio del marchese. «Pensate ai vostri tradimenti, Rocheblanche!», gli rinfacciò, nuovamente adirato. «Perché mi tormentate? Se fossi in grado di scovare i responsabili di questo affronto, credete forse che mi sarei rivolto al vescovo? Andate, dunque! Tornate a svolgere il vostro dovere!».

«Lo farò, nobile Obizzo», ribatté con durezza il cavaliere. «Ma non certo perché mi è stato ordinato». Disegnò un rigido inchino e, combattendo contro la voglia di schiaffeggiarlo, prese congedo. «La mia è una *scelta*, rammentatelo sempre».

Prima di imboccare l'uscita, si voltò verso fra' Lamberto che, sempre in disparte, indugiava sotto il porticato.

«Proseguite senza di me, messere», disse il domenicano in risposta al suo tacito invito. Rivolse poi un sorrisetto d'intesa all'Estense. «Io mi tratterrò ancora un istante con sua signoria».

«Per dibattere di cosa?», domandò contrariato Maynard.

«Di questioni di...», Lamberto da Cingoli accompagnò la frase con un gesto vago, «spirito».

18

Maynard uscì da palazzo con un diavolo per capello. Era indignato per il modo in cui il marchese l'aveva congedato, umiliandolo al pari di un servo. Dopo tanti rischi e imprese gli era sempre più difficile tenere a freno la lingua, nonostante gli fossero ben noti i vantaggi dell'agire con misura. A fomentare il suo malanimo, inoltre, la sensazione di aver sprecato tempo. Forse sarebbe stato meglio seguire il consiglio di fra' Lamberto ed evitare un confronto con il nobile Obizzo... Ma allora perché l'inquisitore si era trattenuto nella corte? Il cavaliere soffocò un'imprecazione. Non serviva un cervello fino per subodorare un comportamento losco. Tra Cingoli e l'Estense c'era senz'altro un legame. Un legame probabilmente fondato su un contrasto di vecchia data, non ancora sopito. E benché al momento non ci fosse modo di accertarsene, Rocheblanche aveva già un'idea su chi consultare.

Era talmente perso in quei pensieri da avviarsi verso la piazza senza accorgersi di un ragazzino che trasportava vasi procedendo nella direzione opposta alla sua. Gli andò addosso, facendolo cadere sul selciato coperto di neve.

«Chiedo venia», esclamò d'istinto, chinandosi per aiutarlo a rimettersi in piedi.

«Perdonatemi voi», si affrettò a rispondere il giovane, imbarazzato. «Andavo di fretta, i vasi mi impedivano la vista...». Poi, sollevando lo sguardo, allargò la bocca per lo stupore. «Oh messere, ma siete voi!».

Maynard lo fissò attonito e in principio non lo riconobbe. Studiò l'abito in vergato che denotava la condizione di servo, quindi si soffermò sugli occhi mansueti, ancora infantili. Una sensazione di familiarità si fece strada in lui. «Ora rammento...», mormorò. «Siete al servizio del figlio del marchese, dico bene?»

«Non più, messere», sospirò il ragazzo. «Da quando il nobile Aldobrandino è stato nominato capitano generale, svolgo altre mansioni».

«Aldobrandino capitano generale?», sgranò gli occhi il cavaliere. «Ma ha solo quattordici anni!».

«Così ha decretato sua signoria».

Maynard sbuffò incredulo. Era consapevole che quella fosse l'età giusta per introdurre un giovane signore alle responsabilità del comando. Alcuni iniziavano addirittura prima. Per Aldobrandino tuttavia gli sembrava presto. Lo ricordava intelligente e caparbio, con un carattere però ancora troppo infantile per adempiere a un simile incarico. La sua collera nei confronti di Obizzo s'inasprì.

«Non vi ho mai ringraziato, messere».

Rocheblanche tornò alla realtà e scrutò il ragazzo. «Per cosa?»

«Il giorno in cui prendeste le mie difese, mentre venivo punito…», gli spiegò il servo, controllando che i vasi finiti sulla neve non si fossero rovinati. «Forse per voi non conta nulla, ma per me…».

«Sì, me ne rammento», disse Maynard con un sorriso gentile. «Non meritavate alcuna punizione, quel giorno».

Il giovane gli rivolse un largo sorriso, quasi in risposta a un complimento. Poi la sua espressione acquisì una nota di curiosità. «Siete stato richiamato a corte per dare la caccia allo spettro?»

«Quale spettro?»

«Quello che lascia i messaggi con le rane morte».

Il cavaliere si fece serio. Finora non aveva udito nulla al riguardo, e benché si trattasse dell'ennesima ricostruzione di fantasia c'era da chiedersi perché il marchese non ne avesse fatto menzione. Si era anzi mostrato reticente nel riportare le voci che circolavano a palazzo. «Suvvia», rassicurò il ragazzo, «non esiste nessuno spettro».

«Ma l'hanno visto, messere!», insistette quello. «È stato un servo delle cucine. Giura d'averlo scorto negli ambulacri della dispensa, dopo il tramonto… E l'ha riconosciuto».

«Quindi gli spettri hanno un volto?», soggiunse incredulo Rocheblanche.

«È la marchesa Lippa Ariosti!». Il giovane aveva gli occhi sbarrati, i vasi stretti al petto quasi a mo' di difesa. «Capite ora? È tornata dal regno dei morti, per vendicarsi di essere stata uccisa».

Ancora una volta il francese si domandò da dove provenissero quelle voci. Benché avesse udito molte notizie riguardo la morte di madonna Ariosti, gli era parso di comprendere che fosse stata stroncata da un malore improvviso, forse un'anticipazione del flagello della peste. «Non dovete credere a tutto ciò che si racconta», lo ammonì bonariamente. «Io ho viaggiato molto, ho visitato cripte e campi di battaglia, e a onor del vero non mi sono mai imbattuto in alcun *phantasma*». Un'idea fulminea tuttavia fece breccia nella sua mente. «Ma se invece di uno spettro», aggiunse, «aveste visto o sentito parlare di altre strane presenze, sarebbe tutto un altro discorso...».

Il servo lo fissò interdetto. «A cosa alludete, messere?»

«A un uomo alto, ben piantato, con una macchia rossa sopra l'occhio sinistro».

«Mai visto».

«Potreste comunque informarvi a palazzo, presso i vostri pari?», lo pregò Maynard. «Spesso la servitù coglie maggiori particolari rispetto alle guardie. Riordina le stanze, controlla usci, stalle e giardini. Magari qualcuno ha visto».

Il ragazzo annuì. «Una macchia rossa sopra l'occhio sinistro», ripeté serioso. «Lo farò, messere. E nel caso dovessi scoprire qualcosa, come potrei avvertirvi?».

Rocheblanche, compiaciuto, gli accarezzò il capo e si avviò per la strada. «Chiedete di me al convento di San Domenico», rispose. «Ma non consegnate a nessun altro il vostro messaggio».

«Vi immaginavo a Bologna, magister. Lontano dagli uffici inquisitoriali».

«Perché credete che mi rivolga a voi in qualità d'inquisitore?».

Obizzo d'Este scrutò l'espressione ambigua di fra' Lamberto, vincendo la ritrosia a sostenere il suo sguardo. «Riconosco un'arma, quando mi viene puntata contro».

La risata del religioso echeggiò sotto il loggiato della corte. «A esser franchi, ciò che cogliete in me non è avversione ma curiosità. Curiosità riguardo il vostro legame con il cavaliere de Rocheblanche».

«C'è poco da sapere a tal riguardo», si adombrò il marchese. «Fu maestro d'armi di mio figlio, per un breve periodo».

«Dev'esserci dell'altro», osservò il domenicano, facendo spuntare le dita nocchiute dalla cappa nera. «Un servitore non si congeda con tanto malanimo».

«Il mio modo di congedar la gente non è affar vostro», sbuffò Obizzo, quasi ostile. Fece per troncare la questione, poi, con uno slancio improvviso, gli batté l'indice sul petto e lo fissò torvo. «Cosa vi siete messo in testa, magister? Sono lontani i giorni in cui potevate interrogarmi a vostro piacimento. Ora è finita. La mia famiglia ha pagato il fio, e nessuna scomunica pende più sulla mia testa».

Cingoli continuò a sorridere mellifluo, mentre le sue mani si congiungevano lente. «Vi siete riappacificato con il pontefice, è vero», gli concesse. «D'altro canto, i fatti su cui indago tradiscono un'impronta satanica che giustifica il mio zelo. Anzi, lo impone. Perciò non posso ignorare il vostro legame con un cavaliere giunto da lontano e che risiede in questi feudi per ragioni sconosciute, a prescindere dal fatto che egli mi sia stato raccomandato dal vescovo».

Obizzo si ritrasse e meditò, così come poteva meditare un lupo di fronte a un sentiero irto di trappole. Nemmeno per un istante i suoi occhi tradirono un pensiero, e quando riprese la parola lo fece con voce pacata, quasi atona. «Rocheblanche era un amico, finché non si macchiò d'infamia. Tanto vi basti».

«Vi riferite al suo assalto alla curia?», domandò il domenicano.

«Non siete abbastanza informato», replicò il marchese. «Riguardo quell'evento, messer Maynard sostiene d'aver agito per difendere il proprio onore e lo dimostrò battendo in duello un mio campione».

«Un'ordalia», disse il religioso con una punta di biasimo.

«È un nobile. Era suo diritto».

«Ciò nondimeno, gli date dell'infame».

Obizzo si voltò e prese a camminare per la corte innevata, evitando i punti in cui restavano le impronte di Maynard. «Sono di altro genere», disse, «i delitti capaci di corrompere un'amicizia».

Fra' Lamberto rimase a scrutarlo da sotto l'arco di mattoni. «Una frase del genere me la sarei aspettata da vostro fratello Rinaldo. Non vi reputavo così sensibile in fatto di legami personali».

«Tendo a esserlo quando si infrange un rapporto di lealtà».

Il domenicano rise, questa volta di gusto, rivelando d'un tratto la sua indole aggressiva. «E con me siete leale, marchese?», chiese quasi canzonatorio. Strinse le palpebre e uscì dall'ombra, affondando i sandali nello strato di neve. «In quanto rappresentante della Sacra Romana Chiesa, intendo».

«Lo sono, sì», rispose Obizzo, colto di sorpresa. «Ho giurato di difendere il papa, i suoi vicari e ogni suo rappresentante, fino all'ultimo prete di campagna».

Lamberto da Cingoli gli si piazzò di fronte. E benché non lo eguagliasse in altezza, né tantomeno in prestanza fisica, riuscì ad apparire talmente minaccioso da farlo arretrare. «A maggior ragione», aggiunse, «non negherete appoggio a un cardinale di Avignone».

«Di chi si tratta?», volle chiarire l'Estense.

«Il suo nome non ha importanza», rispose il frate. «Sappiate però che presto, molto presto, verrà per pretendere i vostri servigi».

19

Convento di Sant'Antonio Abate, residenza della badessa

«Sedete, suor Eudeline».

La monaca francese osservò lo scranno che le veniva indicato dalla reverenda madre. Basso e privo di braccioli, era poco più di uno sgabello rispetto al seggio dall'alto schienale su cui trovava posto la sua ospite. Il semplice invito a servirsene le parve un oltraggio. «Se non vi dispiace, preferirei restare in piedi».

La badessa le rivolse una smorfia contrariata. «Come vi aggrada. Del resto, non sarà una conversazione lunga».

Eudeline annuì, incurante di quel velato tono di minaccia. Le pareti che la circondavano parlavano di una persona rigorosa, maniaca dell'ordine e del controllo. Ad accentuare quella sensazione fu la presenza di un telaio con un ordito appena agli inizi e, a giudicare dalla matassa di filo ai suoi piedi, già sfatto e rifatto più volte. «Non indugiate, pertanto».

La reverenda madre premette invece le labbra contro le mani giunte e meditò un istante, prolungando l'attesa. «Devo ammonirvi tre volte», disse. «Tre volte, sempre per la stessa ragione: la vostra superbia».

«Farete inginocchiare anche me sul grano?», ribatté la monaca con un sorrisetto di sfida.

Per un attimo la badessa finse di condividere la sua ilarità, infine si fece seria. «Non riuscite a farne a meno, vero?», la rimproverò con voce sommessa. «Dovete per forza rimarcare d'esser voi la superiore. Anche ora, con la vostra sfrontatezza! Credete forse che il titolo e la posizione che ricoprivate un tempo possano darvene diritto?».

Eudeline non si curò di apparire dispiaciuta. «Mi rincresce di suscitare in voi una simile impressione», si limitò a dire.

«Perdonatemi se ne dubito», ribatté a tono la reverenda madre, «dal momento che si dice abbiate chiesto favori alla nostra erborista e inviato messaggi in gran segreto. Pensavate che non ne sarei mai venuta a conoscenza? Sciocca! Inoltre, e questo l'ho constatato con i miei occhi, vi siete allontanata dal convento senza alcuna licenza».

La monaca emise un sospiro. Quando aveva scelto di recarsi a Pomposa non si era certo illusa che la sua assenza passasse inosservata. D'altro canto, facendo parte della comunità di Sant'Antonio soltanto in qualità di ospite, non si era fatta riguardi. E altrettanto poteva dirsi per la questione dell'erborista e dei messaggi. La cospicua somma versata per ottenere asilo in quel luogo rappresentava a suo giudizio un'autorizzazione più che valida ad agire in libertà. «Azioni dettate da necessità», spiegò, ben lungi dal mostrarsi pentita, «senza recare danno a nessuno».

«Non fate l'ingenua!», sibilò la badessa, corrucciando la fronte. «Sapete perfettamente quanto il vostro comportamento sia stato nocivo. Sia verso la mia autorità, sia verso le consorelle. Ora dovrò aspettarmi altre insubordinazioni, se non corro subito ai ripari».

«Perché dovreste?», obiettò Eudeline. «Le monache di questo cenobio sono mansuete e gentili».

La reverenda madre scattò in piedi, indignata. «Ne parlate come se fosse il vostro gregge, e non il mio».

«Un bassa insinuazione, la vostra».

«Vorreste forse prendere il mio posto?», continuò a provocarla. «Cos'altro dovrei aspettarmi? Agite con tanta libertà da dare l'impressione di esser voi la padrona».

La monaca fece per ribattere con altrettanta veemenza ma frenò la lingua, rendendosi conto che quell'aggressività scaturiva da un naturale timore. Comprendeva bene i sentimenti della badessa ed era altresì consapevole di averli provocati. Del resto, negli ultimi tempi aveva perso fin troppo per restare indifferente alle fortune altrui. Si strinse quindi nelle spalle, manifestando la sua ritrosia all'alterco e pure ad ammettere le proprie colpe. «Punitemi dunque», esclamò recisa, per chiudere in fretta la questione.

«Lo farò, non temete», sogghignò la badessa. «Ma la vostra punizione sarà esemplare».

Eudeline fece un gesto disinteressato. «Mettetemi in isolamento per dieci giorni, o anche un mese. Non m'importa».

La reverenda madre scosse il capo. «Non è così che imparerete l'umiltà», dichiarò, spostando l'attenzione verso il telaio. Si alzò all'improvviso e accarezzò l'ordito, crucciandosi alla vista di una lieve imperfezione. Poi tornò a fissare la monaca con un pizzico di sadico compiacimento. «Domani uscirete dall'isola di Sant'Antonio, senza nessuno a farvi da scorta, e camminerete sulle ginocchia fino alla Cattedrale, recitando l'*Ave Maria*».

«Ma è una... follia!», sobbalzò Eudeline.

«Non ho concluso», l'avvertì la reverenda madre. «Indosserete una veste ricavata da un sacco e terrete il capo scoperto».

La signora di Rocheblanche era tutta un tremito. Ritta, le braccia rigide sui fianchi e i pugni serrati, passò da un pallore cadaverico al rosso vivo senza mai staccare gli occhi dalla sua aguzzina. Come osava, quella sciagurata? Fu sul punto di gridarglielo in faccia e di stringere fra le unghie quel suo viso tronfio. Lei, vestita di cenci, a trascinarsi nel fango... per compiacere una povera donna! Al solo pensiero sentì un'ondata di rabbia salire dallo stomaco al petto, ma resistette all'impulso di sfogarla. Rimase immobile, sentendosi quasi sul punto di prendere fuoco. Finché, d'un tratto, esplose in una risata. All'inizio a fatica, con un piglio isterico, poi sempre più di gusto. Rise fino a sentirsi le lacrime agli occhi, come non le capitava da quando era bambina. Infine, con una risolutezza di cui si stupì, disse: «Non accetterò mai un simile dileggio».

«Osate disobbedirmi?», esclamò la badessa.

«Non ce ne sarà bisogno», rispose Eudeline. E con una serenità che non credeva più di possedere, sfilò il velo e slacciò il soggolo, lasciando liberi i capelli. «Oggi stesso me ne andrò dal convento insieme a mia sorella».

Il volto della reverenda madre era una maschera di sbigottimento. «Ma...».

«Temete per i fiorini che vi versai al mio arrivo?», le chiese bruscamente, riportandola alla realtà.

A quelle parole la badessa riprese il controllo della loquela e della sua indignazione. «Sfacciata fino all'ultimo!».

Eudeline si mostrò immune a quell'ultima provocazione. Per la prima volta dopo molto tempo si trovava di fronte all'ignoto, una vita fuori dal claustro, priva di regole e di costrizioni. Essere donna e non più monaca, come il suo amato Robert avrebbe desiderato. Ripensare a lui le fece male, come accadeva ogni maledetta notte in cui piangeva sommessamente, sussurrandone il nome. Oh, Robert! Neppure nel breve periodo trascorso tra le sue braccia aveva mostrato tanta determinazione nel lasciare il convento. Del resto allora si sentiva ancora badessa, gravata dalle responsabilità, da mille paure e dal dolore per la perdita delle sue consorelle. Invece ora, in una città straniera, il mondo si apriva al suo cospetto come un un gioco di labirinti.

Dovette restare in silenzio più di quanto le fosse sembrato, poiché d'un tratto si rese conto che la reverenda madre la fissava sì guardinga, ma ormai priva di astio. Non c'era da stupirsi, meditò Eudeline. La sua decisione di smonacarsi doveva esserle apparsa come un atto di resa. Lo credesse pure, rise tra sé. Ne avrebbe presto tratto vantaggio. «Potete tenerli, quei fiorini», annunciò infatti, con l'apposito intento di tranquillizzarla.

«Ne siete certa?», fremette la badessa, senza abbassare la guardia. «Si tratta di una piccola fortuna».

«Resterà a vostra disposizione», le assicurò Eudeline, con una determinazione che lasciò trapelare una punta d'astuzia. E dopo una pausa alquanto studiata, aggiunse: «A patto che mi affidiate i servigi del vostro messaggero più veloce».

La reverenda madre sollevò un sopracciglio. Benché barricata dietro la sua diffidenza, doveva essere curiosa, molto curiosa, poiché dopo una breve esitazione si decise a chiedere: «Cosa intendete, di grazia?».

Prima di rispondere, la signora di Rocheblanche attraversò la stanza e, lanciando uno sguardo di sprezzo in direzione dell'infimo sgabello su cui era stata invitata a sedere, prese posto sul sontuoso seggio della sua interlocutrice. Posò le mani sui braccioli e tenne il capo ben sollevato, con la serenità di una leonessa consapevole di aver ritrovato la propria forza. Ripensò per un attimo alle parole di padre Andrea sul vescovo Guido di Baisio, e si convinse che non ci fosse altro modo per svelare il segreto di quel nome. «Il messaggero dovrà mettersi in viaggio per Parigi con una mia lettera nella bisaccia», spiegò perentoria. «E dovrà farlo subito, a dispetto delle nevi, dei ghiacci e dei venti invernali».

20

Uscito dal Palazzo della Signoria, Maynard indugiò a lungo per le strade di Ferrara, aggirandosi in cerca dell'uomo con la voglia di fragola sul viso. Sapeva bene quanto fosse vano il suo sforzo, ma non se la sentiva di tornare a San Domenico in attesa di nuovi ordini. A maggior ragione perché era ancora irritato dal modo sbrigativo con cui Lamberto da Cingoli l'aveva congedato.

L'unico modo per allontanare quel pensiero era continuare a camminare sotto il cielo biancastro di mezzogiorno, scrutando ogni faccia che gli si parava di fronte. Forse, meditò, sarebbe stato saggio spingersi fino alla via delle volte in cui era stato gabbato dal ragazzino con la stecca di legno. Non era da escludere che l'inseguito avesse lasciato qualche indizio, o fosse stato visto da qualcuno.

Era in procinto di assecondare quell'impulso quando un'intuizione gli balenò nella mente, facendo deviare il suo cammino verso est, in direzione della Porta di Furmignana, dove le abitazioni di patrizi, religiosi e borghigiani opulenti cedevano il passo a dimore alquanto modeste. Silvano di Focomorto viveva in una di quelle. Maynard non era mai stato lì ma rammentava bene d'averne parlato con fra' Prudenzio. Si trattava di una casa piccola e isolata dalle altre, contrassegnata dal graffito di un lupo sul battente d'ingresso. Mentre andava alla sua ricerca, valutava le poche certezze di cui disponeva muovendosi con passo lento, quasi strascicato, a causa delle fitte al ginocchio che dalla sera prima non gli davano requie.

L'uomo con la voglia di fragola era riuscito a fuggire con la mistura a base di oppio e di herba diaboli, perciò se ne sarebbe servito. Rocheblanche non aveva dubbi al riguardo, come sul fatto che perlustrando le selve ci si sarebbe imbattuti prima o poi in un nuovo corteo. Un'occasione d'oro per catturare i congiurati. Ma se la pieve abbandonata andava tenuta sotto controllo, era necessario, per maggior sicurezza, estendere l'area di ricerca. E a chi affidarsi, se non a un esperto di quei luoghi?

Maynard provava un senso di repulsione al pensiero di rivolgersi proprio a Silvano da Focomorto, il vigliacco che giorni prima l'aveva abbandonato nel bosco, però sapeva di non avere alternative. Continuò quindi a cercare la sua dimora fino al tardo pomeriggio, giungendo infine davanti a un'abitazione addossata alle mura orientali.

Si trattava di una stamberga sormontata da un tetto di paglia, con un camino storto quanto uno stivale vecchio. Sulla porta di legno compariva il graffito di una testa di lupo dai tratti quasi umani, se non fosse stato per i denti acuminati e le orecchie a punta.

Il cavaliere bussò, ma nessuno rispose.

Bussò di nuovo, chiamando il nome del cacciatore. Invano.

Assai contrariato, si guardò intorno. Ormai imbruniva e non riusciva a immaginare dove potesse essersi cacciato quel villano. L'idea di cercarlo per i bassifondi di Ferrara non lo sfiorò nemmeno per un istante.

Meglio aspettare.

Incrociò le braccia al petto e appoggiò la schiena contro il battente, avvolgendosi nel mantello mente il giorno moriva. E man mano che la notte intesseva tenebre sempre più fitte, sagome di uomini e donne sbucarono dagli usci per accendere le fiaccole infisse ai muri delle case, lungo la via o per gli steccati. Iniziarono poi ad aleggiare nell'aria gli odori delle pietanze cucinate per la cena. Cibi modesti, ma abbastanza invitanti da evocare nel francese immagini di focolari, pentole fumanti e famiglie raccolte al riparo dal vento. Intanto l'attesa si prolungava, il freddo gli pungeva le ossa. Ma del cacciatore di lupi nemmeno l'ombra.

Al diavolo, si disse improvvisamente Rocheblanche. Tanto valeva attendere al riparo.

Si voltò quindi verso il battente e cercò di aprirlo, ma lo trovò serrato. Strano, meditò, non c'era alcun lucchetto o serratura. L'unica spiegazione era che la porta fosse bloccata dall'interno. Con un asse di legno, probabilmente. Eppure… com'era possibile se all'interno non c'era nessuno?

«Silvano!», bussò di nuovo, senza ottenere risposta.

Colto da un brutto presagio, fece il giro della casa. Il vento nel frattempo aveva preso a ululare, spruzzando l'aria con raffiche di nevischio. Le poche fiaccole nelle vicinanze tremavano come anime esposte al respiro dell'averno.

Giunto sul retro, Maynard individuò una finestra aperta, grande abbastanza perché ci si potesse intrufolare. All'interno c'era buio pesto, quasi un silenzioso monito a star lontani. La varcò, posò i piedi sul pavimento e procedette tentoni per non inciampare nell'oscurità.

Si ritrovò immerso in un odore di pellicce e di sostanze acri impiegate per la concia, insieme a un che di stantio. Ben presto però i suoi sensi identificarono qualcos'altro, un sentore meno pronunciato ma abbastanza pungente da metterlo in allerta. Aveva la sensazione di non essere solo, eppure l'ambiente sembrava talmente angusto che se qualcuno gli fosse stato accanto ne avrebbe percepito il respiro.

D'un tratto sfiorò con la punta del piede un oggetto, provocando uno scatto metallico. Balzò di lato con il cuore in gola, e subito un altro scatto lacerò l'aria. «Dannazione!», esclamò. «Cosa diavolo succede?».

A rispondergli, l'eco della sua voce.

Sguainò la spada e la mosse intorno a sé come il bastone di un cieco. Così facendo azionò altre trappole nascoste nel buio, riuscendo ad avanzare fino a una superficie di legno. La tastò, per comprendere cosa fosse. La porta!

Sbloccò l'asse e aprì, ritrovando la strada sferzata dal vento. Corse verso la fiaccola più vicina, la brandì e tornò sui propri passi, illuminando l'interno della casa di Silvano da Focomorto.

Finalmente vide le pareti coperte di pelli animali e il soffitto cadente. Il pavimento era in misera terra battuta, cosparso delle tremende tagliole azionate al suo passaggio.

In un angolo, con la schiena adagiata contro una parete, giaceva il cacciatore di lupi.

Aveva lottato, a giudicare dalle ferite da taglio per tutto il corpo. Ma la morte doveva essere sopraggiunta a causa di una delle sue trappole meccaniche. Per il sadico volere dell'assassino, o forse per malaugurato incidente, c'era finito dentro con la testa, e le ganasce di metallo gli avevano tranciato l'osso del collo.

Nessuna rana morta accanto al cadavere.

Soltanto un lembo di pergamena con un messaggio.

Pro bono malum.

Come monito e scherno alla casata d'Este.

PARTE SECONDA

La donna e la bestia

21

Città di Bologna
10 aprile, sera

La cappella dei Santi Gervasio e Protasio sorgeva ai margini della città, incastonata in una fila di case munite di ballatoi, solai sporgenti e portici dalle colonne di legno. Quasi a disagio, si offriva agli sguardi dei passanti senza nascondere le sue origini agresti, risalenti ai tempi in cui le mura della *Circla* non la separavano ancora dai feudi intorno a Bologna. Dopo secoli continuava a mantenere un legame con la gente del contado, che ogni domenica deponeva zappe, falci, aratri e varcava lo Porta della Mascarella per ascoltare la messa nella sua piccola navata.

Gualtiero vi dimorava da qualche giorno. In cambio di un misero compenso e della possibilità di dormire accovacciato sotto una nicchia della sacrestia, aveva offerto i suoi servigi per decorare a fresco il refettorio retrostante la cappella. Era l'incarico migliore che gli capitava da tre mesi, dopo un estenuante girovagare per la periferia bolognese alla ricerca di sacerdoti interessati a ritoccare affreschi di vecchie chiese o a ravvivare gli smalti di statue di santi.

Superata l'iniziale difficoltà di farsi anticipare una parte del denaro, il giovane aveva acquistato i colori, l'intonaco, gli strumenti necessari e si era messo all'opera, coprendo in soli due giorni una parete da tre pontate. Il soggetto era triplice, ispirato ai temi dell'Ultima Cena, della Crocifissione e del Noli me tangere, scelti dal priore per celebrare l'imminente ricorrenza della resurrezione del Signore incarnato.

Nel tracciare la sinopia, si era lasciato ispirare da alcune miniature della *Catena aurea* di san Tommaso d'Aquino, conferendo tuttavia in fase di pittura una maggior corposità alle figure, dal Gesù appeso alla croce ai personaggi ai suoi piedi, specie alla Madonna e a san Giovanni che aveva rappresentato in ampi mantelli dai blu e dai rossi smaglianti. Nel soggetto della Cena aveva invece disposto i discepoli lungo una mensa rettangolare, come da tradizione, con il Maestro seduto al centro e Giuda di fronte, riconoscibile per via dei capelli rossi e del suo attingere dal piatto con la mano sinistra.

La scena finale, il Noli me tangere, era stata la più semplice da eseguire. Solo due personaggi, il Risorto e la Maddalena contrapposti in uno slancio dinamico, lei protesa in avanti e lui, maestoso, intento ad arretrare per non lasciarsi sfiorare. Gualtiero l'aveva appena conclusa e la osservava, compiaciuto, nella penombra del vespro che vibrava al lume dei ceri.

Finalmente scopriva cosa si provava a contemplare un'opera scaturita dal proprio ingegno e dalle proprie mani. Aveva invidiato per anni il buon Sigismondo e in seguito mastro Vitale, quando scorgeva, al momento conclusivo dell'affresco, la brace dell'orgoglio nei loro occhi. Fin da fanciullo non era riuscito a concepire sensazione più intensa né esaltazione più grande del mettere tutto se stesso in una parete dipinta, affinché gli sguardi di centinaia, migliaia di persone potessero cogliere il mondo così come lo concepiva lui. Con le sue forme, con i suoi colori. Con la sua passione. E ora che accadeva sentiva un tremito alle mani, quasi un desiderio fisico di riprendere il pennello ed eseguire immagini più eleganti e perfette.

Ma a quale prezzo, simili emozioni? Arretrò dalla parete, attanagliato dal rimorso. Aveva visto morire Sapia e Sigismondo, rinunciato a Isabeau e abbracciato l'esilio. Non ci sarebbe stato nulla in grado di compensare simili perdite, nulla in grado di restituirgli la vita di un tempo... Eppure lui se ne stava lì, gonfio di superbia, a ridere come uno sciocco. Per aver decorato l'interno di un vecchio refettorio.

Si voltò e allungò il passo verso l'uscita. Aveva bisogno di aria, di allontanarsi da quell'ambiente improvvisamente opprimente e dal ricordo della tacita promessa fatta a Isabeau.

La verità era che non sarebbe riuscito a sistemare un bel niente. Avrebbe dovuto trascorrere il resto dei suoi giorni in fuga, senza potersi mai fidare di nessuno e guardandosi sempre alle spalle per il timore di una pugnalata a tradimento. Questo il nobile lascito degli Este e dei Bonacossi!

Attraversò la piccola navata dei Santi Gervasio e Protasio e uscì in strada, lo sguardo rivolto al cielo. La luna gli si mostrò nel suo ultimo quarto insieme a una spruzzata di stelle, brillanti nell'aria tersa di primavera. Dopo la morte della madre, aveva preso l'abitudine di pensare che lei lo osservasse dall'alto, fra quei bagliori così remoti e arcani. Non immaginava altro luogo in cui le anime beate potessero riposare nell'attesa del giudizio finale, e per quanto mendace e piena di segreti, Sapia aveva senz'altro meritato un simile privilegio. Anche solo per l'amore che aveva provato per lui.

«Eccolo, l'infame!».

L'esclamazione spezzò l'incanto, riportandolo a guardare in basso, nel buio della strada. Tre uomini erano appena usciti da un portico puntando dritti verso di lui. Quello che aveva parlato camminava al centro, con incedere da gradasso, impugnando una torcia che faceva emergere dall'ombra il suo ghigno minaccioso.

«Sei sicuro?», si sincerò il compare alla sua destra.

«Sicuro, sì», gli rispose.

Gualtiero rimpianse d'aver lasciato la basilarda in sacrestia, sotto il giaciglio. Fiutava guai, benché ne ignorasse il motivo. «Lorsignori ce l'hanno con me?», domandò con fermezza.

I tre sghignazzarono. Poi l'uomo con la torcia posò una mano sul fianco, rivelando la presenza di un randello infilato nella cintura. «De' Bruni, mi pare si chiami».

«Lo facevo più vecchio», commentò l'individuo rimasto finora in silenzio.

«Ve l'avevo detto, è un ragazzo», abbaiò l'altro.

«Giovane o vecchio, non la passerà liscia».

Gualtiero osservò di sfuggita il portale della cappella alle sue spalle, ma anziché far la parte del vigliacco avanzò d'un passo e rimarcò a gran voce: «De' Bruni sono io e, Dio mi è testimone, non ho debiti né contrasti con chicchessia».

«Invece sì, ribaldo!». L'uomo con la torcia scattò in avanti afferrandolo per il bavero. «Vi fregiate del titolo di pittore e rubate il lavoro agli altri senza chiedere licenza. Come osate?».

Il giovane si divincolò, spingendolo indietro. «Perché dovrei chiedere licenza? E a chi?», esclamò agguerrito. «Io non ho padroni!».

Uno dei due rimasti indietro sputò a terra. «Oh», sentenziò canzonatorio, «calerete la cresta quando sarete davanti al barigello[4]!».

«No», grugnì l'altro, con cattiveria. «Questo al barigello non ci arriva!», e con uno scatto improvviso colpì Gualtiero alla bocca dello stomaco.

Il giovane stramazzò a terra, stringendo i denti per lo sdegno. «Cani bastardi!», sibilò con voce strozzata mentre si rialzava in fretta. Un secondo colpo lo sorprese al fianco, rubandogli il poco fiato che gli restava in corpo. Si ritrovò nel fango, con la speranza che quei figli di puttana fossero paghi d'averlo umiliato.

Ma l'uomo con la torcia sfoderò il randello. «Ora la paghi!», e gli inflisse un colpo in mezzo alle scapole. Inveì ancora, con rabbia, incitando i compagni a dargli manforte. Uno di quelli si avvicinò, iniziando a tirar calci.

Rannicchiato a terra, Gualtiero non poté fare altro che subire, troppo arrabbiato e dolorante per comprendere cosa stesse accadendo. Se solo avesse potuto li avrebbe uccisi tutti e tre, quei maledetti, senza curarsi di ascoltare le loro ragioni. Le percosse però erano così veloci da non consentirgli nemmeno di sputare insulti.

Ora muoio, pensò d'un tratto. Come uno stupido, senza sapere nemmeno perché.

«Basta!», tuonò all'improvviso una voce metallica.

I tre aggressori si arrestarono, puntando gli sguardi verso un uomo uscito dall'oscurità. Con la coda dell'occhio, il ragazzo notò la sua corporatura robusta e la barba bruna. Se ne stava con i pugni premuti sui fianchi, un pugnale in bella vista appeso alla fusciacca. «Basta ho detto!», ripeté.

«Ma maestro...», tentò di giustificarsi uno dei compari. «Proprio voi, che conoscete il motivo...».

L'uomo avanzò scuotendo il capo. «Se non ho ancora sguainato la lama, messeri», proferì ardito, «è soltanto perché siamo in tempo

[4] Il barigèllo (o bargèllo) era il capo dei birri, incaricato dei servizi di polizia nei Comuni italiani.

di Quaresima. Ma se non lasciate quel giovane, romperò ogni indugio».

A quell'intimidazione, Gualtiero notò che i suoi aguzzini prendevano le distanze. Fece per rialzarsi, sputando sangue.

«Restate a terra, figliolo», gli consigliò il suo salvatore. «Non vorrei che aizzaste questi cani». Ormai gli stava a un passo. Tenendo una mano sull'elsa, si inginocchiò davanti a lui e controllò il suo stato. «Come vi sentite?».

Il giovane fece un gesto sprezzante. «Ho visto di peggio, messere».

Vitale de Equis sorrise. Quando alzò lo sguardo, le tre canaglie si erano dileguate nella notte.

22

Vitale de Equis lo aiutò ad alzarsi e, assicuratosi che si reggesse in piedi, gli fece strada verso un'osteria in fondo alla via. Gualtiero era ammaccato, ma le sue ginocchia tremavano più per la rabbia che per il dolore. «Bastardi...», mormorava tra sé, stringendo le braccia al costato. La maggior parte delle percosse le aveva ricevute in quel punto e sulla schiena, ma fortunatamente non si sentiva nulla di rotto. Le sue maggiori perplessità vertevano tuttavia sull'intervento tempestivo del mastro pittore. «Come... sapevate?», gli chiese.

Con un sorriso enigmatico, de Equis gli pose una mano sulla spalla e lo invitò a entrare nel locale. Qualche avventore si attardava davanti a un boccale di vino o a una scodella di zuppa. Accennando un paio di saluti, Vitale proseguì verso un tavolo vicino al focolare e invitò il giovane a prendere posto. «Come vi sentite?».

Gualtiero torse la bocca. «Me la caverò con qualche livido. Grazie a Dio, siete giunto in tempo...».

Il mastro pittore appoggiò i gomiti sul desco, evasivo. «Avete mangiato, figliolo?»

«Non oggi, messere».

Vitale rivolse un gesto all'oste, che annuì, poi si concentrò sul giovane. «La vostra presenza non è passata inosservata, a Bologna. Da quelli del nostro mestiere, intendo dire. Da un po' di tempo andate in giro per botteghe ad acquistare pigmenti, o a procacciarvi incarichi presso le chiese dei sobborghi... Le voci corrono in fretta, sapete? E nonostante ci sia chi, come me, se ne infischia, non si può dire altrettanto per certi membri delle Quattro Arti».

«Le Quattro Arti?», ripeté Gualtiero.

«La corporazione delle arti minori», spiegò de Equis. «Spadai, guainai, sellai e... pittori. I mastri artigiani ne fanno tutti parte, in città. Ne seguono le regole e in cambio ricevono tutela».

Il giovane fece un gesto disinteressato. «Io non appartengo a Bologna».

«Da quando ne avete varcato le mura siete comunque soggetto alle sue leggi», gli fece presente Vitale. «Badate bene, in un altro periodo nessuno avrebbe fatto caso a voi. Ma in tempi di vacche magre, un pittore forestiero che esercita senza la licenza delle Arti, per giunta troppo giovane per essere maestro, equivale a un affronto per quanti tra i maestri faticano a tirare avanti. E credetemi, non sono pochi».

«Quindi...». Gualtiero sgranò gli occhi. «I tre aggressori erano... pittori?».

De Equis attese che l'oste servisse una caraffa di vino e due fette di pane, poi annuì. «Ho udito i loro discorsi, sapevo che stanotte vi avrebbero fatto visita e... be', il resto potete intuirlo da solo. Non ero certo si trattasse di voi, benché uno di quei tre gaglioffi avesse menzionato un tal de' Bruni».

«Non eravate tenuto a intervenire. Vi sono debitore».

«Sì, lo siete», ribatté il pittore, riempiendogli il bicchiere. «Perciò rispondete alla mia domanda: per quale motivo vi trovate a Bologna? Restando a Ferrara avreste avuto gioco più facile».

Gualtiero si adombrò. «Non posso più tornare a Ferrara».

«Non mi avete risposto», sottolineò Vitale.

Prima di soddisfare la curiosità del maestro, il giovane spezzò il pane e mandò giù un boccone. Il suo stomaco gliene fu talmente grato da fargli dimenticare per un attimo il dolore. «Desideravo perfezionarmi nella tecnica pittorica», confessò. «Dopo aver visto come lavorate, ho ritenuto che a Bologna avrei appreso parecchio. Tra un incarico e l'altro, perciò, ho visitato gli affreschi più belli della città, compresi quelli eseguiti da Giotto nella rocca di Porta Galliera. E intanto ho coltivato la speranza di farmi accettare in qualche bottega».

Nell'espressione del pittore balenò un lampo di ammirazione. «Perché non siete rimasto a Pomposa?», insistette tuttavia. «Scommetto che l'abate Andrea vi avrebbe ripreso come miniaturista».

Gualtiero scosse il capo. «Mio padre era pittore. Dopo la sua morte, ho giurato che ne avrei seguito l'esempio».

«Non pensiate di suscitare in me delle crisi di coscienza», lo ammonì Vitale. «L'unico aiuto che posso offrirvi è consigliarvi di tornare da dove siete venuto. Orsù dunque, finite quel pane. Poi vi riaccompagnerò ai Santi Gervasio e Protasio per sincerarmi che non facciate altri brutti incontri».

Facendo ritorno al punto in cui era stato aggredito, Gualtiero meditò su quanto fosse meschina la gente che abitava nelle case vicino alla cappella. Mentre veniva picchiato, nessuno si era degnato di aprire una finestra o di chiamare i birri. Si fermò davanti al portale dei Santi Gervasio e Protasio rivolgendo un ultimo gesto di riconoscenza verso il mastro pittore. «Vi devo del denaro», aggiunse.

«Figurarsi!», si schermì Vitale. «Per una foglietta di vino».

«Intendo comunque pagarla», insistette Gualtiero.

«Orgoglioso fino al midollo».

«Vogliate seguirmi. Ho lasciato la scarsella in sacrestia, fra le mie cose».

Così dicendo, il giovane lo condusse all'interno della chiesa invasa dal buio e, con una punta di malizia, sbagliò di proposito il percorso imboccando l'uscio collegato al refettorio.

I ceri illuminavano ancora l'ambiente, proiettando le ombre scheletriche del ponteggio sugli affreschi appena ultimati.

Vitale de Equis si fermò d'istinto a osservare, manifestando un crescente interesse. Con gli occhi stretti nello sforzo di cogliere i particolari dell'opera nella semioscurità, si ritrovò ad annuire più volte. Infine interpellò Gualtiero: «Li avete davvero eseguiti voi?»

«In soli due giorni», gli confermò con fierezza.

Annuendo ancora, il mastro pittore riprese a studiare gli affreschi. Il modo con cui aveva iniziato a tormentarsi la barba tradiva un misto di compiacimento e indecisione. Nemmeno un complimento, tuttavia, uscì dalle sue labbra. Dopo un lungo silenzio si limitò a ruminare un «Figlio di buona donna». Poi batté una mano sulla spalla di Gualtiero. «Fra qualche giorno mi metterò in viaggio per Udine, dove mi attende un importante lavoro presso la cattedrale dell'Annunziata», rivelò con finta indifferenza. «Benché non l'avessi previsto, ritengo d'un tratto che mi farebbe comodo un aiuto».

Il giovane lo scrutò basito. «Alludete al fatto che io potrei...».

«Udine è lontana», lo mise in guardia de Equis, frenando il suo entusiasmo. «Vi si consumeranno le suole dei calzari».

Lontana sì, pensò Gualtiero. Lontana dalle trame di vescovi e abati. Lontana dagli Este, dai Bonacossi e dai loro nemici. «Non datevi pena, messere», ribatté con un largo sorriso. «Possiedo una buona cavalcatura».

23

Ferrara, piazza della Cattedrale
12 aprile

La fronte di Cristo pareva grondare vero sangue. Padre Andrea trattenne un fremito e osservò l'attore avanzare verso il centro della piazza con la croce caricata sulle spalle. Dietro di lui una torma di soldati abbigliati all'antica maniera, intenti a schernirlo e a tormentarlo con lance e flagelli. È solo finzione, cercò di convincersi a dispetto del crescente impulso di interrompere la sacra rappresentazione. Si rese conto di avere il viso sudato, le mani strette ai lembi della tonaca, e quasi si vergognò per l'indifferenza delle persone che gli sedevano intorno. Immobili sui loro stalli, su un palco antistante il portale di San Giorgio, fissavano l'Agnello gravato dall'onere di un peccato che non gli apparteneva. A loro discolpa chiamò in causa l'ignoranza di un mondo brutale, senza tuttavia riuscire a commiserarli. Del resto quale giustificazione avrebbe potuto addurre, se chiamato a spiegare la sua perdita di fede? Scrutò il Cristo in cerca di una risposta. La corona di spine, i piedi sudici, la divinità incarnata a un passo dal martirio… Forse anche Lui conobbe la paura, meditò d'un tratto. La paura e il dubbio, alla stregua di qualsiasi essere umano. Lo vide posare la croce al suolo e, con un anelito, crollarvi sopra con gli occhi rivolti al cielo. Padre, mi osservi? Andrea si sentì soffocare. Mi osservi? Sollevò d'istinto lo sguardo, aspettandosi di scorgere i nembi ricolmi dell'ira degli angeli. Invece il cielo era vergognosamente terso, quasi a farsi beffe del sangue versato sul Golgota. Il battere dei martelli sui chiodi gli rimbombò nelle tempie.

«Abate, vi sentite bene?», si sincerò il vescovo Guido che gli sedeva al fianco. «Siete pallido».

Con una smorfia infastidita, Andrea indicò il sole. «Trovo questa luce... abbacinante».

«Trascorrete troppo tempo al chiuso», ridacchiò sua eccellenza. «Per un attimo ho temuto che la sacra rappresentazione vi avesse turbato».

«Al contrario», commentò Andrea, «mi ha dato da riflettere».

Guido ne fu contrariato. «Vi esprimete come un figlio del volgo», sentenziò a voce bassa, mentre il suo sguardo abbracciava il pubblico assiso sul palco – nobili e prelati, tutti impettiti, quasi fossero loro a offrire spettacolo per la plebe radunata ai margini della piazza. Indicò poi la rappresentazione, incurante che il Cristo stesse per essere crocifisso. «La pittura, la scultura e l'effimera *comoedia* sono arti minori, affidate a gente di scarso intelletto», spiegò. «Soltanto la teologia e la filosofia possono ispirare a fondo, e con perfezione, la nostra coscienza».

Per dimostrare quanto si sbagliasse, Andrea fu tentato di chiamare in causa la genialità di Gualtiero. «Come avviene, allora, che amiate circondarvi di tanti mastri artigiani? Un'abitudine dello stesso Bertrand du Pouget, si dice, al pari di molti altri grandi uomini di chiesa come Suger de Saint-Denis e papa Clemente VI». Pronunciò quell'ultimo nome con una punta di sarcasmo, lasciando trapelare il suo biasimo per lo sperpero di ricchezza del pontefice.

«Denari ben spesi», si difese Guido, «se ripagati con chiese, icone sacre e *Bibliae pauperum* in grado di celebrare la Grazia divina. Del resto, per chi non sappia di latino e non possa sborsare ricchezze per la propria indulgenza, queste opere rappresentano l'unica via per la salvezza spirituale».

«Per quanto riguarda la salvezza terrena, invece», ribatté inaspettatamente l'abate, «mi interrogo spesso su quella del mio amico Rocheblanche». Puntò lo sguardo verso la balconata del Palazzo della Signoria, dove il nobile Obizzo d'Este aveva preferito seguire la sacra rappresentazione insieme alla sola famiglia e a pochi membri del patriziato. «Contavo di scorgerlo qui, oggi, e invece...».

Il reverendo Guido si strinse nelle spalle. «Rocheblanche gode di ottima salute, ve lo posso assicurare».

«Non potete rivelarmi altro?»

«Se non vi spiace eviterei di tornare sull'argomento».

Andrea studiò l'espressione sfuggente del prelato, memore dell'astiosa reticenza con cui l'aveva congedato mesi prima dal palazzo del podestà. «Durante il nostro ultimo discorso mi sono lasciato trascinare dalla foga, ve ne do atto», ammise con diplomazia. «L'invito di oggi però mi lascia ben sperare riguardo la vostra disposizione nei miei confronti».

«Il perdono è cosa gradita in tempo di Pasqua», gli rispose. «D'altro canto, non vi nascondo che tanta diffidenza verso il mio operato mi abbia alquanto indisposto. Mi avete accusato d'aver tradito un uomo degno di stima soltanto perché ho dichiarato d'essere fedele ad Avignone».

«Lungi da me il voler recriminare, ma rammento bene l'enfasi con cui vostra eccellenza cercò di far cambiare idea a messer Maynard».

«Vi riferite al *Lapis exilii*?».

L'abate abbozzò un sorriso di sfida. «A cos'altro?».

Per entrambi gli uomini, ormai, lo spettacolo della piazza era diventato un brusio lontano, privo di qualsiasi attrattiva.

«Sono ancora dell'opinione», si adombrò il vescovo, «che Rocheblanche sia in errore. Una reliquia di Cristo dovrebbe essere consegnata alla Madre Chiesa affinché i suoi teologi ne possano studiare la natura e convalidarne l'autenticità. Fino ad allora, essa correrà il rischio di perdersi nell'oblio della storia o, peggio ancora, di diventare lo strumento di una nuova eresia».

Andrea non riuscì a contraddirlo. Del resto, conosceva bene il rischio di accostarsi ai segreti del *Codex Millenarius*. Le parole di Flegetanis gli avevano lacerato la coscienza, rammentandogli la diffidenza del suo maestro Severino da Padova verso i dogmi, le imposizioni e le gerarchie in favore di una rivelazione guidata dal solo intelletto. *Abbandona ogni cosa*, sembravano ribadire quelle pagine misteriose, lasciandogli intravedere il baratro dell'eresia. E benché l'audace Severino fosse stato solito affermare che l'eresia non esistesse, c'era da credere che a dargli voce non fosse stato il timor di Dio, bensì l'orgoglio di uno studioso sedotto dalle scienze astrologiche di Pietro d'Abano, Macrobio e Michele Scoto.

Ma l'abate di Pomposa, in quel momento, sarebbe stato disposto a sacrificare il proprio titolo pur di beneficiare del consiglio del suo amato maestro. Si sentiva perso, combattuto e arrabbiato con se stesso. Puntò lo sguardo verso il *Crucifixus dolorosus*, al centro della piazza, e riconobbe la dolce Maria in preda a una sofferenza talmente feroce da costringerla in ginocchio. Il mistero delle doglie mistiche, che anziché coglierla durante il parto la tormentavano ora, di fronte all'annientamento mortale di Cristo e alla nascita della Chiesa. Quanto si sbagliavano i teologi! Quanta poca nobiltà avevano attribuito ai sentimenti di una donna! Quella creatura ricolma di strazio non era che una madre sopraffatta dalla morte del figlio, una madre che raccoglieva in sé il pianto delle mille e mille madri dei popoli colpiti da guerra, peste e carestia.

Abbassò il capo per celare la commozione – una reazione plebea, avrebbe commentato il vescovo – e tornò all'oggetto del discorso. «A prescindere dalle vostre opinioni», disse a Baisio, «la scelta non dipende né da voi né da me».

Ebbe l'impressione che il reverendo Guido lo osservasse da un mondo infinitamente lontano e diverso dal suo. Un mondo in cui gli esseri umani vivevano nel fulgore di catene dorate, privi di dubbi, di ombre e di rimorsi.

«Il dovere di un religioso», lo contraddisse il prelato, «si estende ben oltre la sua persona, come accade a un genitore. O forse neghereste a un padre il diritto di ammonire il proprio figlio?».

Andrea fu quasi divertito da quel tono. «L'unico diritto a cui Rocheblanche dia valore è l'onore. Morirebbe pur di difenderlo».

«A costo di sprofondare all'inferno?»

«In tutta onestà? Credo di sì».

Guido di Baisio grugnì indispettito. «Auspico che la sua follia non vi abbia contagiato».

«Io mi affido alla Provvidenza», ribatté l'abate, «e con molta umiltà spero che sia questa, seppur in maniera oscura, a guidare le scelte di messer Maynard».

Il vescovo dovette cogliere un'allusione nelle parole del monaco, poiché lo scrutò a fondo, con sospetto. Lasciò trapelare tuttavia anche un velato rimorso, quasi che un ripensamento avesse fatto breccia nella sua coscienza. «Se custodite dei segreti», disse, «questo è il momento giusto per rivelarmeli».

Andrea fiutò la minaccia ma si guardò bene dal ritrarsi. Del resto era fin troppo stanco e tormentato per temere che il timore gli trapelasse dal viso. «Segreti? Credo ne abbiate già abbastanza dei vostri», ironizzò. «A ogni modo», aggiunse, «la coscienza mi impone di mettervi in guardia».

«A quale riguardo?», fremette Guido.

«Eudeline de Rocheblanche. La conoscete?»

«Mai udito prima il suo nome».

«È la sorella di messer Maynard», spiegò Andrea. «A meno che non mi sbagli, verrà presto a farvi visita. E non ho idea di cos'abbia in serbo per voi».

24

Borgo di San Giorgio extra moenia
14 aprile

Eudeline aveva svernato in un edificio inscritto nell'anello di viuzze intorno al Campo del Mercato, pagando a pigione un solaio dotato di due giacigli, un tavolo e un camino. Benché sapesse di case assai più confortevoli rimaste sfitte in seguito alla peste, aveva preferito restare fuori città, in un rifugio idoneo alla fuga. Non per timore di una vera e propria minaccia, bensì per la decisione di evitare scelte impegnative fino a quando la situazione non si fosse chiarita. Senza contare che investire somme considerevoli nell'acquisto di una dimora di tutto rispetto avrebbe chiamato in causa il giudice dei Savi, suscitando sospetti e appetiti sulle ricchezze dei Rocheblanche. Perciò la donna si era accontentata di dividere con Isabeau quel misero solaio, che aveva il pregio di sorgere sopra la bottega di un falegname abbastanza burbero e onesto da tenere lontani i ribaldi dal circondario. E la sicurezza, riteneva Eudeline, veniva prima degli agi quando si possedevano tre forzieri di fiorini d'oro trasportati fin lì dalla Francia.

D'altro canto, era troppo impegnata a riscoprire la sua libertà per far caso al luogo in cui abitava. Prima di allora, il semplice presentarsi senza velo le era parso una licenza quasi oltraggiosa. Ora invece aveva preso l'abitudine di camminare con i capelli sciolti, abbigliata con *bliaut*[5] verdi o azzurri su cui faceva ricadere un mantello di lana dai sobri ricami. Non le sembrava vero di poter far compere per mercati e rivolgere la parola alla gente di strada, dimentica delle paure che l'avevano attanagliata un tempo. La folla non la soffocava

[5] Tunica femminile con gonna drappeggiata e maniche svasate a partire dal gomito.

più, così come la vista della sporcizia o della miseria. Le affrontava, accettandole per quel che erano, senza sentirsene minacciata.

A volte aveva l'impressione che Robert le camminasse a fianco, compiaciuto per la sua scelta coraggiosa. In altre occasioni era invece Isabeau a infonderle la forza necessaria a gettarsi alle spalle la vita monacale. Eudeline tuttavia era stata badessa troppo a lungo per non sentirsi esposta nei panni di popolana, soprattutto al pensiero di quanto fossero rare le donne svincolate dall'egida di mariti, protettori o altri parenti maschi. Sovente la sua bellezza suscitava il desiderio negli sguardi degli uomini, risvegliando in lei il ricordo dell'oltraggio ricevuto dal padre. In quei momenti nascondeva il viso sotto il cappuccio del mantello, rimpiangendo di aver lasciato il convento con tanta avventatezza.

Isabeau, invece, sembrava trovarsi a suo agio in ogni situazione. Felice di aver abbandonato il claustro, era diventata per lei un'insostituibile maestra di vita che le aveva mostrato come evitare le insidie della strada, affrontare la gente e muoversi nella folla. Durante i mesi invernali il loro legame si era rafforzato, al punto che Eudeline aveva iniziato a provare nei suoi confronti l'affetto di una sorella maggiore. Però serbava un pizzico d'invidia per come quella giovane dal volto angelico riuscisse a mostrarsi sempre schietta e impavida.

Ma quel giorno l'indole di Isabeau rischiò di costare cara a entrambe. Si stavano aggirando sotto le tende del mercato, intorno alla vecchia basilica di San Giorgio, intente a far spesa, quando Eudeline attirò gli apprezzamenti volgari di un conciatore.

«Sembra un porco», ridacchiò la ragazza, dando voce allo sdegno della compagna.

Per tutta risposta, l'interessato le puntò contro il raschietto che stava usando per pulire una pelle di lupo, invitandola a star zitta.

Isabeau sputò a terra. «Porco», ripeté.

A quel punto intervenne la moglie del conciatore, una megera dai capelli raccolti con dei fusi che le conferivano l'aspetto di un enorme puntaspilli. «Via, occhi maledetti!», sibilò.

Benché quella reazione fosse più imputabile alla gelosia che all'intenzione di difendere il marito, Eudeline ebbe la prontezza di accorgersi che le parole della donna avevano attirato l'attenzione di alcuni passanti sulle iridi di colore diverso di Isabeau. «Andiamocene», le ordinò.

«Facendoci umiliare da questi infami?», ribatté la ragazza.

«Occhi maledetti!», la offese di nuovo la moglie del conciatore, incoraggiata dalla curiosità della gente. «Porta via la tua sventura!».

Temendo il peggio, Eudeline afferrò la spalla della compagna fin quasi a provocarle dolore e arretrò con cautela. «Obbeditemi», sussurrò. Viaggiando per le terre di una Francia martoriata dalla peste aveva visto linciare dei poveri raminghi per molto meno e, a quel pensiero, rammentò a se stessa di essere straniera, per giunta femmina, in un borgo di gente superstiziosa e ignorante che aveva attraversato l'inferno. «Seguitemi!», s'impose di nuovo, trascinando Isabeau in una strettoia.

Finalmente la ragazza si decise ad ascoltarla, affrettando il passo verso una strada retrostante la basilica che le avrebbe condotte fino alla loro dimora.

«Si può sapere perché non mi avete dato subito retta?», la rimproverò la donna, rossa di rabbia, non appena ebbe la certezza di essere fuori pericolo. «Aspettavate forse che gridassero "Occhi del demonio"?».

Isabeau mormorò qualcosa che doveva avere il valore di una scusa. Non era solita riconoscere apertamente i propri errori.

Anziché ribattere, Eudeline si fermò d'un tratto. Si trovavano ormai davanti alla porta di casa, al sicuro da qualsiasi apparente minaccia. Eppure rimase immobile, con lo sguardo puntato verso la strada.

Di fronte a lei c'era un uomo avvolto in un mantello grigio, con un infante in braccio. Ignaro di aver attirato la sua attenzione, stava osservando degli ortaggi sul banco di un mercante.

A Eudeline era bastato uno sguardo per riconoscerlo. Non tanto per la pelle scura di saraceno o per l'eleganza nell'incedere, quanto per l'insolita aura di mistero che lei aveva già notato anni prima, quando quello sconosciuto le aveva salvato la vita in una notte di terrore, strappandola a un emissario di Bertrand du Pouget.

Incerta se trovarsi al cospetto di un fantasma o di una visione, raccolse il coraggio per avanzare verso di lui quando una voce alle spalle la fece sobbalzare.

«Madonna Eudeline de Rocheblanche?».

Il sentir pronunciare il proprio nome per esteso era talmente inusuale da farle presagire un'insidia. «In persona», rispose, voltandosi a pugni stretti.

Le stava di fronte un cavaliere avvolto in una cappa pluviale, seduto in groppa a un baio smunto e sporco di fango fin quasi al garrese. Altrettanto poteva dirsi per quello strano individuo, che iniziando a frugare nella sua bisaccia affermò: «Reco una risposta alla vostra lettera».

«Da Parigi?», volle sincerarsi Eudeline.

Il cavaliere annuì, porgendole un rotolo con il sigillo della chiesa di Saint-Denis.

«Di cosa si tratta?», chiese Isabeau.

Prima di rispondere, la donna ringraziò il messaggero e prese congedo. «Informazioni che ho chiesto a una persona amica su un prelato ferrarese», le rivelò mentre invitava la ragazza a ritirarsi in fretta dentro casa. «Il vescovo Guido di Baisio».

Varcando l'uscio in preda alla foga, non si accorse che l'Arabo si era voltato a guardarla.

Prima ancora di aver superato le scale che conducevano al solaio, Eudeline aveva letto la missiva proveniente da Parigi e ora meditava sul suo contenuto, affacciata alla finestra. Da quella postazione poteva scorgere il campanile di San Bartolo, a sud-est della borgata, insieme a una distesa di tetti a spiovente che si estendeva senza soluzione di continuità fino alle sponde erbose del Padus. I suoi occhi tuttavia erano puntati sulla strada sottostante, alla ricerca del moro intravisto poc'anzi. Nessuna traccia di lui, al momento. Per un attimo ritenne addirittura di essersi ingannata. Del resto, quante possibilità esistevano che un individuo del genere fosse giunto fino a Ferrara? Con un infante tra le braccia, per giunta? Eppure…

«Di cosa parla quella missiva?».

Si voltò con lentezza, incrociando lo sguardo di Isabeau. «Non voglio instillare in voi false illusioni», le rispose, «ma credo d'aver trovato un modo per riunirvi al vostro Gualtiero».

La ragazza scrutò la lettera appoggiata sul tavolo. «E rimarranno… illusioni?»

«Forse no». Eudeline si allontanò dalla finestra, sedette di fronte al ripiano e rilesse il testo del messaggio, soppesando ogni parola. La persona che le aveva scritto era fidata, non aveva alcuna ragione di mentirle. «A giudicare da queste informazioni», spiegò infine, «c'è speranza. Ma sarà un gioco pericoloso».

«Sarà bene chiedere aiuto a Maynard», suggerì Isabeau.

La donna scosse il capo. «Mio fratello deve continuare a restare all'oscuro», disse perentoria. «Temo che i suoi rapporti con il vescovo possano intralciarci, senza contare il suo naturale talento a rendere le cose più complicate di quanto già non siano».

«È per questo motivo che non gli avete ancora rivelato di aver lasciato il velo?»

«Per questo e... per altre ragioni».

La ragazza si accigliò. «Temete che possa riportarci in convento?»

Eudeline colse in lei un misto di preoccupazione e risentimento. «Non è come credete», la tranquillizzò. «Lo farebbe per difenderci».

«Piuttosto di tornare là dentro», sbottò Isabeau, «fuggirei».

«Meglio per voi restare al mio fianco, se ci tenete al vostro Gualtiero». Così dicendo, la donna le mostrò la misteriosa lettera come se brandisse un'arma. «Ora che conosco i segreti di monsignor Guido di Baisio, non esiterò a fargli visita. E a imporgli delle severe condizioni».

25

A Maynard non restava che darsi per vinto. Fedele al proprio piano, perlustrava i boschi da mesi senza trovare indizi sulla processione di lanterne, né tantomeno sull'uomo con la voglia di fragola. Svaniti nel nulla, insieme ai messaggi con le rane. Dopo l'assassinio del cacciatore di lupi, sembrava che ogni attività ostile agli Este fosse cessata. Erano ben altre le insidie profilatesi negli ultimi tempi, prima fra tutte il dilagare di un'insurrezione di rustici per le campagne e i borghi esterni alle mura. Ad aggravare la situazione c'era poi il conte di Romagna, sua grazia Hector de Durfort, che in qualità di generale del papa chiedeva rinforzi contro i signori ribelli di Faenza. Il marchese Obizzo aveva tergiversato, finché non gli era giunta voce che i Visconti di Milano e i Pepoli di Bologna avevano risposto all'appello del condottiero.

In quell'accavallarsi di eventi Rocheblanche si sentiva un'insignificante pedina, tanto più che sua signoria, in seguito alle nuove incombenze, aveva perso interesse per l'indagine sul complotto – o sul *maleficium*, come insisteva a chiamarlo Lamberto da Cingoli. L'unico aiuto era pervenuto dal nobile Aldobrandino, che in risposta alla preghiera del vescovo aveva inviato a Maynard una decina di elmi incaricati di aiutarlo a perlustrare le selve. Un motivo in più perché il francese si sentisse gravato dal fallimento.

Varcare le mura inasprì quello stato d'animo. Dopo lunghi giorni trascorsi nei boschi, fu accompagnato verso il centro cittadino dall'impressione che i passanti lo scrutassero con rimprovero. Se quella però era una fantasia dettata dalla frustrazione, non poteva dire altrettanto del malumore di coloro che gli camminavano al seguito. Sporchi e stremati, quei dieci armigeri avevano trascorso l'inverno insieme a lui, fra alberi e cespugli, nella vana ricerca di bestie apocalittiche e cortei di Diana. Raggiunta la piazza, il cavaliere ordinò loro di attenderlo in strada e si presentò al Palazzo della Signoria da solo, chiedendo di conferire con il capitano generale.

Aldobrandino d'Este lo raggiunse poco dopo, nell'atrio. Indossava una cotta di maglia e sopra una tunica di broccato, il budriere e il mantello. Maynard provò una punta di orgoglio nel vederlo. Nonostante ancora imberbe, il giovane pareva aver acquisito un risolutezza e uno sguardo capaci di imporre immediata riverenza. «Forse mi sono preoccupato troppo per la vostra nomina a capitano generale», ammise andandogli incontro. «Sembrate a tutti gli effetti un guerriero degno dell'Aquila Bianca».

«Lieto di compiacere il mio antico maestro», ribatté il figlio del marchese, con tono sgradevole.

Rocheblanche s'irrigidì. «Non ho avuto né il tempo né il modo di insegnarvi abbastanza perché si possa definirmi tale», commentò atono.

«Comunque sia, non indugiamo», sorvolò Aldobrandino, «e rivelatemi il motivo della vostra presenza».

«Nulla di impegnativo, vostra grazia. Desidero soltanto rendervi i dieci armigeri che metteste a mia disposizione».

«Non potevate semplicemente congedarli? Sarebbero tornati da soli all'ovile».

«L'avrei fatto se non avessi dovuto porgere anche le mie scuse», spiegò Maynard, sempre più irritato da quell'aria di sufficienza. Per un attimo si domandò dove fosse finito il donzello dall'animo gentile che aveva conosciuto due anni prima, poi rifletté su quanto in fretta fosse cambiata l'esistenza di quel giovane signore. Chinò il capo, costernato. «L'impresa è stata un fallimento».

Aldobrandino sistemò il fermaglio del mantello sulla sua spalla sinistra. «Non è a me che dovreste riferire», disse, «bensì al mio signor padre».

«L'avrei fatto», si giustificò il cavaliere, «se Obizzo non stesse battendo le campagne per sedare una ribellione».

«Avreste potuto raggiungerlo al suo presidio», suggerì con una punta di malignità. «O forse temete d'incontrarlo?».

Rocheblanche fece un passo in avanti con un sorriso che metteva paura. «Vi avverto, ragazzo mio», accarezzò il pomo della spada, «non sono propenso a perdonare un affronto neppure a un gracile rampollo».

Aldobrandino lo scrutò impassibile. «Ho semplicemente espresso un dubbio, messere. E voi avete glissato sulla risposta».

«Una risposta la si pronuncia per chi è disposto ad ascoltare. Voi invece sembrate piuttosto incline all'offesa. Evidentemente, la tensione fra me e vostro padre ha incrinato la stima che provavate un tempo».

«Se si trattasse di mancanza di stima non avrei inviato dieci armati in vostro aiuto. Si tratta più di diffidenza, messere. Perché, vedete...», il giovane signore si rannuvolò di colpo, manifestando un'insospettata aggressività, «benché mi sfugga in quale modo siate coinvolto, metterei la mano sul fuoco che c'entriate qualcosa con la morte di mia madre».

«Parole prive di senso», sobbalzò il cavaliere, impreparato ad affrontare un simile argomento. «Quando spirò madonna Ariosti non mi trovavo a palazzo. Ne appresi la notizia molti giorni dopo, con incredulità».

«Soltanto incredulità?».

Maynard emise un sospiro. L'animosità di un attimo prima era eclissata al ricordo di un sorriso di donna. Un sorriso sottile, pieno di ardore e di passione. «Io...», mormorò, «me ne rammaricai».

«E dite... Fu una sordida infatuazione?».

Colto nel vivo, fissò Aldobrandino in un crescendo di sdegno. Mi reputavate tanto ingenuo?, lesse nelle sue iridi del colore dell'acciaio. «Non vi riguarda», ribatté, mentre il suo pensiero andava oltre la provocazione ricevuta, alla ricerca di cosa l'avesse istigata. Intanto quasi si compiaceva di come quel nobile imberbe avesse imparato a menar fendenti nei punti scoperti. «Anche se fosse», aggiunse d'un tratto, «quale relazione potrei avere con la morte di madonna Ariosti? Non fu forse stroncata da una malattia?»

«Così sostiene mio padre, benché nessun medico sia stato chiamato al suo capezzale». Il giovane lo scrutava sempre più cupo, la fronte segnata da un segreto tormento. «Io so soltanto che nei giorni precedenti godeva di ottima salute, finché d'un tratto...». La voce si spezzò tramutandosi in un singulto.

Maynard attese che superasse quell'ondata di dolore. Eccolo, si disse, il ragazzo sensibile a cui aveva insegnato a brandire la spada. Placò l'animo e intrecciò le braccia al petto. «Continuate, vi prego».

Ci volle ancora un attimo perché Aldobrandino riprendesse il discorso. «Fulminata da un male inspiegabile», esclamò con gli occhi lucidi. «Così rivelò di averla trovata mio padre. Esangue, nel proprio letto. Quasi priva di respiro».

«E non consultò alcun *magister medicinae*?»

«Non ne ebbe il tempo, mi spiegò, poiché la morte le era già entrata in corpo. Ignoro se con tali parole abbia voluto risparmiarmi una verità ancor peggiore, però dubito che una simile tragedia possa essere scaturita dal nulla». Mentre parlava, Aldobrandino recuperava una fredda ostilità che lo rendeva terribilmente simile al padre. «Dev'esserle accaduto qualcosa... Qualcosa di cui sono stato tenuto all'oscuro... E benché non riesca ancora ad afferrarne il senso, una cosa la so per certo: ella perì il giorno successivo alla vostra evasione dalle prigioni del palazzo».

Maynard si ritrasse. Innocente o meno, comprese di trovarsi di fronte a un enorme rischio. Quella conversazione tuttavia aveva suscitato in lui anche altre considerazioni. D'un tratto si era infatti rammentato delle confidenze fatte mesi prima dal giovane valletto con cui si era scontrato per strada. Riguardavano l'ombra di una donna, Lippa Ariosti, che si aggirava fra le mura del palazzo in cerca di vendetta per essere stata uccisa. All'epoca il cavaliere si era limitato a tranquillizzare il servo. Adesso però, di fronte ai sospetti del figlio di Obizzo, era tentato di attribuire a quel resoconto ben diverso peso. «Esponete fatti alquanto strani», si limitò a osservare. «Fatti però insufficienti a determinare il mio coinvolgimento».

Gli occhi di Aldobrandino traboccavano di animosità. «Quindi osate dare del bugiardo a mio padre», lo mise in guardia, «dal momento che uno di voi due mi ha chiaramente mentito».

Ma ancor più insidiosa di quell'accusa era l'ipotesi che andava profilandosi nella mente di Rocheblanche. Sorrise con amarezza e accennò un saluto rispettoso. «Forse», gli consigliò, «dovreste cercare la verità altrove».

«Se pur decidessi di farlo», lo avvertì il giovane, «non distoglierei mai i miei sospetti dalla vostra persona».

«E io non potrò certo impedirvelo».

Maynard si allontanò con la consapevolezza che non avrebbe più potuto mettere piede nel Palazzo della Signoria finché non fosse riuscito a svelare quell'ennesimo mistero. D'altro canto, iniziava a chiedersi con sempre maggior insistenza se esistesse un legame tra la morte di Lippa e gli strani accadimenti su cui aveva inutilmente indagato.

E anche se così fosse?, rifletté all'improvviso. Perché curarsi di quegli intrighi, anziché tornare alla propria terra, ai propri doveri? Per un attimo i suoi pensieri acquisirono il tono insofferente di fra' Prudenzio, riecheggiando nella sua mente come una risata molesta. Cosa stai facendo, Rocheblanche? Cosa sei diventato? Il *Lapis exilii*, l'abate Manessier, le reliquie perdute di Mont-Fleur... Al diavolo! Forse Eudeline aveva ragione. Forse era davvero il momento di riprendere in mano il proprio destino.

Allungò il passo verso l'uscita, ma non era ancora giunto in strada che percepì un bisbiglio provenire da una nicchia presso il portale rivolto alla piazza. Si voltò di scatto e riconobbe il giovane servo in vergato con cui aveva parlato tempo prima.

«Messere, messere...», sussurrava con premura. «Vi devo parlare...».

Il francese gli si avvicinò senza farsi notare dalle guardie.

«L'uomo con la voglia di fragola...», rivelò allora il valletto. «L'ho visto, due giorni fa».

«Perché non mi siete venuto subito a cercare a San Domenico?», lo rimproverò Maynard.

«L'ho fatto, ma voi non c'eravate...», rispose. «Non mi sono fidato dei frati. Appena ho chiesto di voi, si sono fatti sospettosi...».

«Ebbene, ditemi adesso».

«Sì, messere, ma per strada», ribatté il ragazzo, prendendolo per mano. «Vi condurrò alla sua dimora».

26

Contrada di Boccacanale

Se le ossessioni avessero avuto un volto, Lamberto da Cingoli si sarebbe ritrovato a fissare una smorfia in cui i lineamenti di Maynard de Rocheblanche coesistevano con quelli di Bertrand du Pouget. Una smorfia grottesca, invero, capace di mutare più in fretta delle capricciose nuvole di quella sera primaverile. Camminava in fretta verso le vie di Boccacanale senza far caso alle sagome intabarrate sul ciglio della strada. Per la maggior parte bambini orfani e denutriti. Si trattava dell'unico genere di mendicanti che i birri tolleravano in città, pur sapendo che trovarsi entro le mura non fosse garanzia di sopravvivenza. Dove non era giunta la peste, infatti, aveva provveduto l'inverno, e ora i sepolcri traboccavano di scheletri d'infanti. L'inquisitore tuttavia ne aveva viste fin troppe per lasciarsi impietosire da un simile spettacolo. Gli esseri umani equivalevano per lui a meri scrigni di carne, il cui unico scopo era schiudersi come fiori purpurei nel momento in cui i loro segreti fossero serviti a estirpare l'eresia e il peccato. Ed ecco ormai come si sentiva lui stesso. Un custode di segreti. Dopo mesi trascorsi fra appunti, registri e scartoffie, ad ascoltare confessioni e resoconti improbabili, poteva ben ritenersi la persona meglio informata sul maleficio che d'un tratto aveva smesso di gravare sulla casata d'Este. Ciò nondimeno, i colpevoli continuavano a sfuggirgli e l'unica ragione che giustificava ancora la sua presenza a Ferrara riguardava le brame del cardinale.

Entrò nell'edificio che ormai aveva imparato a odiare e raggiunse la stanza dei suoi oscuri conciliaboli. La bocca del camino era una finestra affacciata sull'inferno, nessuno a sederle di fronte.

Monsignor Bertrand si manifestò dopo una breve attesa. Indossava una vestaglia di seta sotto cui era presumibilmente nudo. L'imbarazzo di fra' Lamberto mutò di colpo in disgusto, quando gli giunse alle narici odore di femmina.

Du Pouget sembrò divertito dalla sua reazione. «Ebbene, reverendo padre», lo apostrofò, «intendete aspettare che muoia di vecchiaia?».

Il domenicano fu tentato di rispondere a tono, ma un istintivo timore gli seccò la gola. «Sono stato costretto ad assecondare Rocheblanche», si giustificò.

«Per più di tre mesi?»

«Non è colpa mia, ma del vescovo. Per prolungare i tempi ha persino chiesto al capitano generale di inviare degli armigeri in aiuto al cavaliere».

Il cardinale sedette allo scranno irradiato dal fuoco e si accarezzò il mento. «Il venerabile Guido si è allontanato da noi, in questi ultimi tempi», riconobbe con voce arrochita. «Forse quel fragile abate, Andrea di Pomposa, è riuscito a fargli rimordere la coscienza. Poco male, è giunto il momento di stringere il cappio».

Nella sua ansia di primeggiare su chiunque, fra' Lamberto provò un fugace piacere di fronte a quell'esternazione di sfiducia verso Guido di Baisio. Riuscì persino a mettere da parte il disprezzo provato un attimo prima e a concentrarsi sul dovere di servire non un uomo, bensì un'istituzione. «Il marchese Obizzo è pronto a collaborare», disse a mo' di conferma.

«Non è lui a preoccuparmi», ansimò Bertrand, «bensì la vicinanza di Hector de Durfort».

«Perché mai? È un prelato di Avignone, come voi».

«È anche conte di Romagna e generale dell'esercito papale. Un avventuriero, quale fui io un tempo. Se sapesse della mia presenza in questi feudi si sentirebbe minacciato. O peggio, spiato».

L'inquisitore scosse il capo. «Improbabile che il suo sguardo si estenda fin qui. A giudicare dalle ultime notizie, sta raccogliendo milizie tra Imola e Faenza».

L'improvviso ghigno di scherno del cardinale lo riempì di vergogna.

«Siete abbastanza smaliziato», lo ammonì Bertrand, «da comprendere che una mossa serve spesso a celarne altre, specie se si parla di un principe della Chiesa. Per quanto ne sappiamo, il dilagare dei suoi intrighi può già essersi allargato fin sotto i nostri piedi».

Mentre ascoltava, fra' Lamberto udì un gemere di donna proveniente da una stanza attigua. Un richiamo all'alcova, pensò con disgusto. «Quindi agiamo», ribatté, improvvisamente ansioso di prendere congedo. «Vi avverto però che non dispongo ancora di elementi sufficienti a istruire un caso di eresia».

«A dispetto del vostro zelo, dovremo accontentarci». Alla luce del fuoco, l'espressione del cardinale sembrò sciogliersi in una smorfia di smaniosa impazienza. «L'essenziale è che Rocheblanche si decida a parlare. E che ci sveli il nascondiglio del *Lapis exilii*».

27

Palazzo della Curia, sera

Eudeline comprese di aver impressionato il reverendo Guido dal primo sguardo. Pur essendosi fatta annunciare come "madonna de Rocheblanche", entrando nel suo studio si rese conto che si aspettava una monaca. Lo intuì dall'espressione con cui indugiò sui suoi capelli sciolti e sull'abito sobrio ma non certo dal taglio claustrale. Del resto, si disse, una femmina laica che irrompeva in curia con una lettera scottante, per giunta capace di leggerne il contenuto, doveva essere una bestia più unica che rara. Evitò di dare spiegazioni e sfruttò quel momentaneo alone di mistero per scrutarlo a sua volta, ritrovandosi dinanzi a una pinguedine flaccida, specchio di un'avanzata stanchezza interiore.

Il vescovo si mantenne ai margini dell'ambiente, presso una finestra affacciata su una distesa di tegole sovrastate dall'imbrunire, quasi volesse alludere al poco tempo a loro disposizione. Ma la nobildonna colse in lui anche una velata curiosità, e fu proprio su quella che decise di far leva. Tralasciando di rendergli omaggio, gli mostrò subito la missiva ricevuta da Parigi.

«Ah», Guido sorrise sornione. «Da quanto avete anticipato al mio camerario, quel famigerato messaggio mi toglierà il sonno per settimane».

«Se non fosse stato per questo messaggio», rispose Eudeline con sussiego, «dubito mi avreste concesso udienza»

«Scorgo in voi lo stesso difetto di vostro fratello», minimizzò lui. «Credete di incutere immediato timore nel prossimo».

Lei scosse il capo. «Parola mia, sono qui soltanto per trattare».

Fattosi serio, il vescovo si avvicinò allo scrittoio senza sedersi.

«Spiegatemi di cosa si tratta», la invitò, «a partire dall'autore di quella lettera».

«È il mio venerabile zio, Antoine Tempier, priore di Saint-Denis», rivelò. «Lo conoscete?»

«Saint-Denis? Mai avuto il privilegio».

Eudeline non si lasciò fuorviare da quella sufficienza. Sentir menzionare una delle basiliche più importanti di Parigi avrebbe scosso i nervi di qualsiasi uomo di chiesa. Non tanto la fama delle sue magnifiche vetrate a mosaico, quanto per la vasta influenza esercitata dalla classe clericale che vi trovava sede. «Mio zio Antoine Tempier», ripeté, «mi scrisse questa lettera in risposta a una mia domanda, allorquando udii per la prima volta il vostro *cognomen*. Baisio. Parola dalla derivazione alquanto oscura, se mi è concesso osservare, dal momento che nei documenti cancellereschi lo si trova annotato in modi diversi: Baysio, Abaisius, Abaixi, Baypho... Una varietà sconcertante».

Sua eccellenza inarcò un sopracciglio. «A quali documenti alludete?».

Questa volta fu Eudeline a sorridere, e lo fece con la malizia degna di un gatto. «Il vostro nome per esteso è Guido di Filippo di Baisio, dico bene? Vostro padre Filippo aveva un fratello maggiore che si chiamava come voi, Guido, deceduto circa trent'anni or sono. Mi riferisco a quel prelato emiliano che, dopo una brillante carriera in materia di diritto canonico, fu nominato... aspettate, cito dal testo», aprì la lettera e cercò tra le righe, prolungando più del dovuto l'attesa. «Ecco, sì, *Guidus Baysius, litterarum contradictarum auditor et cappellanus domini papae*», scandì ad alta voce, strappando un cenno di assenso al vescovo. «Ebbene, questo vostro venerabile parente ottenne questa carica da Benedetto XI e la conservò durante il pontificato di Clemente V, spostando la propria sede ad Avignone. Tuttavia fu così avido da non rinunziare alle rendite derivate dalla sua precedente investitura vescovile presso la diocesi di Bologna, ruolo che ricoprì fino alla morte tramite un vicario appartenente alla sua stessa famiglia. *Voi*, per l'esattezza. Rammentate? All'epoca dovevate essere un aitante diacono».

Nello sforzo di mantenersi imperturbabile, Guido sedette allo scrittoio con le spalle curve, quasi sovrastato da un peso invisibile.

«I ricordi si perdono nelle nebbie di decenni», confessò. «Però mi sfugge cosa vogliate dimostrare. Avete sciorinato informazioni sulla mia famiglia. Informazioni corrette, ve ne do atto. E allora?»

«Forse ignorate», arrivò al dunque madonna de Rocheblanche, «che pur incassando i proventi dei benefici bolognesi, vostro zio evitò di pagarne le tasse corrispettive. Fu assai abile nel raggirare gli esattori, falsando la contabilità grazie alla sua posizione di prestigio. Ma non poté tenerlo nascosto ad alcuni amici di vecchia data che coprirono i suoi reati. Tra di essi c'era mio zio, Antoine Tempier».

Il vescovo aggrottò la fronte. «Ammesso che sia vero, come ci sareste arrivata?»

«Ho buona memoria, eccellenza», gli rispose, decidendosi finalmente a sedergli di fronte. «Giunta a Ferrara, sentii pronunciare il nome del vostro casato e rammentai certi discorsi uditi anni fa dal mio reverendo zio riguardo un tal Baisio, uditore di Avignone. Egli raccontava spesso d'averne taciuto i misfatti per non infrangere un'antica amicizia e tuttavia ne serbava il rimorso, tant'è vero che ancor oggi sarebbe disposto a confessare la verità».

«Si alleggerisca dunque la coscienza!», sbottò il vescovo. «Cosa volete che me ne importi?»

«Dovrebbe importarvi eccome», lo contraddisse Eudeline, «dal momento che, morto vostro zio, il debito legato alla sua frode ricade su di voi. Parlo per esperienza, credetemi. A giudicare dalle sostanze elencate nella lettera in mio possesso, dovete alla Camera Apostolica una vera fortuna».

Guido si sporse in avanti, tradendo l'impulso di volerla afferrare. «E se vi costringessi a consegnarmi quella lettera?».

La nobildonna non si scompose. «Resterebbe comunque la testimonianza di mio zio e dei suoi diari, ben protetti entro le mura di Saint-Denis. Basterebbe una mia parola per avviare un'indagine che vi rovinerebbe. Riflettete, eminenza. Si parla di un patrimonio esteso su canonicati, feudi, edifici e beni di varia natura. Considerato il regime fiscale di Avignone e i suoi metodi di esazione, cadreste sicuramente in disgrazia».

Baisio ritrasse le mani come artigli feriti. «Ho amici potenti», l'avvertì.

«Amici pasciuti dallo stesso sistema verso cui vi scoprite insolvente?»

«Voi ne avete forse di migliori?»

«Non ne ho bisogno», rispose Eudeline. «Antoine Tempier attende una mia lettera di risposta, una lettera il cui contenuto dipenderà molto dalla vostra collaborazione. Se non la riceverà entro un ragionevole lasso di tempo, riterrà che mi sia accaduto qualcosa di spiacevole e vi accuserà presso le autorità ecclesiastiche».

Ruminando una maledizione, Guido si concesse una breve tregua mentre la sua indifferenza cedeva il passo a un'indignata disperazione. Fu più volte sul punto di articolare qualcosa, sempre bloccato da fugaci ripensamenti, finché non si decise a rompere gli indugi. «A quale prezzo invierete quella benedetta lettera di risposta?»

«A due condizioni», rivelò lei, risoluta. «La prima è che cessiate di perseguitare Gualtiero de' Bruni. La seconda, che svincoliate mio fratello Maynard dall'assurda indagine in cui l'avete coinvolto».

Il vescovo finse di non capire. «Gualtiero de'... Bruni?», balbettò.

«Chiedo venia», rettificò con freddezza. «Forse avrei dovuto dire il figlio di Elisa d'Este».

A quelle parole, il vescovo scattò in piedi come se fosse stato morso da un serpente. «Chi vi ha rivelato simili informazioni?», inquisì con voce stridula. «Chi?».

Eudeline gli rivolse una smorfia sibillina. Soltanto allora si rese conto di quale temibile arma stringesse fra le dita. Se al posto della testimonianza di suo zio, quella lettera avesse contenuto un anatema o un'invettiva papale, non avrebbe suscitato una simile reazione. E tuttavia non riusciva ancora a comprendere l'origine di tanta paura. L'infelice prelato aveva gli occhi sbarrati e il respiro corto di un animale risvegliatosi in gabbia, quasi scorgesse già di fronte a sé l'incombere di un'orrenda minaccia.

«Perseguitare, dite voi!», grugnì Guido, riprendendo un parziale controllo. «Anche se volessi, non potrei far nulla a quello sciagurato. Ignoro dove si sia cacciato».

«Permettetemi di dubitarne», obiettò lei, rammentando cosa le fosse stato rivelato su quel giovane da Maynard e da padre Andrea. Il figlio di una spia della Chiesa, per giunta di nobili origini, non poteva certo sparire alla stregua di un comune plebeo.

«Come vi pare, madonna». Il vescovo emise un gemito cavernoso e si rivolse alla finestra. L'oscurità ormai imperava. «Quanto a vostro fratello...», tentò di svicolare.

«Non così in fretta, eminenza». Eudeline camminò verso di lui con l'alterigia di una regina, indifferente all'alone di rabbia e di paura che lo circondava. «Esigo la garanzia che, se mai dovesse capitarvi a tiro, non torcerete nemmeno un capello a Gualtiero de' Bruni».

Baisio rimase a fissare il buio del cielo solcato da una lieve foschia, finché una smorfia beffarda affiorò sul suo viso. «Una garanzia?», ripeté. «L'avrete soltanto quando otterrò conferma del silenzio di vostro zio».

La risposta di madonna de Rocheblanche fu una risata nervosa. «Sarei un'ingenua se accettassi. Specie considerato lo scarso potere che vi resterà dopo la visita degli esattori di Avignone».

Sua eccellenza si voltò con ferocia. «Siete una vipera».

I due rimasero a fronteggiarsi in silenzio, entrambi sfiancati dalla tenzone verbale. Eudeline si mantenne ritta, inamovibile, mentre il prelato riguadagnava a poco a poco lucidità, quasi che rifugiarsi nei pensieri sortisse su di lui l'effetto di un tonico. Di certo si stava interrogando sul legame della sua nuova nemica con il giovane pittore, e su cosa la spingesse a battersi per lui. Tenne tuttavia per sé quelle domande, e quando riprese la parola si sforzò di esprimersi in tono diplomatico. «Mi è almeno concesso qualche giorno per meditare sulla vostra offerta?»

«A vostro rischio e pericolo», ribatté Eudeline.

«Non vi farò attendere molto».

Quell'offerta giunse troppo imprevista per non insospettirla. Finse di prenderla in considerazione, dopodiché scosse il capo. «E mio fratello?»

«Ho sempre nutrito la massima stima verso messer Maynard», confessò il vescovo con uno slancio d'insospettato rimorso. «Contrariamente a quanto altri affermino, non ne tradii mai la fiducia».

«Nondimeno esercitate su di lui un indubbio ascendente», ribatté Eudeline, ben lungi dal concedergli tregua. «Voglio conoscerne le cause, a partire da cosa vi spinge a trattenerlo a Ferrara».

«Ma madonna...», si ritrasse Guido, «fu lui a insistere di voler restare...».

«Non mentite!». Esercitare potere su quell'infame la faceva bruciare di intimo godimento. «Maynard è stato assai vago nel parlarmene, ma sospetto da tempo che siate coinvolto nei suoi intrighi. In caso contrario non sareste intervenuto tante volte in suo soccorso, esponendovi alle ire del marchese e alla scomoda presenza dell'Inquisizione. Dev'esserci per forza un legame di comuni interessi. Interessi e...». Meditò sull'ultima parola che le era venuta in mente, quasi le fosse caduto tra le mani un indizio. «Interessi e... *paure!*». Lo scrutò in volto, una luce rapace negli occhi. «Di cosa avete paura, eccellenza? Quali ossessioni instillò in voi il mio nobile fratello?»

«Lasciatemi in pace!», la implorò Guido, coprendosi improvvisamente il volto. Con un gesto esasperato, si aggrappò a uno stipite ed emise un lungo lamento. Troppa pressione, troppi timori dovevano essersi accumulati nella sua mente.

«Badate bene», lo minacciò Eudeline, imperterrita, «anche questa è materia del nostro accordo! Dovrete rivelarmi ogni cosa o giuro su Dio, gli sciacalli della Camera Apostolica piomberanno su di voi nel tempo di un amen!».

Lui reagì come se fosse sottoposto a delle sferzate. «Mi state chiedendo troppo...», farfugliò. «Voi non capite... Alludete a segreti pericolosi da condividere...».

«Segreti che bruceranno alla luce del sole», gli assicurò la nobildonna. «Orbene, vostra grazia, vi decidete a esser uomo? Ve l'ho detto poc'anzi, non è mia intenzione terrorizzarvi bensì trattare. Per un reciproco quieto vivere».

Dopo un lungo esitare, Guido di Baisio scoprì il volto. «E la complicità di vostro zio?»

«L'avrete».

A quelle parole, il prelato annuì. Livido e stravolto, un'ombra di rassegnazione negli occhi, sedette allo scrittoio. «Vi ripresenterete al mio cospetto fra sette giorni esatti», mormorò con un anelito sofferto, «e scriverete alla mia presenza la lettera da indirizzare a vostro zio, dopodiché m'impegnerò io stesso a farla recapitare dai miei messi alla basilica di Saint-Denis. Questa sarà garanzia sufficiente affinché possa fidarmi di voi». Raccolse gli ultimi pensieri, infine aggiunse: «In cambio otterrete una mia confessione scritta sui vincoli che mi legano a vostro fratello. Confessione che vi impegnerete fin da ora a non rivelare a chicchessia, pena la dannazione eterna della vostra anima».

«Sta bene», disse Eudeline senza attenuare il cipiglio.

«In tal caso, madonna, abbiamo un accordo».

Dopo aver saggiato la sincerità di sua eccellenza con una lunga occhiata, Eudeline prese licenza e guadagnò l'uscita. «Solo per mettervi sull'avviso», aggiunse, voltandosi a mo' di congedo. «Ben altro genere di messaggio giungerà subito a mio zio, se dovessi finire vittima dei vostri sgherri o accorgermi di essere seguita».

Dopodiché, con un inchino leggiadro, lo liberò della sua presenza.

28

«L'ho visto, l'ho visto», continuava a ripetere il valletto, camminando a passo svelto per la piazza. Il suo nome era Duccio e non doveva arrivare ai quindici anni.

Ogni volta che incrociava il suo sguardo, Maynard provava rimorso per aver coinvolto una persona tanto giovane nell'indagine. L'ansia di sapere dell'uomo con la voglia di fragola era però maggiore. «Raccontatemi tutto», lo incitò, «nel dettaglio».

«L'ho visto a corte domenica pomeriggio», rispose il ragazzo. «Me lo ricordo bene perché era il giorno della santissima Pasqua. A palazzo c'è stato un gran banchetto con molti invitati di alto rango, ma nessuna dama ha eguagliato in bellezza l'ultima arrivata...».

«A chi alludete?»

«Alla dama dai capelli rossi! È giunta in carrozza quando il banchetto volgeva ormai al termine, con una sola persona a farle da scorta. Era *lui*, messere. Un armigero dall'aria assai cupa, con una macchia rossa sopra l'occhio destro».

Rocheblanche non faceva più caso alla strada, né tantomeno alle persone che gli passavano accanto nel tetro imbrunire. Una donna dai capelli rossi, meditò. Non era forse quella la descrizione della figura scorta dal cacciatore di lupi in testa alla processione di lanterne, a cavallo della bestia? «Ebbene, la dama», mormorò. «Avete udito il suo nome?»

«Non mi è stato possibile», spiegò Duccio. «Ho però tenuto sotto sorveglianza il suo accompagnatore. Anziché unirsi ai festeggiamenti rimase nella corte, a far da guardia alla carrozza».

«E dunque?»

«E dunque... non ha fatto nulla di strano. Ha sonnecchiato un po', seduto alla cassetta. Tra un servizio e l'altro, io tornavo a spiarlo finché non mi sono accorto che si preparava per la partenza. Allora mi sono acquattato dietro una siepe e, al suo allontanarsi, l'ho seguito».

Maynard lo scrutò stupito. «A piedi?».

Il valletto annuì. «Nelle vie anguste di Ferrara, quel genere di vetture procedono a rilento. Se si hanno fiato per correre e buona conoscenza delle scorciatoie, il gioco è fatto».

Il cavaliere si complimentò scompigliandogli bonariamente i capelli. «Se ho ben inteso, l'uomo è ripartito da solo».

«Senza attendere la dama, sì».

«E l'avete seguito fino alla sua dimora?».

Ancora una volta, Duccio gli rivolse un cenno affermativo. «Sorge al limitare del Burgus Superior».

«Avete notato se ci sono dei guardiani?»

«Né guardiani né cani. Si tratta di un'abitazione modesta con cortile, cinta da un muretto abbastanza basso perché potessi sporgermi all'interno per sbirciare».

«Siete stato bravo». Maynard infilò due dita nella scarsella e gli elargì un soldo d'argento, poi si guardò intorno con circospezione. Avevano ormai superato San Romano e puntavano verso sud, battendo la via che fiancheggiava il monastero di San Giacomo. L'uomo approfittò di un porticato per interrompere il cammino, attirando il giovane in disparte. «Ora vediamo», sussurrò appena fu al coperto, «se siete in grado di risolvere un altro quesito».

«Sono tutt'orecchi, messere», squittì il valletto con un fremito di spavento.

«Mesi fa mi faceste cenno allo spettro di madonna Ariosti. Rammentate?»

«Perfettamente. Mi consigliaste di non prestare ascolto a simili fanfaluche».

«E rinnovo il consiglio», disse il cavaliere. «Tuttavia, in quell'occasione lasciaste trapelare il sospetto che quella donna fosse stata uccisa».

Il ragazzo si ritrasse di scatto. «Chiedo venia», farfugliò, «devo essermi confuso».

«Davvero?». Maynard lo fissò con diffidenza. «A me invece pare di ricordare che foste alquanto sicuro».

«Be', io... Come posso piegare... Parlai semplicemente per voce riportata».

«Riportata da chi?»

«Non rammento».

A quelle parole, Rocheblanche gli si avvicinò con aria minacciosa. «Vi conviene rinfrescare la memoria», lo esortò. «Non è per mio diletto che vi pongo simili domande, bensì per ordine del vescovo di Ferrara. Vi è chiaro? Preferite rispondere a me o a sua eccellenza in persona?».

Il povero Duccio si schiacciò contro una parete. «Oh, signore mio, perdonate!», esclamò tutto tremante. «Io... Io ignoravo che agiste in nome di monsignor Guido».

«Tacete!», gli ordinò Maynard, allertato da un rumore di passi. Si voltò di scatto per scrutare fra le ombre, infine tornò a fissare il valletto. «E ora forza, figliolo, vuotate il sacco».

«Il marchese non vuole che se ne faccia menzione...», piagnucolò il ragazzo. «L'ancella della marchesa è stata punita con la frusta per aver parlato».

«Il marchese non lo verrà a sapere», promise il francese. «Adesso rivelatemi cosa c'entra questa ancella».

«Be', vedete...». Duccio deglutì. «Fu lei a preparare Lippa Ariosti perché venisse condotta in gran pompa alla chiesa di San Francesco. L'aiutò a indossare l'abito che nello stesso giorno l'accompagnò all'altare e alla tomba. E fu proprio vestendola che si accorse della ferita».

«Quale ferita?», sobbalzò Rocheblanche.

Il valletto esitò a rispondere. «Quella che la marchesa aveva nell'addome».

Sotto l'arcata di un androne, un osservatore celato nel buio soffocò un'imprecazione.

Nell'ala più raccolta del Palazzo della Signoria, il nobile Aldobrandino si stava dirigendo verso le proprie stanze al lume di una candela. Fiacco e di malumore, metteva un passo davanti all'altro nel desiderio di lasciarsi cadere sul letto. Supplire al padre nell'esercizio del potere era un compito snervante. Si augurava tornasse al più presto per dedicarsi di persona alla città e ai brusii di faccendieri, ruffiani e burocrati che echeggiavano anche dopo il tramonto in quei corridoi.

Ah, se solo avesse potuto zittirli! Sembrava non esistesse un solo uomo, a corte, in grado di fare dell'onore un punto di forza anziché di debolezza. Un motivo in più per dispiacersi del modo con cui aveva trattato messer Maynard.

Nonostante fosse persuaso della sua implicazione nella morte della madre, Aldobrandino lo riteneva troppo integro perché potesse complottare ai danni di una signora. Proprio per quella ragione aveva voluto provocarlo, a costo di lasciar trapelare un'accusa. L'intenzione era stata quella di smuovere il suo senso del dovere, anche se la rabbia, il cordoglio e i mille sospetti gli avevano impedito di mantenere il sangue freddo, aizzando l'orgoglio di Rocheblanche.

Fu il tremolare della fiamma a distoglierlo dai pensieri. Si ritrovò davanti all'entrata della camera da letto, nella più completa solitudine, con l'improvvisa sensazione di essere osservato. Percepì un odore pungente, più dell'incenso, e si domandò di sfuggita da dove provenisse.

«*Pro bono malum*», sussurrò qualcuno alle sue spalle.

Si voltò col cuore in gola. «Madre, siete voi?», chiese d'istinto. Fissò l'oscurità del corridoio, diviso tra lo stupore e l'angoscia. Quella voce… Quella voce… Possibile che fosse proprio lei? Doveva essere un sogno!

«*Pro bono malum*», udì di nuovo, questa volta con maggior nettezza. E che Dio lo perdonasse, quella era la voce di Lippa Ariosti!

Nel frattempo le ombre presero a muoversi, quasi avessero assunto la consistenza di volute di fumo o di una testa di Medusa. Aldobrandino fece un passo tremante, la candela protesa in avanti nella speranza di scorgere la sagoma della madre che emergeva dalle profondità dell'averno.

Dal buio, invece, uscì una zampa irsuta, grossa quanto quella di un orso. Gli artigli rasparono il pavimento con uno strascichio raccapricciante.

Il giovane signore arretrò di scatto, gli occhi puntati sull'essere mostruoso che prendeva lentamente forma. Poi un grido gli uscì dalla gola.

Dopodiché, l'oblio.

La casa dell'uomo con la voglia di fragola sorgeva non troppo lontano dal punto in cui, durante l'inverno, Maynard se l'era lasciato sfuggire. Vi si giungeva percorrendo la via delle volte in direzione della chiesa di Santa Maria delle Bocche, per poi piegare verso meridione, in una contrada semideserta compresa tra la Porta di Sant'Agnese e quella di San Pietro.

Strada facendo, il cavaliere continuava a interrogare Duccio. «Una ferita di pugnale, siete sicuro?»

«Così sostiene l'ancella della marchesa», sospirò il valletto.

Rocheblanche non si curò del suo disagio, impegnato com'era a mettere insieme i tasselli di un mosaico assai più esteso di quanto avesse immaginato. Ancora non sapeva come, ma intuiva che l'ipotesi di un legame tra il complotto contro gli Este e la morte di Lippa non fosse poi tanto assurda. Per di più, sentiva di essere vicino alla soluzione.

Si avvicinò al muretto dell'abitazione indicatagli dal ragazzo e sbirciò oltre la cancellata. «L'avete seguito fino a questo punto?», volle sincerarsi.

Duccio annuì.

«Aspettatemi qui, nell'ombra», gli ordinò Maynard prima di scavalcare la recinzione con un balzo.

Era tutto come descritto dal valletto. Un'abitazione modesta con un cortile così poco ampio da consentire a malapena la presenza di una stalla con un unico cavallo alla greppia. Della carrozza non vi era traccia alcuna. Il lucore proveniente dalle finestre lasciava però intravedere i solchi di ruote nel fango.

Rocheblanche avanzò verso una piccola veranda con l'augurio che il resoconto di Duccio fosse veritiero anche per quanto riguardava l'assenza di sorveglianti. Non ne scorse alcuno, in effetti. Superò in fretta il punto d'ingresso e si acquattò sotto i battenti socchiusi di una finestra, al di là della quale individuò una figura seduta accanto al focolare.

Non avrebbe saputo dire se si trattasse dell'individuo che cercava. Sembrava solo, un'occasione da non lasciarsi sfuggire.

Mano al pugnale, aprì lentamente l'uscio e s'intrufolò all'interno. Non andava certo fiero di quel modo di agire, però era troppo impaziente di ottenere risposte. Inoltre era già stato preso per il naso una volta e non intendeva aspettare altri mesi per una terza occasione.

L'uomo di fronte al camino giaceva su un seggio, sprofondato nel dormiveglia. Maynard gli si avvicinò di soppiatto per guardarlo in faccia, ma appena gli fu accanto lo vide svegliarsi di soprassalto. Gli tappò la bocca d'istinto, con la minaccia d'infilzarlo. Era lui, dannazione! La macchia rossa sopra l'occhio destro fugava ogni dubbio. «Ora parlerete, quant'è vero Dio!», gli intimò in un crescendo di eccitazione. «Mi rivelerete ogni cosa!».

Davanti al pugnale, il malcapitato frenò una reazione inconsulta. Il suo sguardo si posò su Rocheblanche con stupore, poi con rabbia.

«Scrutatemi pur torvo», il cavaliere gli tolse la mano dal viso. «A me importa soltanto che...».

«Accorreteee!», gridò l'uomo non appena fu libero di parlare. «Un sicario degli Esteee! Accorreteee!».

Maynard non fece in tempo a comprendere cosa accadeva che due individui irruppero da un ingresso laterale. Indietreggiò per non trovarseli addosso, passò il pugnale nella mano sinistra e afferrò un ceppo infuocato dal camino per tenerli a bada.

L'uomo con la voglia ne approfittò per schizzare verso l'uscita. Rocheblanche lo fece cadere con uno sgambetto, quindi si preparò a occuparsi dei nuovi arrivati. Vestivano da popolani e non brandivano armi, ma erano ben piazzati. Colpì il primo con il ceppo, una percossa ben assestata alla tempia, dopodiché contenne l'assalto del secondo. Si divincolò in fretta e lo sgozzò come un porco.

Il fuggiasco nel frattempo si era rialzato e se la svignava. Nel tentativo di acciuffarlo, Rocheblanche si sentì afferrare per il collo. Le braccia dell'aggressore erano forti, ma esitavano ad assumere la giusta posizione dello strangolamento. Un combattente inesperto, pensò il francese mentre perdeva il ceppo. Arretrò con un balzo e si dimenò finché non ebbe abbastanza gioco da poter liberarsi.

«Morte agli Este!», grugnì il rivale, passandosi una mano sulla tempia ferita.

Per tutta risposta, Rocheblanche eseguì una mossa evasiva con un lembo del mantello e lo atterrò con un pugno. Poi si precipitò all'aperto, appena in tempo per vedere l'uomo con la voglia in fuga su un destriero non sellato. «Codardo!», sibilò, inseguendolo per un tratto.

Giunto in strada si fermò, fece scivolare la destra sotto il mantello ed estrasse una piccola balestra. L'avete voluto voi, figlio d'un cane. E scoccò.

Un fischio nell'aria. Il fuggitivo stramazzò al suolo mentre il cavallo continuava la sua corsa, svanendo tra facciate dipinte di tenebra.

«L'avete preso, l'avete preso!», gridò Duccio sbucando da un nascondiglio vicino al caduto.

«È ancora vivo?», volle sincerarsi Rocheblanche, avvicinandosi a lunghe falcate.

Il valletto si chinò. «Respira appena...».

Un attimo dopo, Maynard lo fece scostare e controllò di persona. Il dardo era penetrato e uscito dal collo, causando una violenta emorragia. Consapevole d'aver poco tempo, afferrò il moribondo per il bavero e lo scosse. «Parlate!», gli ordinò. «Fate il nome del vostro padrone!».

Tutto ciò che ottenne fu l'anelito di un'anima che fuggiva dal corpo.

Se solo il diavolo non avesse avuto tanta fretta di reclamare quell'infame! Maynard tornò sui propri passi maledicendo se stesso e l'inferno. Ora che il suo unico sospettato era morto, si aggrappava alla magra speranza di reperire qualche indizio nell'abitazione in cui l'aveva trovato.

Seguito da Duccio, entrò nel cortile e varcò l'ingresso sotto la veranda. Si accorse subito che lo scagnozzo ferito alla tempia se l'era data a gambe. Restava il cadavere del compare, in un ambiente alquanto spoglio.

«Qui non c'è niente», commentò il valletto, dopo essersi guardato intorno.

Rocheblanche fu tentato di zittirlo ma si trattenne. Aveva ragione il ragazzo. Di qualsiasi segreto fosse stato custode, l'uomo con la voglia di fragola sembrava non averne lasciato traccia fra quelle mura. Fece scorrere lo sguardo senza posa, incapace di scorgere documenti, stemmi od oggetti particolari. Possibile?, si chiese in un crescendo di rabbia. Possibile che non ci fosse proprio nulla?

Rovesciò una madia dopo averne verificato il contenuto, poi fu la volta di un baule pieno di stracci e una rastrelliera a cui era appesa una spada di foggia comune. Nulla! Si dedicò infine alle stanze attigue, miseri cubicoli privi di finestre. Pochi denari, candele, una scorta di legna... Parevano non contenere altro.

Ormai vinto dallo sconforto, Maynard ritornò nell'ambiente in cui aveva avuto luogo la colluttazione e fissò la bocca del camino. Aveva voglia di gridare, di distruggere qualsiasi cosa gli capitasse a tiro. Soltanto la presenza del giovane Duccio lo obbligava a mantenere una parvenza di contegno.

Oh, se solo avesse scoccato quel dannato dardo un po' più in basso!

Sferrò un pugno contro la trave del focolare, ignorando il dolore che si propagava dalle nocche fino al dorso della mano. Vattene, sussurrò una voce dentro di sé. Vattene da questa città.

D'un tratto quel richiamo svanì nel nulla.

Qualcosa aveva attirato la sua attenzione. Un oggetto sopra la trave, talmente in bella vista da passare inosservato.

Un ritratto di donna.

Colto da un'improvvisa sensazione di familiarità, Maynard si avvicinò per studiarlo. Capelli rossi, bianco incarnato, un che di voluttuoso nelle labbra...

Con un fremito di vittoria, intuì d'aver trovato quel che cercava.

29

Contrada di Boccacanale

Spirava un vento che sapeva di tempesta quando Guido di Baisio si presentò alla dimora segreta di Bertrand du Pouget. Era già notte e faceva freddo, ma il rovello dei pensieri non gli aveva permesso di attendere fino al mattino.

Il cardinale lo accolse malvolentieri, quasi con dileggio. «Vostra eccellenza», esordì, «ero alquanto tentato di lasciarvi alla porta».

«Per quale ragione?», mormorò il prelato, gettando il mantello su una sedia.

Bertrand si oscurò all'improvviso. «Offendete ancora la mia intelligenza e ve ne pentirete», lo minacciò, puntandogli il dito contro. «Se non fosse stato per la vostra disgraziata intromissione, avrei Rocheblanche già in pugno».

Guido restò in piedi a fissarlo, raggelato. La foga di correre ai ripari era stata tale da fargli dimenticare gli ultimi accadimenti. «Rocheblanche... Rocheblanche...», ruminò confuso. «Il piano non era forse trattenerlo a Ferrara il più possibile? Ebbene, ho ritenuto che la maniera più efficace fosse prolungare il corso dell'indagine, benché infruttuosa. Per questa ragione ho chiesto al capitano generale di affidargli degli armigeri che lo aiutassero nelle ricerche».

«Così facendo l'avete allontanato dal convento di San Domenico e dalle mie spie. Sciagurato! Sono quasi indotto a credere che abbiate agito di proposito».

«Ma eminenza... Non ne sarete davvero persuaso...».

«Invece sì!», lo accusò Bertrand. «Da qualche tempo ho l'impressione che vi rimorda la coscienza, quindi ve lo chiederò senza giri di parole: nutrite simpatie verso quel cavaliere?».

Guido avvertì una fitta al cuore e rammentò d'istinto la sua permanenza a Pomposa durante l'infuriare della Morte Nera. In quei giorni di intrighi, rivelazioni e paure, soltanto un uomo si era dimostrato così impavido da uscire dal monastero per cercare cibo e medicamenti. Il vescovo si era sempre chiesto cosa l'avesse spinto a tornare ogni volta, anziché fuggire per proteggere il proprio segreto. Chinò il capo con un sospiro. «Egli mi salvò dalla peste».

«Attento, vostra eccellenza», lo mise in guardia du Pouget. «Esistono sorti ben peggiori».

«Lasciatemi spiegare», si affrettò ad aggiungere Baisio. «Lungi da me il voler esprimere sentimenti di ribellione nei vostri confronti. Vi sono sempre stato leale e credo d'averlo dimostrato. Ciò nonostante Rocheblanche è un uomo di grande nobiltà d'animo, a prescindere dai suoi errori e da quel che significa per voi».

Il cardinale lo fissò con una smorfia incredula. «E quindi vorreste applicare l'etica all'inganno?», lo schernì. «Per carità! Siete diventato più ipocrita del vostro amico abate!».

Quel gettare fango su padre Andrea lo irritò. Benché ci fosse stato un tempo in cui avrebbe condiviso quell'opinione, ultimamente si sentiva una persona diversa. Più fragile, forse, ma altrettanto consapevole della propria umanità. Era stato un processo lento che aveva raggiunto il culmine dopo Pasqua, quando il venerabile Andrea l'aveva invitato a Pomposa per mostrargli i risultati della riforma spirituale applicata sull'impronta del *De perfectione monachorum*. Risultati ammirevoli, gli aveva detto, impossibili da conseguire senza seguire l'esempio di coraggio di messer Maynard. Un coraggio di cui il vescovo conosceva bene la portata, al punto da avvertire il dovere di nascondere a Bertrand du Pouget parte della verità di cui era venuto a conoscenza. «Alludo soltanto al fatto», ebbe l'ardire di ribattere, «che un oggetto sacro come il *Lapis exilii* meriterebbe una ricerca più degna».

«Una ricerca più degna», snocciolò il cardinale con cattiveria. «E dite... In nome di ciò mi avete tenuto all'oscuro di qualcosa?»

Il vescovo si adombrò. «Giammai, eccellenza!».

«Ne siete sicuro? Mi attiraste a Ferrara con una lettera che parlava di Maynard de Rocheblanche e del suo segreto, il *Lapis exilii*. Mi scriveste d'averlo appreso da lui stesso, aggiungendo però che mai e poi mai quell'uomo avrebbe rivelato il nascondiglio del sacro cimelio. Eppure... mi ha sempre insospettito l'assenza di un particolare».

«Un... particolare?».

Bertrand annuì. «Il *Lapis exilii* è protetto da un enigma vergato su una piccola pergamena che vidi con i miei occhi sedici anni fa, senza avere il tempo di leggerne il contenuto. Restò nelle mani di re Jang de Blannen finché, alla sua morte, Rocheblanche ne divenne il nuovo custode. Pur presumendo che quel dannato l'abbia nascosta da qualche parte, mi pare strano... troppo strano che non ve ne abbia mai fatto cenno».

Guido ebbe il sentore che il cardinale fiutasse la sua paura. Vinse l'impulso di ritrarsi e finse di non comprendere. «Mi rincresce, non ho idea di cosa parliate».

«E allora», sbottò il porporato, «si può sapere cosa siete venuto a fare qui?».

Quella reazione, benché violenta, ebbe l'effetto di rilassare Baisio. Emise un profondo sospiro, avvicinandosi a uno scranno nella speranza di un invito ad accomodarsi. «Ho ricevuto una visita di madonna Eudeline de Rocheblanche».

Bertrand sbarrò gli occhi. «La sorella di messer Maynard? È in città?»

«Fino a poche ore fa lo ignoravo anch'io».

«E cosa l'avrebbe portata al vostro cospetto?»

«L'istinto di protezione verso il fratello e... verso un tal Gualtiero de' Bruni».

«De' Bruni? Chi sarebbe costui?».

Il vescovo esitò a rispondere, poi rifletté sul fatto che il prelato al suo cospetto era stato a capo del sistema di emissari e informatori a cui era appartenuta la stessa Elisa d'Este. «Per chi non ne conosce l'identità, Gualtiero è un giovane pittore di origini plebee. In realtà, trattasi del figlio di Passerino de' Bonacossi e di Elisa d'Este».

«Bonacossi, il signore di Mantova». Bertrand strinse le palpebre. «Me ne rammento, si diceva fosse morto senza prole. Invece Elisa d'Este... Quel nome... Ma sì, certo! La spia! Morì di peste nella fortezza di Villeneuve, presso Avignone».

Guido annuì. «Fui io a ordinare che venisse imprigionata là, dopo che il mio visdomino la riconobbe per puro caso. Immagino comprendiate il rischio se si fosse sparsa la voce degli intrighi perpetrati da quella femmina per ordine della Chiesa…».

«Avete agito bene, infatti». Finalmente il porporato gli indicò uno scranno. «Rammento un giovane pellegrino giunto alle porte di Avignone chiedendo di lei…».

«Lo stesso Gualtiero de' Bruni, suppongo», rispose il vescovo prendendo posto.

Sempre più curioso, du Pouget gli sedette di fronte. «Ebbene, eccellenza, cosa lega madonna Eudeline a queste persone?»

«Ne sono all'oscuro. È venuta soltanto a imporre condizioni, facendo leva su un ricatto».

«Un ricatto?»

«Alcuni debiti contratti dal mio reverendo zio Guidus Baysius, uditore di Avignone», spiegò velocemente il vescovo. «Madonna Eudeline minaccia di renderli noti agli esattori del papa nel caso non esaudisca le sue richieste».

«Quindi», concluse il cardinale, «siete venuto da me per chiedere aiuto».

Considerati i discorsi appena affrontati, Baisio ebbe una vampata di vergogna. Eppure fu costretto ad annuire. «Se poteste intercedere in mio favore presso le vostre conoscenze in seno alla Camera Apostolica…».

Bertrand lo squadrò divertito. «Dov'è finito il vostro senso etico?»

«Sono nelle mani di quella donna», spiegò timidamente il vescovo. «Se rifiutassi di obbedirle sarei rovinato, e in caso contrario sarei costretto a ignorare la minaccia del figlio di Elisa d'Este».

«Comprendo le vostre ragioni, ma non quelle di Eudeline», disse Bertrand, sempre più riflessivo. «Perché scomodarsi per un giovane pittore? Non avrebbe senso, a meno che…». Batté un palmo sul bracciolo e scrutò Guido con improvvisa eccitazione. «…quel Gualtiero de' Bruni non abbia un legame con Maynard de Rocheblanche!».

«È possibile, eminenza. Hanno entrambi dimorato a Pomposa per lungo tempo. Forse hanno stretto amicizia, e addirittura…».

«Condiviso dei segreti?».

Il vescovo sobbalzò. «Non lo escludo».

Du Pouget si concesse un attimo di silenzio, dopodiché gli rivolse un sorriso minaccioso. «Vi aiuterò, eccellenza», promise. «Farò in modo che i debiti di vostro zio vengano cancellati dai libri contabili della Camera Apostolica. Però, soltanto alla condizione che mi consegniate sia Gualtiero de' Bruni che Eudeline de Rocheblanche».

«Ma...», balbettò Guido, attanagliato dallo sconcerto. «Gualtiero è al momento irreperibile, e in quanto a Eudeline, se mai dovesse fiutare la minaccia non esiterebbe a rovinarmi!».

Alla risata del cardinale il sangue gli si gelò nelle vene. «Non l'avete ancora capito, povero stolto? Siete *già* rovinato! Avete tradito la mia fiducia e deluso le mie aspettative». Alzandosi di scatto, gli afferrò un braccio e lo trascinò con insospettato vigore fino all'uscio.

Il vescovo si trovò suo malgrado davanti al battente che si spalancava, intimorito e incapace di ribattere.

«Dovete soltanto sperare», continuò Bertrand, «che alla fine di questa vicenda mi accontenti di vedervi in ginocchio davanti ai miei stivali. E non appeso a una forca, scuoiato come una bestia!».

Dopodiché, per Guido di Baisio non ci fu altro che il gelido abbraccio della notte.

30

Il Palazzo della Signoria era un'enorme sagoma buia nella notte. Incombeva sulla piazza sferzata dal vento e da una pioggia così violenta che si riversava sul selciato ingrossando rivoli di fango. Sotto l'improvviso bagliore di una folgore, Maynard sbucò dall'angolo del sesto di San Romano e corse sotto lo scroscio verso la sede marchionale. Lo seguivano due figure avvolte in cappe nere.

Nel vederlo sopraggiungere, uno dei soldati appostati sotto la volta d'ingresso imbracciò la picca. «Messere, siete uscito di senno?», gridò, intimandogli di star lontano. «Con un tempo del genere… e a quest'ora tarda!».

«Se mi sbarrerete il passo», lo avvertì Rocheblanche, «lo farete anche ai frati di san Domenico che mi vengono appresso», e indicò i religiosi alle sue spalle. «Uno di loro è Lamberto da Cingoli, inquisitore di Ferrara».

Come per dare maggior enfasi alle sue parole, una delle due figure intabarrate si fece avanti e abbassò il cappuccio fradicio. «Ebbene, cos'è questo indugiare?», chiese a gran voce, facendo scostare i soldati con un gesto imperioso. «Messer Maynard, fra' Prudenzio, seguitemi!». Senza attendere il permesso proseguì verso l'atrio. «Non c'è tempo da perdere!».

Al baluginare dei fulmini, i corridoi del palazzo erano invasi da luci ultraterrene che strappavano gridolini atterriti a fra' Prudenzio. Incurante di quel cuor di leone, Rocheblanche proseguiva a passo svelto verso le stanze di messer Aldobrandino. Lamberto da Cingoli gli camminava al fianco con occhi di brace.

«Non mi avete ancora rivelato», gli rammentò l'inquisitore, «il motivo di tanta urgenza». Si espresse con un sussurro, affinché le sue parole non giungessero alle orecchie dell'armigero intento a far loro strada.

Maynard era restio a dare spiegazioni. Se si era rivolto a fra' Lamberto, l'aveva fatto esclusivamente per assicurarsi di essere accolto a palazzo nel cuore della notte. Non c'era stato tempo per valutare il rischio di quella scelta, attanagliato com'era dall'ansia di ottenere dei riscontri. Riuscì a glissare la risposta grazie all'improvvisa intromissione del loro accompagnatore.

«Il marchesino è indisposto, stanotte», li informò l'armigero.

«Cosa intendete?», domandò Rocheblanche.

Il soldato si strinse nelle spalle. «All'imbrunire ser Aldobrandino è stato colto da una momentanea infermità. Parrebbe essersi riavuto, benché sia ancora… come potrei dire… scosso».

«Quanto affermate è strano. L'ho incontrato oggi stesso, in serata, e pareva godere di ottima salute».

«Non è la salute il problema», ribatté l'armigero, laconico.

Non aggiunse altro fino alle stanze di Aldobrandino, che si presentò all'uscio bianco come un cencio.

«Messere…», ansimò il giovane rivolgendosi subito a Maynard. Aveva lo sguardo allucinato, le labbra tremanti.

Benché informato sul suo stato, il cavaliere non si aspettava certo una simile metamorfosi. «Vostra grazia», arretrò con un cenno di scuse, «se fossi stato consapevole delle vostre condizioni, mai e poi mai avrei osato…».

«No, no», lo interruppe il figlio del marchese, scostandosi per lasciarlo entrare. «Soltanto voi però», aggiunse subito dopo, rivolgendo un'occhiata sospettosa ai due domenicani. «Soltanto voi».

Richiusa la porta della camera, Aldobrandino raggiunse uno scranno e vi si abbandonò sfinito. Indossava le brache e una camiciola da notte, lasciando trapelare una malsana indecisione tra il prender sonno o il restare vigile.

Rocheblanche diede un scorsa al letto sfatto e ai candelabri accesi – troppi per la notte – interrogandosi su cosa tormentasse il giovane signore. La presenza di un pugnale tra le coltri lo allarmò. «Un'indisposizione non richiede l'uso di armi», commentò quasi tra sé.

«La notizia dell'indisposizione è una fandonia», spiegò l'Estense, lasciando ricadere la testa contro lo schienale. «L'ho divulgata per non fomentare il panico a corte».

«Il... panico?»

«Lo stesso che mi attanaglia, messere». Il figlio del marchese allargò lo scollo della camicia, quasi stesse per soffocare. «Stanotte ho visto... Ho visto una cosa a cui non riesco a dare una spiegazione».

«Vorreste parlarmene?»

«Non è facile, parola mia... Voi credete nelle *visiones*?».

Maynard scostò una tenda e sbirciò all'esterno l'infuriare della tempesta. «Dicono siano veritiere soltanto quelle dei santi e dei re. La voce di Dio, affermano i teologi».

Aldobrandino emise una risata nervosa. Benché sembrasse trarre conforto dalla presenza del cavaliere, il suo sguardo continuava a frugare tra le ombre. «Ignoro se si sia trattato dell'opera di Dio, del demonio o di qualche sortilegio», disse in un tentativo di contenere l'ansia. Riempì una coppa d'acqua e ne vuotò il contenuto. «Dopo l'imbrunire, a pochi passi da questa stanza mi sono trovato dinanzi a una bestia... Né lupo né capro, ma entrambe le cose. È uscita dall'ombra come... come un incubo!».

Colpito più dall'espressione febbrile che dalle parole del giovane, Rocheblanche ripensò con un fremito alla descrizione di Silvano da Focomorto. La bestia intravista nella macchia in testa alla processione di lanterne! La bestia che aveva cercato tanto a lungo tra le selve di Ferrara! Si avvicinò al giovane e scrutò l'ossessione dentro le sue pupille. «Vi ha fatto del male?».

Scosse il capo. «Devo aver avuto un mancamento, poiché non serbo memoria di nulla... Eccetto di quella voce».

«Quale voce?».

Il figlio del marchese scattò in piedi, facendolo spostare in malo modo. «Una voce di donna, messere. Una voce che, giuro sulla Vergine, apparteneva a mia madre. Sì, mia madre!», esclamò. «Proveniva dall'ombra, da un luogo remoto in cui il mio sguardo non poteva giungere... E allo stesso tempo era come averla vicina, al mio fianco...».

Il francese gli batté una mano sulla spalla per riportarlo all'attenzione. «Quali parole vi ha rivolto?».

Aldobrandino esitò a rispondere, quasi fosse incredulo lui stesso di quel che stava per dire. Infine, con una smorfia sofferta, citò: «*Pro bono malum*».

Maynard annuì. Pur in modo bizzarro, quelle parole conferivano un senso logico ai suoi sospetti. Si accarezzò il mento, concedendosi un attimo di tregua per mettere in fila i pensieri. Inutile tormentare il ragazzo con ulteriori domande su quella spaventosa esperienza. Inutile persino esporgli le proprie opinioni in merito. Tornò quindi al motivo per cui si era precipitato fin lì e lo fissò con gravità. «Sapete se di recente il vostro signor padre abbia accolto nuovi ospiti a palazzo?».

La domanda disorientò il giovane. «Non saprei», mormorò. «In questi giorni egli è quasi sempre assente, per sedare le rivolte nelle campagne. In quanto a me, sono talmente oppresso dalle incombenze da non prestare attenzione a simili banalità».

Tutt'altro che banalità, rifletté con amarezza il cavaliere. Si strinse nelle spalle e rivolse lo sguardo all'uscita. «Non mi resta pertanto che rivolgermi a Obizzo in persona», concluse.

«Fermatevi!», avvampò Aldobrandino. «Cosa mi state nascondendo?»

«Dovete aver fiducia», lo placò Rocheblanche, assumendo il tono rassicurante con cui un tempo l'aveva istruito nell'arte della spada. «Immagino a stento quanto sia difficile per voi, ma al momento posso soltanto consigliarvi di stare all'erta e di non prestare fede alle bizzarrie di cui mi avete accennato. Scoprirò la verità su vostra madre, ve lo prometto». Fece per prendere congedo quando, rammentandosi di chi lo attendeva fuori dalla stanza, si rivolse di nuovo al figlio del marchese. «Un'ultima domanda, se me lo consentite: perché avete rifiutato di ricevere fra' Lamberto da Cingoli e il suo sodale?»

«Per ordine del mio signor padre», rispose il giovane, mettendosi a sedere sul giaciglio. «Per ragioni che ignoro, egli mi ha proibito categoricamente di avere contatti con quel religioso».

Assai incuriosito, il francese si limitò a disegnare un inchino. «Riposate, vostra grazia», si raccomandò. «Vi attendono giorni difficili».

Non appena uscì dalla camera, fu assalito da fra' Lamberto.

«Ebbene», sibilò il domenicano, «attendo spiegazioni!».

Rocheblanche non lo degnò di uno sguardo e proseguì a lunghe falcate verso l'uscita del palazzo. «Al momento ho soltanto congetture. Dovrò prima verificarle».

«Inammissibile! Esigo una spiegazione».

«L'avrete, ma non ora».

A quella risposta, Cingoli gli ghermì un braccio con le sue dita adunche. «Come osate scomodarmi nel cuore della notte e poi lasciarmi all'oscuro di tutto?»

«Benedite il palazzo, magister», si divincolò Maynard, facendolo cadere a terra. «Così la vostra visita non sarà stata vana».

Ancora un po' e l'inquisitore avrebbe soffiato fiamme dalle narici. «Voi... Voi...». Allontanò fra' Prudenzio, intervenuto in suo soccorso, e scattò in piedi. «Voi me la pagherete, messere!».

Rocheblanche era già al varco affacciato sulla piazza. Aveva troppa premura per fermarsi ad ascoltare. Doveva raggiungere Obizzo d'Este! Nella sua mente non c'era altro pensiero. Si fermò davanti alla strada sferzata dalla tempesta e richiamò l'attenzione di un soldato di ronda. «Guardia, un cavallo!», vociò concitato. «E che sia dei più veloci!».

31

Palazzo della Curia
15 aprile, mattina

Il vescovo Guido non avrebbe mai pensato di rimpiangere l'assenza del visdomino Superanzio Orsini e del suo bravaccio Petricciolo, cui era stato solito affidare i lavori sporchi. Grazie a loro aveva potuto vivere per anni nella medesima illusione di Pilato, persuaso che bastasse volgere lo sguardo altrove per non cogliere il tanfo dello sterco scaturito dalla propria ignavia. Fino ad allora non si era accorto di quanto fosse caduto in basso. Aveva sempre creduto di appartenere a una gerarchia di comando severa ma giusta, in nome della quale la spada imponeva leggi ispirate alla santità. Non era con la forza, del resto, che si aggiogavano i buoi? E non era allo stesso modo che i pastori tenevano le greggi al sicuro dai precipizi?

I primi dubbi erano sorti imbattendosi in Rocheblanche, un cavaliere tormentato ma retto, pieno di interrogativi e di altrettanti misteri. In principio era stato ovvio cogliere in lui i segni dello smarrimento, al punto di provare l'impulso di consigliarlo e di invitarlo ad aprirsi, come si soleva fare con gli animi focosi traviati dalle battaglie. Soltanto in seguito monsignor Guido si era reso conto che quell'uomo non aveva bisogno di essere guidato. Possedeva uno spirito più saldo di molti religiosi, primo fra tutti l'ondivago padre Andrea, che fustigava il proprio orgoglio fin quasi a provare piacere.

Ma a dispetto dei loro contrasti, il vescovo era consapevole di aver appreso molto anche dall'abate di Pomposa. Quella sua irritante diffidenza verso le politiche di Avignone aveva instillato in lui, goccia dopo goccia, l'incertezza di trovarsi dalla parte giusta. Dubbio ingigantito dallo scoprire la facilità con cui Bertrand du Pouget giocava con le vite altrui.

Uno dei motivi per cui Guido aveva mentito al cardinale. Non in principio, naturalmente, quando la sua devozione alle gerarchie poteva ben dirsi inflessibile. Allora era stato per precauzione. Di falsi profeti traboccava il mondo, e dopo i catari, i dolciniani, i frati del libero spirito e la questione del *Filioque*, ci mancava soltanto che il ritrovamento del *Lapis exilii* scatenasse uno scisma interno alla Chiesa.

Lo scrupolo di coscienza era affiorato più tardi, dopo l'arrivo di Bertrand a Ferrara. Pur sapendo di dovergli obbedienza, il vescovo aveva iniziato a cogliere in lui un'ambizione ossessiva, non certo ispirata dall'autentica fede.

Ciò nondimeno era costretto a obbedirgli ancora una volta, e di ciò doveva ringraziare madonna Eudeline. Se solo quella femmina non si fosse presentata al suo cospetto! Il ricatto a cui l'aveva sottoposto si era tramutato in una duplice minaccia: da un lato quella della bancarotta, dall'altro quella di deludere il cardinale. Dio solo sapeva a quali conseguenze sarebbe andato incontro!

Seduto allo scrittoio, il vescovo si preparava a impartire ordini alle sue spie. Trovare madonna Eudeline, trovare Gualtiero de' Bruni: dovevano farlo senza destare sospetti. Compito non certo dei più facili, soprattutto ora che non c'era Superanzio Orsini a sbrogliare la matassa. Guido si sentiva inadatto a occuparsi in prima persona di simili scelleratezze. Lo faceva sentire sporco e ancor più ipocrita di quanto già non fosse. Gli faceva comprendere inoltre quanto bastasse poco per andare incontro al fallimento.

Ritenne opportuno sfruttare quel momento di attesa per placare i morsi della coscienza. Vincendo la ritrosia prese calamo, pergamena, e iniziò a elencare le proprie colpe e i propri segreti. Ce n'erano assai, molti più di quanto Eudeline de Rocheblanche potesse immaginare.

E se un giorno, di fronte alla necessità di riscattarsi o di tutelare se stesso, si fosse scoperto troppo codardo per rivelare la verità, l'avrebbero fatto per lui quelle righe d'inchiostro.

32

Feudi di Ferrara
16 aprile

L'uomo a cavallo comprese di essere giunto a destinazione appena si trovò a percorrere una via fangosa affiancata da alberi di impiccati. Al suo passaggio, un nugolo di corvi si levò dai cadaveri, diffondendo un funesto gracchiare per i campi. Ancora un colpo di briglia e vide l'accampamento. Ben poche tende, a onor del vero, quasi che il marchese si fosse ritirato in quelle lande per combattere nemici assai meno numerosi di quanto annunciato dalle grida.

Procedette fino agli stallaggi, balzò giù da sella e si rivolse al primo scudiero che gli capitò a tiro. Era divorato dalla stanchezza e dai quesiti che l'avevano assillato, moltiplicandosi, durante l'attraversata al galoppo. «Devo parlare con sua signoria», spiegò sbrigativo.

L'uomo reagì bruscamente. «Mi avete preso per un famiglio?»

«Vi ho preso per quel che siete, e ora sbrigatevi!», lo afferrò per le vesti. «Questione di vita o di morte!».

Obizzo d'Este sedeva davanti alla propria tenda, intento a nutrire uno sparviero con dei brandelli di carne. Se li faceva strappare dalle dita, istigando la bestia a far forza con il rostro. Avvicinandosi a lui, Maynard non poté esimersi dal fissare le sue iridi nere, immobili sul predatore. Un'impresa ardua indovinare i pensieri che nascondevano. «Ignoravo foste giunto fin qui per dedicarvi alla falconeria», esordì con tono tutt'altro che faceto.

«Per meditare su chi è cacciatore e chi preda, piuttosto», ribatté il nobiluomo sollevando lo sguardo.

Rocheblanche sorvolò su quell'apparente indifferenza. «In ognuno di noi non albergano forse entrambe le nature?».

Sua signoria posò lo sparviero su un trespolo. «Non alludo all'istinto rapace dell'uomo», specificò, «bensì alla misura in cui ciascuno di noi è consapevole di avere, sopra la testa, degli artigli sempre pronti a ghermirlo».

«Io vado ben oltre la consapevolezza», sorrise amaramente. «Li scorgo benissimo».

«Davvero?». Obizzo lo fissò enigmatico. «Forse riponete troppa fiducia nella portata del vostro sguardo».

«In quanto al vostro, invece», ribatté Maynard, «si è mai posato su questo?». Così dicendo, aprì la bisaccia che portava sotto il mantello e gli mostrò il ritratto di donna trovato due notti prima.

L'Estense si accigliò di colpo. «A cosa vi riferite, con esattezza?»

«Da quando l'ho rinvenuto non mi do requie», confessò, osservando il dipinto. «Non riesco a capire perché assomigli tanto a Lippa Ariosti».

«La somiglianza è ovvia», sbuffò Obizzo, «dacché si tratta della sorella».

Il cavaliere sobbalzò. «La... sorella?».

Il marchese parve godere del suo stupore. «Margherita Ariosti, nata da madre diversa e di qualche anno più giovane», rivelò. «Circa un mese fa esternò la sua intenzione di insediarsi a Ferrara e io acconsentii, ritenendo legittimo che tra i nobili forestieri giunti a rimpinguare il sangue della città rientrassero anche gli Ariosti di Bologna».

Maynard ebbe l'impressione di cogliere un accenno di bramosia che suggeriva un interessamento assai più personale di quanto gli venisse prospettato. Del resto, Margherita Ariosi somigliava a tal punto alla sorella da non escludere che avesse suscitato il desiderio di Obizzo. E forse anche la sua gelosia. «Ho bisogno di parlare con quella dama», rivelò. «Dove posso trovarla?»

«Cosa vi fa presumere che lo sappia?»

«Se non voi, chi?»

«Assegnare le dimore rientra fra i compiti del giudice dei Savi». L'Estense gli si parò di fronte con aria di sfida. «Fra i miei, invece, rientra quello di comprendere cosa pretenda un cavaliere infido da una nobile signora di Ferrara».

«Dovrete accontentarvi», ribatté aspramente il francese, «della medesima risposta che rivolsi a fra' Lamberto da Cingoli».

Al sentir nominare l'inquisitore, Obizzo arretrò. «Anche Cingoli è coinvolto?».

Rocheblanche lo scrutò di sottecchi. «Ho il sospetto che quel domenicano vi spaventi», lo provocò. «Dite, vostra grazia, è per sfuggire ai suoi artigli che vi siete ritirato qui? Forse ai vostri burocrati sarà sfuggito, ma a un uomo d'arme della mia esperienza è palese che in queste campagne non si stia combattendo contro una feroce rivolta».

«Non si è trattato di combattere una rivolta», precisò l'Estense, «bensì di bruciare un nido di vipere».

«Misera impresa, se mi è concesso dire. Ho scorto gli impiccati sugli alberi».

«Non parlereste con tanta leggerezza se aveste udito il loro grido di battaglia». Obizzo distolse lo sguardo, in preda a un fremito di rabbia, e d'un tratto snocciolò: «*Pro bono malum*».

Per Maynard fu un fulmine a ciel sereno. «Come i messaggi rinvenuti a palazzo?».

Il marchese annuì. «Non erano in molti, a esser franchi. Una marmaglia di plebei armati di falci e forconi. Abbattuti i più feroci, ho sguinzagliato i miei esploratori per stanare i sopravvissuti che si annidano nelle selve circostanti».

Rocheblanche colse subito un nesso con quanto gli era accaduto due notti prima, nella casa dell'uomo con la voglia. Anche in quel frangente si era scontrato con due plebei nemici degli Este. Ben rammentava, inoltre, che nel precedente inseguimento era stato fatto inciampare da un moccioso vestito di cenci. D'un tratto capì. Chiunque tendesse i fili della congiura, voleva aizzare il popolo contro l'Aquila Bianca. Tenne per sé l'intuizione, dando voce a ben altre perplessità. «Comprendo le vostre ragioni, messere. Ciò però non basta a spiegare la vostra prolungata assenza a corte».

«Sto temporeggiando, lo capite?», sbottò all'improvviso Obizzo. «Se quel diavolo di Durfort, il generale del papa, mi sapesse disponibile all'azione, non esiterebbe a pretendere i miei servigi per combattere i ribelli di Faenza. E io non ho né il tempo né la voglia di occuparmi di incombenze che non mi riguardano!».

Maynard lo fissò basito. «Perché me ne parlate?»

«Perché non voglio che mi crediate un codardo», bofonchiò l'Estense. «O forse pensate che basti un frate di san Domenico a spaventarmi?».

Il cavaliere iniziava davvero a crederlo, invece, e benché ne ignorasse il motivo ritenne opportuno cercare le risposte altrove, in un altro momento. «Avrete dunque la vostra risposta», affermò con gravità, accennando al ritratto. «È mia opinione che questa dama sia coinvolta nella morte di madonna Lippa, vostra moglie».

«Siete uscito di senno?», sibilò il nobiluomo. «Come osate nominare madonna Lippa? Non l'avete saputo? Ella perì per un male fulmineo!». Lo respinse con astio, inferocito. «Andatevene, maledetto, prima che sguaini la spada! Andatevene o lo giuro, terrò fede alla promessa di mandarvi all'inferno!».

«Per quello ci sarà tempo, messere». Frenando l'orgoglio, il cavaliere gli rivolse un rigido cenno di congedo. Prima di allontanarsi, aggiunse: «Sappiate che la congiura è ancora in atto. Ma non certo qui, in queste terre brulle. Non è trascorso molto, infatti, dacché vostro figlio ha subito un'aggressione a palazzo».

Poi rivolse lo sguardo verso gli stallaggi, la mente rivolta a Margherita Ariosti. La misteriosa dama dai capelli rossi.

33

Borgo di San Giorgio

Venturino seppe di essersi assicurato il futuro appena la vide. Monsignor vescovo non l'aveva dichiarato apertamente, ma aveva lasciato trapelare la possibilità di un avanzamento di ruolo per chi tra i suoi armigeri avesse rintracciato almeno una delle due persone ricercate. D'altronde non era un mistero che la nomina di visdomino fosse rimasta vacante dalla morte dell'Orsini, e che in molti avrebbero venduto l'anima al diavolo per ottenerla. Ma a scovarla era stato lui.

L'aveva riconosciuta grazie alla ragazza che le camminava a fianco. La sorella minore, secondo alcune voci. Il suoi occhi dai colori diversi spiccavano come un papavero in un campo di grano, e il fatto di trovarla proprio lì, al termine di una pista di indizi, fugava ogni dubbio che la donna accanto a lei fosse Eudeline de Rocheblanche.

Rimase a spiarla dietro una grata di legno che separava il portico di un'abitazione dalla strada. Non si era aspettato una femmina del genere. Bella e altera, camminava tra la gente con diffidenza, quasi si aspettasse un attacco imminente. Eppure era consapevole di suscitare riverenza. Anzi, sembrava pretenderla.

Stava facendo ritorno dal mercato e puntava con la giovane compagna verso la sua dimora. Si trattava di un ambiente modesto preso in affitto da un falegname. Era stato facile rintracciarlo, anche se Venturino non riusciva ancora a capire perché una donna di nobili natali avesse scelto una simile topaia.

Lavorando di fantasia, immaginò per un attimo cosa significasse possederla, poi ritornò con la mente agli ordini del vescovo. Rapirla senza destare sospetti. Impresa non facile in un borgo frequentato come quello. Avrebbe dovuto attendere la notte, intrufolarsi nel suo alloggio dopo aver comprato la complicità dei pigionanti. E forse, nel buio, l'avvenente Eudeline gli avrebbe fatto qualche concessione nella speranza di esser lasciata libera...

Una lama curva gli sfiorò la gola come una carezza.

Al primo tentativo di scostarla, il metallo affondò di un'oncia nella carne. Venturino capì di non avere alternativa. L'uomo comparso dal nulla indossava un mantello grigio e aveva la pelle più nera del peccato.

«Se sapeste...», lo mise in guardia Venturino, «chi è il mio signore...».

«Mi è sufficiente conoscere il mio», ribatté il moro con un'espressione torva. «Ma forse a lui interesserà saperne di più», e lo costrinse ad arretrare verso un vicolo ombroso. «Ora avanzate piano, faccio strada. E affinché teniate a freno l'ardimento, o la stupidità, sappiate che con l'altra mano, quella celata al vostro sguardo, vi sto puntando un secondo pugnale alla schiena».

34

Sesto di San Romano
19 aprile

L'uomo che si presentò al cospetto del vescovo Guido era di una stazza così imponente da strappargli, al suo comparire, un gemito di stupore. Vestiva interamente di nero, con un giaco di cuoio tenuto in tensione dai muscoli del torace. Le mani erano abbastanza grandi da cingere il capo di un bambino, le spalle ampie quanto il giogo di un bove. Non era privo, tuttavia, di una certa eleganza, di cui faceva mostra ogni qualvolta cambiava posizione sullo scranno di legno.

Sua eccellenza aveva acconsentito a riceverlo in una stanza appartata, alla quale si accedeva soltanto attraverso il chiostro della basilica di San Romano. Di tanto in tanto, però, scrutava il fagotto che lo sconosciuto gli aveva consegnato a mo' di omaggio e dubitava della propria assennatezza. Non gli era stato necessario scostare quei lembi imbrattati di sangue per rendersi conto del contenuto. D'altronde erano finiti i tempi delle mezze misure. I rimorsi e le paure lo spingevano ad agire forse in maniera sconsiderata, ma nella costante ricerca di una via d'uscita dalle sue sciagure.

Camminò per l'ambiente con le dita intrecciate dietro la schiena, fermandosi di fronte all'individuo. Benché fosse disarmato, l'aspetto era minaccioso. Rivolse un'occhiata all'uscio – due armigeri, si rassicurò, attendevano al lato opposto del battente – poi si accigliò. «Soltanto un coraggioso o un folle si presenterebbe a un prelato recandogli in dono la testa di un suo servitore».

Lo sconosciuto sorrise, quasi gioviale. «Cosa dire, invece, di chi accoglie un simile dono senza batter ciglio?». Il suo tono rivelava un marcato accento francese. Anziché attendere risposta, indicò con un cenno del mento il fagotto. «Si chiamava Venturino ed era una linguaccia. Anche se, per iniziare a farlo parlare, ho dovuto lavorare di coltello».

«Conoscete il nome mio e del mio sgherro», commentò Guido. «Però esitate a rivelare il vostro».

«Se lo pronunciassi, Satana in persona verrebbe fin qui a reclamarmi». L'uomo si sporse in avanti, come volesse fare una confidenza. «Qualora si rivelasse necessario, rivolgetevi a me con l'appellativo di Namo».

«Namo, il consigliere di Carlo Magno». Sua eccellenza lo scrutò con scetticismo. «Dubito siate giunto fin qui per elargire suggerimenti».

«Cerco risposte, infatti, benché alcune ne abbia già ottenute dal vostro armigero. Un mio servitore l'ha catturato mentre spiava Eudeline de Rocheblanche».

«Conoscete quella donna?», sobbalzò Guido.

La risata dell'uomo fu un suono cavernoso che fece tremare l'aria. «Sì», disse. «Abbastanza da interrogarmi su cosa vogliate da lei».

«Siete al suo servizio?»

«Ho forse l'aria di un servo?»

«Consegnatemela dunque, e saprò ricompensarvi a dovere».

Namo strinse le dita intorno ai braccioli, facendoli scricchiolare. «Non esaudirò mai una simile richiesta», esclamò, mentre una rabbia improvvisa gli deformava i tratti del viso. «Eudeline è mia!», aggiunse perentorio. «Mia soltanto».

Fu abbastanza perché il prelato provasse una fitta di terrore. Arretrò suo malgrado, lanciando un'occhiata verso la porta. «Se non per questo», trovò il coraggio di ribattere, «qual è il motivo che vi ha spinto a chiedermi udienza?».

L'uomo in nero ritrovò la calma, benché qualcosa di terribile continuasse palesemente ad agitarsi sotto la sua pelle. Nel rispondere, sembrò proferire una condanna a morte: «Maynard de Rocheblanche».

Guido si portò una mano alla bocca. «Non so di cosa stiate...».

Namo scosse il capo. «Quando aveva la testa ancora attaccata al collo, messer Venturino ha rivelato il vostro legame con quel cavaliere». Alzatosi dallo scranno, si portò verso l'uscio e appoggiò la schiena al battente, bloccandolo. Le braccia conserte e il viso ormai disteso lasciarono trapelare l'assoluta certezza che nulla e nessuno, a meno che lui non l'avesse voluto, sarebbe riuscito a liberare quel varco. «Dovete capire», continuò con teatrale indifferenza, «che sono sulle tracce di quell'uomo da molto, molto tempo. Ci fu un periodo in cui lo credetti morto, dopodiché scoprii il suo coinvolgimento in una faccenda alquanto losca, verso la quale non nutro alcun interesse. A me importa soltanto di lui, vi è chiaro? Bramo d'incontrarlo per risolvere una questione rimasta in sospeso da troppi anni, davvero troppi perché possa ancora indugiare. E nonostante abbia saputo da fonti certe che egli vive ora a Ferrara, non riesco a rintracciarlo. Nessuno lo conosce, pare. Nessuno eccetto voi. Ecco quindi spiegata la mia presenza: voglio che mi riveliate dove si nasconde».

Guido di Baisio resistette all'impulso di camminare per la stanza come un topo in trappola. Si convinse di essere ancora lui quello in vantaggio. Dopotutto lo sconosciuto l'aveva appena ammesso, gli sarebbe stato impossibile trovare Maynard se avesse continuato a ignorare dove cercarlo. Sua eccellenza tuttavia era ben lungi dal voler collaborare. «Bella pretesa», lo provocò, «per chi non offre nulla in cambio».

Namo gli rivolse un sorrisetto d'intesa. «Ci sarà pur qualcosa di vostro interesse che nessuno sia in grado di farvi ottenere».

Il vescovo sentì una vocina farsi strada nella sua coscienza. In effetti qualcosa c'era… Gli sarebbe bastato suggerire a quel farabutto di far la spola dalla selva a San Domenico per ricevere in cambio un enorme favore. Eppure, lo stesso impulso che l'aveva indotto a mentire a Bertrand du Pouget gli impose di resistere alla tentazione. «Cosa volete esattamente da Rocheblanche?», volle sapere.

«Ve l'ho detto. Si tratta di una questione personale».

«Mi chiedete di tradire un uomo d'onore».

«Nessun tradimento, eccellenza. Vi assicuro che, se mi sapesse vivo, messer Maynard venderebbe l'anima al diavolo pur di ottenere la stessa cosa che vi chiedo. E lo farebbe proprio in nome dell'onore di cui parlate».

Guido studiò la sua espressione. Namo era sincero, ne era certo. Se si decise a parlare, tuttavia, fu per l'improvviso senso di familiarità che lo colse nel fissarlo in fondo agli occhi. In principio non riuscì a comprendere da dove provenisse quella sensazione, poi dovette portare una mano al petto per contenere lo stupore. Oh, Signore! Come poteva essere possibile? Non c'era alcuna logica in grado di spiegare una simile coincidenza... Nessuna, nessuna! Eppure aveva guardato troppo a lungo per credere di essersi ingannato! Sì, non aveva dubbio! Quegli occhi infiammati d'ardore erano... gli stessi di Eudeline e di Maynard!

Nascose in fretta le emozioni, valutando la proposta di quell'uomo dal misterioso passato. Namo... O forse *nemo*, "nessuno"? Meglio sarebbe stato, in effetti, se fosse sparito nel nulla. La sua offerta, tuttavia... Il vescovo si morse un labbro, combattuto tra la curiosità e il timore di sapere chi fosse colui che gli si parava di fronte. *È sincero*, reiterò la diabolica vocina dentro di sé. Cos'altro importava, in fin dei conti? Un ultimo sguardo alla testa mozza di Venturino e sua eccellenza gli si avvicinò risoluto. «La mia condizione», disse, «è che madonna Eudeline lasci Ferrara per sempre, con voi o da sola, non m'interessa, purché non divulghi né ora né mai l'esistenza di certi debiti contratti da un mio avo. Potete assumervi questo incarico?».

Senza scostarsi di una spanna, l'uomo in nero meditò un istante, quindi annuì.

«Non è tutto», aggiunse Guido. «Anch'io cerco qualcuno. Il suo nome è Gualtiero de' Bruni, un giovane pittore. Se sarete così abile da rintracciarlo e da consegnarlo vivo alla persona che vi dirò, avrete in cambio Maynard de Rocheblanche. Insieme alla mia eterna gratitudine».

L'Arabo attendeva in un luogo appartato, a pochi passi dalla facciata di San Romano. Con la mano sinistra teneva in grembo la bimba in fasce, assopita nel tepore dei suoi abiti odorosi di spezie. La destra giaceva sotto il mantello, sull'elsa di un pugnale.

Appena vide il padrone uscire dall'edificio gli rivolse un cenno.

«Ebbene?», gli chiese appena fu vicino, controllando che non fosse seguito.

«Il vescovo sa», sbuffò l'uomo in nero, «ma pretende troppo».

35

Postribolo del Gambaro
21 aprile

A nord di Ferrara, non lungi dal Borgo di San Leonardo, lo stradello del Gambaro correva parallelo alle mura, seguendo una fossa collegata al Padus. Benché rientrasse nelle pertinenze di San Cristoforo dei Bastardini, offriva riparo sotto una fila di olmi alle molte femmine che delle loro carni facevano meretricio. Vi sorgeva anche una taverna detta *Ganea*[6], meglio nota con il nome della strada, dove le più graziose si concedevano a chi fosse disposto a sborsare maggior pecunia.

Non era il primo luogo di malaffare che Maynard visitava in quel pomeriggio. Dalla contrada di San Paolo a quella di San Romano, i bordelli erano molti e non sempre facilmente identificabili. Tuttavia fu certo d'aver trovato quello giusto appena scorse una coppia di armigeri in uniforme appostati davanti all'entrata.

Si avvicinò a viso coperto, nel caso uno dei due potesse riconoscerlo, e legato il suo cavallo nero varcò l'ingresso mostrando al lenone di non portare armi. Fu libero quindi di aggirarsi per l'atrio, piuttosto squallido a onor del vero, fra le attenzioni delle putte che frequentavano il locale. Nonostante si trovassero al chiuso, molte di loro esibivano senza vergogna – anzi, a mo' di vezzo – i collarini a sonaglio previsti dalle leggi suntuarie per le donne pubbliche.

Si fermò davanti a una scalinata diretta al piano superiore e chiese informazioni a una giovane sguattera intenta a pulire i gradini, quindi le elargì una moneta e proseguì a passo svelto.

L'ambiente soprastante presentava arredi meno spartani, in alcu-

[6] Dal latino, luogo di dissolutezza.

ni casi addirittura ricercati. Vasi, candelabri e tappeti servivano a far acclimatare quel genere di clientela che non si accontentava di amplessi frettolosi e fogliette di vino scadente. Per fortuna, tuttavia, gli ingressi delle stanze erano separati dall'esterno soltanto da comunissime tende. A Rocheblanche bastò scostarle a una a una, con discrezione, finché non trovò l'uomo che stava cercando.

Filippo Migliorati se ne stava a mollo in una larga botte con una ragazza seduta a cavalcioni su di lui. Era talmente attento al ballonzolare del suo seno che non si accorse subito dell'intruso. Rocheblanche ebbe tutto il tempo di entrare, scostare un lembo del mantello sulla spalla destra e appoggiarsi allo stipite dell'ingresso.

Soltanto allora il giudice dei Savi lo vide. Tirò una bestemmia e, disarcionata l'amazzone, balzò fuori dal bacile per raggiungere la finestra. «Soccorso!», gridò. Ma prima che riuscisse ad allertare gli armigeri in strada, Maynard afferrò un orinale di terracotta e glielo ruppe in testa.

Messer Filippo stramazzò sul pavimento con le terga al vento, dando la possibilità a Rocheblanche di tranquillizzare la ragazza e di congedarla con qualche moneta. Dopodiché il francese recuperò un paio di brache appese su una sedia e le gettò all'uomo accasciato a terra.

«Rivestitevi, vostra grazia».

Mettendosi carponi, il giudice dei Savi si massaggiò il capo. «Avreste potuto… uccidermi», gemette ancora mezzo stordito.

«Sarebbe stata una morte fin troppo onorevole per voi», lo canzonò, osservando la sua testa inzaccherata e cosparsa di cocci rotti. Una piccola rivincita per i modi altezzosi con cui quell'odioso toscano si era sempre rivolto a lui.

Il motteggio ebbe l'effetto di far rinsavire il Migliorati, che all'improvviso scattò in piedi sventolando le brache come un vessillo. «Miserabile gallo, siete pazzo?», s'infervorò. «Aspettate che sua signoria ne venga informato…».

«È stato proprio sua signoria a mandarmi da voi», ribatté Maynard, «benché abbia omesso il consiglio di cercarvi tra bordelli».

«Scempiaggini! Messer Obizzo non si rivolgerebbe mai a un traditore, un omicida…».

«Fui io a rivolgermi a lui, in verità. Sono sulle tracce di una persona e a quanto pare voi siete l'unico in grado di indicarmi dove risieda».

A quelle parole, il giudice dei Savi cessò di sbraitare e arretrò. «Mi avete preso per una spia?», grugnì indignato.

«È per il bene del vostro signore», precisò il cavaliere.

«Quand'è così, parlerò direttamente con sua signoria», e con un gesto sprezzante, il Migliorati iniziò a rivestirsi. «Quanto a voi, messere, restate pure a trastullarvi in questo bordello! A meno che non siate disposto a farvi scannare in qualche battaglia, siete inutile quanto una vecchia baldracca».

Anche nella remota eventualità che Rocheblanche si fosse sentito di indole così clemente da sorvolare su un simile affronto, gli restava comunque troppo poco tempo. Si sentì giustificato, pertanto, ad afferrare il verme seminudo per il collo e sbatterlo con violenza contro una parete. «Margherita Ariosti, giunta da Bologna!», sibilò a denti stretti, minacciando di sferrargli un pugno nelle parti basse. «Rivelatemi all'istante quale dimora le avete assegnato, o giuro su Dio, parlerete sì al marchese, ma con la grazia effeminata di una voce bianca!».

36

Per giungere alla dimora di Margherita Ariosti era necessario uscire dalle mura all'altezza del Castel Tedaldo e, superato il ponte di barche, seguire il corso del Padus verso est, oltre il Prato delle Forche e la chiesa di San Giacomo. Al limitare del Borgo di San Luca, Maynard s'imbatté nell'abitazione segnalatagli da Francesco Migliorati. Si trattava di una *villa* i cui possedimenti si estendevano fino ai dossi del fiume e a un mulino ad acqua costruito su palafitte, uno dei pochi a non essere rientrato tra i benefici del vescovado. Il giudice dei Savi aveva sottolineato l'interesse della nobildonna soprattutto verso quel fabbricato, capace di affascinarla al punto da indurla a tralasciare residenze più eleganti e meno costose.

Fu a ragion veduta, dunque, che Rocheblanche decise di iniziare le ricerche da lì. Legò il morello a uno steccato vicino alla riva, salì sull'argine e attraversò un ponte che si collegava a una banchina sorretta da un sistema di pali. Davanti a essa, circondato dai flutti grigio-azzurri, si ergeva un mulino interamente in legno, l'enorme ruota accarezzata dall'acqua.

Si guardò intorno per cogliere la presenza di eventuali guardiani e, non scorgendone, avanzò verso l'ingresso. Soltanto allora si rese conto che il mulino non era sorretto da pali, come la banchina, bensì ormeggiato. Lo scafo somigliava a una zattera, ma era tanto esteso da mantenere a galla una struttura di due piani. Maynard rammentò allora di averne già notati di simili durante una delle sue prime traversate del Padus.

Dopo essersi guardato alle spalle, entrò. L'ambiente inferiore era occupato quasi per intero da una macina collegata a un voluminoso sistema di ordigni a riposo. Un onnipresente strato di polvere suggeriva che nulla venisse mosso da tempo.

Dinanzi a un simile spettacolo, il cavaliere si chiese cosa avesse colpito Margherita Ariosti. Non poteva certo essersi impossessata di un vecchio mulino per semplice capriccio, benché gli occhi gli dicessero il contrario. Imboccò una scala diretta al ballatoio, sperando di trovare delle risposte.

Raggiunta la sommità, si avvicinò a un oculo affacciato sull'entroterra. La veduta consentiva di scorgere la residenza della nobildonna nella sua quasi totale interezza, una torre merlata cinta da palizzate con tanto di corte e stallaggi. Nelle prossimità vi era un carro con due cavalli imbrigliati. Qualcuno si preparava a partire.

Rivolse dunque lo sguardo verso l'interno e diede una scorsa al ballatoio, trovandolo stipato di botti, canestri di paglia e grovigli di cordame. Assai deluso, fu sul punto di scendere dabbasso quando un odore vagamente familiare allertò i suoi sensi. Pungente e al tempo stesso indefinito, come se provenisse da... spezie! Inspirò a fondo, meditando su dove l'avesse già fiutato. Era certo di non ingannarsi, risaliva a eventi recenti... Ma quali? Negli ultimi tempi non aveva visitato molti luoghi, perciò gli sarebbe bastato procedere per esclusione al fine di comprendere.

Di primo acchito pensò agli incensi di San Domenico, ma scartò subito l'ipotesi. Non si trattava di un effluvio impiegato nelle chiese, e tuttavia era abbastanza certo di averlo percepito in un luogo simile, o per lo meno altrettanto maestoso.

D'un tratto gli sovvenne l'ultimo incontro con Aldobrandino. E con una fitta di sgomento, capì.

Preso da un'istintiva frenesia, cercò di identificare la fonte di quell'odore. Sembrava provenire dal basso, quindi si chinò per seguirne la scia.

Fu allora che notò i segni di trascinamento sull'assito.

Qualcosa era stato spostato a semicerchio, più volte. Come il battente di una porta.

Guidato da quell'intuizione, tolse di mezzo gli oggetti che gli impedivano i movimenti e controllò la parete in corrispondenza dei segni, accorgendosi che si trattava di un tramezzo amovibile. Vi fece scivolare i polpastrelli fino a individuare una fessura abbastanza larga perché potesse aggrapparsi e fece forza verso di sé, aprendo il passaggio.

L'odore che proveniva dall'interno era molto più intenso.

Maynard si coprì il naso con un lembo del mantello e avanzò.

Il tramezzo nascondeva un ambiente attiguo al ballatoio, abbastanza spazioso da comprendere uno scrittoio, qualche scansia di libri e un giaciglio.

Ma prima di realizzare a cosa servisse quel luogo, Rocheblanche fu attanagliato da un'improvvisa morsa di terrore.

Stava lì, a pochi passi da lui, nell'ombra.

La bestia.

37

Impiegò un attimo per riprendere fiato, dopodiché emise un sospiro e avanzò verso la creatura abominevole che lo fissava da un angolo della stanza. Aveva le corna di capro, ma le proporzioni del muso erano quelle di un orso. Le mascelle, spalancate in una chiostra di denti acuminati, avrebbero messo in ridicolo le tagliole di Silvano da Focomorto. Gli occhi però erano vuoti.

Rocheblanche tradì un fremito di esitazione, poi infilò le dita in quei neri pertugi. Una risata convulsa gli morì in gola.

Passò quindi a esaminare il resto del corpo. Gli arti e il torace erano coperti da una pelliccia bruna decorata con cinghie e borchie simili a squame, come si usava per i cavalli da guerra, benché l'effetto fosse assai più spaventoso. Prese una zampa con gli artigli simili a rostri e la soppesò sul palmo, dopodiché la lasciò ricadere penzoloni. Floscia, inoffensiva.

Ecco!, pensò vittorioso. Se solo avesse avuto Lamberto da Cingoli al proprio fianco! Ecco, finalmente, la sua bestia apocalittica!

Un guscio vuoto appeso a una parete.

Senza sforzi eccessivi, un uomo di corporatura massiccia avrebbe potuto indossare quella pelle e simulare le movenze di una fiera. Ciò tuttavia non sarebbe bastato a ingannare l'occhio esperto di un cacciatore di lupi, né tantomeno il giovane messer Aldobrandino.

Ecco perché Maynard tornò a cercare la fonte dell'odore che l'aveva guidato fin lì, sempre più certo che fosse la causa di ogni *visio* soprannaturale. Frugò sul tavolo e tra gli scaffali fino a notare un baule seminascosto nell'ombra. Vi si inginocchiò sopra e spaccò il lucchetto con il pomo del pugnale, ma appena l'aprì fu invaso da un aroma così intenso da trovarsi costretto a indietreggiare.

Oppio, herba diaboli, giusquiamo… Le narici e gli occhi gli erano andati in fiamme. Sfregò il viso con un lembo del mantello e si avvicinò con maggior cautela per controllare il contenuto, quando un'improvvisa vertigine gli fece perdere l'equilibrio.

Si rialzò carponi in preda alla nausea, imputando quella sensazione alle sostanze appena inalate. Poi però si accorse che il pavimento si muoveva davvero, quasi fosse soggetto allo… sciabordio della corrente!

Prima di concludere il pensiero, si era già precipitato fuori dalla stanza e scendeva a rotta di collo le scale di legno. Le pareti intorno alla macina emettevano cigolii sinistri, come avessero preso vita. Appena si affacciò all'esterno, Maynard ebbe conferma dei propri timori.

Il mulino andava alla deriva.

Sulla banchina, un uomo si stava allontanando di corsa. Probabilmente dopo aver reciso gli ormeggi.

Nel tempo di un amen, Rocheblanche slacciò il mantello e si tuffò nei flutti. Il gelo del fiume lo avvolse feroce, facendolo immediatamente pentire di aver agito d'istinto. D'altro canto era consapevole di non avere un istante da perdere. Era stato scoperto, i responsabili della congiura sarebbero fuggiti!

Emerse in superficie e si oppose alla corrente, nuotando verso riva a suon di bracciate. Con gli abiti zuppi e il freddo a intorpidirgli le membra non fu impresa facile, senza contare che il fluire dell'acqua lo trascinava a valle. Maynard però non aveva intenzione di darsi per vinto. Non ora, a un passo dallo sciogliere il mistero. Guadagnò con accanimento la terraferma.

Giunto tra i canneti, superò una distesa di melma sprofondando fino alle ginocchia e risalì il dosso, ormai esausto, fermandosi soltanto quando fu davanti al suo morello. In lontananza, vide un carro schizzare fuori dall'abitazione di Margherita Ariosti.

Montato in sella, Rocheblanche si lanciò all'inseguimento.

38

Il carro lasciava dietro di sé un turbine di polvere grigia. Maynard scartò sulla sinistra per ottenere maggior visibilità e aizzò il cavallo. Gli abiti fradici erano duri come cuoio, il gelo del fiume ancora nelle ossa. La carica del morello gli fece raggiungere la vettura, coperta sul retro da una protezione di tela, portandolo a fianco del conducente. Costui, intento a usar le redini a mo' di flagello, proseguì la fuga verso la macchia.

Di fronte al progressivo infittirsi della vegetazione, Rocheblanche agì prima di trovarsi impedito nei movimenti. Spostò il peso su un fianco della sella, si aggrappò a un margine del carro e restò appeso a mezz'aria mentre il vetturino, con una smorfia rabbiosa, iniziava a prenderlo a staffilate. Sotto di loro correva una lingua di fango, pietre e radici. Evitando di guardarla, il francese sopportò l'attacco e si arrampicò sulla serpa. Era a una spanna dal mulinare delle ruote, in equilibrio precario, quando si trovò di fronte al nemico. Si sbilanciò per evitare una spinta, ma riuscì comunque ad afferrare la testa del rivale, affondandogli un pollice nell'orbita. Sentì un grido di dolore lacerargli l'udito, ma continuò a esercitare la pressione fino a ridurre lo sgherro all'impotenza. Poi se ne liberò sbalzandolo a terra.

Ripreso il fiato e la padronanza del carro, proseguì tra gli alberi mentre il morello gli si accodava al galoppo. Da sotto la copertura, qualcuno aveva iniziato a lanciare improperi. Con voce di donna.

Sgolatevi pure, pensò Rocheblanche. Benché si trovasse a un passo dalla verità, avvertiva soltanto il logorio per quell'accavallarsi di vicende. Al diavolo il marchese, il vescovo e i frati di San Domenico. Desiderava non averci più nulla a che fare, e riprendere il controllo della propria esistenza. Giunto ai margini di un prato, frenò i cavalli e scese a terra, ansioso di sapere se la femmina misteriosa nascosta nel carro fosse proprio lei, Margherita. Ma quando scostò la tela rimase esterrefatto.

Era il ritratto vivente di Lippa Ariosti.

Rossa in volto, la dama era ritta in piedi con uno stiletto in mano. Gli fece cenno di scostarsi e sporse i piedi all'esterno, posandoli sull'erba. C'era grazia nei modi sprezzanti con cui si rassettò l'abito, un bliaut di velluto nero con vaporose affrappature. Mentre squadrava il francese in preda a una collera astuta, silenziosa, affiorò dalle sue labbra un inaspettato sorriso. «Ditemi il vostro prezzo e sarò felice di pagarvi».

Maynard stava ancora cercando di superare lo stupore quando fu scosso da quel tono oltraggioso. «Cosa credete?», ribatté. «Non siete al cospetto di un masnadiere».

«Eppure», lo contraddisse, «servite un omicida».

Il francese intuì a chi alludesse la donna e tuttavia, dopo mesi trascorsi in cerca di risposte, desiderava affrontare la questione per gradi, senza dar nulla per scontato. «Ne discuteremo tra un attimo», disse autoritario. «Prima rivelatemi il vostro nome, affinché sia certo di aver di fronte colei che credo».

Lei continuò a fissarlo con i suoi occhi di smeraldo. Era con quelli, anziché con l'esile lama che si ostinava a brandire, a pungolare il suo orgoglio. «Margherita Ariosti da Bologna», confermò, «sorella di una dama assassinata».

«Se affermate il vero», chiarì lui, «vi offrirò il mio aiuto per trovare giustizia».

La nobildonna rise, forse per sedurlo o per dissimulare l'ira della sconfitta. Descrisse un semicerchio a piccoli passi, una lupa in procinto di attaccare, e inclinò il capo all'indietro. «Messer Maynard, dico bene?», lo sorprese ancora una volta. «Forse ne siete all'oscuro, ma vi conosco. Mia sorella Lippa mi scrisse di voi in una lettera, una soltanto, ma sufficiente a farmi capire che si era invaghita». Con un battito di ciglia troncò il discorso, dopodiché ci fu solo sdegno. «Cosa vi fa credere che abbia bisogno di voi per ottenere giustizia?»

«Se accennate alla congiura contro gli Este», l'ammonì Rocheblanche, «non si tratta certo di giustizia ma di follia».

«E non è forse follia quella che spinse Obizzo d'Este a compiere un gesto tanto scellerato? Fu lui a spezzare la vita di mia sorella!».

«Non potete esserne certa...».

«Invece *lo sono*!». Margherita Ariosti sollevò lo stiletto per difendersi da un nemico immaginario. «So bene quanto Lippa temesse quell'uomo, me ne accennò mille volte nelle sue lettere. Mai con frasi esplicite, s'intende, e tuttavia bastevoli ad alimentare le mie angosce. Ecco perché, non appena mi giunse voce della sua dipartita mi recai a Ferrara, in anonimato, e con il favore delle tenebre ne dissotterrai il corpo in cerca di prove che confermassero il mio presagio. E allora la vidi... Ah sì, la vidi, l'infame ferita!».

Maynard avvertì un brivido alla base della nuca. Quelle parole combaciavano fin troppo con i resoconti di Duccio e di Aldobrandino perché potessero essere mendaci, eppure gli risvegliavano immagini così sordide da impedirgli di far chiarezza nei pensieri. D'un tratto gli sembrò di essere tornato a Reims, presso il castello di Rocheblanche, dinanzi alle brutalità commesse dal padre su sua sorella Eudeline. Possibile?, si chiese in un crescendo di collera. Possibile che ogni nobile famiglia celasse delle mostruosità? Emise un gemito strozzato e afferrò la donna per un polso, disarmandola. «Si può sapere di cosa state parlando?».

Lei tentò di divincolarsi, impiegando più forza di quanta ne rivelasse la sua esile figura, mentre gli occhi saettavano dal volto di Maynard allo stiletto caduto sull'erba. Uno sforzo invano, tuttavia. Quando comprese di non potersi liberare dalla morsa del cavaliere, emise un lamento esasperato. «Parlo dell'affondo di pugnale che deturpava il costato di mia sorella!». Spiò l'espressione attenta del cavaliere, infine proseguì: «La ferita era stata occultata a dovere, con una fasciatura stretta sotto gli abiti, affinché nessuno potesse né vedere, né sospettare...».

Lui la scosse per il polso. «Perché incolpate proprio Obizzo?»

«Perché chiunque altro l'avrebbe pagata cara», rispose Margherita. «Lui doveva sapere, messere. Doveva! Prese Lippa in sposa quel giorno stesso, per poi deporla in una bara. Era al corrente del suo stato, quindi anche della causa che le strappava la vita... Perché avrebbe dovuto lasciare impunito un simile oltraggio?».

Alla vista delle lacrime della donna, il cavaliere lasciò la presa e volse lo sguardo agli alberi, unici testimoni di quel folle interrogatorio. «Anche se fosse vero, voi ripagaste quel crimine con altrettanta perfidia. È così che intendete onorare la memoria di vostra sorella?»

«*Pro bono malum!*», sibilò Margherita, asciugandosi il viso. «La mia idea di castigo è cosa assai lenta, messere, soprattutto trattandosi di vendicare la devozione tradita di mia sorella. D'altronde, voi che siete tanto facile ad ammonire, conoscete forse modi migliori di colpire un potente? Mi sono servita del popolo per infoltire le fila dei miei alleati. Alleati inconsapevoli, s'intenda, ma affratellati dal malcontento e dal timore verso il sovrannaturale. Grazie a loro ho dato forma a una minaccia ben più paurosa di quella rappresentata da una singola femmina».

Maynard fissava ancora la macchia. Non era avvezzo ad accusare donne, e la consapevolezza di trovarsi al cospetto di colei che aveva provocato i disordini degli ultimi mesi non lo aiutava a usare la giusta durezza. Inoltre, ogni qualvolta posava lo sguardo su di lei rivedeva i lineamenti di Lippa. «Rovesciare il marchese partendo dal basso, sfruttando la superstizione e la miseria del volgo...», mormorò con disapprovazione. «Se è di questo che parlate, avete fallito».

Madonna Ariosti scosse il capo. «Ho fatto il necessario per distrarre i miei inseguitori, per spiarli indisturbati. E nel frattempo, mi sono insinuata a corte».

«L'altra notte...». Il cavaliere digrignò i denti. «Siete stata voi a minacciare il giovane Aldobrandino?»

«Desideravo far comprendere a Obizzo quanto indifeso sia il suo prezioso primogenito».

«Non gli avete torto un capello, tuttavia».

Margherita si strinse nelle spalle. «Scorsi qualcosa nel suo sguardo...».

«Fu la vostra voce», spiegò Rocheblanche. «Gli rammentò quella della madre».

Anziché intenerirsi, la nobildonna gli rivolse un gesto sprezzante. «Era ben altro genere di pensieri che miravo a infondere nella sua mente!».

«Come quelli instillati nei vostri seguaci? Avete approfittato della loro ignoranza, della loro semplicità».

«Ebbene? Ho agito alla stregua di chiunque possieda il talento di governare le masse. Le rane, i conciliaboli nelle selve, i fantocci...

Scempiaggini, per chi ignori quali formidabili armi siano la paura dell'ignoto e le ossessioni».

«A questo vi serviva la mistura di oppio e herba diaboli? A far passare per reale ciò che non lo era?»

«E voi, messere, siete certo di saper discernere il reale dall'immaginario? Povero sciocco! La mistura di cui parlate non sprigiona semplici allucinazioni, bensì offre allo sguardo il mondo per quel che è davvero, oltre la trama dei suoi inganni e dei suoi infingimenti».

Rocheblanche non riusciva a comprendere perché Margherita si mostrasse tanto disposta a dare spiegazioni quando invece avrebbe dovuto implorare pietà, ribellarsi o tentare di fuggire. Dietro ogni sua parola vibrava una rabbia quasi palpabile, al punto da indurlo a credere che, se solo avesse potuto, lei l'avrebbe ucciso senza alcuna esitazione. Ciò nonostante la farsa continuava, come se la signora non reputasse grave il fatto d'essere stata fatta prigioniera. O non si considerasse tale. Al fine di indurla a scoprire il suo gioco, il cavaliere la provocò. «Se fosse come dite», la derise, «riconoscerei in voi la saggezza. Invece scorgo soltanto i segni della collera e della follia».

«Eppure mi capite, lo percepisco», ribatté lei, «altrimenti non vi sareste addentrato in simili discorsi».

«Vi capisco, è vero, ma soltanto in parte. Una giusta vendetta non va conseguita alle spese di vite innocenti». Maynard tese il braccio per afferrarla. «Pertanto verrete con me e affronterete il marchese non come prigioniera, bensì come si conviene a una nobildonna del vostro rango».

Margherita si ritrasse, battagliera. «Ciò che mi proponete è la gabbia».

«Non avete scelta», chiarì.

«Invece ce l'ho!». Le labbra delle donna si arricciarono in un ghigno di sfida. «Voi mi lascerete libera, messere, su questo non ho alcun dubbio. O quant'è vero Iddio, sarete responsabile della morte di una persona».

«Vi fate beffe di me?», avvampò il francese, stringendole le dita intorno a una spalla.

«Nessun inganno», rimarcò lei, senza più sottrarsi. «Rammentate quanto vi ho detto? Ho avuto tempo di spiare, di riconoscere i miei nemici... E il caso ha voluto che la mia trappola sia scattata proprio oggi». Allungò una mano per sfiorargli il viso, un accenno di carezza finché le unghie non gli affondarono nella carne.

Rocheblanche la immobilizzò, scatenando una sua risata malvagia.

«Oh, mio povero messere!», lo canzonò madonna Ariosti, tronfia nella propria vittoria. «Avete poco tempo per decidere, e scongiurare così una grave disgrazia. Pochissimo! Lasciatemi andare pertanto. Obbedite! Soltanto a questa condizione vi rivelerò il nome della vittima designata».

39

Palazzo della Curia

Eudeline aveva riflettuto a lungo se presentarsi o meno all'appuntamento con il vescovo, ma alla fine si era decisa a onorare la parola data. Del resto le sue ansie non riguardavano il reverendo Guido, bensì le insidie della strada. Negli ultimi giorni aveva scorto ancora il saraceno, una volta al mercato del pesce e un'altra mentre si recava in chiesa. Si era sempre trattato di avvistamenti fugaci, cui non era seguito alcun incidente, finché la nobildonna, rincasando sul far della sera, si era accorta di essere seguita. Sprangato l'uscio alle proprie spalle, si era precipitata alla finestra per spiare una figura ammantata di grigio che si allontanava lentamente, dopo aver fatto il giro dell'edificio. Per Eudeline era stato troppo. Aveva buttato giù dal letto Isabeau e, raccolti i loro averi, si era allontanata con lei dal Borgo di San Giorgio per cercare rifugio in un'altra parte della città.

Qualsiasi cosa tramasse, il saraceno non le avrebbe più trovate. Quel pensiero però non bastava a rassicurare la signora de Rocheblanche, specie nei momenti in cui era costretta ad aggirarsi indifesa per le vie di Ferrara. Ma l'idea di chiedere aiuto al fratello non la sfiorava nemmeno. Finché non fosse venuta a patti con il vescovo, Maynard sarebbe dovuto restare all'oscuro di ogni cosa.

Perciò eccola di fronte a Guido di Baisio, a una settimana esatta dal loro primo incontro. Sua eccellenza le era parso a disagio nell'accoglierla nel proprio studio, più della volta precedente. Anzi, indispettito.

Eudeline gli sedette di fronte senza chiedere licenza. «Sono tornata, vostra grazia. Come promesso».

«Lo vedo, madonna», bofonchiò il prelato.

«Ne sembrate quasi stupito», osservò lei, per poi concedersi un gesto impaziente. «Avete preso una decisione?»

«A costo di deludervi, no».

«Bene, la prenderete ora».

Guido si alzò in piedi con un sospiro esasperato. «Non potete impormi nulla, io sono il presule di Ferrara!».

«Sono le contingenze a imporvelo», sottolineò Eudeline. «Sempre che non temiate gli esattori della Camera Apostolica».

«Fosse così semplice...», fece per ribattere il vescovo. Un rovello segreto gli tolse la favella, costringendolo a camminare per la stanza con le mani premute sul viso. In cerca di fuga, al pari di una bestia, rivolse lo sguardo verso la bifora affacciata sul borgo di San Romano. «Voi non capite...», continuò con voce spezzata. «Ignorate delle questioni sottili e assai spinose a cui non posso, per nessuna ragione... venir meno, ecco».

La signora de Rocheblanche lo contemplò con distacco. «Vi appellate alla mia compassione o alla vostra coscienza?»

«Né l'una né l'altra potrebbero salvarmi», rispose gramo Baisio.

Ma Eudeline non poteva essere più lontana dall'impietosirsi. Infiammata dal suo odio per gli infingardi, si alzò dallo scranno con un'espressione di dileggio. «Se cercate assoluzione, non è da me che l'avrete», gli rese noto. «Io sono qui soltanto per ottenere la salvezza di mio fratello e di un giovane innocente».

«Innocente?», inveì il religioso con un piglio isterico. «Nessuno è innocente in questa vicenda. Nessuno!».

«Compreso voi, eccellenza».

«Mi ritenete tanto spregevole? Sono ben consapevole delle mie colpe».

«E dunque? Non cogliete nel mio intervento un'occasione per riscattarvi?». Ritta come una verga, lo osservò vagare per lo studio in preda al tormento. Era certa d'aver colto nella voce del prelato una nota di rimorso. Ancora adesso, studiando il suo passo pesante, vi intravedeva l'ombra della contrizione. Non sapeva a cosa imputare un simile stato, e tuttavia capiva di trovarsi di fronte a un uomo assai diverso da quello incontrato sette giorni prima. A bilanciare il pentimento, però, vi era la paura. Eudeline si persuase che fosse proprio quella a far esitare il reverendo Guido, perciò decise di vincerla infondendogliene una ancora più grande. «Avete forse dimenticato le mie minacce?», rimarcò aggressiva. «Non uscirò da questo studio senza aver ottenuto la vostra parola».

«Voi non dovevate essere qui!», sbraitò Baisio per tutta risposta. I suoi occhi iniziarono a vagare fra le pareti della stanza, quasi a reclamare la presenza di una terza persona. «Dannato Namo», mugugnò, «perché non ha mantenuto la sua promessa?»

«A chi alludete?», sobbalzò lei, tendendo l'orecchio.

«Tacete, Rocheblanche». Il vescovo si aggrappò alle colonnine della bifora, lo sguardo rivolto al cielo. «Quel vostro nome... Rocheblanche! Oh Signore, è caduto su di me come una maledizione! E ora, ora che non so cosa fare...».

«Siete voi la maledizione», gli rinfacciò Eudeline. «Se solo Maynard non vi avesse ascoltato...».

La sagoma di Guido di Baisio fremette in controluce. «Io l'ho protetto, vostro fratello! A discapito dei suoi errori e della sua cocciutaggine. L'ho protetto finché mi è stato possibile, e con tutti i mezzi di cui...».

La frase si interruppe in un gorgoglio.

Sua eccellenza barcollò all'indietro, incespicando sull'orlo di un tappeto.

In un crescendo di raccapriccio, Eudeline lo vide stramazzare bocconi con una freccia conficcata nel petto.

Si precipitò su di lui, sollevandogli la nuca. «Eccellenza...», balbettò, scrutando ora il suo volto, ora la distesa di tetti oltre la finestra. Un arciere. Il pensiero le balenò nella mente. Un arciere appostato lassù, da qualche parte.

Il prelato tossì convulso mentre l'incredulità del suo sguardo scemava in un repentino terrore. Cercò di aggrapparsi alla donna per esprimere una richiesta di soccorso. Lei tuttavia non sapeva cosa fare. Controllò la ferita, talmente sbigottita da non avere fiato per gridare aiuto. Fuggi!, le impose l'istinto. Fuggi prima che il tiratore colpisca anche te!

Si voltò verso l'uscita, rammentandosi delle guardie appostate nel corridoio oltre il battente. Tese i muscoli delle gambe e si preparò a scattare in quella direzione, ma si sentì trattenere.

Guido la fissava con una cruda consapevolezza. Con un anelito di sofferenza, schiuse le labbra. «Svelta...», sussurrò. «Il cassetto...».

«Eccellenza, io...».

«Il cassetto... del mio... scrittoio...».

In principio Eudeline non comprese, poi si rese conto che le iridi del ferito indugiavano sull'unico banco da scrittura presente nello studio.

«Svelta...».

La donna si domandò se il terrore della morte l'avesse reso pazzo. Poi si sforzò di immaginare a cosa avrebbe dato valore lei in una simile circostanza, e si rese conto di voler esaudire l'ultimo desiderio di quell'uomo. Lanciando un'occhiata guardinga verso la finestra, si spostò con cautela in direzione dello scrittoio quando un sibilare improvviso la fece ritrarre. La freccia si conficcò nella parete, a una spanna dal suo collo. «Oh Signore...», farfugliò. Quel figlio d'un cane era appostato ancora là, sulla distesa di tegole! Vincendo la paura, si gettò in avanti per non dargli il tempo di prenderla di mira e si nascose dietro lo scrittoio. Rimase immobile, con il cuore che batteva all'impazzata, quasi avesse corso allo spasimo.

Il vescovo era a pochi passi da lei, eppure sembrava distare un miglio. Sdraiato sul pavimento, pallido come un cencio. Per un attimo le parve morto, poi si rianimò all'improvviso e, con un cenno che gli costò un'enorme fatica, la invitò a soddisfare la sua richiesta.

Allora Eudeline aprì il cassetto che le era stato indicato. All'interno c'era una pergamena vergata d'inchiostro.

«Prendetela...», biascicò il vescovo con le pupille sbarrate. «Prendetela, madonna... e fuggite prima che...».

La voce si smorzò in un sussurro.

Trascorse un'eternità prima che Eudeline riuscisse a staccare gli occhi da quel volto privo di vita. Poi, abbozzando un frettoloso segno della croce, si voltò verso l'uscita, chiedendosi se sarebbe stata più veloce lei a raggiungerla, o l'arciere a colpirla.

Nel momento in cui Maynard frenò il morello davanti al palazzo del vescovo, comprese di essere giunto troppo tardi. Una ressa di curiosi occupava lo spiazzo davanti alla facciata, mettendo a dura prova la ronda della guardia d'ingresso. Avanzando il più possibile, smontò da sella e si fece largo tra la calca. Contieni la foga, s'impose. Non era detto che l'agguato di Margherita Ariosti fosse andato a buon fine. Forse Guido di Baisio era sopravvissuto, magari semplicemente ferito. Eppure tutta quella gente non lasciava presagire nulla di buono.

«Messere, dovete seguirci!».

Rocheblanche si voltò di scatto, imbattendosi in quattro soldati. I due più arretrati brandivano le picche con aria spavalda mentre gli altri tenevano i palmi sul pomolo della spada.

«Chi ve lo ordina?», volle sapere, mentre la folla gli si assiepava intorno come per prepararsi ad assistere a uno scontro. Maynard, al contrario, sperava di liberarsi di quegli importuni a parole, e in fretta. Doveva assolutamente verificare le condizioni del vescovo, per poi correre al Palazzo della Signoria e denunciare il tradimento di madonna Ariosti.

«La Santa Inquisizione», gli fu risposto.

«Riferite a fra' Lamberto da Cingoli che non tarderò a far rapporto. Prima, però, sono costretto a...».

«V'ingannate, messere», ribatté uno dei miliziani, facendo cenno ai compagni di accerchiarlo. «Nessun rapporto, siete in arresto».

Incapace di credere alle proprie orecchie, Rocheblanche si ritrasse con sdegno. «Con quale accusa?»

«Ve la comunicherà il magister in persona. E ora sbrigatevi, siete atteso a San Domenico».

Maynard gli rivolse un sorriso di sfida. In arresto, lui! Era senz'altro una trappola, però la sorpresa era troppa per consentirgli di ragionare con freddezza. Si trovava in uno di quei delicati momenti in cui la mente indugia sui pro e i contro del metter mano alle armi, quando d'un tratto scorse una figura femminile sgusciare dalla calca e allontanarsi a passo svelto verso la piazza. Eudeline?, si chiese basito. No, non poteva essere lei! La sapeva al sicuro, lontana da ogni insidia. Eppure quel volto, quel portamento...

Sentì l'impulso di chiamarla per nome, ma non fece in tempo a dar fiato alla voce che una punta di lancia gli premette la schiena.

Non appena ebbe attraversato la piazza, la donna si mise a correre fino a imboccare un androne, al sicuro dagli sguardi dei passanti.

Era esausta, soffocata dall'ansia. Appoggiò la schiena a una parete e si lasciò scivolare a terra. Viva per miracolo! Uscita dallo studio del vescovo, le era bastato lanciare un grido d'allarme per attirare le guardie, dopodiché era scoppiato il putiferio. Per fortuna era stato subito evidente che lei non c'entrasse nulla con la morte del reverendo Guido – la freccia era stata chiaramente scoccata dall'esterno. Aveva ottenuto quindi il permesso di andarsene, e appena uscita dal palazzo si era allontanata in fretta per non restare coinvolta nell'arresto di un uomo che non era riuscita a scorgere.

Ora si trovava a pochi passi dal proprio rifugio, con Isabeau ad attenderla, ma nonostante fosse ancora sconvolta non era in grado di aspettare oltre. Doveva sapere!

Frugò nella manica destra dell'abito ed estrasse il documento che aveva sottratto dallo scrittoio del vescovo, al prezzo di finire quasi infilzata da una freccia. Non riusciva proprio a immaginare cosa avesse spinto quell'uomo morente a insistere perché se ne appropriasse.

A prima vista sembrava un testamento. L'autore, Guido di Baisio in persona, apriva il testo con una formula di remissione dei peccati, per poi proseguire con…

Eudeline de Rocheblanche si sentì mancare il respiro.

40

Cattedrale di San Giorgio
23 aprile

Il fiume di gente scorreva ininterrotto dal sesto di San Romano al Portale dei Pellegrini, riversandosi nel corpo maestoso del duomo. Isabeau non aveva mai scorto una simile quantità di popolo muoversi in ordine e in assoluto silenzio. E non avrebbe mai neppure immaginato che la dipartita di un singolo prelato potesse richiamarne tanta. Certo, i banditori del clero avevano fatto la loro parte, però ognuna di quelle persone aveva assistito a fin troppi decessi per non sentirsi nauseata dai rintocchi delle campane a morto. L'unica spiegazione era che si trovassero lì per onorare non un uomo, bensì il supremo simbolo della vita religiosa di Ferrara.

Al suono di *tintinnabula*, la processione si aprì in due ali per lasciar passare un carro avvolto da volute d'incenso, dietro le quali s'intravedeva il sarcofago di Guido di Baisio.

La ragazza si fermò ai margini della piazza, seguendo la scena accanto a Eudeline. A dispetto del tepore della primavera erano entrambe avvolte in mantelli scuri, i lineamenti sprofondati nei cappucci. Nessuno dovrà riconoscerci, si era premurata di dirle la signora de Rocheblanche. Oltre a quello, aveva aggiunto che la morte del vescovo avrebbe giovato sia a Gualtiero sia a Maynard. Ciò nondimeno sembrava preoccupata. Isabeau la vide cercare tra il viavai fino a soffermare lo sguardo su un gruppo di frati dagli abiti bianchi e neri.

«Perché siamo qui?», le chiese per l'ennesima volta.

Per tutta risposta, la nobildonna la prese per mano e si avvicinò ai religiosi. «Reverendi padri», esordì al loro cospetto con un breve inchino, «ho l'onore di parlare con i predicatori di San Domenico?».

Si fece avanti il più giovane e paffuto della compagnia. «Sì figliola».

Eudeline titubò un istante. Attraverso la stretta delle sue dita, Isabeau percepì un fremito. «Cerco un uomo ospite del vostro convento», la sentì pronunciare. «Contavo di vederlo presenziare oggi, alle esequie del vescovo, eppure non lo scorgo».

Il frate abbozzò una smorfia perplessa. «Il nostro ordine si avvale di molti servitori e conversi», le fece presente. «A chi vi riferite con esattezza?»

«A un cavaliere», rivelò la donna. «Il suo nome è Maynard de Rocheblanche».

Isabeau fece in tempo a scorgere l'improvvisa espressione di stupore sul volto del domenicano. Poi il rumoreggiare della folla la indusse a rivolgere l'attenzione verso il fondo della piazza, dove un drappello di soldati avanzava in testa a un codazzo di nobili. Ad aprir le fila, il marchese Obizzo III d'Este e il figlio maggiore in sella a due splendidi cavalli neri. Nere anche le vesti e i finimenti delle bestie, in segno di lutto verso il presule.

Prima di poter assistere ad altro, la ragazza si sentì strattonare per la mano e condurre in fretta e furia lontano dalla calca. «Cosa succede?», chiese allarmata.

Senza lasciare la presa, Eudeline allungò passi rabbiosi sul selciato. «Che Dio li maledica!», esclamò a denti stretti. «Hanno imprigionato mio fratello!».

41

Convento di San Domenico, prigioni

Maynard si trovava in cella da due giorni e nessuno si era ancora degnato di informarlo sulle ragioni del suo arresto. Gli armigeri l'avevano scortato direttamente nelle segrete della chiesa e rinchiuso *intra arctos muros*, come si soleva fare per i destinati alla stanza dell'interrogatorio o ai ferri del boia. Poco importava che si fosse innocenti. Alla stregua di qualsiasi spirito disincantato, Rocheblanche sapeva bene che essere presi in custodia dalla Santa Inquisizione equivaleva a una presunzione di colpevolezza e che quindi, indipendentemente da ogni evidenza, si era già stati ritenuti colpevoli di gravi reati.

Gli rodeva inoltre d'aver lasciato fuggire Margherita Ariosti, che aveva ripagato la sua fiducia con l'ennesima perfidia. Giunto al Palazzo della Curia, infatti, si era reso conto di non aver mai avuto speranze di salvare il reverendo Guido.

Non sarebbe stato facile spiegarlo ai diretti interessati, benché, grazie a simili informazioni, Maynard contava di poter tornare libero. Sempre che Lamberto da Cingoli non avesse altri motivi per tenerlo in gabbia.

Per prima cosa, dunque, si sforzò di comprendere in cosa fosse stato ritenuto colpevole. Quasi con il rischio di persuadere se stesso.

D'altro canto era arduo mantenersi freddi in quelle condizioni, specie se gravati dal peso dei rimorsi. L'indifferenza verso la sorella, i peccati d'orgoglio, le vite spezzate e, non ultima, la collera mai sopita nei confronti del padre presero quasi consistenza in quella nera cloaca. E il cavaliere si sentì un inetto. Era stata vana l'impresa di difendere il *Lapis exilii*. A dispetto dell'agognata espiazione, sentiva di non essersi dimostrato all'altezza di nulla. Aveva solo alimentato la furia dentro di lui, nella segreta speranza di farla esplodere, prima o poi, in un atto abominevole e devastante.

Batté un pugno sul muro. A ragion veduta non era migliore di Margherita Ariosti, né del marchese Obizzo, né tantomeno del suo infame genitore. Per lo meno, quelle persone erano state abbastanza oneste da accettare la propria natura. Invece cosa aveva fatto lui, se non nascondersi dietro vacui propositi di rettitudine?

Colpì ancora la parete, levando un grido di rabbia.

«Chi c'è...?», udì mormorare all'improvviso.

Più che la voce di un vivente, pareva un lamento uscito da un sepolcro. Rocheblanche riemerse dai propri pensieri e tese l'orecchio. «Chi ha parlato?», chiese dopo una breve esitazione.

La risposta si fece attendere. Ci fu una sorta di tramestio nella tenebra, come di un corpo che strisciava e si appiattiva contro una parete. «Abraham, mi chiamo Abraham...», sussurrò infine l'invisibile presenza, tradendo un lieve sollievo. «Chi... chi proferì verbo?».

Maynard immaginò che si trovasse in una cella attigua e provò una gran pena. Ogni sillaba di quell'infelice trasmetteva paura e sottomissione, lasciando immaginare una lunga permanenza nelle segrete di San Domenico. Fece per rivelare il proprio nome quando fu colto da un presagio talmente inquietante da non riuscire a trattenere una domanda: «Abraham di Basilea... il confectionarius?»

«Sì, sì...», squittì l'uomo. «E voi, messere... Voi chi siete, per riconoscermi dalla sola favella?»

«Rocheblanche», vociò il cavaliere. «Ma... non capisco! Vi credevo fuggito da Ferrara...».

«Rocheblanche?». Nel tono dell'ebreo serpeggiò un astioso disprezzo. «Che Dio vi maledica!».

Maynard si ritrasse dalla parete, sempre più incredulo. «Messere, non capisco... Io non...».

«Mi hanno cavato gli occhi per colpa vostra! I miei poveri occhi!». Seguì un piagnucolio. Poi, dopo un flebile sospiro, la voce di Abraham riemerse dall'ombra. «La bestia... le lanterne... il maleficium...», mormorò febbrile. «Io non sapevo nulla, eppure loro... Oh, loro! Non furono paghi... capite? Dissero che il sangue di Giuda è mendace... E io... Io...». Ancora un'interruzione, ancora lamenti nell'oscurità. Infine il miserabile sembrò rianimarsi, incattivito. «Perché li avete mandati da me?».

Per il cavaliere fu come ricevere uno schiaffo. Nel corso dell'indagine era stato ben lungi dal proferire denunce al cospetto di Lamberto da Cingoli, proprio per evitare di sollevare errori e fraintendimenti. Ma se non lui, chi poteva aver mai parlato? Chi altri se non… Fra' Prudenzio, traditore bastardo!

Batté i palmi contro il portone della cella, sfogando la rabbia improvvisa. Quell'ignobile verme! Certo, era stato lui. L'aveva spiato fin dall'inizio, sempre attaccato ai calcagni con il suo sorriso mellifluo. Provò il desiderio di afferrarlo per il collo e costringerlo a sputare la verità, parola dopo parola.

Percepì un rumore di passi, un bagliore oltre la grata dello spioncino.

«Chi diavolo è?», imprecò pieno di rabbia.

Nessuno rispose. La presenza dell'ebreo sembrava essersi eclissata.

Infine un volto si profilò oltre la feritoia del battente.

E Maynard si ritrovò a fissare gli occhi senza luce di Obizzo III d'Este. «Dunque è vero», esclamò, «all'inferno si incontrano i diavoli».

«E i dannati», aggiunse il marchese, ammiccando in sua direzione.

«Immagino siate qui per ragguagliarmi».

Non spetta a me, parve sottintendere Obizzo con un sorriso sfuggente. Ma il suo viso era poco più di un mosaico di ombre oltre lo spioncino. Volse lo sguardo a destra e poi a sinistra, quasi fosse attratto dall'ambiente delle segrete. «Circostanze singolari, non trovate?», osservò con tono mordace. «Evocano ricordi alquanto simili, e recenti».

Maynard resistette alla tentazione di sputargli in faccia. Al momento quell'uomo rappresentava il suo unico legame con il mondo esterno. Se voleva scoprire cosa lo aspettava, doveva stare al suo gioco. «Alludete a quando fui tenuto prigioniero nel palazzo marchionale, per vostro capriccio? Se ben rammento, fu in quell'occasione che mi confidaste di aver fatto uccidere padre Facio di Malaspina».

«E anche se fosse?», proseguì con una punta d'irrisione. «Siete voi quello destinato a marcire in gattabuia».

«Fosse pur vero, anche stavolta non sono io ad avere le mani lorde di sangue».

«Dovrebbe forse importarmi?»

«Oltre ogni misura, mio nobile signore». Il cavaliere infilò le dita nella grata e, con aria di sfida, lo fissò. «Perché, vedete, io so chi uccise Lippa Ariosti».

«Ancora a vaneggiare su queste assurdità?», s'inalberò Obizzo. Colpì il battente con ambo le mani facendolo tremare. «La mia sposa fu stroncata dalle febbri! Io stesso la trovai esangue, nel proprio letto!».

«Quindi», soggiunse Rocheblanche con sempre maggior fermezza, «non vi sarà sfuggito che era stata pugnalata al costato».

La collera del marchese si placò all'istante. Seguì un gravoso silenzio, infine si ripresentò allo spioncino con una smorfia divisa tra l'odio e lo sconcerto. «Voi, intrigante bastardo! Come avete fatto... Come siete riuscito a...».

«A venirne a conoscenza?». Maynard gli rivolse un sorriso astuto. «Grazie ad alcune testimonianze, per cominciare. Benché leggermente discordanti, acuirono i miei sospetti fino a mettermi di fronte alla verità sul delitto. Delitto consumato da un vigliacco. D'altro canto non c'è bisogno di scendere nei particolari, dico bene? Voi li conoscete alla perfezione».

Malgrado il livore del marchese trapelasse anche attraverso la semioscurità, la sua voce risuonò atona. «Ancora una volta, dunque, v'illudete di cogliere la verità».

Il cavaliere si strinse nelle spalle. «Scorgo quanto basta per disprezzarvi».

Il nobile oltre la grata chinò il capo. Fu un gesto quasi calcolato, privo di pentimento e di qualsiasi altra emozione. «Reputate sia semplice, per un uomo del mio rango, mantenere la *potestas*? Sono l'unico sopravvissuto di tre fratelli in seguito a battaglie, compromessi e anatemi. Non vi è mattino in cui mi desti senza sfiorare l'elsa del pugnale accanto al mio letto, sempre pronto a scovare nemici, insidie, complotti! E voi siete qui a farmi la morale, ad accusarmi di... di cosa, per l'esattezza? Sono tutto fuorché un debole, messere. Pensavate davvero fossi disposto a subire le intemperanze di una femmina?».

Maynard non si era certo aspettato un'ammissione di colpa, ma restò comunque basito dinanzi alla spregiudicatezza dell'Estense. Sembrava estendersi come bruma su ogni cosa e persona che aveva intorno, adombrandoli, trasfigurandoli. Dietro quel velo impalpabile, tuttavia, si celava pur sempre un essere umano con i suoi affetti e i suoi timori. «Vi giustificherete in questo modo anche con vostro figlio?».

Il marchese si ritrasse imprecando tra i denti. «Se serbate un briciolo di affetto per Aldobrandino…».

«Mi credete tanto ignobile?», lo interruppe Rocheblanche. «Non sarò certo io a metterlo contro suo padre rivelandogli una simile mostruosità. So bene cosa sia l'odio eterno verso un genitore. È una ferita che logora, annientando giorno dopo giorno ogni altro sentimento. Spetterà a voi aprirla, prima o poi, quale giusto contrappasso per il sangue che avete versato. E tuttavia…». Emise un lungo sospiro, rammentandosi d'un tratto di essere recluso nell'anticamera dell'inferno. Benché l'onore gli imponesse di non stringere patti con il carnefice della propria sposa, gli serviva una moneta di scambio che gli consentisse di alleviare la propria situazione. «Tuttavia la vostra casata va protetta», seguitò. «È pertanto nell'interesse di Aldobrandino, non vostro, che intendo mettervi in guardia da Margherita Ariosti».

Il marchese socchiuse le palpebre. «La sorella di Lippa?».

Il cavaliere annuì. «Dietro il complotto contro gli Este si cela la sua impronta. Le visioni della bestia, i messaggi delle rane, le rivolte contadine… Tutto! Persino le allucinazioni avute da vostro figlio sono opera di quella donna. Sempre al fine di confondervi e di tenervi impegnato su più fronti, mentre tesseva la sua tela per vendicare la sorella».

«Ne siete certo?»

«Me lo confessò lei stessa poco prima che venissi arrestato. Se solo gli armigeri mi avessero permesso di parlarvi…».

«Una vendetta…», rifletté Obizzo. «Anche se fosse, Margherita non è riuscita ad arrecarmi alcun danno».

«Davvero?», obiettò Maynard. «Quanti suoi seguaci avete ucciso nelle campagne? Erano vostri sudditi prima di allearsi con quella donna. Grazie alle sue malie vi credevano un despota, la personificazione del male. Inoltre... non avete considerato quanto è accaduto al vescovo Guido».

«Intendete dire che...».

«Sì, vostra grazia. Servendosi delle sue spie, Margherita Ariosti è venuta a conoscenza dell'indagine condotta dall'Inquisizione e ne ha individuato i maggiori responsabili. Primo fra tutti il presule di Ferrara, che ha pagato con la morte, e immagino che il prossimo sarebbe stato fra' Lamberto da Cingoli, se non l'avessi messa in fuga. Nel frattempo, quella donna si sarebbe concentrata su di voi, intrufolandosi a corte. Vi avrebbe ammaliato, istupidito, fino a rendervi impotente».

Il marchese si chiuse in un silenzio ermetico e, quando il suo sguardo si mosse, fu attraversato da un riflesso di sarcasmo. «Avete dunque concluso l'indagine, mi compiaccio», affermò. «Forse però avreste dovuto usare il vostro acume anche per guardarvi intorno, messere, e prendere coscienza dei vostri problemi. Problemi ben più grossi dei miei, mi si dice».

«Li affronterò con la consapevolezza di essere nel giusto», si difese Maynard, inorgoglito.

«Vi è sfuggita, avete detto», ripeté Obizzo con tono ormai distante. Abbozzò un sorriso spietato. «Non accadrà certo ai miei sicari». Poi si scostò di lato e mise mano alla serratura.

Prima che Rocheblanche potesse ritrarsi, vide il battente aprirsi. La luce, benché fioca, invase l'intero varco dell'uscio, al cui centro si profilò l'immagine di un frate incappucciato.

Nel frattempo la voce del marchese risuonò in lontananza: «Il prigioniero è vostro, magister. Fate pure con comodo. Per la vostra sicurezza, lascerò i miei armigeri di guardia all'ingresso della cella».

42

Varcata la soglia della cella, fra' Lamberto da Cingoli sollevò il cappuccio della cappa e si guardò intorno con gli occhi simili a falene di brace. Osservò le pareti chiazzate di muffa, seguì il volteggiare di un pipistrello che aveva nidificato in un pertugio del soffitto e infine intrecciò le braccia al petto. Soltanto allora parve notare Rocheblanche. «Preghiamo», disse, facendogli cenno di inginocchiarsi.

Il cavaliere, che fremeva per la rabbia accumulata a causa di Obizzo, avrebbe preferito misurarsi in un feroce alterco. Per giunta si sentiva tradito, e attendeva delle spiegazioni. Rimase ritto, combattendo l'impulso di afferrare il religioso per il collo. «Perché mi avete fatto questo?», snocciolò con tono d'accusa.

L'inquisitore si limitò a puntare l'indice verso il basso, reiterando quello che non era stato un semplice invito bensì un ordine. Maynard lo scrutò con diffidenza, pensando a quanto poco ci sarebbe voluto per prenderlo come ostaggio e indurre le guardie a patteggiare la fuga. Ma a che pro? Cingoli aveva senz'altro giocato di anticipo. Lo faceva da mesi, probabilmente, estendendo la propria rete ben oltre i confini di San Domenico, forse fino al rifugio di Eudeline o addirittura all'abbazia di Pomposa. Alla luce di quel ragionamento, Maynard valutò che fosse più saggio starsene quieto e sforzarsi di indovinare la strategia del nemico.

S'inginocchiò.

A quella vista fra' Lamberto si fece il segno della croce e gli pose una mano sul capo. «*Confiteor Deo quia peccavi in cogitatione, in locutione et in opere*», esordì, per poi proseguire con un sussurro. «Voi avete peccato, messere, macchiandovi di una colpa così oscena da lasciarmi stupito che siate ancora in vita, anziché perduto tra le fiamme dell'inferno. Non illudetevi, tuttavia, dacché siete dannato». L'anelito di voce era sempre più insinuante e funesto, al punto che avrebbe instillato la disperazione nei cuori dei più impavidi. Ma furono le parole successive ad atterrire Maynard, strappandogli un'imprecazione di incredulità. «Siete dannato, sì», rimarcò il frate, «da quando decideste di occultare un segreto antichissimo a un principe della Chiesa. Oh, misero figliolo! Perché lo faceste? Perché non alleviate il vostro cuore, *hic et nunc*, al fine di rimediare a un così blasfemo misfatto?».

Rocheblanche sentì le dita del frate stringersi ad artiglio sul suo cranio, quasi volessero inculcargli a forza quel sentimento di colpevolezza. Lui tuttavia era già oltre la sorpresa e, tenendo lo sguardo sullo strato di paglia che copriva il pavimento, cercò di contenere l'angoscia. Oh, destino scellerato! Mai si sarebbe immaginato che potesse accadere così, mentre era prostrato nella completa umiliazione! Meditando sulla prova suprema a cui andava incontro si era spesso figurato uno scontro a viso aperto, nel rispetto reciproco di due nemici che si erano misurati a lungo, celati l'uno all'altro in un paziente gioco d'inganni. E invece eccolo lì a rischiare di soccombere come un pedone qualsiasi prima dello scacco matto.

No!, si disse d'un tratto. Non sarebbe andata così. Abbozzò un sorriso brutale, pregustando il sapore della battaglia imminente. Se i suoi avversari contavano di piegarlo con quel vile stratagemma, sarebbero rimasti assai delusi. Sollevò quindi il volto, sfidando l'inquisitore con un'espressione agguerrita. «Preferite che confessi il mio segreto direttamente a voi», ribatté con voce cavernosa, «o al vostro misterioso padrone?»

«Non vi sono né servi né padroni nel sacro collegio dell'Ecclesia», lo ammonì fra' Lamberto, «bensì fratelli vincolati dal solo amore del Padre».

«Padre che tuttavia ha anche figli bastardi», ribatté il cavaliere levandosi di scatto, «come sua eminenza Bertrand du Pouget. Dite la verità! È lui il principe della Chiesa a cui accennaste? È per soddisfare le sue brame che avete accondisceso a inscenare questa sordida commedia?»

«Come osate!», sibilò il domenicano, inviperito. «Pagherete cara la vostra bestemmia!».

«Finendo in una cella ancora più profonda?», lo sfidò Maynard. «Fatelo, suvvia! Mostratemi il pugno di ferro! Ma se siete uomo almeno la metà di quanto volete far credere, date sostanza alle vostre parole e rivelatemi il momento in cui decideste di tradirmi».

Fra' Lamberto era ben lungi dall'intimorirsi. Rimase immobile, con il suo corpo nervoso e magrissimo avvolto nella tonaca. «Un inquisitore non tradisce», sentenziò. «Al massimo, si accosta ai sospetti con l'intento di sondare i loro misfatti».

«Quindi fin dall'inizio dell'indagine!», concluse Rocheblanche, ripensando al concatenarsi di circostanze che l'avevano condotto a quel momento. Soltanto ora riusciva a scorgere il filo che le collegava. L'inaspettata convocazione del vescovo, l'avvicinamento a San Domenico, le domande indiscrete di fra' Prudenzio... Ogni cosa al fine di tenerlo d'occhio, di scavare nei suoi segreti con il pretesto dell'indagine. «Pretendo un chiarimento», disse. «Fu un'idea di Guido di Baisio?».

Lamberto da Cingoli rispose con una risata acida. «Siete una mosca in trappola, messere! Dibattervi nella tela servirà soltanto ad aizzare il ragno».

«Che venga!», avvampò il cavaliere. «Dov'è ora?»

«Monsignor du Pouget è molto vicino, credetemi. Insiste tuttavia perché al momento sia io ad accudirvi».

«Dunque quel maledetto è già tra le mura di Ferrara! Oh, padre... Se sapeste di quali delitti si è macchiato, non gli portereste tanta riverenza».

«Non pretenderete che vi creda», lo scoraggiò l'inquisitore. «Pur di fingersi innocenti, gli eretici sono disposti a scaricare le colpe più inimmaginabili sui loro accusatori».

D'un tratto Rocheblanche si vide cadere tra le mani l'ultimo tassello del mosaico. Ecco di cosa veniva accusato! «Io non sono eretico», si oppose con indignata incredulità. «Sono devoto a Cristo e fui addobbato cavaliere nella più santa delle chiese di Parigi! La mia famiglia difende la croce da generazioni e io stesso servii Filippo VI di Valois, re cattolicissimo, in terra di Francia!».

«Eppure», obiettò prontamente Cingoli, «vi ostinate a nascondere un cimelio ritenuto dal cardinal du Pouget una preziosa reliquia. *Lapis exilii*, mi pare si chiami. Ebbene, io ignoro cosa spinga monsignor Bertrand a volersene appropriare, ma da un porporato della sua saggezza non mi aspetto altro che il santo proposito di valutare l'autenticità della reliquia in questione. Autenticità che, se non dovesse essere accertata, qualificherebbe voi come il custode di un artefatto concepito per diffondere un culto menzognero... ovvero un'eresia! Ora vi è chiaro? Da questo presupposto scaturisce la mia accusa, che potrà essere smentita soltanto dall'evidenza dei fatti».

«Ovvero, pretendete che una commissione di teologi esamini il *Lapis exilii*».

«Esattamente».

Maynard era al di là dello sdegno. Fino ad allora aveva nutrito verso l'inquisitore un misto di rispetto e di rivalità che gli aveva permesso di collaborare con lui pur senza condividerne le opinioni. Persino dopo l'arresto si era sentito di concedergli il beneficio del dubbio, interpretando un simile affronto come un eccesso di zelo. Ora però si stupiva di sentir menzionare la reliquia di Cristo da una persona che, fino a un attimo prima, aveva reputato estranea alla faccenda. Evidentemente Bertrand non aveva avuto scrupoli nel rivelare al frate quanto necessario, pur di perseguire i propri scopi. Ma il cavaliere non era disposto a stare al gioco. Mai e poi mai avrebbe rivelato che il *Lapis exilii* era la sacra mensa dell'Ultima Cena, celata al mondo proprio per essere tenuta al sicuro da prelati corrotti come monsignor du Pouget. Mai avrebbe rivelato il suo nascondiglio, o il nome dell'abate a cui aveva giurato eterno silenzio. «Quanto chiedete», ribatté, «sarebbe possibile soltanto se vi guidassi fino al *Lapis exilii*, e ciò non avverrà».

L'inquisitore lo scrutò mellifluo. «Ritenete forse di avere scelta?»

«Oh, magister, ho ben compreso che appigliandovi al mio silenzio potreste accusarmi di *crimen heresiae* senza sporcarvi la coscienza. Preferirei tuttavia fare la fine del martire anziché assecondare il vostro viscido espediente».

«Nessun espediente, messere. È semplice morale cristiana. Se si accetta che la verità vada sempre e comunque rivelata, il vostro silenzio può essere interpretato soltanto come il consapevole occultamento di una menzogna. Vi sfido a dimostrare il contrario».

Maynard sorrise con amarezza. «Non sarebbe prima opportuno verificare quali e quante menzogne raccontò a voi du Pouget?»

«Siete un uomo ardito, Rocheblanche». La voce di fra' Lamberto lasciò trapelare una punta di cattiveria. «Ma ho visto gente di maggior tempra cambiare idea assai alla svelta in queste segrete».

«Caverete gli occhi anche a me», lo sfidò, «come faceste con il confectionarius ebreo?».

Prima di rispondere, il domenicano fugò dal volto una smorfia compiaciuta. «Forse non approvate? O vi sentite usato? Ebbene, mi sono semplicemente servito di ogni strumento a mia disposizione per risolvere l'indagine, messere, e voi lo eravate. Vi piaccia o meno. Fu mia premura interrogare l'ebreo non appena fra' Prudenzio mi informò del suo legame con la pozione usata per il maleficium».

«Avreste potuto risparmiarvelo. Se vi giunsero alle orecchie le parole da me rivolte poc'anzi a sua signoria, saprete che ho risolto l'indagine. Senza torturare nessuno, per giunta. A costo di deludervi, posso confermare che a muovere i fili dell'intrigo non è certo il diavolo, bensì una donna».

«Spesso sono sinonimi», ribatté l'inquisitore, atono.

«Ho salvato il marchese», rimarcò il cavaliere, inorgoglito. «Per questo non ho meriti?».

Per tutta risposta, Cingoli gli rivolse un ghigno beffardo. «Rendo lode ai vostri meriti, messere», e gli mostrò i palmi rivolti verso l'alto. «Ma le mie mani non sono i piatti di una bilancia, su cui le buone azioni possano alleviare il peso del peccato». Indietreggiò verso la porta e bussò con noncuranza. «Parlerete, Rocheblanche, lo giuro. In nome di Dio, del pentimento o della paura. Ma credetemi, parlerete».

Dopodiché il battente si aprì, e il domenicano svanì lasciando riecheggiare un'ultima, crudele risata.

43

Contrada di Boccacanale

Bertrand du Pouget sapeva di aver vinto. Era questione di tempo e Rocheblanche avrebbe parlato, permettendogli finalmente di mettere le mani sul *Lapis exilii*. E di diventare pontefice. Rivelata al mondo l'esistenza della reliquia suprema di Cristo, sarebbe stato facile per lui eliminare gli ostacoli che si frapponevano alla conquista del potere. Karel di Lussemburgo, *rex Romanorum*, l'avrebbe aiutato insieme a una folta schiera di prelati desiderosi di una svolta nell'Ecclesia. Se papa Clemente VI continuava a rintanarsi dietro il trono francese, il cardinale non avrebbe esitato a riprendersi Roma.

Si portò al tavolo di quercia davanti al camino e aprì lo scrigno posto sul ripiano. Non lo faceva da tempo, frenato da un timore reverenziale per quanto conteneva. In quel giorno decisivo, tuttavia, avvertiva il bisogno di sentirsi scrutato dall'occhio di Dio.

Sollevato il coperchio, l'interno rivelò la presenza di due oggetti neri come la pece. Una coppa e una punta di lancia. Il porporato mormorò una preghiera e li sfiorò mentre una lieve scossa si trasmetteva dai polpastrelli alla cervice.

Erano vive, quelle reliquie. Quasi che una scintilla divina fosse rimasta imprigionata nella materia di cui erano composte.

La stessa scintilla che le aveva rese più scure della notte. E del peccato.

Bertrand aveva penato a lungo per impossessarsene. Rintracciare il monaco Facio di Malaspina, eliminare Jang de Blannen, inviare spie, manipolare uomini di potere... Si era trattato di ordire inganni talmente intricati che quasi si dispiaceva di doverli celare al mondo. Nessuno però avrebbe dovuto scoprire fino a dove si fosse spinto pur di conquistare i tesori menzionati nel libro dell'ebreo Flegetanis. Al momento opportuno avrebbe dichiarato di essere stato guidato verso la loro scoperta da una visione divina, al pari di un santo. Sarebbe bastato rivolgersi a un monaco amanuense e dettargli parola per parola la storia, facendola diventare la *legenda* di colui che, scelto dagli angeli, aveva rinvenuto la coppa di Cristo e la lancia di Longino.

Eppure ancora non bastava. Se intendeva conquistare la fama di venerabilissimo e raggiungere il soglio pontificio, doveva conquistare anche il terzo fatidico oggetto descritto da Flegetanis. L'oggetto di cui nessuno, se non i suoi custodi, conosceva né la forma né il nascondiglio. Il *Lapis exilii*.

La risposta era a portata di mano, chiusa nella mente di un uomo imprigionato nei bui recessi di San Domenico. Si trattava di pazientare solo un po'.

Ma du Pouget non riusciva a darsi requie.

Era vecchio. Benché le reliquie in suo possesso l'avessero mantenuto in vigore e – ne era certo – salvaguardato dalla peste, non lo liberavano dall'ossessione per lo scorrere del tempo. Ogni rintocco di campana aumentava il peso dei settant'anni che gli gravavano sulle spalle, rammentandogli quanto sarebbe stato tragico morire a un passo dalla realizzazione delle proprie ambizioni. Non era quindi il momento di riposarsi sugli allori. Fra' Lamberto da Cingoli avrebbe dovuto agire bene, e in fretta.

Un avvicinarsi di passi lo indusse a richiudere lo scrigno. Fugò dal volto ogni segno di inquietudine, si adagiò sullo scranno e attese il comparire di un servo.

«Vostra grazia», esordì un giovane in farsetto, fermandosi all'uscio, «un uomo chiede di voi».

Il porporato sobbalzò. «Quale uomo?». Nessuno sapeva della sua presenza a Ferrara. Nessuno eccetto fra' Lamberto e Guido di Baisio, di cui si erano appena celebrate le esequie. Il timore di essere stato scoperto da Hector de Durfort, generale del papa, gli balenò d'un tratto nella mente.

«Afferma di chiamarsi Namo», rivelò il servo, «e di essere qui in nome di sua eccellenza il vescovo».

Dopo una breve esitazione, du Pouget torse la bocca. «Fallo entrare... Ma gli armigeri si tengano pronti».

Poco dopo, si trovò di fronte a un energumeno dall'espressione beffarda interamente vestito di nero. Benché non portasse armi, trasmetteva un senso di minaccia tanto intenso quanto inconsueto. Più dello sgherro o del veterano, dava l'idea del beccaio.

Barricato dietro il tavolo di quercia, Bertrand evitò di alzarsi e si limitò a rivolgergli un cenno di benvenuto. «Venite in nome di un prelato defunto», osservò.

«Defunto, sì», confermò Namo, «benché le sue carni siano ancora tiepide». Si piazzò di fronte al prelato con le braccia conserte. «Per esser più precisi, non è trascorso molto dacché monsignor Guido mi fece cenno di un giovane pittore che avrei dovuto consegnare a voi».

«Dite davvero? Eppure, a meno che la memoria non m'inganni, non ho da commissionare affreschi».

«Mi riferisco a Gualtiero de' Bruni».

«Oh, *quel* pittore», ribatté il prelato, nascondendo la sorpresa. «Sapete dove si trova?»

«No eccellenza».

«E allora perché siete alla mia presenza?»

«Perché in cambio di Gualtiero de' Bruni, il reverendo Guido promise di consegnarmi Maynard de Rocheblanche. Dopo la morte del vescovo ho fatto un paio di considerazioni, deducendo che anche voi probabilmente conoscete quel cavaliere e il modo per rintracciarlo».

Bertrand inarcò un sopracciglio, augurandosi con tutto il cuore che Baisio stesse bruciando all'inferno. Malfidato fino all'ultimo! Come aveva osato quell'inetto rivelare a terzi delle informazioni riservate? Passasse pure per il figlio di Elisa d'Este, ma rendere noto a uno sconosciuto che un cardinale di Avignone si trovava a Ferrara in anonimato equivaleva a un grave tradimento. Contenne la rabbia, sfiorando i bordi del tavolo. «Cos'altro *immaginate* di sapere?».

Namo fece un gesto vago. «Be', c'è da interrogarsi assai su un prelato nascosto in un buco come questo. Con le truppe pontificie acquartierate a meno di una giornata di cavallo, per giunta».

«Non resterò celato ancora a lungo», ribatté du Pouget con una punta di nervosismo.

«Eppure», continuò l'uomo, provocatorio, «Guido di Baisio mi fece giurare di non rivelare a nessuno la vostra presenza».

Bertrand lo fissò con sospetto. «Siete stato voi a ucciderlo?»

«No davvero. E se ve lo state chiedendo, non rappresento una minaccia neppure per voi».

«Il fatto stesso che siate al corrente della mia presenza dimostra il contrario».

«Ebbene, svelatemi dov'è Rocheblanche e sparirò come un'ombra».

Il prelato si concesse un ghigno volpino. «Procediamo per gradi e parlatemi del giovane pittore. Guido di Baisio si spinse al punto da rivelarvi perché mi interessa?»

Namo sbuffò. «Non amo impicciarmi degli affari altrui».

«Ciò nondimeno, siete qui a pretendere».

«Siete in grado di soddisfarmi?».

Per la prima volta l'uomo lasciò trapelare un tono di minaccia. Le sue braccia si disgiunsero per disporsi lungo i fianchi, i pugni stretti al pari di magli pronti a colpire. Eccolo, pensò Bertrand, il beccaio. Sollevò le mani con finta indifferenza. «Mi rincresce», sospirò, «non conosco alcun Maynard de Rocheblanche».

Per tutta risposta, Namo si sporse di scatto e gli afferrò il polso sinistro. «Non ho potuto fare a meno di notare lo stemma del vostro anello», mormorò con una sorta di sibilo. «Nel vederlo, mi è immediatamente affiorato il ricordo di un armigero che due anni fa rapì una badessa di Reims e la rinchiuse in una vecchia torre. Fu ucciso da un mio servo, sapete? Non ebbe il tempo di rivelare chi fosse il suo padrone, però recava sulla fibbia un'insegna. Un leone... Lo stesso che ora vedo qui, su questo castone. Curiosa coincidenza, se considerate che la badessa in questione è la sorella di Rocheblanche! Affermate ancora di non conoscerlo?».

Avvampando per lo stupore e per la collera, il cardinale strattonò il braccio nel tentativo di liberarsi. «Guardie!», vociò con un gorgoglio rabbioso. Nel frattempo allungò la mano destra sotto il tavolo e azionò una balestra nascosta sotto il ripiano. Due dardi scoccarono all'unisono, colpendo l'aggressore tra la coscia e l'inguine.

Il grido di Namo fu il rombo di un demone. Scattò indietro in preda al dolore, cercando appiglio tra i mobili della stanza. La porta alle sue spalle si era già spalancata, lasciando entrare una coppia di armigeri con le spade in pugno. Alla loro vista, gli spasimi dell'uomo alimentarono una risata sinistra che indusse Bertrand ad alzarsi in piedi per distanziarsi il più possibile da lui.

«Ignoro fino a che punto abbiate intrecciato verità e finzione», esclamò il cardinale, «ma non posso permettermi di lasciare in vita il depositario di tanti misteri!».

Namo però non aveva alcuna intenzione di considerarsi sconfitto. Instabile sulle gambe lorde di sangue, allargò le braccia per favorire l'uscita di due lunghi stiletti celati sotto le maniche. Ne conficcò uno nel collo di un armigero e si precipitò verso l'uscita prima di finire infilzato dall'altro. Il battente, che si era ormai richiuso, stridette all'impatto contro la sua spalla fin quasi a schiantarsi.

«Fermatelo!», ordinò Bertrand, appiattendosi contro una parete.

Il fuggiasco era già fuori dalla portata del suo sguardo.

Udì rumori di combattimento provenire dall'atrio, lo stramazzare di un corpo, un portone che veniva spalancato... Infine il nitrito di un cavallo lanciato al galoppo lungo la strada.

La furia dell'uomo in nero era durata solo pochi secondi.

Eppure era stata sufficiente a stravolgergli l'esistenza.

44

Abbazia di Santa Maria di Pomposa
24 aprile

Rintanato nella sacrestia, padre Andrea sfogliava un polveroso messale con l'apparente intento di cercare spunti per il sermone della domenica *in albis*. In verità gli era impossibile abbandonarsi all'ispirazione teologica, considerato che a dodici giorni dalla santa Pasqua la tenebra funestava già il mondo. La morte di Guido di Baisio era stata una sferzata improvvisa, aggravata dall'apprendere che a provocarla era stata un'azione criminosa.

Man mano che voltava pagina, il fruscio della cartapecora diventava una carezza in grado di astrarlo dalla realtà. Richiamò alla memoria il suo ultimo incontro con il vescovo, nella piazza di Ferrara, davanti alla sacra rappresentazione che li aveva trovati discordi sul valore delle arti minori e sui vincoli di lealtà tra gli uomini. Se in quell'occasione avesse usato parole diverse, forse, il corso degli eventi sarebbe mutato. Ma non fu quella la sua unica ragione di rammarico. Si dispiacque anche di non aver preso parte alle esequie del prelato. Una tosse stizzosa e violenta, non ancora placatasi del tutto, l'aveva costretto a letto per una settimana.

Il principale tormento di Andrea, però, nasceva dal sospetto di un legame tra l'omicidio di sua eccellenza e l'indagine affidata a Rocheblanche.

Non aveva prove, naturalmente, anche se le nuove giunte sul cavaliere non lasciavano presagire nulla di buono. Un arresto dei birri per ordine dell'Inquisizione era certo avvisaglia di una tempesta in arrivo.

L'abate non disponeva di elementi sufficienti per farsi un'opinione. Negli ultimi anni aveva visto il francese compiere imprese talmente audaci da lasciarlo incerto se fossero state dettate dal coraggio o piuttosto dalla follia. In alcuni frangenti l'aveva biasimato, persino temuto, per poi riconoscere, dietro la sua smorfia sprezzante, il volto di un uomo buono.

D'altro canto la bontà non era una prerogativa dei giusti. Esistevano schiere di eretici, di avventati e di dementi che potevano a pieno titolo definirsi buoni, eppure non altrettanto meritevoli di aiuto. E per dirla tutta, padre Andrea ne aveva passate fin troppe per lasciarsi coinvolgere nell'ennesima battaglia. A dispetto della corruzione che deturpava Ferrara, il cenobio di Pomposa era finalmente diventato un'isola di perfezione spirituale. I confratelli avevano riscoperto attraverso le regole di Pier Damiani un monachesimo rigido e incontaminato, sordo alle lusinghe del mondo.

Mancava solo una cosa per coronare le ambizioni dell'abate: il restauro degli affreschi della navata maggiore. Oh, se solo il Signore gli avesse inviato un mastro pittore all'altezza del compito! Andrea lo sognava da così tanto tempo da aver contemplato mille volte, nella propria fantasia, l'opera ultimata. Affinché non mancasse di nulla, aveva persino composto dei versi destinati ad accompagnare ogni singola immagine, come la *Biblia pauperum* dipinta tre secoli prima nella basilica di Montecassino per ordine dall'abate Desiderio.

L'abate però non si faceva illusioni. Se intendeva davvero riportare Pomposa agli antichi fasti avrebbe dovuto cambiare strategia. A partire da Gualtiero de' Bruni. Quell'impudente si era avventurato in una selva troppo oscura perché potesse aspettarsi un ritorno del figliol prodigo. Inoltre serviva denaro, molto denaro. E sempre che Andrea non volesse continuare a chiedere l'elemosina ai Rocheblanche, restando vincolato alla loro condotta, sarebbe stato costretto a cercare nuovi appoggi. Nel successore di Guido di Baisio, per esempio. Anche se il futuro vescovo di Ferrara non era ancora stato nominato, infatti, c'era più di un modo per scoprire il favorito del papa e ottenerne il patronato prima che fosse assediato da torme di postulanti. Sarebbe bastato rivolgersi ai priori di Nonantola, di Vallombrosa e di Santa Giustina, sempre informatissimi su indiscrezioni del genere.

Le mani del religioso, nel frattempo, vagavano inquiete tra le pagine del messale. Non era facile per Andrea conciliare il suo lato pragmatico con quello emotivo, specie se si trattava di speculare sul profitto mentre persone a lui care andavano incontro a un destino incerto. Una parte di sé, pertanto, continuava ad arrovellarsi per Maynard, per Gualtiero e per il misterioso omicidio del reverendo Guido. Ma l'istintiva sfiducia verso la Provvidenza gli imponeva di mantenere un'accurata distanza da eventi che avrebbero trascinato alla deriva i suoi progetti di conseguire un bene superiore.

Una voce garrula lo strappò a quelle riflessioni.

In fondo alla sacrestia, una testa di boccoli biondi faceva capolino oltre il battente d'ingresso. Era Agostino, il famiglio che aveva preso il posto di Bonus dopo il flagello della pestilenza. Troppo giovane per eguagliare l'efficienza del suo predecessore, compensava l'inesperienza con la ventata di ilarità che recava tra le ombre del monastero.

«Una signora, *dominus*», annunciò il servo. «Chiede di voi».

«Una signora...», ruminò l'abate. L'uso di quel termine era così vago da allarmarlo. Si scostò dal leggio, accigliato. «Sii più preciso. Si tratta di una religiosa? Una nobildonna?».

Agostino indugiò. Mosse il capo con indecisione, poi indicò alle proprie spalle. «Chiede di essere ricevuta nel parlatorio».

«Almeno il nome te lo rammenti?», sbuffò Andrea, con tono di rimprovero.

«Sì, dominus», gli rispose. «Eudeline de Rocheblanche».

Era preoccupata, se ne accorse non appena la vide. Camminava avanti e indietro con le mani in grembo, il respiro corto di chi trattiene l'ansia. Padre Andrea chiuse la porta dietro di sé e le rivolse un saluto, timoroso della tempesta che infuriava dentro quella donna.

«Mio fratello!», esclamò lei, voltandosi di scatto nella sua direzione. «Mio fratello è stato fatto prigioniero dalla Santa Inquisizione!».

L'abate la invitò a moderare i toni, preoccupato di non far trapelare nulla oltre il battente del parlatorio. «L'ho saputo», disse pacato.

Ma Eudeline era troppo agitata per curarsi di mantenere la quiete del cenobio. Avanzò verso Andrea e lo afferrò per una manica della tonaca. «Dovete escogitare qualcosa!», lo scosse. «Dovete aiutarmi!».

«Non equivocate, ve ne supplico». Il religioso si divincolò con imbarazzo. «Mi rincresce assai per messer Maynard… Ma cosa potrei fare io?».

A quelle parole, la signora de Rocheblanche arretrò, gli occhi pieni di sdegno. Andrea era perfettamente consapevole di averla umiliata e già si preparava a subire una trafila di furiosi insulti quando, con grande sorpresa, la vide schiudere le labbra con un'espressione imparziale.

«Non avete amicizie nell'ordine di San Domenico?».

La fissò incredulo. Per quanto in pena per il fratello, non avrebbe mai immaginato che una femmina di simile tempra fosse capace di frenare l'orgoglio. «Nessuno che conti», la deluse tuttavia. «Se il reverendo Guido fosse ancora in vita, l'avrei certo interpellato. In questo frangente, però, mi ritrovo impotente».

«Siete comunque un uomo di Chiesa, un abate!», insistette Eudeline. «Possibile che la vostra parola non conti nulla?»

«Così poco da indurmi a temere per me stesso», ribatté lui, rifugiandosi dietro un candelabro di ferro battuto. Esitò a proseguire, sfiorando un moccolo di candela. «Se mi esponessi per salvare un accusato di eresia…», spiegò poi con ritrosia, «farei la fine del topo».

La signora emise uno sbuffo di scherno. «Siete così pavido?»

«Ho molto da perdere», ribatté lui. «Il mio cenobio, i miei monaci… Se mi succedesse qualcosa, chi se ne prenderebbe cura?»

«A mio fratello però dovete parecchio, ve ne siete già scordato?»

«No davvero! Il prode Rocheblanche mi soccorse in più di un'occasione e io gliene sono profondamente grato. Tuttavia, non posso che pregare affinché…».

«Me ne infischio delle vostre preghiere!». In un accesso di collera, Eudeline rovesciò a terra il candelabro e alzò la voce, sovrastando il fragore metallico che si propagava per l'ambiente. «Maynard è caduto vittima di un tranello e di certo non resterò a guardare! Fossi pure costretta a incolpare terzi!».

L'abate si trovò spalle al muro. «Mi sfugge il significato… delle vostre parole…».

«Le intendete benissimo, invece, giacché manifestate fin troppe riserve per ignorare i sospetti che gravano su Maynard. Si tratta del libro di Flegetanis, non è vero? Il falso profeta! Vi rifiutate di intervenire per timore di render noto il vostro coinvolgimento nella vicenda».

«Voi non dovreste…». Padre Andrea perse il filo delle parole, assalito dalle sue stesse paure. Si sentì completamente esposto, alla berlina, e tanto più fragile dal momento che simili paure riguardavano un segreto impossibile da rivelare, persino in confessione. Impose alle membra di non tremare e affrontò la donna. «Come fate a esserne a conoscenza?».

Il volto di lei avvampava purpureo ma il sorriso era freddo, quasi sfrontato. «Mio fratello mi rivelò ogni cosa sul *Lapis exilii* e sul codice vergato secoli or sono dall'ebreo Flegetanis», confessò. «Il codice noto come *Millenarius*, di cui sono certa di conoscere l'attuale collocazione».

L'abate intuì che ci fosse dell'altro, ma era fin troppo scosso per riuscire a mettere in ordine i pensieri. «Il *Codex Millenarius* è proprietà di vostro fratello», si difese.

«Ciò nonostante, dubito l'abbia tenuto con sé. Il prolungarsi delle sue indagini e la permanenza a San Domenico avrebbero esposto il codice a troppi rischi. Andare perduto, per esempio, o finire sotto occhi indiscreti. Molto meglio nasconderlo in un luogo sicuro, custodito da persone fidate, lontano dalla città». Così dicendo, Eudeline prese a guardarsi intorno. «Un luogo come l'abbazia di Pomposa, per intenderci».

Trattenendo un sussulto, Andrea pensò d'istinto al libro che celava da mesi in uno scomparto segreto del proprio studio e non osò chiedersi cosa sarebbe successo se l'inquisitore di Ferrara l'avesse trovato. «Anche se fosse?», ebbe il coraggio di ribattere. «Accusando me, non scagionerete il vostro nobile fratello. E oltretutto, come potete esser certa che sia stato arrestato a causa del *Codex Millenarius*?»

«Oh», sospirò lei, «su questo non ho alcun dubbio».

Il religioso la scrutò con disappunto. D'un tratto non avvertiva più alcuna ostilità in quella donna. Anzi, aveva colto nel suo tono una velata complicità. Del resto, meditò, non era forse venuta da lui in cerca di aiuto? «Lungi da me voler mettere in discussione la vostra arguzia», chiarì con cautela, «ma anche se conosceste ogni segreto di messer Maynard non avreste comunque una visione completa dell'intrigo a cui alludete. Credetemi, sarebbe forse più semplice sciogliere il leggendario nodo di Alessandro Magno».

«Vi darei ragione se la mia conoscenza dei fatti si limitasse alla vostra», osservò Eudeline, «ma non è così. Non da quando il reverendo Guido di Baisio fu ucciso alla mia presenza».

Un lampo di orrore attraversò la mente dell'abate. «Quindi siete stata voi a...».

«Non fraintendetemi, padre», lo rassicurò lei, oscurandosi. «Io stessa per poco non ho perso la vita in quell'agguato. Il rischio tuttavia fu ben ripagato da ciò che sua eccellenza mi affidò prima di esalare l'ultimo respiro».

Benché fosse dotato di una fervida immaginazione, Andrea non riuscì a figurarsi quali e quanti misteri avesse custodito un prelato versato per l'inganno come il vescovo Baisio. Per un attimo si chiese addirittura se fosse saggio conoscerli. Poi la curiosità ebbe il sopravvento e lo spinse a rivolgere un'occhiata impaziente verso madonna del Rocheblanche. «Sareste disposta a parlarmene?».

Lei non pareva attendere altro, suscitando in Andrea il presentimento che la sua invettiva non fosse stata altro che un pretesto per minare le sue difese e condurlo a quel punto preciso della conversazione.

Eudeline però non gli lasciò il tempo di trarre delle conclusioni. Con incedere sinuoso, fece il giro della stanza e si assicurò che l'unico ingresso presente fosse ben sigillato. Infine estrasse da una tasca dell'abito un rotolo di pergamena e glielo porse. «Ecco l'ultima confessione di sua eccellenza», confidò. «Qui c'è quanto occorre per sconfiggere i nemici di Maynard. Ma come dicevo, avrò bisogno del vostro aiuto».

«Non ho ancora deciso di concedervelo», protestò lui, pur tendendo la mano.

La donna finse di non udirlo. «E anche del vostro asilo, per me e per mia sorella Isabeau».

L'abate sbarrò gli occhi, contrariato. «Perché mai?»

«Perché negli ultimi giorni ho scorto un uomo», gli rispose, lasciando trapelare una punta di timore. «Un uomo che mi segue da Reims, per ragioni che ignoro».

45

Quartiere di Santa Maria in Vado, locanda dello Scudo Nero

L'uomo che si faceva chiamare Namo giaceva sul letto, tra fodere di guarnello chiazzate di scarlatto. Era giunto al rintocco dei vespri, in groppa a un destriero lordo dello stesso sangue che gli colava a fiotti dalle cosce. Al suo comparire, l'Arabo aveva dovuto sborsare una piccola fortuna per comprare il silenzio dei testimoni presenti in strada e soprattutto del locandiere, da cui si era fatto aiutare per trasportare il cavaliere tramortito al piano superiore.

Ora, finalmente solo, stava in piedi davanti al ferito, intento a esaminare i due dardi incredibilmente appuntiti che gli aveva estratto dalla zona dell'inguine. «Io dubito dei miracoli, mio buon signore», mormorò riflessivo, «ma parola mia, nessun *medicus* saprebbe spiegarsi come siate riuscito a fuggire e mantenervi vigile con simili ordigni conficcati nella carne».

«La furia e… la paura», grugnì il ferito in preda agli spasimi.

«Se solo aveste usato prudenza…».

«Taci, faccia di carbone!», strepitò, dimenandosi con rabbia. Il suo volto era una maschera di cera contratta dal dolore. «Taci, o giuro su Dio…».

L'Arabo gli mise una mano sul petto. «La collera non farà che accrescere l'emorragia», lo avvertì. Poi si voltò verso il lato opposto della stanza, attratto dal pianto di un infante.

«Falla tacere…», gli ordinò il padrone con una sorta di rantolo.

«Non sarà necessario». Così dicendo, l'uomo dalla pelle d'ebano intinse un ago ricurvo in una ciotola di aceto e si assicurò di aver pronto un rocchetto di filo ricavato dagli intestini di maiale, il *kitgut*, che avrebbe utilizzato per cucire la sutura. «Ben presto, mio signore, il dolore vi renderà cieco e sordo. Per più tempo di quanto desidererete ricordare».

46

Contrada di Boccacanale
17 maggio

«La fame e la sete non lo smuovono. Nemmeno la tortura pare incrinare la tempra».

«Nemmeno la frusta?»

«Nemmeno il ferro rovente, magister». Fra' Lamberto da Cingoli lo precisò con una punta di sdegno, quasi a sottintendere di non essere lui il responsabile di un simile fallimento. Nella sua carriera inquisitoriale aveva sempre saputo infondere il giusto terrore in chicchessia, senza mai lasciar muto un reticente. Mai, fino ad allora.

Bertrand du Pouget lo scrutò con una smorfia di disappunto. Attendeva ormai da un mese, invano, e iniziava a manifestare evidenti segni di impazienza. «Forse che un misterioso incantamento lo preservi dal dolore?»

«Oh, il dolore lo sente», specificò il frate, sperando di poterlo compiacere almeno in parte. «Le sue grida si avvertono fino ai merli della torre di San Domenico. Tuttavia, né implora né parla».

Il cardinale borbottò qualcosa tra i denti. Sedeva al solito posto, sfiorato da uno spiraglio di luce proveniente da una finestra. Tamburellò le dita su uno scrigno posato sul tavolo, assai nervoso, poi annuì. «La superbia del martire».

«E se invece...», si azzardò il frate, «fosse davvero all'oscuro di quanto gli si chiede?»

«Non siate imbecille!», sibilò il prelato. «Certo che sa. Sa eccome!». Si alzò dallo scranno e lo afferrò per il bavero, fissandolo truce. «Quello scellerato custodisce più segreti di Simon Mago, non vi è ancora chiaro? Però... coltiva la speranza di farla franca!».

Il frate strinse le labbra, ferito nell'orgoglio. «O più semplicemente», ribatté, «vi odia al punto di non volervi dare soddisfazione».

«Se è per questo, mi odierà anche di più».

«A cosa alludete?».

Il ghigno di du Pouget aveva un che di innaturale. Lasciò andare Cingoli e si portò a lato della finestra, per spiare i movimenti della strada. «Fate cessare le torture», ordinò. «Ormai è evidente che Rocheblanche non tema né la morte né il tormento. Lo si dovrà motivare con stratagemmi più sottili».

«Vi riferite ai suoi affetti?», indagò il frate.

«La sorella, sì. Eudeline de Rocheblanche. A pochi giorni dalla sua morte, Guido di Baisio mi confidò di aver scoperto che si trovava a Ferrara».

«Ebbene, vostra eccellenza?»

«Forse quella donna risiede ancora in città. Fatela cercare. Nel vederla in catene, messer Maynard diverrà certo più accondiscendente». Immerso in una nuova trama di pensieri, il cardinale si preparò a congedarlo. D'un tratto però manifestò un ripensamento e sollevò l'indice. «Nel caso le ricerche di Eudeline si rivelassero vane», aggiunse, «fate pure cercare un tal Gualtiero de' Bruni. Si tratta di un popolano, niente più di un pittore. O almeno così sembra a chi ne ignori le origini».

Benché piccato e impaziente di andarsene, Lamberto da Cingoli non poté trattenere una smorfia incuriosita.

Bertrand non si degnò nemmeno di rivolgergli lo sguardo. «Di recente ho scoperto i legami di quel giovane con i Rocheblanche», si limitò a spiegare. «Non escludo che sia persino a conoscenza del *Lapis exilii*».

47

Convento di San Domenico, prigioni

Il sogno dei tre cavalieri non lo tormentava da tempo. Quella notte, tuttavia, gli esplose nella mente con la violenza di una folgore. Li vide erompere attraverso un sudario di bruma, con aureole fiammeggianti simili a scie di cometa. Il primo recava in trofeo una corona, il secondo una lancia e il terzo una coppa di sangue. Gridavano parole arcane, scagliati in una carica furiosa all'incombere della tenebra. Ed era, quest'ultima, più nera del Tartaro, un'onda di buio eterno da cui usciva un nitrito terrificante. Maynard la fissò con sgomento, pervaso da un misterioso senso di attrazione, scorgendovi nel mezzo la cosa più orrenda su cui avesse mai posato lo sguardo. Il muso di un cavallo scheletrico, la bocca spalancata in una posa oscena.

Il fragore del sogno echeggiava ancora nella cella quando riprese conoscenza. L'oscurità era palpabile, pregna della stessa umidità che sentiva dentro le ossa, ma non certo impenetrabile. Era piuttosto un intreccio di ombre attenuato da un lucore proveniente dall'esterno.

Placò l'orrore. Poi, come a ogni risveglio, si rammentò della sua condizione di prigioniero. E del dolore. Le membra erano tutto un crogiolo di ustioni, lividi e cicatrici, benché nessuna letale. Obbediente agli ordini di Cingoli, chi lo aveva torturato l'aveva fatto soffrire senza procurargli alcun tipo di menomazione. Forse per lasciargli la speranza di tornare alla propria vita, se solo avesse parlato.

Maynard sapeva quanto fosse insidiosa quella tacita promessa ed era per quella ragione che aveva giurato a se stesso di ignorarla, preferendo di gran lunga considerarsi già morto. E magari lo fosse stato, in certi momenti! Se fino ad allora aveva sopportato lame, nerbate e tenaglie roventi, era stato unicamente grazie alla rabbia che covava nel cuore. Una rabbia così intensa da trascendere le proprie sciagure. Non appena fu cosciente la cercò d'istinto, come ormai d'abitudine, per aggrapparvisi.

Poi si accorse di avere compagnia.

Un uomo avvolto in un abito monastico.

Prima di capire se fosse sogno o realtà, lo vide afferrare il cappuccio della cocolla e abbassarlo con lentezza, scoprendo un volto anziano disciplinato da un'ampia tonsura. Tratti appena distinguibili nella semioscurità, eppure sufficienti a sbalordire il cavaliere. Oh Signore… quel volto! Soffocò le emozioni nel dubbio. Doveva essere la pazzia, si disse. Oppure il diavolo, giunto fin lì per farsi beffe di lui.

Intuendo forse quei pensieri, il monaco alzò una mano e, con fare protettivo, gliela pose sul capo. «Amico mio», mormorò. «Figliolo…». I suoi occhi traboccavano di pietà, la voce di indignazione.

Maynard placò sul nascere una crisi di pianto, per preservare quel po' d'orgoglio che ancora gli era rimasto. Da quanto tempo non si trovava al cospetto di un amico? Sentì la commozione serrargli la gola. «Oh, padre Andrea…», balbettò. «Cosa ci fate qui, all'inferno?».

La mano del religioso indugiò in una carezza. «Sono giunto per darvi speranza».

«Speranza?». Rocheblanche si ritrasse di scatto. «La mia forza si basa tutta sulla rassegnazione, e se solo mi azzardassi a sperare…». Nascose il viso tra le mani sudicie. «Andatevene, vi supplico! Andatevene prima che incarcerino anche voi».

Seminascosto nel velo d'ombra, lo sguardo dell'abate parve indulgere in un sorriso. «Anche se volessi, non potrei farlo. Dovrò prima onorare la promessa fatta a vostra sorella».

«Eudeline?», esclamò il prigioniero.

«Esprimetevi a bassa voce, per carità». Il religioso si voltò con cautela verso lo spioncino della porta. «Se mi trovo qui, è perché ho ottenuto licenza di confessarvi. Se la guardia intuisse la vera ragione…».

Maynard acuì lo sguardo. «Parlaste dunque con Lamberto da Cingoli?»

«Ho dovuto farlo, sì», rispose Andrea, «dacché la cella in cui siete rinchiuso è custodita da un uomo di sua fiducia».

«E l'inquisitore non si è insospettito?»

«Anche se fosse? Non avrebbe certo potuto negarmi un favore del genere».

«Voi rischiate».

«Se non lo facessi sarei un ignavo», precisò Andrea, per poi assumere un tono di esortazione. «Ora veniamo al dunque, abbiamo poco tempo».

A quelle parole, Rocheblanche scordò la tragedia in cui stava vivendo e si sentì pervadere da un familiare fervore. Non si trattava di mera curiosità, ma del sottile compiacimento di prendere parte, ancora una volta, a un intrigo.

«Forse», la voce del monaco si tramutò in un sussurro così flebile da indurre il cavaliere ad accostare l'orecchio, «ignorate che il vescovo Guido, il giorno in cui fu ucciso, si trovava in compagnia di vostra sorella Eudeline. E che prima di spirare le affidò una confessione scritta per sgravarsi, a suo dire, la coscienza».

Maynard abbozzò una smorfia di sprezzo. «Assai comodo da parte sua».

«Non spetta a noi giudicare. A maggior ragione se il contenuto di quel documento possa fornirvi un vantaggio sui vostri nemici».

«Vi riferite a Bertrand du Pouget?».

L'abate annuì. «Sua grazia è giunto a Ferrara».

«Mi è già noto», ribatté. «È per suo volere che mi trovo qui. Du Pouget sta manovrando Lamberto da Cingoli come un burattino, sperando di farmi confessare i segreti del *Lapis exilii*».

«Nondimeno vi sfugge un particolare», soggiunse Andrea, «ovvero che il cardinale non conosce l'enigma che svela il nascondiglio di quella reliquia».

«Eppure...», Rocheblanche non riuscì a trattenere lo stupore, «non foste proprio voi, padre, a riferirmi che il vescovo Guido si era impossessato di quel testo?»

«Infatti è così. Ma a quanto pare, non lo rivelò mai a monsignor Bertrand».

Il cavaliere ne rimase incredulo. «Quindi, in parte, Baisio mi fu leale».

L'abate sospirò. «Diviso com'era tra la sua ottusa fedeltà verso Avignone e la percezione di cosa invece fosse giusto, egli fu certo logorato dal rimorso… E ciò spiega la confessione che consegnò a vostra sorella. Confessione alquanto dettagliata, se mi è concesso dire. Secondo il suo contenuto, infatti, voi non vi trovate a combattere soltanto contro Lamberto da Cingoli e Bertrand du Pouget. Quest'ultimo infatti dispone di un secondo, potente alleato: Obizzo III d'Este».

«Ho già avuto modo di rendermene conto, benché non riesca a spiegarmi perché il marchese si sia schierato a fianco di un suo antico oppositore».

«La spiegazione affonda nel passato di questi uomini», gli rese noto Andrea. «Vent'anni or sono, infatti, si verificò un pericoloso contrasto tra la famiglia d'Este e sua santità il papa. A causa delle loro simpatie per Ludovico il Bavaro, il nobile Obizzo e i suoi fratelli furono dichiarati eretici e processati dall'Inquisizione. Il ruolo dell'accusa fu in parte assegnato a Bertrand du Pouget, allora investito di un tale potere da sguinzagliare contro i signori di Ferrara i più feroci mastini della Chiesa. Tra cui, un tal Lamberticius Cingulanus».

«Ovvero… Lamberto da Cingoli!». In un crescendo di tensione, Maynard scordò per un attimo di moderare il tono della voce. «Finalmente comprendo la strana reazione di sua signoria di fronte a quel domenicano! Fu un maldestro tentativo di mascherare la paura».

Andrea fece un cenno di conferma. «Alla vista di Cingoli, Obizzo d'Este si imbatté probabilmente nel suo più grande timore, cioè di subire un nuovo processo per eresia. Immaginate cosa dovette provare quando, in un secondo momento, fu messo al corrente dallo stesso inquisitore della presenza di Bertrand du Pouget a Ferrara. Guido di Baisio ne parla con precisione nella sua testimonianza. In sostanza, descrive il marchese intrappolato in una sorta di tenaglia».

«È per vigliaccheria, dunque, che Obizzo ha deciso di appoggiare Bertrand».

«E anche, suppongo, per un'indubbia antipatia nei vostri confronti».

«Comunque sia, sono spacciato». Il francese fu sopraffatto da un improvviso sconforto. «Non fraintendetemi, reverendo padre. Vi sono assai grato per aver fatto chiarezza sulla vicenda, ma non vedo come ciò possa favorirmi e soprattutto aiutarmi a portare a termine la mia antica missione».

L'abate gli rivolse un sorriso enigmatico. «Vi riferite al vostro giuramento di recuperare le reliquie del Cristo?»

«Sì, la punta di lancia e la coppa», rispose Maynard incupendosi ancor di più. «Le ho sognate poc'anzi, sapete? Erano nelle mani dei cavalieri dell'Apocalisse, la *visio* ricorrente di cui vi accennai mesi fa. Ero ormai giunto a credere che quei tre araldi fossero un presagio della pestilenza, e invece… eccoli di nuovo ad atterrirmi in groppa ai loro diabolici destrieri. Stanotte, per la prima volta, ho intravisto alle loro spalle l'incombere di una impenetrabile oscurità e in mezzo a essa… il corsiero del quarto cavaliere». Abbassò il capo, rassegnato. «Morte».

«Non tutto è perduto, messere», lo consolò Andrea. «Nella sua testimonianza, il vescovo Guido menziona anche le reliquie che veniste a cercare in questi feudi. Esse, scrive, passarono dalle mani del monaco Facio di Malaspina a quelle di Bertrand du Pouget».

Rocheblanche lo fissò sbigottito. «Dunque adesso si troverebbero… a Ferrara?».

Andrea annuì. «In un edificio del quartiere di Boccacanale, per l'esattezza. Dentro uno scrigno tenuto costantemente d'occhio dal cardinale».

Incurante delle fitte lancinanti alle membra, il cavaliere scattò in piedi e gli strinse le spalle. «Dimenticatevi di me, padre, e recuperate quelle reliquie. Immediatamente! È l'unica cosa che conti».

«Ma messere…», si divincolò il religioso.

«Quindi affidatele al buon Gualtiero», seguitò Rocheblanche. «Lui sa dove portarle, è già stato in quel luogo e basterà solo che…».

«Ragionate, in nome di Dio!», lo ammonì il religioso, per poi proseguire con un bisbiglio. «Non capite? Se si riuscisse a dimostrare che Bertrand du Pouget vi fece imprigionare non per giusta causa, ma per impossessarsi della terza reliquia del Cristo, verreste riconosciuto innocente».

«Ma in tal modo», obiettò Maynard, «i segreti del *Lapis exilii* verrebbero svelati al mondo e io avrei disonorato il mio giuramento».

«E a vostra sorella non pensate?», insistette il monaco.

Il cavaliere fece un gesto impotente. Si sentiva terribilmente in colpa verso Eudeline. Se invece di inseguire l'onore perduto avesse deciso di starle accanto, lei avrebbe certamente sofferto meno e forse, in quel momento, sarebbe stata sposata, con un marito e dei figli in grado di renderla ancora felice. Molto meglio, dunque, liberarla dalla presenza di un fratello che l'avrebbe costretta a sacrificarsi ancora e ancora, fino a renderla folle. «Mia sorella...», mormorò, «capirà».

L'abate però serbava un piglio combattivo. «Ha agito con coraggio, si è sottoposta a rischi... E voi la ripagate in questo modo?».

Rocheblanche tornò a rannicchiarsi in un angolo della cella. «Ditele che ho fallito e, ve ne prego, cercate di esternarle tutto il mio rammarico. Ma io non posso... Non voglio che continui a soffrire per causa mia».

«Ragionate da stolto, messere».

«Non m'importa. Farete ciò che vi ho chiesto?».

A quella domanda, Andrea fu oppresso da un quasi visibile amalgama di paura e indecisione. «Io... Io non...».

Prima che potesse formulare una frase, il prigioniero si alzò da terra e gli strinse il bavero della tonaca, ansante di rabbia. «Osereste lasciare le reliquie del Salvatore nelle mani di un uomo malvagio?»

«Giammai!», fremette il monaco.

Maynard lasciò la presa. «Me lo giurate?»

«Agirò... nel limite del possibile». L'abate si appoggiò a una parete, oppresso da un improvviso quanto enorme fardello. «Vi supplico di comprendere, messere... Io non sono un uomo d'azione».

«Ancor meglio, siete un uomo di fede».

«Una volta, forse».

«E cosa colma ora quel vuoto?», lo provocò il cavaliere. «La paura?».

Padre Andrea fu tentato di ribattere a tono, ma frenò la lingua. Rimase immobile, accanto alla parete, quasi fosse stato trafitto da una freccia. Per un attimo si udì soltanto il suo respiro, accompagnato dal rumore di una goccia di umidità che batteva in qualche punto remoto della prigione. Infine, emise un lungo sospiro. «E sia», disse. «Lo giuro».

Rocheblanche si rasserenò. «Allora, amico mio, non vi resta che benedirmi e prendere commiato da questo luogo. Per sempre».

Il monaco ne rimase incredulo. «Questo no, non posso prometterlo», sbottò.

«Oh, invece lo farete», rimarcò Maynard con l'intento di metterlo in guardia. «Lo farete per non alimentare uno dei maggiori sospetti di fra' Lamberto da Cingoli».

«Ovvero?», lo interrogò Andrea.

«Vuole farmelo ammettere da giorni, invano, senza darsi mai requie», gli rivelò. «Perché quel tarlo nella sua testa riguarda voi, reverendo padre. L'inquisitore è convinto che siate mio complice nella vicenda del *Lapis exilii*».

48

Abbazia di Santa Maria di Pomposa, parlatorio
23 maggio

Padre Andrea camminava avanti e indietro, incapace di fugare dalla mente l'immagine del prigioniero. Già da novizio aveva smesso di provare impressione per i segni delle torture inflitte ai sospettati di eresia, eppure riconoscere quegli stessi segni sulla pelle di un uomo che reputava amico era stato un duro colpo. Aveva faticato assai per nascondere le proprie emozioni davanti a Rocheblanche, fin quando, uscito dal convento, si era cacciato in un vicolo deserto per dar sfogo a una crisi di pianto. Persino nella penombra aveva distinto le sue terribili piaghe, ma si era imposto di ingoiare un'esclamazione pietosa per non ferire l'orgoglio del cavaliere.

Da allora non riusciva a darsi requie. Incamminatosi a dorso di mulo verso il suo monastero, si era interrogato se fosse il coraggio a fargli sopportare i ferri del boia, o piuttosto la volontà di autopunirsi per espiare un antico rimorso. L'abate di Pomposa non era certo estraneo alle morbose seduzioni dell'autoflagellazione, né alle ossessioni che spingevano a eccedere in simili pratiche, e conosceva abbastanza Maynard da sospettarlo incline a quel genere di cose. Forse il francese era addirittura grato al Signore per averlo sottoposto a quella sfida disumana. Nondimeno, si trattava di un'ingiustizia.

L'inquietudine l'aveva accompagnato durante il viaggio di ritorno fino a quel momento fatidico, in cui si vedeva costretto a render conto a Eudeline de Rocheblanche.

La dama, immobile, silenziosa, stava al centro del parlatorio con le mani in grembo. Da quando aveva ottenuto ospitalità nell'abbazia vestiva con un abito scuro simile a quelli indossati dalle beghine.

Altrettanto Isabeau che, accovacciata accanto al focolare, ingannava l'attesa giocando con le orecchie di Fiumano.

Prima di dar fiato alla voce, Andrea posò lo sguardo sul levriere, notando con una punta di gelosia il sonnolento compiacimento con cui la bestia si concedeva alle attenzioni della ragazza, quindi si rivolse alla signora de Rocheblanche. «Se solo vedeste», esordì torvo, «in quali condizioni l'ho trovato!».

Isabeau smise immediatamente di accarezzare il cane e sollevò il capo, atterrita. Fu Eudeline, però, a porre la domanda. «L'hanno... torturato?», ansimò.

Il religioso annuì. Pur avendo meditato a lungo su quali parole usare, gli riusciva difficile mantenere il distacco da quanto aveva visto. Gli sarebbe servito qualche giorno di raccoglimento per placare l'animo e valutare la situazione a freddo, ma non poteva certo esimersi dagli obblighi verso quelle donne. Si schiarì la gola, costernato. «Fra' Lamberto da Cingoli non ha mostrato né riguardo né carità».

Eudeline soffocò un grido di rabbia.

«Tuttavia», aggiunse con l'intento di confortarla, «ho avuto l'impressione che messer Maynard non abbia subìto danni permanenti».

«Il cardinale lo vuole vivo», dedusse la donna, nell'evidente sforzo di dissimulare l'angoscia. «Ha progetti a lungo termine».

«Ciò va oltre la mia e la vostra comprensione», commentò Andrea. «E peggio ancora, quel testardo di vostro fratello non mostra il minimo interesse al riguardo».

«Cosa intendete dire?»

«Che non vuole difendersi dalle accuse».

«Ma... gli avete spiegato la situazione?»

«Per filo e per segno, madonna. Ciò nonostante egli resta fedele al suo proposito dissennato. È costernato, mortificato oltre ogni dire... ma piuttosto di farvi correre dei rischi sceglie la condanna».

La dama scosse il capo. «Dovrete fargli cambiare idea».

L'abate fece un gesto impotente. «Mi ha costretto a giurare che non lo incontrerò mai più», rispose deludendola. Fu sul punto di giustificare quella scelta adducendo i sospetti di Cingoli che gravavano su di lui, poi decise di tenerlo per sé. Pur di ottenere giustizia, l'indomita Eudeline de Rocheblanche avrebbe senz'altro consegnato non solo l'abate, ma l'intero cenobio di Pomposa all'Inquisizione. Meglio indirizzarla verso argomenti meno insidiosi. «D'altronde», aggiunse l'abate con aria coscienziosa, «conoscete Maynard meglio di me. Anche se gli parlassi dieci, cento, mille volte, non riuscirei comunque a smuoverlo dai suoi propositi».

Eudeline consultò Isabeau con un'occhiata, infine, sempre più risoluta, si rivolse al religioso. «Significa che troveremo un altro modo».

«Avete in mente qualcosa di preciso?», la interrogò lui.

«Libereremo mio fratello agendo dall'esterno. Assolderò dei mercenari, se sarà necessario, e con il favore della notte...».

«Sarebbe inutile», la disilluse. «Il convento di San Domenico è pressoché inespugnabile, con la sua torre poderosa e le mura guardate da arcieri... Inoltre un simile azzardo vi esporrebbe al rischio di essere notata dai nemici di Maynard. Cosa accadrebbe se si venisse a sapere che vi nascondete in questa abbazia?».

Lei soffocò un'imprecazione, ma covava troppa rabbia per potersi contenere. «Non abbandonerò mio fratello!», finì per sbottare, sollevando i pugni.

«Nemmeno io», tentò di quietarla l'abate.

La dama si voltò di spalle e si sforzò di riflettere, a dispetto dell'espressione del viso che preannunciava una sfuriata imminente. Rimase in silenzio, mentre la collera si raffreddava in un astio quasi tangibile. «C'è forse un altro modo», rivelò infine. «Mi riferisco alle reliquie del Cristo tenute in custodia da Bertrand du Pouget. La punta di lancia e la coppa».

Il religioso annuì. «Ne ho discusso con vostro fratello. Egli mi ha fatto promettere di recuperarle e di metterle al sicuro».

«Se ce ne impossessassimo», rimuginò Eudeline senza prestargli attenzione, «potremmo barattarle con Maynard».

«Rocheblanche me l'ha proibito categoricamente», rimarcò Andrea. «Inoltre ragionate, ve ne prego. Se anche riuscissimo a mettere le mani su quelle reliquie, sarebbe impensabile pretendere...».

«Avete paura, padre?», lo zittì Eudeline in uno slancio di fierezza. «A giudicare dal vostro sguardo, si direbbe che nascondiate qualcosa».

Lui arretrò d'un passo. «Ho soltanto bisogno di riflettere con calma».

«Non possiamo permettercelo».

«Al contrario, madonna. La situazione non ci è del tutto sfavorevole». Con quelle parole, l'abate si sedette su una panca per dar voce a un'idea che gli era balenata nella mente durante le ultime ore del suo viaggio di ritorno. Benché si trattasse di qualcosa di troppo vago per definirsi un piano, era l'unica alternativa che potesse contrapporre ai propositi avventati della signora de Rocheblanche. «A dispetto dei loschi intenti di Cingoli e di Pouget», iniziò a spiegare, «possiamo contare su due cose. La prima, che vostro fratello non potrà essere né processato né giustiziato dall'Inquisizione finché a Ferrara mancherà un vescovo. La seconda, che la presenza delle milizie pontificie nella vicina Romagna limita la libertà d'azione di monsignor Bertrand».

Più Andrea progrediva nella sua esposizione, più la dama si faceva attenta. Alla fine annuì. «Come suggerite di agire, pertanto?»

«Prolungare il più possibile questa situazione di stallo», rispose lui con un sorrisetto astuto. «Per motivi che non vi riguardano, dopo la morte di Guido di Baisio avviai un'indagine per scoprire chi fosse il favorito a succederlo. E proprio l'altro ieri, grazie a un messaggio inviatomi in gran segreto da un monaco di Firenze, ne appresi il nome».

Eudeline si strinse nelle spalle. «Dunque entro breve la diocesi di Ferrara tornerà ad avere un vescovo. Ebbene, come potete considerarlo un vantaggio?»

«Lo sarà nel caso riuscissi a convincere il futuro vescovo a posticipare la propria investitura, così da farci guadagnare tempo. O, in alternativa, a intercedere per vostro fratello».

«Sempre che Bertrand du Pouget non vi abbia preceduto, assicurandosi la lealtà di quel prelato».

«È un rischio che reputo si debba correre». Andrea giunse le mani, assumendo un'involontaria posizione di supplica. Se c'era una possibilità di spuntarla, era quella. «Lasciatemi tentare».

La piega obliqua che attraversava la fronte di Eudeline enfatizzava una tacita obiezione. «Siete certo che non sia invece il caso di recuperare le reliquie in possesso di du Pouget?»

«Verrà di sicuro il momento anche per questo. Ma più tardi lo faremo e più tardi il cardinale si insospettirà».

Lei alzò le mani al cielo. «Tutta questa cautela è… snervante!».

«Però necessaria, giacché impossessarci delle reliquie non sarà un gioco da bambini», fece presente Andrea. «Conoscere l'ubicazione di un oggetto non lo rende più facile da rubare, specie se è ben custodito».

Eudeline si trovò costretta ad annuire. «Occorrerebbe una persona abile in questo genere di cose…».

«Una bazzecola, quindi», ironizzò il monaco. «Siete forse pratica del mondo dei ladri?»

«Lo farò io!».

Si voltarono entrambi verso Isabeau. La ragazza era scattata in piedi con i pugni sui fianchi, l'espressione risoluta di un soldato.

«Figliola, non siate sciocca…», minimizzò l'abate.

Incurante del suo intervento, Isabeau fissò intensamente Eudeline. «Non sarebbe la prima volta».

Andrea la scrutò sbigottito. «Cosa vorreste insinuare?»

«Che non sono chi credete», rispose la giovane. Camminò verso il centro della stanza, sempre più sicura di sé. «Maynard ed Eudeline celarono la mia vera identità per proteggermi, ma vista la situazione mi sento in obbligo di mettervi al corrente». I suoi occhi dai colori diversi si posarono su di lui, quasi compiaciuti del suo sconcerto. «Il mio sangue non appartiene né ai Rocheblanche né ad alcun casato di alta schiatta. Sono la figlia di un guitto, orfana da quando ero bambina. E per sopravvivere, fino a due anni fa, non disdegnai di intrufolarmi nei luoghi più impensati per compiere dei furti».

Il reverendo Andrea spalancò la bocca, incredulo non tanto per quella rivelazione ma per le bizzarre circostanze in cui si trovava invischiato. Pareva non facesse in tempo ad abituarsi al progredire degli eventi che la realtà intorno a lui mutava di nuovo, mettendolo di fronte ad altri inganni. E ora, per di più, trovava conferma dell'istintiva ritrosia che aveva sempre provato verso quella ragazza. Era come se la vedesse per la prima volta. Isabeau la ladra, la vagabonda, la seduttrice che aveva traviato il buon Gualtiero, allontanandolo da Pomposa, dal Signore e dai propositi di grandezza… Sentendosi defraudato, le puntò l'indice contro. «Voi, maledetta bugiarda!».

«Non è il momento di cedere al rancore», lo ammonì Eudeline. «Siamo qui riuniti per collaborare, e quant'è vero Iddio lo faremo».

«Mi chiedete di mettermi nelle mani di quella piccola vipera?», si schermì il monaco in un crescendo di indignazione.

La dama si fece riflessiva. «Soltanto se sarà necessario», rispose. «Per ora voglio riporre fiducia nel vostro piano. Organizzate un incontro con il futuro vescovo di Ferrara, e si vedrà. Ma a meno che non m'inganni, padre, vi dovrete armare di qualcosa di più efficace di un nobile intento, se volete riscuotere successo».

Andrea la fissò contrariato. «Cos'altro potrebbe indurre un uomo di Chiesa ad appoggiare la nostra causa?»

«Il denaro, ovviamente», ribatté Eudeline. «Una cospicua somma di denaro».

PARTE TERZA
Il quarto cavaliere

49

Firenze, sestiere di San Pier a Scheraggio
13 giugno

In un gioco di arcate, colonne e murature baciate dal tramonto, la chiesa di San Pier si fondeva nell'ocra della pietra forte con il Palazzo dei Priori e i resti di vetuste cinta. Padre Andrea l'aveva raggiunta seguendo una via detta della Ninna, sfiancato dall'interminabile viaggio attraverso l'Appennino, lungo le selve ombrose della Garfagnana, la valle del Serchio e la via Francigena. Aveva portato con sé soltanto un famiglio, Basilio, che si era curato di proteggerlo, a Dio piacendo, in un cammino irto di pericoli. Ora tuttavia, dinanzi alle bellezze di Firenze, il religioso dimenticava gli affanni e finanche la paura per esser quasi precipitato in uno dei tanti burroni che aveva costeggiato a dorso di mulo. Provava un'euforia di cui non beneficiava da tempo, quasi fosse tornato un giovane novizio alla scoperta del mondo. Rammentò a tal proposito il suo antico tutore, Severino da Padova, che anni addietro gli aveva consigliato di non mettere mai da parte lo sguardo del viandante, poiché in esso si celava la chiave per saper riconoscere Dio in ogni cosa. E per un attimo l'abate credette di averla ritrovata davvero, quella chiave, per essere subito dopo costretto a far di necessità virtù. Proprio allora, infatti, i rintocchi dei vespri stavano richiamando il clero alla funzione della messa, offrendogli un'occasione che non si sarebbe ripresentata fino al giorno successivo. Smontò quindi di sella e affidò la cavalcatura al servo, sistemando alla bell'e meglio la tonaca da viaggio.

Non trascorse molto dacché il portale del palazzo si spalancò, riversando sul selciato una piccola processione di *gentes togatae*. Erano per buona parte monaci e frati, insieme a qualche chierico dalle vesti sfarzose.

Prima che raggiungessero la chiesa, Andrea fece per avvicinarsi, quando uno scrupolo lo indusse a esitare. Aprì una borsa appesa alla sella del mulo, estrasse un foglio di bambagina e vi annotò poche righe con una grafite, dopodiché affidò il messaggio a Basilio. «Va' tu», gli ordinò, indicando la processione.

Il servo tradì un lieve tentennamento.

«Preferisci forse che il tuo abate si umili alla stregua di un comune postulante?», lo spronò il religioso.

«No, dominus».

«Allora va', spicciati. Consegna questo scritto a sua grazia il priore, senza scordar di dire chi glielo manda, e non tornare prima d'aver ottenuto risposta».

Nell'attesa che il buon Basilio eseguisse l'incarico, Andrea prese il mulo per le redini e lo condusse in un punto in penombra, lontano dal viavai della strada. Frattanto tenne d'occhio il servo. Lo vide correre verso la processione, parlare con alcuni chierici e affidare il messaggio a un uomo alto, dall'aria distinta, con un appariscente crocifisso d'oro appeso al petto. Doveva essere lui, suppose, il prescelto designato a diventare vescovo di Ferrara. Monsignor Filippo di Neri d'Antella. Soltanto il nome gli era stato rivelato dai suoi informatori, insieme a pochi ragguagli di quasi nessuna utilità.

D'un tratto si accorse che Basilio aveva annuito e, con un saluto reverente, tornava in fretta sui propri passi.

«Ebbene?», lo interrogò non appena l'ebbe di fronte.

«Il priore vi reca i suoi omaggi», rispose il famiglio, trafelato, «e si pregia di invitarvi domani sera, all'ora decima, nel suo palazzo».

50

Abbazia di Santa Maria di Pomposa
14 giugno

Dopo venti giorni trascorsi senza ricevere notizie attendibili sul fratello, Eudeline era in preda all'angustia. Quasi sicuramente Maynard era ancora vivo e, a voler prestare ascolto alle voci trapelate dagli ambienti curiali, Lamberto da Cingoli aveva sospeso le torture. Ma era una magra consolazione, a cui si aggiungeva l'incertezza per la missione di padre Andrea. Benché la nobildonna apprezzasse l'aiuto dell'abate e ne lodasse l'arguzia, non era avvezza ad affidarsi a terzi. Specie in situazioni tanto delicate. A quella logorante attesa, avrebbe preferito di gran lunga recarsi di persona a Firenze e trattare faccia a faccia con il misterioso successore di Guido di Baisio. Però Andrea si era intestardito nel volersene occupare da solo, chiamando in causa la necessità di tenerla al sicuro e in completo anonimato.

Suo malgrado, Eudeline era stata costretta ad assentire. Se si fosse sparsa la voce che la signora di Rocheblanche si trovava nei feudi di Ferrara e si stava adoperando per liberare il fratello, i sicari di Bertrand du Pouget non avrebbero tardato a rintracciarla. Ragion per cui, l'abate si era premurato di tener nascosta la sua identità persino ai monaci pomposiani, presentandola ai loro occhi come una lontana cugina in attesa di essere accettata in un convento femminile.

Soltanto una persona, nel cenobio, era stata messa al corrente del vero nome di Eudeline e del perché fosse stata accolta con Isabeau tra le mura dell'abbazia. Si trattava di un giovane famiglio incaricato di prendersi cura di lei e di difenderla a costo della vita nel periodo di assenza di Andrea. Ecco perché, nel vederlo comparire all'improvviso, Eudeline presagì di essere in pericolo.

In quel momento si trovava in una navatella del monastero, raccolta in preghiera davanti a una Madonna del Popolo affrescata a sinistra dell'altare. A onor del vero non era nelle condizioni di recitare un solo *Ave Maria*, immersa com'era nelle sue preoccupazioni. Aveva tuttavia deciso di recarsi in quel luogo per uscire dal cubicolo asfittico in cui era stata confinata, approfittando della sospensione degli offici durante le prime ore del pomeriggio.

Il giovane Agostino la raggiunse a passo svelto, guizzando con la sua chioma bionda tra le panche su cui erano soliti inginocchiarsi i monaci.

«Madonna», sussurrò con gravità appena le fu di fronte, «ho premura di conferire con voi».

«Cos'accade?», si allarmò lei.

«In tarda mattinata sono giunti degli uomini che si spacciano per pellegrini».

«E in realtà non lo sono?»

«Lo stato dei loro cavalli non è tale da far presupporre un lungo viaggio. Mentono, mi giocherei un occhio».

La dama studiò il volto del servo. Tanto giovane da essere imberbe, lo sembrava ancor di più per via dei vaporosi boccoli da cherubino. Lo sguardo però era acuto, e non certo avvezzo a perdersi in fantasticherie. «Anche se fosse», ribatté, «perché dovrebbe interessarmi?»

«Uno di quegli individui ha confidato al padre portinaio di essere in cerca di una femmina di nobile schiatta, e ha chiesto se per caso non si trovi in questa abbazia. Vi ha descritto per filo e per segno, dopodiché ha fatto il vostro nome».

«Ne sei certo?»

«Ho udito distintamente, madonna, mentre attendevo che mi affidassero i cavalli».

Eudeline si sentì pervadere da un improvviso e intenso calore. Non provava quella sensazione da quando aveva scorto l'Arabo tra le vie di Ferrara, ma ora intuiva che il pericolo fosse ancora più grande. Doveva agire all'istante e mettersi in salvo con Isabeau. «Il portinaio ha parlato?».

Agostino si strinse nelle spalle. «Ha detto che sì, una femmina ci sarebbe, ma non risponde a quel nome. Però quell'uomo si è insospettito lo stesso».

«Non c'è tempo da perdere», esclamò lei, accennando a dirigersi verso un'uscita diretta al chiostro.

«Sono qui per questo», le confidò il servo, trattenendola per un braccio.

Eudeline si divincolò. «Avete fatto molto, ve ne do atto, ma ora...».

«Dovete fidarvi!», insistette lui, risoluto. «Il venerabile abate aveva previsto una simile evenienza e, prima di andarsene, mi ha istruito in merito».

Quelle parole la trovarono così impreparata da lasciarla basita, bloccando ogni suo movimento. Il giovane dai capelli biondi la scosse con forza. «Presto, mia signora!», la spronò. «Dovete seguirmi».

51

Firenze, Palazzo dei Priori

L'edificio era maestoso, con la facciata in bugnato, i merli e il corpo simile a una fortezza. Padre Andrea l'aveva ammirato risalendo la piazza, incapace di distogliere lo sguardo dalla torre decentrata e sporgente che conferiva all'insieme un che di spettacolare. Benché l'avesse già notata il giorno prima, continuò ad avanzare con il naso all'insù fino a quando le guardie non gli consentirono di accedere all'*aringhiera*[7] collegata alla porta principale.

Monsignor Filippo di Neri d'Antella lo attendeva in una stanza decorata da arazzi e insegne guelfe, tra cui si apriva una finestra ad arco che si affacciava su via Por Santa Maria. Il prelato si trovava accanto a essa, intento a scrutare l'affaccendarsi dei setaioli lungo la strada. Era alto, asciutto, interamente vestito di nero, con le dita affusolate intrecciate dietro la schiena. Non appena si accorse dell'ospite, lo fece accomodare su uno scranno di legno brunito e sedette di fronte a lui manifestando un'invidiabile eleganza nei movimenti. «Il venerabile abate Andrea di Pomposa, suppongo».

Il monaco annuì. «Sono assai riconoscente a vostra grazia», aggiunse, «per tanta solerzia nel ricevermi».

Il priore reagì con un gesto allusivo, quasi a voler instaurare un legame di complicità che trovò conferma in una sua occhiata. «Visto da dove provenite», disse, «ho reputato saggio non farvi attendere».

Tanto bastò perché Andrea si sentisse inquisito. «Quindi avete intuito…».

«Il mio discernimento va oltre l'intuito». Monsignor Filippo indicò la distesa di tetti oltre la finestra con la noncuranza di chi allude

[7] Pedana rialzata da cui un tempo i priori di Firenze assistevano alle cerimonie che si tenevano nella piazza.

a un teatrino di burattini. «Giorni addietro fui informato dal rettore di Vallombrosa della vostra brama di conoscere anzitempo il futuro vescovo di Ferrara. Fui io a permettergli di rivelarvi il mio nome».

«Quindi...», fremette, «aspettavate la mia visita».

Il priore sorrise. «Ciò che ignoro, a conti fatti, è soltanto la causa che vi ha portato fin qui. Ma con un piccolo sforzo, posso ben immaginarla».

Andrea strinse i braccioli indignato. «Non è per elemosinare regalie, se è questo che insinuate».

«Ciò vi fa onore», lo placò Antella, sporgendosi in avanti. «Cos'altro vi spinge, pertanto, a separarvi dalle vostre nebbiose lande?».

Prima di rispondere, l'abate s'impose la calma. Ancora gli sfuggiva se Filippo di Neri lo stesse punzecchiando per diletto gratuito o per saggiare la sua tempra. Sospirò con rammarico. «Un caso di coscienza, vostra grazia».

«Non potreste attendere la mia investitura? Ormai manca poco prima che sua santità mi affidi ufficialmente la diocesi di Ferrara».

«Mi è impossibile», sottolineò in uno slancio di schiettezza. «Anzi, mi trovo al vostro cospetto proprio per supplicarvi di prorogare quel momento».

Il priore si alzò di scatto. «Siete impazzito?».

Andrea osservò il suo sguardo virare dall'incredulo all'indignato, poi abbassò le palpebre per mantenere un atteggiamento umile. «Ne va della vita di un uomo giusto, vostra grazia».

«Fossero anche cento, non rinuncerò a quanto mi spetta», esclamò il priore.

«Neppure per onorare la volontà del vostro predecessore?»

«Se credete di ammaliarmi con giri di parole, vi sbagliate di grosso. Spiegate succintamente, e conoscerete il mio parere».

Senza smettere di fissare i propri piedi, l'abate annuì. In tutta sincerità non si era aspettato una reazione così sanguigna, avvezzo com'era a vedersela con prelati dal temperamento cauto ed enigmatico, sempre pronti a chiamare in causa mille allusioni. Quel fiorentino invece andava affrontato a viso aperto. «L'uomo a cui alludo salvò la vita a monsignor Guido di Baisio in tempo di peste», gli rivelò, «e di certo non esiterebbe a fare altrettanto per voi, se la situazione lo richiedesse. È un cavaliere impavido votato all'onore e alla lealtà, devoto a Dio e all'Ecclesia, eppur si trova ingiustamente oltraggiato, e tenuto prigioniero dall'Inquisizione di Ferrara con l'accusa di eresia».

Il priore sembrava aver mitigato la stizza, e ora meditava a occhi socchiusi, accarezzandosi il mento. «Nessun tribunale della Santa Inquisizione», osservò, «può operare in una diocesi sprovvista di vescovo».

«Avete colto esattamente nel segno», ribatté Andrea, compiacendosi di tanta arguzia.

«Ciò non significa che accondiscenderò alla vostra richiesta», precisò Antella con un sorrisetto volpino. «Meglio per me inimicarsi i frati dell'Inquisizione o sacrificare uno sconosciuto, seppur innocente? Rispondete, padre».

L'abate si adombrò. «Il cuore impavido di cui prendo le difese non merita tanta sufficienza».

«Lasciate che vi parli io di meriti», ribatté a tono monsignor Filippo. «Sette anni or sono mi vidi negare la nomina di vescovo di Firenze benché mi fosse già stata accordata da papa Benedetto XII. Sette anni, padre, e vi assicuro che ancora mi brucia. Non immaginate lontanamente cosa dovetti affrontare per rendermi meritevole di quell'investitura, dell'impegno assiduo e incrollabile di cui mi feci carico! E adesso che Clemente VI, dopo tanto tentennare, si decide a conferirmi a mo' di consolazione il vescovato di una città distante, a me quasi ignota, dovrei rinunciare pure a quello?».

Andrea si affrettò a scuotere il capo. «Per carità, no», mormorò. «Conosco i vostri meriti e dubito esista chierico più degno della carica che vi apprestate a ricoprire. Già cappellano pontificio, ambasciatore della Santa Sede, rettore di Romagna e ora priore di San Pier a Scheraggio. Chi meglio di voi potrebbe...».

Filippo di Neri emise una risata secca. «Non è con le lusinghe che otterrete il mio favore».

Andrea lo sapeva bene. Appena giunto a Firenze aveva sguinzagliato Basilio per strade, chiese e osterie affinché si informasse sul conto di monsignor Filippo, e da quanto appreso era giunto alla stessa conclusione di madonna Eudeline. Prima ancora di esser prete e vassallo di Avignone, Antella proveniva da una famiglia di mercanti e cambiatori. Sarebbe stato più facile far diventare il suo sangue acqua, che fargli accogliere una supplica senza tornaconto.

«Riceverete una somma», chiarì l'abate, «pari se non superiore alle rendite che otterreste come vescovo per tutto il periodo di proroga della vostra investitura».

Facendosi all'improvviso più cauto, monsignor Filippo gli girò intorno come uno sciacallo e rimuginò a lungo, dissimulando le proprie emozioni dietro un'espressione sardonica. «Aprirei di buon grado la trattativa, se non fossi a conoscenza dei disagi economici in cui versa il vostro cenobio».

«Il denaro non proverrebbe da Pomposa», precisò Andrea, «ma da una persona legata a colui che intendo liberare». Così dicendo, si sforzò di reprimere due sentimenti che gli laceravano il cuore. Il primo nasceva dal disgusto per la cupidigia del futuro vescovo di Ferrara. Il secondo, dalla consapevolezza che per prolungare la vita di Maynard de Rocheblanche avrebbe dovuto rinunciare ai fiorini necessari per finanziare l'affresco della sua amata abbazia.

53

Abbazia di Santa Maria di Pomposa

Poco prima dell'imbrunire, una donna avvolta in una cappa nera uscì dagli stallaggi in sella a un baio e, con uno schiocco di redini, si allontanò di gran carriera dal monastero.

Uno dei tre finti pellegrini, appostato all'esterno della foresteria, la individuò subito e richiamò i suoi compagni con un fischio. Nel tempo di un amen si lanciarono all'inseguimento.

Il cavallo della fuggitiva era veloce, ma lei non si mostrò all'altezza di governarlo nello spron battuto. Gli uomini le piombarono addosso come falchi, costringendola a rallentare.

«E ora, mia signora», la schernì uno di loro, puntandole un pugnale alla gola, «vi condurremo dal cardinale».

54

Ferrara, contrada di Boccacanale

Bertrand du Pouget rimase in piedi, a rintuzzare la smania, mentre la donna incappucciata veniva condotta al suo cospetto. Attraverso la cappa nera che le celava i lineamenti gli parve di scorgere un fremito, e ciò accrebbe in lui il desiderio di trovarsi di fronte alle iridi ardenti di Eudeline de Rocheblanche. Da allora in poi, si disse, l'infame Maynard non avrebbe più potuto tacergli alcun segreto.

Con un gesto impaziente, si rivolse a uno degli armigeri che su consiglio di Cingoli aveva inviato a Pomposa e diede l'ordine di scoprirle il viso.

L'uomo eseguì.

Il cardinale scrutò la donna.

I suoi occhi, ormai non più acuti com'erano stati in giovinezza, si strinsero in due fessure cerchiate di rughe. Prima per lo sforzo di osservare, poi per esprimere un sentimento feroce, incontrollato, che d'un tratto lo pervase. Senza quasi avvedersene, scattò in avanti e respinse in malo modo il soldato. «Chi sarebbe costei?», strepitò.

«Non è…», blaterò l'armigero, «la femmina che vi aspettavate?»

«Conosco bene la nobildonna che vi ho mandato a cercare!», continuò a sputar bile, per poi indicare la prigioniera con un moto di sprezzo. «E questo non è certo il suo volto!».

«Ma era l'unica dama presente al monastero!».

«Quale dama?», s'intromise la donna con voce querula. «Io sono una sguattera, mi occupo della cucina, di tener pulito il refettorio…». D'un tratto scoppiò in lacrime. «E costoro… questi bruti… mi rapirono mentre mi recavo in campagna per procacciar verdure…».

«Era a cavallo», si giustificò l'armigero, «sembrava fuggisse».

«Avevo premura», singhiozzò lei, «per la cena...».

Monsignor Bertrand era sconvolto. Oltremodo deluso, e con il vago sentore di esser stato gabbato, attraversò la stanza agitando i pugni per aria. «Via! Via quella muliercola dalla mia vista!».

«Ma dove...», si permise un soldato.

«Cacciatela», lo fulminò con lo sguardo, «cosa volete che m'importi!».

E sbattendo una porta, si ritirò nelle sue stanze.

55

Abbazia di Santa Maria di Pomposa
27 giugno

Fiumano l'attendeva acciambellato sui gradini del portale. Gli corse incontro, festoso, con il suo incedere zoppicante che contrastava con la nobile figura dei levrieri. Padre Andrea lo degnò di qualche affettuosa attenzione, poi proseguì verso il chiostro, opponendosi al desiderio di ritirarsi al chiuso per riposare. Il viaggio di ritorno, più estenuante di quello di andata, lo aveva messo di fronte al fatto che era invecchiato. Se c'era stato un tempo in cui il peregrinare aveva suscitato in lui meraviglia, ora si domandava come dei santi monaci della levatura di san Romualdo e di Brunone di Querfurt avessero potuto vagare a cavallo per il mondo fino all'età avanzata, affrontando estati cocenti e inverni talmente rigidi da congelare i loro piedi dentro le staffe.

Affidando a Basilio il mulo e la bisaccia, sfilò il pastorale inforcato nella sella e andò in cerca del padre guardiano, chiedendogli di convocare all'istante la femmina alloggiata nel monastero.

«Non verrà», gli ripose il monaco.

«E perché mai?», sbottò Andrea.

«Dieci giorni fa si è rinserrata nella cripta, con la compagna più giovane. E da allora non vuole più uscire».

«Chi bussa?»

«Sono io, madonna! Aprite».

Uno scatto metallico risuonò nell'ombra e il battente della cripta si aprì. Padre Andrea varcò l'ingresso al lume di una fiaccola e, guardando dinanzi, scorse Eudeline nell'atto di far sparire uno stiletto sotto la manica.

«Una precauzione», spiegò la dama, decisa.

L'abate avanzò con un sospiro, ignorando un'occhiata sospettosa di Isabeau. Scostò una ragnatela che pendeva dal soffitto e infilò la torcia in un anello della parete. «Insomma», esclamò, «cosa significa questa farsa?»

«Una farsa, dite?», inveì la signora de Rocheblanche, richiudendo in fretta la porta. «Lo saprete presto, ma prima aggiornatemi sul vostro conto».

Con un'espressione grama, Andrea ripensò a Filippo di Neri d'Antella. Forse era stato quel prelato a rendergli particolarmente gravoso il viaggio di ritorno, come se conoscerlo fosse equivalso a cibarsi di una pietanza avariata. «Tutto secondo i piani», esordì, tenendo per sé quelle considerazioni. «Ho incontrato l'uomo destinato al soglio vescovile di Ferrara e sono venuto a patti con lui. È scaltro, desideroso di potere e ancor più di ricchezze, ma alla fine sono riuscito a convincerlo a posticipare la data della sua investitura».

«A quale prezzo?», chiese Eudeline, sorvolando sui dettagli.

«Duecento fiorini al mese, a partire da oggi fino al giorno in cui gli verrà conferita la nomina».

«Voglio sperare che siate stato ben muto riguardo la provenienza del denaro».

«Naturalmente».

«E mio fratello? Gliene avete parlato?».

L'abate si strinse nelle spalle. «Monsignor Filippo d'Antella rientra fra quei prelati cui difficilmente si riesce a sfiorare il cuore».

«Quindi», sbuffò Isabeau, rintanata nell'ombra, «non farà nulla per proteggere Maynard».

Andrea annuì. «Appena mi ha sentito chiamare in causa la Santa Inquisizione, Antella se ne è lavato le mani».

«In sostanza», concluse Eudeline, «abbiamo solo rinviato l'inevitabile».

«Il tempo guadagnato è comunque prezioso, madonna», sottolineò il religioso.

«Lo sarebbe», s'incupì lei, «se ci si potesse fidare l'uno dell'altra».

«A cosa alludete?»

«Al motivo per cui io e Isabeau siamo rinserrate qui sotto». Così dicendo, la signora de Rocheblanche intrecciò le braccia al petto e osservò le arcate del soffitto. «La cripta è stata un'idea del vostro famiglio, il buon Agostino, dopo avermi salvata dall'agguato di alcune spie sostituendomi con la giovane vedova di un vostro servo casato. Molto astuto da parte sua, benché per sua stessa ammissione abbia agito seguendo un piano prestabilito. Da voi».

«Un agguato?», ripeté Andrea.

«Tre sgherri camuffati da pellegrini», precisò la dama fissandolo torva. «Il mandante resta ignoto, ma dal momento che voi metteste in conto una simile eventualità presumo siate in grado di far chiarezza».

«Se vi tenni all'oscuro», si difese, «fu per non allarmarvi più del necessario».

Eudeline gli rivolse una risata sarcastica. «Lasciate che sia io a decidere delle mie paure».

«Leggo l'accusa nel vostro sguardo», ribatté Andrea indignato, «quasi vi foste dimenticata da quale luogo provenga, e cos'abbia dovuto affrontare».

«Un'impresa portata a termine grazie al mio denaro», minimizzò lei, «e che vi ha consentito di stringere rapporti con il futuro vescovo di Ferrara».

«Come osate dar voce a una simile insinuazione?»

«Me la rimangerò quando mi avrete fornito spiegazioni sull'accaduto».

L'abate si morse la lingua. Era oltremodo irritato dal sentirsi accusare da una femmina, e ancor più dalle occhiate oblique lanciate da Isabeau. L'essere dalla parte del torto, però, gli pesava non poco. «Lamberto da Cingoli», snocciolò con un fremito di rabbia. «Presumo che l'agguato a cui siete scampata si debba a quel domenicano. Sospetta che io sia complice di vostro fratello nella vicenda del *Lapis exilii*».

«Quegli uomini cercavano *me*», obiettò la dama, «non voi».

«C'è da presumere», ipotizzò Andrea, «che Guido da Baisio, prima di morire, abbia informato Cingoli e Pouget della vostra presenza a Ferrara. In tal caso, il collegamento tra la mia e la vostra persona si darebbe per scontato. Del resto, non vi siete rifugiata in questa abbazia proprio perché sostenevate di essere seguita?».

Eudeline fece cenno di comprendere. «Se fossero riusciti a rapirmi, perciò, quei maledetti mi avrebbero usato per far parlare Maynard».

Con fare conciliante, l'abate abbozzò un sorriso. «L'ennesima prova che il vostro nobile fratello è ancora in vita».

«Sì», sospirò lei, «ma fino a quando?»

«Spero abbastanza per mettere in atto un piano».

«Quale, di grazia?»

«Il vostro», rispose il reverendo Andrea. «Ho meditato a lungo e, che Dio mi perdoni, non vedo altra scelta».

56

Ferrara, Palazzo della Signoria
12 settembre

«Esigo che sia processato, non vedo altra scelta».

«Al momento è impossibile, vostra eminenza. Lo sapete bene».

Stavano camminando nel giardino del palazzo, sotto il sole del tardo mattino. Monsignor Bertrand con gli occhi bassi, a seguire una siepe di roseto; fra' Lamberto al suo fianco, con le dita strette su un crocifisso. Dietro di loro, a distanza di qualche passo, il marchese Obizzo chiudeva la fila con aria indolente.

Stanco di starsene rintanato nella contrada di Boccacanale, Pouget era uscito allo scoperto con la pretesa di prendere di petto la situazione, e ora toccava al domenicano placarne l'impazienza. «Sapete bene», ripeteva cauto, «che per istruire un processo formale dell'Inquisizione serve il consenso di un vescovo. O meglio ancora, di un cardinale. Ma se il primo, a Ferrara, è ancora vacante, non si potrà far affidamento neppure su di voi, reverendissimo, a meno che un mandato del Santo Padre vi riconosca il ruolo di legato papale».

«Sono giunto qui in anonimato, non otterrò mai un simile documento», sospirò il prelato mentre continuava a fissare le rose. Dopo tanti mesi al chiuso, sembrava trarre giovamento da ogni piccola cosa baciata dal sole. «Ciò però non toglie che il processo resti l'unico mezzo per sciogliere la lingua a Rocheblanche».

Su questo Cingoli era d'accordo. Fino ad allora non aveva mai conosciuto nessuno in grado di resistere alla tortura e alla reclusione, al punto da maturare il dubbio di essersi sbagliato sul conto di messer Maynard. E, forse, di padre Andrea. Il fallimento degli uomini inviati a Pomposa non faceva che ingigantire quel sentimento, instillando in lui il timore di aver preso un enorme abbaglio. Era giunto addirittura a chiedersi se la ricerca del *Lapis exilii* non fosse un vaneggiamento o una fissazione scaturita da una sorta di squilibrio senile di monsignor Bertrand.

Eppure il porporato gli aveva mostrato le due reliquie.

Fra' Lamberto non si era azzardato a sfiorarle, ma ne aveva percepito la fragranza insieme a un'aura antica, arcana, che infuocava ancora la sua memoria, riportandolo ai racconti degli scopritori delle tombe dei santi martiri celate in luoghi inaccessibili. Anche lui, per un attimo, aveva goduto di quella mirifica sensazione! Quei due oggetti emanavano chiaramente l'alone della Grazia, a dispetto del loro colore nero, quasi fossero stati forgiati nelle fucine dell'inferno.

Restava il silenzio di Maynard, da cui dipendeva la scoperta della terza reliquia del Cristo. Un processo per eresia avrebbe messo il cavaliere alle strette, costringendolo a difendere la propria innocenza raccontando la verità. E pur intuendo che quell'uomo preferisse ardere sul rogo anziché compiacere i suoi oppositori, Cingoli avrebbe fatto leva, per spezzarne la reticenza, sulla minaccia di spedirlo al Creatore senza assoluzione, con l'anima gravata da un'orrenda accusa. In assenza di un vescovo, però, si vedeva costretto a far di necessità virtù. «E se tentassimo», suggerì, «con torture più invasive?»

«Rischiando di ucciderlo?», rimbrottò il cardinale. «Tagliargli una gamba o un braccio, scorticarlo, immergerlo nell'olio bollente... Tutto ciò non potrebbe essergli soltanto letale, ma lo renderebbe definitivamente rassegnato alla morte. E a quel punto, non caveremmo più un ragno dal buco».

L'inquisitore si ritrovò ad annuire.

«Soltanto l'orgoglio potrà piegarlo», continuò Bertrand, ammiccando in direzione di messer Obizzo. «Dico bene, marchese?».

Distolto dal suo rimuginare, l'Estense annuì con una smorfia di disagio.

«L'orgoglio di contrastare un tribunale che lo accusa», chiosò Bertrand, tornando a conversare con il domenicano. «Di opporsi all'onta e al disonore ricaduti sul suo nome».

«Non sarebbe il primo nobile a reagire in tal senso», gli riconobbe.

«Senza considerare», aggiunse il cardinale, «che la notizia di un processo indurrebbe madonna Eudeline a uscire finalmente allo scoperto. E a quel punto, con entrambi i fratelli in pugno, sarà un gioco farli confessare».

Fra' Lamberto si lasciò sfuggire un gemito dolente. «La questione resta comunque sfuggente, eminenza. Scorgiamo distintamente la soluzione, ma ci manca il permesso di un vescovo per avviare il processo».

Pouget lo zittì con fare complice. «Il vescovo è già stato nominato».

«Cosa significa?», sobbalzò il domenicano.

«Esattamente quanto ho detto. È stato nominato mesi fa, da papa Clemente in persona, egli tuttavia adduce ogni sorta di scusa pur di rimandare la sua investitura».

«Ma come lo avete saputo...».

«Dimenticate i miei contatti ad Avignone», soggiunse il prelato, aggrottando la fronte. «Il prescelto è monsignor Filippo d'Antella, da Firenze. Ha supplicato Sua Santità di concedergli una dilazione per rimediare ad alcune carenze della sua amata prioria, prima di affidarla ad altri. Carenze tuttavia che, detto tra noi, paiono non esistere».

«Non capisco allora perché rimandare».

«L'ipotesi più ovvia è che Antella sia stato corrotto o minacciato da qualcuno interessato a tenerlo lontano da Ferrara».

«Non penserete a... un complotto in difesa di Rocheblanche!».

Bertrand du Pouget si strinse nelle spalle. «Forse ordito dalla sorella, anche se non dispongo di prove». Oltrepassato il roseto, si fermò dinanzi al tronco nodoso di un fico per contemplarne i frutti. «La soluzione al problema, d'altro canto, è evidente».

Per Lamberto da Cingoli, tuttavia, non lo era. Abbozzò una smorfia di circostanza, meditando su cosa ribattere per non passare per ingenuo. «Vostra grazia è senz'altro più ferrato di me in simili questioni».

Quasi non lo avesse udito, il porporato colse un fico da un ramo basso e lo aprì per suggerne la polpa. Poi sollevò lo sguardo verso la luce ancora calda che trapelava dal fogliame. «Pagare di più il fiorentino, ovviamente».

L'inquisitore indietreggiò preoccupato. «Se pensate di attingere dalle casse di San Domenico...».

«Non sarà necessario, reverendo padre», lo tranquillizzò Bertrand. Quindi indicò il marchese Obizzo, che perseverava a tenere le distanze con finta indifferenza. «Disponiamo già di un nobile e devoto benefattore».

57

Contrada di Boccacanale
3 ottobre

Isabeau fece il giro dell'abitazione per la seconda volta, nell'ombra dei vicoli, senza scorgere alcun pertugio attraverso cui intrufolarsi. Le feritoie affacciate sul seminterrato le avrebbero consentito l'accesso, se non fosse stato per le loro solide inferriate. Porte e finestre, invece, erano tutte sorvegliate da sgherri in abiti neri.

Una possibilità avrebbe potuto averla raggiungendo il ballatoio esterno, pensò, alzando lo sguardo verso un groviglio di vite selvatica che si arrampicava sul fianco meridionale dell'edificio fino alla balconata. I tralci sembravano abbastanza robusti da sorreggere il peso di uno scricciolo che, come lei, fosse capace di muoversi agile e svelto. Si trattava dell'unica eredità lasciatale dal padre. Un dono forse inutile per chi si trovava nella posizione di dettar regole al prossimo, ma assai prezioso per chiunque dovesse tirare a campare tra boschi e bassifondi.

Oltre la grata del ballatoio, la sagoma di un sorvegliante la fece immediatamente desistere dall'impresa. Non le sfuggì tuttavia l'alto camino, che le diede un'idea alquanto bizzarra ma forse efficace. Si ripromise di chiedere consiglio a Eudeline.

Nel frattempo tornò a sprofondare il viso sotto lo scialle cencioso che le dava l'aspetto di una mendicante e proseguì l'ispezione. Vestito in abiti altrettanto dimessi, Agostino camminava al suo fianco con aria attenta. In principio Isabeau si era rifiutata di averlo tra i piedi, poi si era accorta del perché l'abate di Pomposa avesse insistito a mandarglielo appresso. Oltre a essere di buon cuore, il giovane famiglio possedeva quel genere d'intelligenza pratica tanto utile nei momenti in cui si rendeva necessaria l'arte dell'improvvisare.

La figlia del guitto avanzò taciturna, esaminando furtivamente l'abitazione senza scordarsi di implorare la carità ogni qualvolta un passante le si palesava di fronte. Il gioco della mimesi andava rispettato, se non voleva rimetterci le penne. E se davvero l'unica speranza di salvare Maynard risiedeva in quelle maledette reliquie, lei avrebbe trovato il modo di rubarle, fosse anche stata costretta a diventare più silenziosa e impalpabile di uno spettro.

D'un tratto si accorse che Agostino era rimasto indietro, e voltandosi lo scoprì a studiare le inferriate di una grata. «Muoviti», gli bisbigliò contrariata.

«Forse», si attardò il servo, «con una lima...».

«Ci vorrebbe tutta la notte», lo denigrò lei, quasi si rivolgesse a un imbecille.

Ma se in quel momento ce l'aveva con qualcuno era se stessa. Dopo tanta foga di entrare in azione e interminabili discussioni per indurre Eudeline e padre Andrea a fidarsi di lei, si sentiva all'improvviso insicura. Era vero, in passato aveva compiuto ruberie in molte abitazioni e persino in una residenza gentilizia. Una volta anche quasi in un monastero, se non fosse stato per la paura di finire all'inferno.

La casa in cui si nascondeva Bertrand du Pouget, però, era più sorvegliata di quanto avesse immaginato. Dovevano risiedervi almeno sei armigeri, probabilmente vigili anche di notte. Una gatta da pelare per chiunque volesse entrare non visto e non farsi scoprire una volta all'interno.

Un fischio d'allerta del compagno la fece voltare verso un guardiano appena uscito dall'ingresso principale. Era bruno, più alto di Maynard e con una grossa daga inguainata al fianco sinistro. Richiuse il battente alle spalle e apostrofò i due finti mendicanti. «Voi due», grugnì, «sciò!».

Agostino stava già battendo in ritirata quando Isabeau lo trattenne. Le era bastata un'occhiata per scorgere l'anello di chiavi appeso alla cintura dell'armigero, e cascasse il mondo non si sarebbe lasciata sfuggire l'occasione. Fedele quindi alla sua interpretazione, nascose il viso e tese le mani in avanti. «Una moneta, mio signore», implorò con tono lamentoso. «Una moneta per i miserabili».

Prima che il guardiano avesse il tempo di ribattere, gli si era già aggrappata alle vesti per strattonarlo.

«Sciò!», ripeté il bruto, buttandola a terra con una spinta.

«Solo una moneta...», insistette Isabeau, piegata sulle ginocchia.

Per tutta risposta, l'uomo la afferrò per le vesti e la sollevò di scatto, iniziando a schiaffeggiarla. Anziché reagire, la ragazza pensò a coprirsi il viso nel duplice intento di proteggersi e di non mostrare i suoi lineamenti.

«Lasciatela!», risuonò una voce stridula.

Agostino, a pugni alzati, si apprestava con quel grido a difendere la compagna. «Lasciatela o giuro...».

L'armigero rimase immobile a osservarlo, tenendo Isabeau sollevata a mezz'aria. Fu sul punto dal reagire quando, divertito dall'ardore del gracile avversario, distese il grugno in un ghigno canzonatorio. «Se vi trovo ancora nei paraggi...», e scaraventò la giovane nella polvere, «peggio per voi!».

Il famiglio le si avvicinò subito. «State bene?», si premurò, aiutandola a rialzarsi.

La ragazza respinse l'aiuto in malo modo e, senza degnarlo di uno sguardo, imboccò a lunghi passi la strada della Rotta in direzione della piazza. Soltanto quando furono lontani dal luogo della disavventura, parve rammentarsi del suo soccorritore.

«Sei un maledetto sciocco!», lo rimproverò fremente di rabbia. «Dovevi lasciare che mi picchiasse, e permettermi così di rubargli le chiavi!».

Avevano ormai raggiunto l'incrocio della Rotta con la via dei drappieri quando udirono un gran baccano risuonare dalla piazza. Si scambiarono un'occhiata basita, per poi affrettarsi verso lo slargo tra il Palazzo marchionale e la chiesa di Ognissanti. Da lì poterono scorgere una gran quantità di popolo raccolta davanti alla cattedrale per celebrare un misterioso evento.

Curioso di sapere, Agostino fermò il primo passante che gli capitò a tiro. «Chiedo venia, messere. Cos'accade?»

«Presto detto!», gli rispose quello, tutto eccitato. «È appena giunto a Ferrara il nuovo vescovo!».

58

Abbazia di Santa Maria di Pomposa
4 ottobre

«Il nuovo vescovo...», mormorò padre Andrea, incredulo. «Ma come...».

«Davvero vi sfugge?». Eudeline camminava avanti e indietro per il parlatorio, livida in volto. «Il cardinale deve aver scoperto il vostro gioco».

«Eppure l'avevo pagato, quel marrano!».

«A volte le minacce persuadono più del denaro».

«Per Maynard non è ancora la fine», intervenne Isabeau, troncando quell'inconcludente battibecco. «Ho visto la casa».

La dama si fermò di colpo, fissandola speranzosa. «E... vi si può accedere?»

«Forse», le rispose. «Con molto ingegno».

«Spiegatevi meglio», la spronò l'abate.

«Dovrò agire con il buio, da sola», mise in chiaro la ragazza, per poi voltarsi verso Eudeline. «Ma perché il piano riesca, mi occorrerà un'erba particolare. Un'erba di cui sentii parlare mentre mi trovavo nel convento di Sant'Antonio Abate».

59

Convento di San Domenico
2 novembre

Udì per prima cosa le campane del vespro battere *pro requie omnium defunctorum*. Poi fu la volta di un bagliore accecante, o almeno così gli parve, di torce e lanterne. Ancora intorpidito, fu trascinato da un drappello di guardie lungo una galleria di pietra, infine per una scala a chiocciola che salì fino a uno spazioso camminamento. Sollevò il viso, sfiorato da un refolo di aria fresca che lo aiutò a tornare padrone dei propri sensi, e scorse le grigie nervature di un soffitto a volta.

Capì di essere diretto alla sommità della torre, ma non se ne curò. Dopo mesi di reclusione, il semplice camminare eretto era per lui un privilegio. Lo assaporò un po' per volta, nello sforzo di guadagnare un passo fermo a dispetto della debolezza che lo sfiancava dall'interno. Dell'impavido cavaliere de Rocheblanche restava un sogno lontano quanto un ruggito svanito nell'oscurità. Avrebbe provato vergogna per se stesso, se non fosse stato consapevole di essere rimasto fedele al proprio coraggio. Mantenendo il silenzio.

Il drappello rallentò di colpo, mettendolo di fronte a un volto pingue, tondo quanto un plenilunio. Maynard ne contemplò l'espressione pentita, tesa per il rimorso, ma non appena riconobbe fra' Prudenzio sentì la collera crescere dentro di sé.

«Verme schifoso!», gli sputò in faccia.

Una mano di ferro gli ghermì la nuca, costringendolo ad abbassare lo sguardo mentre una seconda presenza compariva al suo cospetto. Scorse gli orli di una tonaca bianca da cui spuntavano piedi magrissimi, calzati in sandali spartani, poi una cappa nera che saliva fin sotto uno scapolare. La pressione dell'aguzzino si allentò quel tanto da consentirgli di fissare negli occhi Lamberto da Cingoli.

Il volto dell'inquisitore era una pelle di tamburo su cui si apriva lo squarcio di un sorriso. «Ora rivelerete il vostro segreto», disse, afferrando i ceppi di ferro che gli bloccavano i polsi, «o con il *placet* del vescovo, messere, arderete sul rogo».

Sotto la scorta di quattro armigeri, monsignor Bertrand du Pouget aveva lasciato il suo rifugio di Boccacanale per occupare uno degli alti stalli che consentivano di assistere al processo di Rocheblanche. Oltre a lui, nessun altro aveva osato infrangere la riservatezza della *quaestio*. Del resto, se agli occhi del volgo la vicenda passava per un caso di scarsa rilevanza, il novello vescovo aveva rinunciato a chiedere spiegazioni su quell'accapigliarsi per un piantagrane venuto dalla Francia. I denari del marchese e le minacce di Pouget erano stati sufficienti a placarne la curiosità, lasciando gioco aperto soltanto a chi sapeva.

E dunque eccolo, il cardinale, a crogiolarsi nell'attesa di veder squarciato il velo che lo separava dal *Lapis exilii*. Provava quasi imbarazzo per essere dovuto ricorrere a tanto, ma dopo gli inutili sforzi per far parlare Rocheblanche, era giunto a supporre che quel maledetto fosse posseduto da una forza soprannaturale capace di sostenerlo nella disperazione e nel tormento. Eppure, non era forse anch'egli un uomo in carne e ossa? Una fugace ammirazione gli infiammò lo spirito, smorzandosi alla vista dell'accusato che faceva ingresso nella sala.

Ingobbito, magro, con gli occhi infossati. Ecco il suo nemico! Colui che aveva attraversato campi di morte in terra piccarda per giungere a sfidarlo si ergeva ora a stento davanti alla commissione presieduta da fra' Lamberto. Anche se, a ben vedere, serbava un lampo di orgoglio nei suoi occhi.

Assiso al tavolo di giudizio insieme a due frati predicatori, Cingoli aprì il processo con una formula di rito e l'esortazione allo scrivano di verbalizzare la licenza di sua grazia il vescovo Filippo d'Antella. Quindi, ottenuto il consenso dei confratelli, iniziò a saggiare l'accusato.

«Siete voi messer Maynard de Rocheblanche», echeggiò la sua

voce, «nato a Reims e vissuto negli ultimi due anni presso la corte di sua signoria il marchese Obizzo III d'Este?».

Al sentir pronunciare il suo nome, il cavaliere si diede un contegno alzando il mento. «Sì».

«Vi professate devoto a Cristo Nostro Signore, l'unico vero credo fondato sul mistero del Padre, del Figlio e dello Spirito Santo?»

«Sì».

«E riceveste i sacramenti del battesimo e dell'eucarestia?»

«Sì».

«Giurate dunque di non proferire menzogna, pena la vostra onta e dannazione, al cospetto di chi rappresenta la sacra potestà del Signore sulla terra?»

«Lo giuro. Mai professerò il falso e mai compierò misfatti agli occhi del Padre onnipotente».

Prima di ribattere, Lamberto da Cingoli lanciò un'occhiata verso il cardinale. «E allora perché», tornò all'accusato, «teneste nascosto di possedere una reliquia di cui si suppone la provenienza dal Cristo Salvatore?».

Un sorriso di sfida attraversò il volto di Maynard. «Perché quanto affermate non corrisponde al vero».

«Avete l'ardire di contraddirmi?», l'ammonì l'inquisitore.

Il cavaliere non batté ciglio. «Io non posseggo alcuna reliquia».

«Però sapete dov'è nascosta», sottolineò fra' Lamberto.

Dall'alto della sua postazione, il cardinale strinse le dita sulle ginocchia. Quelle domande erano state concordate il giorno prima con Cingoli, al fine di indurre Rocheblanche ad ammettere la verità non spontaneamente, ma un po' per volta, stuzzicando un'istintiva reazione di difesa fomentata dall'orgoglio.

Maynard, tuttavia, non accennò a proferir verbo.

«Badate bene, messere», lo mise in guardia fra' Lamberto. «L'omissione di risposta verrà considerata alla stregua di una menzogna, screditando la vostra parola».

«Ho giurato franchezza dinanzi ai rappresentanti di Dio sulla terra», si difese Rocheblanche, «ma non reputo tale nessuno dei presenti in questa sala».

«Quanta superbia, messere». Cingoli placò con un gesto il brusio indignato dei confratelli. «La vostra affermazione è già sufficiente a garantirvi i supplizi infernali, ne siete consapevole? Questa commissione però si mostrerà clemente nell'assolvervi se vi mostrerete incline a confessare».

«Confessare... ogni colpa?», mormorò con diffidenza il cavaliere. «Persino quella di odiare il proprio padre, pur sapendolo morto?»

«Sapete bene a cosa mi riferisco», sbuffò l'inquisitore.

Ancora una volta, Maynard si chiuse in un impenetrabile silenzio. Du Pouget percepì il suo sforzo di mantenere l'apparenza di combattività, a dispetto dello smarrimento, della paura e della spossatezza che di certo albergavano in lui. Quanto ancora?, si chiese. Quanto ancora prima che cedesse?

Con un moto di sprezzo, l'accusato riprese all'improvviso la parola. «Se anche esistesse», disse, «la reliquia di cui si fa cenno non potrebbe appartenere a nessuno».

«Se tale reliquia esistesse», obiettò Cingoli, «apparterrebbe alla Chiesa, e voi vi sareste macchiato della colpa di averla tenuta nascosta. In alternativa, l'oggetto di cui stiamo parlando sarebbe un falso e voi un ingenuo o un bugiardo coinvolto in un gioco di inganni volto a seminare il dubbio sui dogmi del cattolicesimo».

Indignato da quell'affermazione, Maynard scosse il capo con vigore. «L'uomo che me ne parlò era un saggio», si difese, «e non mi lasciò dubbio alcuno».

Un lampo di speranza balenò sul volto dell'inquisitore. «L'eretico più accorto sa rendersi saggio alle orecchie dei semplici».

Rocheblanche indugiò, pentito di essersi lasciato sfuggire più del dovuto. «Vi fu un tempo in cui avreste potuto definirmi tale», ribatté beffardo. «Ma oggi non lo sono più, un uomo semplice. Non dopo aver assistito alle turpitudini commesse dai sommi rappresentanti del genere umano. Il malgoverno! La guerra! La carestia! Questi tre fantasmi frequentano da fin troppo tempo le mie notti perché io possa lasciarmene sfuggire i segni».

Preso com'era dal suo momentaneo vantaggio, Cingoli non si curò di simili considerazioni. «Quindi», concluse, «fu un saggio a parlarvi per la prima volta del *Lapis exilii*».

«Faceste voi quel nome, non io».

«E in quale modo vi si presentò? Come un santo? Un veggente? O forse il Salvatore in persona?».

Maynard tuttavia, resosi più guardingo, meditò un istante per poi rispondere con arguzia. «Un uomo meno ossequioso del sottoscritto», disse, «scorgerebbe nelle vostre domande l'intento di cavarmi la verità di bocca a furia di negazioni».

Bertrand du Pouget represse un'imprecazione, piccato da quelle inaspettate parole. Quel miserabile farabutto aveva smascherato l'inganno. Ora non avrebbe più emesso un fiato! Si alzò di scatto, in preda al nervosismo, e prima di accorgersene si ritrovò addosso gli occhi dei presenti. Soprattutto quelli di Rocheblanche.

Quest'ultimo lo scrutava con le mani in ceppi sollevate al petto e un sopracciglio inarcato da un sentimento d'accusa. Si voltò un istante in direzione di Cingoli, quasi a trovar conferma dei propri sospetti, infine ancora verso il cardinale. Ed era sempre più truce il suo sguardo. «Siete davvero voi?», lo interpellò infine, con stupito rancore. «Voi, l'eminente bastardo che rapì mia sorella e ordì minacce inenarrabili contro di me e altri innocenti?».

Il porporato restò a fissarlo, trapassato da un odio talmente intenso da provocargli fitte alle tempie. Il suo corpo era diventato rigido come un albero, gli provocava spasmi al minimo movimento.

«Suvvia, proferite il vostro nome!», lo sfidò Maynard, incurante degli ammonimenti della commissione. Avanzò d'un passo, quasi volesse lanciarsi a combattere. «Date conferma alle mie parole, se avete coraggio!».

Il silenzio, tuttavia, fu risposta più che sufficiente.

Dopo un istante, l'accusato fu portato all'ordine da un intervento delle guardie e prostrato in ginocchio dinanzi a fra' Lamberto.

«È mia opinione che costui», sentenziò uno dei giudici, esacerbato, «non riponga alcuna aspettativa nella propria salvezza».

«La vedremo!», sibilò Cingoli. «Anche con tutta la sua boria e la sua sfacciataggine, lo porrò di fronte a una prova a cui nessun uomo timorato di Dio riuscirebbe a resistere! E allora, giuro su quanto ci sia di più sacro a questo mondo, dovrà per forza sciogliere la lingua. O sarà dannato per sempre».

60

Contrada di Boccacanale

In quello stesso momento, Isabeau si stava arrampicando sulla vite selvatica che copriva il fianco meridionale della dimora di monsignor Bertrand. Come previsto, i tralci si erano rivelati abbastanza robusti da sostenere il suo peso, permettendole di raggiungere senza difficoltà il ballatoio proteso sulla strada. L'assenza del cardinale, allontanatosi in serata con un quartetto di sgherri, aveva reso il momento assai propizio. La ragazza non si illudeva che la casa fosse rimasta incustodita, ma grazie all'aiuto di Eudeline e all'erborista di Sant'Antonio Abate era riuscita ad architettare un piano pressoché infallibile.

Giunta con un ultimo sforzo sul ballatoio, evitò di avvicinarsi all'ingresso del piano elevato per non rischiare di farsi scorgere da un eventuale uomo di guardia. Si aggrappò a una trave che le permise di inerpicarsi fino al margine del tetto, e da lì camminò sulle tegole verso il camino.

Faceva freddo, un cielo plumbeo minacciava neve, ma la ragazza era troppo concentrata sul proprio obiettivo per curarsi dell'aria pungente. Si avvicinò alla cappa di mattoni rossi, rassicurata dal pennacchio di fumo che ne fuoriusciva. Nell'ambiente sottostante il camino era sicuramente acceso, quindi qualsiasi cosa vi fosse precipitata avrebbe subito preso fuoco. Accompagnò quella riflessione a un movimento rapido della mano, estraendo dalla bisaccia un sacchetto di pelle. Lo aprì sul palmo e controllò il contenuto.

Polvere di mandragora.

Era quello il nome udito tempo prima nel convento di Sant'Antonio Abate. Ad averlo pronunciato era stata la monaca erborista, con l'intento di rendere edotte alcune consorelle sui benefici di un'*herba somnifera* usata per lenire l'agonia dei feriti gravi. A Isabeau era bastato parlarne con Eudeline per aver conferma delle proprie supposizioni e ottenere un po' di tritura di quella radice arricchita con l'aggiunta di sostanze ignote in grado di intensificarne gli effetti.

Stando ben attenta a non respirarla, ne buttò giù una manciata dal camino e continuò così finché non l'ebbe esaurita. Quindi attese per un lasso di tempo che giudicò ragionevole e, augurandosi che i fumi sprigionati dalla pianta agissero come previsto, legò un lembo di tessuto davanti al naso e alla bocca per poi calarsi di nuovo sul ballatoio. Ed entrò.

Il piano superiore era deserto. Lo superò di soppiatto, scendendo una gradinata di legno con estrema lentezza, rasente le pareti per non farsi notare. Padre Andrea le aveva raccomandato di non perder tempo a frugare ovunque. Se la testimonianza di Guido di Baisio fosse stata fedele, avrebbe trovato le due reliquie del Cristo in una stanza al pianoterra, dentro uno scrigno, su un tavolo accanto al focolare.

A pochi passi dalle scale trovò il primo armigero vinto dai fumi della mandragora. Era stramazzato sul pavimento, aggrovigliato nel suo mantello. Incapace di stabilire se fosse privo di sensi o soltanto inebetito, la ragazza lo superò in punta di piedi e proseguì a perlustrare la casa.

Un secondo uomo era scivolato lungo lo stipite di una porta. Seduto a terra, con la schiena appoggiata al muro e la bocca aperta, ronfava sommessamente. Isabeau lo scavalcò con cautela, premendosi il tessuto sulla bocca. Nonostante quella protezione, infatti, percepiva sempre più distintamente l'odore pungente di erbe combuste. Ciò le fece supporre di essere vicina al camino.

Infatti, continuando ad avanzare, non tardò a scorgerne la cavità vampeggiante, seminascosta da un ampio tavolo.

Sul ripiano vi era un cofanetto di legno borchiato, simile ai reliquiari custoditi nelle cripte dei monasteri. La serratura era bloccata da un lucchetto.

Per un attimo Isabeau ebbe la sensazione di udire un richiamo provenire da quel punto. Come se qualcosa, all'interno, le avesse bisbigliato delle parole.

L'effetto della mandragora, si convinse.

E senza altro indugio, agì come si era prefissa.

Un'ora dopo, il cardinal du Pouget rincasava con aria cupa al seguito dei suoi armigeri. Anche dopo aver pianificato con fra' Lamberto il modo in cui chiudere il processo, la reazione di Rocheblanche non faceva che perseguitare i suoi pensieri, mettendolo confinuamente di fronte a quello sguardo iniettato di ardimento e follia. Reputava assurda quella situazione. Anni di ricerca e di sacrifici per ritrovarsi a un passo dal *Lapis exilii*, con l'unico impedimento della reticenza di un uomo.

Era l'ultima sfida, ne era conscio. Il Signore lo stava mettendo alla prova per saggiare fino in fondo la sua pazienza e la sua forza d'animo. Il cardinale però riteneva di aver ampiamente dimostrato la propria abnegazione e di meritarsi, dopo essersi misurato in mille battaglie, il titolo di pontefice al pari del suo padre carnale, il venerabilissimo Giovanni XXII. E per farlo, doveva mettere insieme le tre reliquie del Salvatore.

Varcando la soglia d'ingresso, pensò di placare il malanimo contemplando le due già in suo possesso. Entro breve si sarebbe seduto davanti al camino, per bearsi dell'arcano lucore della coppa e della punta di lancia, quando uno strano odore lo mise in allerta.

Arretrò d'istinto, ordinando alla scorta di procedere all'interno.

Ma prima che gli venisse riportato cos'era accaduto fra quelle mura, il presagio si era già fatto strada nel suo cuore. Si avviò in fretta e furia verso la stanza delle sue meditazioni e cercò con lo sguardo il tesoro più prezioso di cui uomo mortale potesse rendersi custode.

E mentre un grido animalesco gli scaturiva dalla gola, fissò incredulo il tavolo vuoto.

61

Piazza della Cattedrale
9 novembre

La *pruina*, il vento notturno, aveva steso un velo di ghiaccio sulle strade innevate. I carri procedevano a rilento lungo la via Grande, indugiando in prossimità dei capannelli raccolti intorno ai falò. Ancora fioccava, benché con minore insistenza, e gli animi più volenterosi si portavano avanti spalando la coltre bianca dai tetti prima che divenisse troppo pesante per coppi e travi. Nonostante fossero le prime ore del giorno, il viavai già si intensificava verso le strade del centro, specie in direzione della piazza dove i mercanti approfittavano del folto pubblico richiamato dalla funzione domenicale del nuovo vescovo per fare buoni affari.

A farla da padrone, però, era il banditore fermatosi a cavallo davanti al Palazzo della Ragione. La sua guarnacca di pelo di volpe, con il lungo berretto di lana che gli ricadeva fino a metà della schiena, aveva attirato l'attenzione della maggior parte della folla. Ma non appena questi estrasse un rotolo di pergamena dalla bisaccia, ogni singolo passante perse interesse per quanto stava facendo e gli si radunò intorno, per ascoltare.

L'uomo non era certo nuovo del mestiere. Attese che i curiosi si quietassero, poi, con aria smaliziata, sollevò un indice per anticipare la notizia. «In questa prima domenica di avvento», declamò, «a due giorni dalla quaresima di San Martino dell'Anno Domini milletrecentoquarantanove, presente il popolo di Ferrara, sua venerabilissima eccellenza il monsignor vescovo Filippo d'Antella rende noto a messer Maynard de Rocheblanche, attualmente in custodia presso le segrete dei frati di San Domenico, di avergli riconosciuto l'accusa di eresia. La sentenza di morte, cui seguirà la condanna al rogo, verrà emessa in questa stessa piazza il primo giorno dell'Anno Domini milletrecentocinquanta, per celebrare l'aprirsi del Giubileo annunciato per la remissione dei peccati dell'umanità tutta da sua santità, *servus servorum Dei*, papa Clemente VI».

Terminato l'annuncio, il banditore ripose il rotolo di pergamena nella bisaccia e diede di sprone, lanciando un grido per aizzare la bestia e disperdere la moltitudine.

Fra i molti presenti accalcatisi per ascoltare, un giovane ramingo fu l'ultimo ad allontanarsi dalla piazza. Restò a osservare il banditore a cavallo finché della sua figura non rimase che una sagoma oscillante nello sfarfallare della neve. Poi, ancora incredulo, riprese il cammino verso le cinta meridionali della città. Accompagnava il passo con un bordone nodoso da cui pendeva una borraccia di acquavite, il lungo mantello logoro ben stretto sui fianchi, a nascondere la basilarda inguainata al fianco. Non aveva certo immaginato, lungo la strada del ritorno, di giungere ad apprendere notizie tanto spaventose. Notizie che parevano averlo atteso, quasi si trattasse di un infausto dono di benvenuto.

Nonostante l'ansia di saperne di più, si ostinò a procedere a capo chino con una smorfia di rabbia celata sotto la barba. Doveva continuare ad alimentare la speranza, serbare pazienza fino a quando si fosse ritrovato davanti a lei.

Imboccò uno stradello che separava il Burgus Superior dal Castello dei Curiali e, senza neppure accorgersene, si ritrovò a costeggiare la chiesa di Santa Maria delle Bocche. La sua mente guardava oltre, dopo la Porta di San Pietro, il ponte di corda e legno sospeso fino all'isola di Sant'Antonio.

Aveva già vissuto quel momento, un anno prima. E anche allora era caduta della neve. Adesso però aveva dei progetti, sapeva cosa voleva e per nulla al mondo vi avrebbe rinunciato.

Si trattava soltanto di scoprire se lei avesse mantenuto vivo il suo sentimento.

Attraversò il ponte senza soffermarsi a scrutare le infinite venature di colore sulla superficie del Padus e si fermò davanti al convento delle monache benedettine. Una di loro, probabilmente la guardiana, stava impartendo ordini a dei servi affinché liberassero il viale diretto al chiostro dallo strato di neve.

«Salute, reverenda madre», le disse il giovane viandante con ossequio. «Giungo fin qui da molto lontano, per cercare madonna Isabeau».

A quelle parole, la religiosa rizzò il collo e lo scrutò con una punta di curiosità. «Allora avete viaggiato invano, messere», lo deluse. «Poiché ella non risiede più fra queste mura, da molti mesi».

62

Abbazia di Santa Maria di Pomposa
10 novembre

Padre Andrea attraversò tutto infreddolito il breve tragitto tra il *Palatium Abbatis* e il monastero. La guarnacca di lana e i calzari di feltro erano insufficienti a proteggerlo dall'aria gelida di quel mattino, tuttavia non gli impedirono di indugiare davanti al portale per guardare, verso la foresteria, un gruppo di mendicanti raccolti intorno a un fuoco. Benché fosse uno spettacolo a cui era avvezzo, specie nei mesi invernali, non riuscì a ignorarlo. Farò mandar loro del brodo caldo, si disse per placare la propria coscienza, ma qualcosa continuò a trattenerlo.

Uno di quegli uomini, infatti, si era appena allontanato dal fuoco e con un cenno di saluto si dirigeva verso di lui. A dispetto del mantello logoro e dell'informe cappellaccio che ne celavano l'aspetto, aveva un'aria familiare.

L'abate restò a fissarlo, in bilico tra la curiosità o l'allarme finché non l'ebbe abbastanza vicino da poter sbirciare sotto le falde del suo copricapo. «Ma... misericordia!», esclamò all'improvviso, sgranando gli occhi. «Gualtiero, siete proprio voi?».

Il viandante annuì. «Mi auguro di non essere importuno», aggiunse con una punta di ritrosia. «Sono state le circostanze a spingermi fin qui».

Anziché interrogarsi su quel tono burbero, l'abate gli batté i palmi sulle spalle. «E io, stolto, che non riponevo più speranze nel ritorno del figliol prodigo!», confessò con commozione. «Venite, entrate a scaldarvi un po'».

«Non sono qui per rivendicare il ruolo di miniaturista», si scostò Gualtiero. «Mentre mi trovavo a Udine, seppi per caso della morte di Guido di Baisio e ritenni di non aver più nulla da temere in questi feudi. Sono tornato dunque per cercare Isabeau, ma ho trovato ben altro ad attendermi».

Andrea si adombrò. Soltanto allora notò i pugni serrati tra i lembi del mantello e un violento tremore non certo cagionato dal freddo.

Il giovane rimase per un attimo in silenzio, a macerare nello sdegno. Gli occhi bassi, a scavare nei gradini di granito del portale. «Perché l'avete abbandonato?», lo accusò d'un tratto.

«Benedetto figliolo, a chi vi riferite?»

«A messer Maynard!».

«Io non ho abbandonato quell'uomo», si schermì l'abate.

«Ho udito l'annuncio del banditore, nella piazza», ribatté Gualtiero, quasi a volerlo contraddire. «È stato processato per eresia, verrà arso sul rogo!».

Nell'udire quelle parole, Andrea aggrottò la fronte e si immerse in una profonda meditazione, perdendo interesse per la conversazione. Si degnò appena di placare qualche obiezione sollevata dal giovane, facendogli cenno di attendere. «Dunque», se ne uscì infine, «è questa la sua risposta!».

«A cosa alludete?», chiese Gualtiero, incapace di raccapezzarsi.

«A monsignor Bertrand du Pouget, l'acerrimo nemico di Rocheblanche». Prima di proseguire, il religioso avanzò verso l'interno della navata in cerca di tepore. «Lo fece imprigionare dall'Inquisizione con un vile pretesto, per indurlo a rivelare il nascondiglio del *Lapis exilii*. Per correre ai ripari, io e la sorella di Maynard abbiamo architettato un piano volto a colpire gli interessi del cardinale».

«Qualsiasi stratagemma abbiate messo in atto», rimbrottò Gualtiero, «sembra aver provocato più danno che altro. L'unico vero amico che avrebbe potuto aiutarmi a ritrovare Isabeau brucerà sul rogo all'aprirsi del nuovo anno!».

«È un tranello ordito per farmi uscire allo scoperto», sentenziò una voce di donna proveniente dall'ingresso della cripta.

Indifferente alla sorpresa del giovane de' Bruni, Andrea attese che la presenza femminile uscisse dalle ombre dell'abside, per poi indicarla con grande rispetto. «Madonna Eudeline de Rocheblanche», rivelò, «sorella di messer Maynard».

Gualtiero la guardò avanzare come se si trattasse di un'apparizione ultraterrena. Tolse il cappello, scoprendo i capelli neri e arruffati. «Io sono onorato...», accennò un inchino in segno di omaggio, «e pieno di rammarico per vostro...».

La dama lo invitò a rialzarsi. «Se mi precipitassi in quella piazza per prender le parti del mio nobile fratello», disse rivolta ad Andrea, «il cardinale mi farebbe subito arrestare, poi sospenderebbe il rogo e, con la minaccia di infliggermi atroci sofferenze, costringerebbe Maynard a svelare il segreto del *Lapis exilii* e me a restituire le due reliquie che gli furono sottratte».

«Il cardinale ignora che siete stata voi a farle rubare», ribatté prontamente l'abate, riprendendo una discussione interrotta di fresco. «E forse non sarebbe giunto a tanto, se aveste seguito il mio consiglio di recapitargli un messaggio...».

«Per permettergli di rintracciarmi?», gli rinfacciò Eudeline. «Vi sbagliate di grosso, padre. Bertrand du Pouget sa fin troppo bene a chi appartiene la mano che ha sottratto il suo tesoro. Chi altri avrebbe potuto, del resto? Con la morte del reverendo Guido di Baisio, gli unici verso cui egli possa rivolgere i propri sospetti siamo io e Maynard».

L'abate sbuffò contrariato. «Vi rammento, madonna, che anch'io non sono esente dal rischio».

La dama scosse il capo. «Se Pouget e Cingoli diffidassero di voi, a quest'ora avrebbero già inviato altri sgherri a Pomposa per cercarmi. Siatene dunque certo, essi ripongono le loro ultime speranze nella mia sensibilità di sorella di fronte alla condanna di Maynard».

«Pur ammesso che abbiate ragione», le concesse il monaco, «come proponete di venirne a capo?»

«Abbiamo cinquanta giorni per trovare una soluzione», rispose la signora de Rocheblanche, a dispetto dell'evidente preoccupazione che le trapelava dal volto. «E ora, se mi è lecito, vorrei scambiare qualche parola con questo audace viandante».

Gualtiero, che fino ad allora aveva seguito il discorso con crescente interesse, si voltò verso la dama con fare rispettoso. «Come desiderate, madonna».

Lei però gli si rivolse con tono tutt'altro che accondiscendente. «La vostra prolungata assenza ha recato molti affanni a una fanciulla», lo ammonì. «Ne siete consapevole?».

Lui la scrutò basito. «Parlate di… Isabeau?».
Eudeline annuì.
«Sapete dove si trova?»
«Anche se fosse», ribatté la dama, «cosa vi fa credere che Isabeau desideri ancora rivedervi?»
Gualtiero s'indurì. «Disse di amarmi».
«Voi uomini menzionate l'amore soltanto se si tratta di ricevere attenzioni», lo schernì. «E ve ne scordate subito dopo essere stati appagati».
«Voi non capite!». Rompendo gli indugi e ogni regola di decoro, il giovane le afferrò le mani. «Mi allontanai per proteggerla, ma ora che non so più dove si trovi temo a tal punto per lei da essere disposto a sacrificare ogni cosa pur di vederla salva!».
Indifferente a quel gesto, la signora di Rocheblanche si limitò a liberarsi con un gesto secco. «E cosa le offrireste», continuò, «se doveste incontrarla di nuovo?»
«La mia vita, i miei sogni», rispose lui, in un crescendo di passione. «I mesi trascorsi a lavorare nella cattedrale di Udine, a fianco di Vitale de Equis, diedero i loro frutti. Ora, finalmente, sono mastro pittore! Potrò fare della mia arte un mestiere e prendermi cura di Isabeau, se lo desidera».
Eudeline seguitò a non battere ciglio. «Forse ella merita di più».
«In tal caso vorrei udirlo dalla sua bocca», s'irritò il giovane. «E qualora il suo sentimento fosse mutato a tal punto mi arrogherei l'unico diritto di darle della bugiarda. Poiché certe parole, mia signora, dovrebbero essere pronunciate soltanto con assoluta certezza».
Quasi a voler fomentare la sua stizza, la dama gli rivolse un sorriso enigmatico. «Non vi resta dunque che chiedere a lei, messer Gualtiero». E senza più nulla aggiungere, gli indicò l'ingresso della cripta.

Scese le scale a rotta di collo, ignorando il mantello che s'impigliava ovunque, limitandolo nei movimenti. La trovò seduta nella penombra, a leggere al barlume di una lanterna.
Bastò uno sguardo e si ritrovarono abbracciati.
«Non ti lascerò mai più», le promise Gualtiero, affondando il viso nei suoi capelli color grano. D'un tratto la fatica del viaggio, i sacrifi-

ci degli ultimi mesi e persino il dispiacere per Maynard sembrarono svanire. «Mai più», ripeté.

«Le parole non bastano», disse Isabeau. «Sposami», e suggellò la proposta con un bacio.

«Non desidero altro, lo giuro sul mio cuore. E appena tutto sarà concluso…».

«No», lo zittì lei, rivolgendogli un sorriso pieno di gioia. «Non domani, né tra un mese o tra una settimana. Oggi stesso».

63

«Intendete maritarvi oggi stesso? Ne siete sicuro?»

«Ho atteso fin troppo».

Padre Andrea annuì, invitando il giovane de' Bruni a seguirlo verso la zona dell'altare. Nonostante i molti crucci, la sua ampia fronte era distesa. «Ho sempre reputato infausti i vostri sentimenti per quella fanciulla...».

«Non ho chiesto il vostro parere».

«Lasciatemi concludere», lo pregò. «Li ho sempre reputati infausti, dicevo, però ora sono indotto a ricredermi. È grazie a quei sentimenti, infatti, che siete di nuovo a Pomposa».

«Adesso sono mastro pittore, come mio padre», precisò Gualtiero. «Non tornerò a miniare i vostri codici».

«È proprio al mastro pittore, infatti, che mi rivolgo».

Il giovane studiò la sua espressione enigmatica. «A quale riguardo?».

Prima di rispondere, Andrea avanzò di qualche passo e indicò le decorazioni in rovina che coprivano le pareti lunghe della navata. «Affrescate il monastero!», esclamò con enfasi. «Ex novo».

Gualtiero rimase immobile a fissarlo.

«Ebbene?», lo pungolò il religioso. «Vi è forse venuta meno l'ambizione?»

«No davvero», ribatté esitante. «Ma ricevere una simile proposta in circostanze tanto sciagurate, specie riguardo messer Maynard... Mi pare a dir poco inopportuno».

«Sposarvi, invece, no?».

Nella provocazione dell'abate non risuonò alcun risentimento. Il giovane vi colse persino un pizzico di ironia, che lo rese ancor più incapace di raccapezzarsi.

Andrea scrutò le antiche figure dipinte intorno a loro, quasi in cerca di un segno, finché non gli rivolse un cenno d'intesa. «La verità è che siamo entrambi stanchi di aver paura, figliolo», sospirò. «Stanchi di interrogarci su quando cesseranno le sventure e le malversazioni per poter ricominciare a vivere». Batté il pastorale sui mosaici del pavimento, manifestando un intimo sdegno. «Dopo la peste e la carestia, dopo anni trascorsi a vagare come un cieco alla ricerca di Dio... ho deciso di rivolgermi al futuro con rinnovata speranza. Lo reputate folle? Eppure noi non siamo bestie umbratili, destinate a stare confinate nel buio! Siamo uomini! E anche se i flagelli continueranno a susseguirsi su questa terra, fosse anche l'apocalisse, saremo degni di definirci tali soltanto se ispirati dalla bellezza».

Gualtiero aveva scordato quanto potessero essere coinvolgenti le parole di quell'anziano monaco. Prima di ribattere le lasciò echeggiare nella mente, colpito dal loro fervore. «La bellezza a cui alludete è cosa assai più grande dell'opera di un artigiano», commentò. «Essa è la Grazia che ci sfiora quando tendiamo l'orecchio al canto degli uccelli o quando, al mattino, ci destiamo sotto la luce dorata del sole. Risiede nell'ordine divino degli astri e nelle più sublimi speculazioni dei teologi... Ma nessun mastro pittore dispone di sufficiente arte per giungere a tanto».

Andrea, contrariato, indicò l'abside. «Non è forse il Salvatore colui che vi scruta da lassù?».

Il giovane osservò il Cristo Pantocrator dipinto da Vitale de Equis. Di primo acchito si chiese se lui sarebbe mai stato capace di eguagliarne la perfezione, poi si soffermò sulla mistica fissità del volto dell'Assiso. «Lo è», rispose.

«E non avvertite il Suo sguardo su di voi», seguitò il religioso, «pur trattandosi di una mera pittura? Non è come se Egli abitasse in quello strato di colore e vi toccasse l'anima alla stessa guisa di un raggio di luce?»

«Sì, l'avverto», dovette ammettere, «ma soltanto grazie alle vostre parole».

«Io mi sono limitato a indirizzare la vostra attenzione», lo contraddisse Andrea. «Il sentimento che provate, invero, nasce dalla fiammella di eternità che arde dentro di voi. Una fiammella presente in ognuno di noi, figliolo, e che ci spinge a riconosce la voce del Padre ovunque essa risieda. Anche *in pictura*».

«Se aveste ragione», si espresse dubbioso Gualtiero, «l'arte delle immagini dovrebbe considerarsi sacra quanto la preghiera, i sacramenti e la Bibbia stessa».

«In effetti è così, a dispetto di quanto affermano in molti». In uno slancio di entusiasmo, il monaco aprì le braccia e indicò gli affreschi. «Tenetelo bene a mente, figliolo, la tradizione della pittura devozionale scaturisce dall'ingegno dell'apostolo Luca! Fu lui il pittore dei pittori, il primo uomo che si servì di cera e colore per rappresentare i volti di Gesù e della Vergine. Da lui nasce tutto questo, capite? Quando ancora non esistevano i trattati teologici, le dispute dogmatiche e i concili ecumenici, la nostra fede aveva già trovato espressione nella nobiltà dell'*imago*, il *symbolum depictum*! E se dubitate delle mie parole, non potrete certo farlo dinanzi agli scritti di Simeone Metafraste, di Giovanni Damasceno e di Tommaso d'Aquino. Al pari di numerosi pensatori della Chiesa, essi riconoscono nell'evangelista Luca il fondatore della pittura sacra e quindi, in tutti i privilegiati che ne perpetrano l'arte, i suoi testimoni».

Il giovane esaminò d'istinto i propri palmi. «Le mie mani... Il mio ingegno...», mormorò incredulo, «sarebbero dunque strumenti ispirati dallo Spirito Santo, come accade a ogni sommo magister e *doctor ecclesiae*?».

L'abate annuì. «Così sarà fino a quando Dio vorrà che dipingiate il suo verbo».

«Mi avete impartito un insegnamento su cui né mio padre né mastro Vitale spesero mai parola», riconobbe Gualtiero, «e ve ne sono assai grato». Dopo essersi espresso in tal guisa, qualcosa mutò rapidamente nel suo atteggiamento e, superata la meraviglia, tornò all'iniziale freddezza per misurare con lo sguardo la vastità delle pareti su cui lavorare. «Quanto mi richiedete, però, esige un compenso».

Padre Andrea non si fece cogliere impreparato. «Prima di incontrarvi, ho discusso al riguardo con madonna Eudeline. I denari non mancheranno».

Il giovane colse in lui una velata nota di imbarazzo, o forse di ritrosia. «Quindi», concluse per spronarlo ad aprirsi, «saremo entrambi debitori della signora di Rocheblanche».

«Aspettate a parlare di debiti», si schermì il religioso, lasciandosi sfuggire una sorta di sibilo. «Poiché non si è ancora fatto cenno al viaggio che forse dovrete compiere». Il suo disagio, a quel punto, era divenuto palpabile.

«Un altro viaggio? Per quale ragione?»

«Per l'onore di messer Maynard».

Al sentir nominare il cavaliere, Gualtiero si impettì. «Per messer Maynard, tutto ciò che sarà in mio potere».

L'abate però indugiava. «Egli mi mise a parte, pur restando nel vago, del vostro coinvolgimento nella sua missione».

Il giovane si fece improvvisamente sospettoso.

«So di cosa si tratta», gli assicurò il religioso, confermando la sua buona fede. «Sono al corrente del libro di Flegetanis e del misterioso *Lapis exilii.* Ho meditato a lungo sul loro significato, o per lo meno abbastanza da poter supporre, alla stregua di quanto affermava il mio precettore Severino...». Troncò la frase, colto da un improvviso smarrimento.

Incapace di comprendere, Gualtiero attese che l'abate si asciugasse una lacrima con un gesto quasi infantile. «I miei occhi», rivelò, «andarono ben oltre le vostre supposizioni e le gesta di Rocheblanche, poiché ebbero il privilegio di posarsi sul *Lapis exilii.* Lo vidi, reverendo padre, come vedo voi ora». Quelle parole risvegliarono in lui i ricordi del viaggio fino al monastero di Mont-Fleur, mettendolo dinanzi a paesaggi talmente vividi da dargli l'impressione di esserseli appena lasciati alle spalle. Rammentò il volto del saggio Manessier e della coraggiosa arciera che l'aveva salvato dal lupo... Poi nella sua mente si stagliò l'immagine della maestosa tavola di pietra simile a una mola, sigillo di un antico sepolcro e lapide su cui erano state incise le parole del Messia. Reprimendo un fremito, si accorse che l'abate gli si stava avvicinando in preda all'entusiasmo.

«Quindi è vero», proferì Andrea. «Il vostro peregrinare vi condusse a quel luogo segreto...».

«Ho speso fin troppe parole», si affrettò a zittirlo. «Confido che non ne farete menzione con anima viva».

«Lungi da me», ribatté il religioso, tornando di colpo alla sua ritrosia. «Potrebbe rendersi necessario che riportiate là due reliquie. Alludo alle due reliquie che furono sottratte...».

«La coppa e la punta di lancia», tagliò corto Gualtiero. «Conosco la storia».

«Ebbene», proseguì l'abate, «al momento sono entrambe in nostro possesso».

«Intendete... fra queste mura?»

«In un avello della cripta».

Il giovane aggrottò la fronte. «Finalmente comprendo la vostra premura, e scorgo in essa quella del nobile Maynard. È assolutamente necessario che le due reliquie tornino al loro posto, per essere riunite al *Lapis exilii*. Lo farò, non dubitatene, ma dovrò attendere il disciogliersi delle nevi per oltrepassare i valichi alpini».

«Frenate la foga», lo avvertì Andrea. «Per ora ho soltanto ventilato l'ipotesi».

«In alternativa a cosa?», si stupì Gualtiero.

«Al fatto che madonna Eudeline si decida a utilizzare o meno le due reliquie per riscattare la vita del fratello».

«Volete dire che non si è ancora espressa al riguardo?».

Il monaco si strinse nelle spalle. «In principio mi era parsa più risoluta di un soldato, ma non appena ha messo gli occhi su quelle reliquie...». Abbozzò un gesto stizzito, manifestando l'intenzione di voler passare ad argomenti più gradevoli. «Ora basta», esclamò con aria complice. «Seguitemi in sacrestia, e prepariamoci per le vostre nozze!».

La semplicità dello sposalizio l'aveva incantata. Nient'altro che le parole dell'abate e i due innamorati intenti a specchiarsi l'uno negli occhi dell'altra, sotto l'arco dell'abside, a rammentarle tutto ciò che a lei era stato negato per sempre. Nella luce, in una gioia così spontanea da apparirle sfacciata. Era stato allora, mentre il rito si avviava alla fine, che aveva percepito accanto a sé la presenza di Robert e si era ritrovata a fantasticare su una vita insieme a lui. Una vita intravista tra i sospiri dei loro pochi abbracci, quando ancora sperava di tornare una semplice donna, invecchiare con l'uomo che amava, diventare madre. Prima che la peste e la malvagità dell'uomo la rendessero ancora più sola.

«Madonna Eudeline piange».

In principio non aveva compreso da dove provenissero quelle parole. Poi aveva visto Isabeau scrutarla, piena di riconoscenza, per poi rivolgersi di nuovo a Gualtiero. Sì piango, aveva pensato la signora de Rocheblanche. Piango, amica carissima, per la felicità che tu ora hai e io non avrò mai.

Ancora piangeva, madonna Eudeline. Ormai era notte, la cerimonia conclusa, ma i pensieri continuavano a turbinarle nella mente. La Vergine di legno davanti a cui si era inginocchiata non le recava alcun conforto. Persino il fantasma di Robert sembrava essersi dileguato, lasciandola con la paura di perdere anche suo fratello.

Salva almeno lui, ripeté dentro di sé con le mani giunte. Salvalo, mostrami la via, e te ne sarò grata per sempre.

Ma il volto ligneo della benedetta fra tutte le donne continuava a fissarla inespressivo, come svuotato, dopo secoli di preghiere, della capacità di esaudire o anche solo di ascoltare le invocazioni dei mortali.

Salvalo, insistette nondimeno Eudeline, e giuro di proteggere le reliquie che furono bagnate dal sangue di tuo figlio.

64

Prigioni di San Domenico

«Vi offro l'ultima possibilità, messere», disse Bertrand du Pouget con una nota di esasperazione. «Rivelatemi dov'è celato il *Lapis exilii* e il nome di chi ha rubato le mie reliquie. Fatelo e sarete salvo».

Maynard rise nel buio senza neppure curarsi di rivolgergli lo sguardo. Del resto era in dubbio se a parlargli fosse stato un uomo in carne e ossa o piuttosto un'allucinazione partorita dalla sua stessa mente. «Quale salvezza sarebbe, se l'avessi guadagnata venendo meno ai miei obblighi?»

«E se a pagare insieme a voi fosse vostra sorella?»

«Se fosse in vostro potere, l'avreste già trascinata al mio cospetto».

«Forse ho in serbo di mostrarvela all'ultimo».

«Forse voi non siete reale».

«In tal caso, sareste pazzo».

«Sempre meglio dell'alternativa».

«E quale sarebbe?»

«Che il pazzo siate voi». Il sorriso di Rocheblanche si trasformò in una maschera sardonica. «E che io, con i miei valori e i miei propositi, non sia altro che una vostra illusione».

65

Abbazia di Santa Maria di Pomposa, navata maggiore
29 dicembre

I disegni preparatori della sinopia erano lentamente svaniti dietro uno strato d'intonaco e poi di colore, lasciando spazio a una processione di immagini sull'intera parete meridionale. Si era trattato di un lavoro estenuante, svolto in nove pontate e nel doppio dei giorni, il cui risultato erano diciannove scene a tema biblico affrescate su due fasce sovrapposte. Gualtiero le scrutava inorgoglito, quasi incredulo al pensiero di esserne l'artefice.

Per ricavare maggior spazio su cui dipingere, aveva deciso di comune accordo con l'abate di murare tre delle sei finestre disposte sulla sommità della parete, favorendo la continuità della narrazione pittorica a discapito della luce solare che penetrava nella navata. A lavoro ultimato l'effetto si era rivelato grandioso, ricordando un'enorme pagina miniata destinata a svilupparsi e concludersi nella parete opposta.

I riquadri superiori rappresentavano le storie dell'Antico Testamento, partendo da Adamo ed Eva dinanzi all'albero del peccato per continuare con Caino e Abele, Noè, Abramo, Giacobbe, Giuseppe. Ma erano stati quelli inferiori, dedicati al Nuovo Testamento, a rivelarsi i più impegnativi. La grazia della Vergine dell'Annunciazione e le ali piumate dell'arcangelo Gabriele erano state l'inizio di un meticoloso esercizio di stile e d'immaginazione che aveva raggiunto il culmine nelle vesti ricamate dei Magi e nella tenda di broccato usata a mo' di sfondo per il banchetto nuziale di Cana.

Nonostante le direttive di padre Andrea, il giovane de' Bruni si era preso delle libertà. Tanto per cominciare, nel tema della Fuga in Egitto, dove il Bambino, anziché in groppa all'asino, compariva seduto sulle spalle di san Giuseppe. Inoltre nello scenario della Visitazione, dominato da un labirinto di mura e di architetture urbane.

Non mancava un omaggio alla tradizione bizantina, presente soprattutto negli episodi della Natività, della Presentazione al tempio, del Battesimo e dell'Ingresso a Gerusalemme. Gualtiero aveva poi inserito le guarigioni miracolose operate da Gesù e particolarmente care al reverendo Andrea che, sulla scorta di sant'Agostino, le interpretava come simboli della Salvezza.

Ma ogni dettaglio dell'opera, a ben vedere, era un simbolo. Assistendo alla stesura dei bozzetti, l'abate aveva ammonito il giovane di far tesoro delle parole di Ugo di San Vittore, secondo il quale «Ogni cosa visibile ci viene proposta per la significazione e per il chiarimento delle cose invisibili»[8]. Alludeva inoltre alla delicata missione di cui si facevano carico gli eredi dell'apostolo Luca. Affrescare la Bibbia, soleva ripetere, equivaleva a riscriverla, a interpretarla, e ciò richiedeva impegno ma anche sapienza, a partire da un'operazione all'apparenza banale come la scelta dei colori.

Anche nelle fasi successive del lavoro, Gualtiero era stato costretto a interrompersi decine di volte per scendere dalle impalcature e consultare i libri che Andrea portava al suo vaglio con l'intento di suscitargli nuove suggestioni. E mentre quell'incessante confronto rinsaldava il loro rapporto, il mastro pittore si stupiva di quanti misteri si potessero celare dietro uno strato di pittura. Con tutta la sua arte e i suoi consigli, mastro Vitale de Equis sembrava aver omesso appositamente di parlargliene, forse geloso di condividere con lui i segreti più preziosi del suo mestiere.

Fu soltanto nell'osservare la parete ultimata, tuttavia, che il giovane si rese conto di quanto dovesse esser grato all'abate. Era come se le immagini uscite dal suo pennello si intrecciassero, nel loro rutilare, con un mondo arcano, invisibile, di cui soltanto i più dotti avrebbero intuito la presenza.

Altro che *Biblia pauperum*!, pensò d'un tratto. Nessun povero d'intelletto sarebbe riuscito a intuire quell'architettura di significati. La maggior parte degli osservatori avrebbe contemplato le sue

[8] Ugo di San Vittore, *In hierarchiam cœlestem expositio.*

figure in maniera superficiale, senza lontanamente sospettare quale sapienza celassero.

Dunque, si era reso complice di un inganno?

Il dubbio lo colse all'improvviso. Tanto preso dai libri della sua biblioteca, padre Andrea l'aveva indotto a eseguire un affresco intelligibile soltanto a predicatori ed eruditi. Non era forse un'ingiustizia verso i figli del volgo?

Placò le emozioni e, concentrandosi su quanto l'aspettava, spostò l'attenzione sulle pareti ancora spoglie. La settentrionale, che avrebbe dovuto accogliere la prosecuzione dei racconti biblici, e la controfacciata, destinata come da tradizione alle scene del Giudizio Universale. Gualtiero aveva già picchiettato entrambe a colpi di martello, affinché il nuovo strato d'intonaco potesse meglio aderire.

Ancora un mese, si disse, al massimo due. E l'opera sarebbe stata completa.

Uno spiffero di aria fredda lo indusse a voltarsi verso il portale. Il battente si era appena aperto, lasciando entrare una figura intabarrata in una guarnacca di lana. Due ciocche di capelli color grano spuntavano da sotto il cappuccio. Lui le corse subito incontro per abbracciarla.

«Aspetta», lo fermò Isabeau, posandogli un dito sulle labbra. «Fammi guardare».

«Non ti è ancora venuto a noia?», ironizzò lui. «Te ne parlo incessantemente da settimane».

«Ora però posso godere della vista d'insieme». Così dicendo, prese il marito per mano e si fece accompagnare lungo la navata, osservando con attenzione ogni particolare.

Gualtiero si limitava a scrutarla di sbieco, ansioso di conoscere il responso ma lungi dal volerle mettere fretta. Fin dall'inizio, Isabeau si era mostrata entusiasta dell'incarico che gli era stato affidato, anche se dispiaciuta per la consapevolezza di non potergli essere d'aiuto. Lui l'aveva contraddetta. Già al tempo in cui dipingeva davanti alla madre, si era reso conto di quanto fosse importante avere accanto a sé una persona da render fiera, e ora, dopo infinite traversie, poteva dirsi felice di compiacere l'orgoglio della propria sposa. Continuò dunque a spiare la sua espressione, pur incapace di interpretarla. «Intendi lasciarmi sulle spine ancora per molto?».

Prima di rispondere, lei concluse l'esame e si fermò davanti a una scena dei Magi addormentati sotto una stella cometa simile a un giglio d'oro. Soltanto allora lasciò trapelare il suo incanto. «Se penso che ognuna di queste immagini è uscita dalle tue mani... Unicamente dalle tue mani...». Si commosse e lo baciò. «È come se guardandole ti amassi ancora di più. Molto... molto di più!».

Gualtiero era al settimo cielo. Nonostante fosse ancora pungolato dal dubbio d'aver eseguito un'opera troppo complicata per le menti semplici del volgo, fece per chiedere alla moglie di esprimersi più nel dettaglio quando notò la presenza di una terza persona ferma davanti al portale, nell'atto di schiarirsi la gola.

Agostino.

In principio il mastro pittore non comprese l'evidente imbarazzo del famiglio. Poi si rese conto, galeotto l'entusiasmo, d'aver cinto Isabeau in un abbraccio non proprio consono all'ambiente in cui si trovavano. Si separò da lei con malcelato impaccio.

«Monsignor abate», disse allora il servo, «prega entrambi di recarsi subito nel suo studio». E rivolgendosi all'esterno, aggiunse cupo: «Il tempo del rogo è ormai vicino».

«Tra due giorni, all'alba!», spiegò padre Andrea, incupito. Era talmente scosso da non riuscire a star fermo. Quando Gualtiero e Isabeau entrarono nello studio, lo trovarono intento a far la spola tra lo scrittoio e il camino.

Altrettanto sconvolta, ma immobile, Eudeline si teneva in disparte, quasi per non lasciarsi contagiare dell'agitazione del religioso.

«Due giorni!», ripeté, misurando a lunghe falcate il pavimento.

«Dunque, nessun rinvio?», volle sincerarsi il mastro pittore.

L'abate ribatté con un verso secco. «Un banditore l'ha annunciato l'altro ieri nella piazza di Ferrara. Nessuna proroga, nessuna clemenza».

«Nemmeno offrendo in cambio le due reliquie al cardinale?», intervenne Isabeau, pallida per lo spavento.

«Non lo farò». Eudeline fece un passo in avanti, rigida come una pertica. Le occhiaie nere e la tensione nervosa che le attraversava le membra rivelava solo in parte il suo intimo tormento. «Non compiacerò quel bastardo».

«Anch'io sarei restio, madonna», commentò Gualtiero. «Ma per Maynard...».

«Non infangherò l'onore di mio fratello», lo tacitò la dama, quasi con ferocia. «Cedere le reliquie a Bertrand du Pouget equivarrebbe a tradirlo, a vanificare i suoi sforzi. E lui... lui non me lo perdonerebbe mai!».

Isabeau scosse il capo, in procinto di contraddirla. Gualtiero le fece cenno di contenersi. «Quindi», disse a Eudeline, «assisterete impotente alla morte di vostro fratello?»

«Io...». La signora de Rocheblanche strinse i pugni. «Io troverò il modo di vendicarlo».

«Ancora vive», rimbrottò Andrea, «e voi già parlate di vendetta?»

«Preferireste consegnare le reliquie di Cristo al diavolo in persona?», lo aggredì la dama. «Credete che Maynard ve lo permetterebbe? Che ne sarebbe felice? Sono la prima a soffrire per questa scelta, ma è proprio per amore verso il mio nobile fratello... verso i valori che lo rendono uomo...».

Il giovane de' Bruni fissò la nobildonna, toccato nel profondo. Si ergeva al centro della stanza, combattiva, sgomenta. E terrorizzata, ora poteva distinguerlo con chiarezza. Fra i presenti, Eudeline de Rocheblanche sembrava la più atterrita dalle parole che le erano appena uscite di bocca. Come se dopo una lunga, logorante esitazione avesse finalmente deciso di pronunciarle.

«Avete senz'altro ragione, madonna, e tuttavia non accetto che debba finire così». Dopo aver spiato l'espressione livida della moglie, Gualtiero si rivolse all'abate. «Forse, se chiedessimo indulgenza al vescovo...».

«Ho già provato», sbuffò padre Andrea, «ma sua eccellenza Filippo d'Antella si è mostrato sordo alle mie richieste».

«Quel Giuda!», imprecò Eudeline.

Il mastro pittore fece per aggiungere qualcosa, ma l'anziano monaco lo mise a tacere. «Abbiamo tentato ogni cosa, figliolo, vagliato ogni possibilità... Illudendoci di poter cambiare qualcosa di inevitabile. La verità è che non c'è nulla in grado di distogliere Cingoli e Pouget dai loro propositi. Anche se madonna Eudeline decidesse di consegnarsi, otterrebbe soltanto di diventare uno strumento di ricatto nelle mani di quegli scellerati... Per poi finire sul rogo insieme a Maynard».

«State dicendo...», Gualtiero lo fissò indignato, «che ella non potrà neppure assistere alla morte del fratello?».

Andrea annuì. «Se gli uomini del cardinale la riconoscessero, non esiterebbero a catturarla. E credetemi, quel giorno si aggireranno nella piazza come lupi famelici».

Con una fitta al cuore, il giovane pittore si ritrovò a pensare alla morte di suo padre. O almeno, all'uomo che fin dall'infanzia aveva ritenuto tale. Mastro Sigismondo de' Bruni, impiccato ingiustamente nel Prato delle Forche. Rammentava ancora la sua paura, il viso nero rigato di lacrime, il lento strozzarsi sotto la pressione del cappio. Il dolore e la rabbia di dover assistere senza poter intervenire erano state talmente strazianti da fargli perdere i sensi. E altrettanto straziante era stato guardare sua madre spegnersi nel letto di morte, consumata dalla peste e dal rimpianto di aver vissuto nella menzogna.

Ma almeno, si disse Gualtiero, sia Sigismondo che Sapia erano spirati fissando il volto di loro figlio. Almeno erano saliti al Creatore con l'anima addolcita dall'amore di una persona cara.

A Maynard non sarebbe stato concesso neppure quello.

Tra la commozione e la collera, raggiunse il centro della stanza. «Se madonna Eudeline non potrà assistere all'esecuzione, significa che andrò io». Quindi puntò un dito verso l'abate Andrea. «E voi, padre, verrete con me».

66

Ferrara, Piazza della Cattedrale
1° gennaio 1350

Maynard fece ingresso nella piazza sotto la luce pallida dell'alba. Sarebbe stato un onore, lo schernì l'armigero che lo teneva al capestro, ardere nel luogo di maggior fasto della città. Egli tuttavia preferì prestare attenzione a come il biancheggiare della neve si fondeva alla facciata marmorea del duomo. Sul lato opposto, il Palazzo della Signoria incombeva come un enorme guardiano. Si voltò a guardarlo, attratto da qualcosa di raccapricciante esposto tra le merlature. La testa di Margherita Ariosti conficcata su una picca.

La folla iniziava a ingrossarsi alla stregua di un nugolo di corvi attratti da una carogna. Ma dal momento in cui vide la pira, per il cavaliere non ci fu altro. Una semplice pertica di legno conficcata in un cono di fieno cosparso di pece. Gli sembrò assurdo che una cosa talmente grottesca stesse lì a decretare la fine della vita di un uomo.

Si ritrovò a sorridere. Se paragonato agli orrori di cui era stato testimone a Crécy, in tempo di peste e nelle prigioni di San Domenico, quel palo di legno rappresentava per lui un ben misero spauracchio. Veder perire tanta gente l'aveva avvicinato ogni giorno di più alla Grande Mietitrice, come se si fosse trattato di un gioco di ombre in cui lei, a tratti, si fosse divertita a rendergli manifesta la sua presenza, sempre più vicina.

Non fece in tempo a concludere quel pensiero che le nuvole si aprirono, lasciando cadere un raggio di luce obliqua sulla sommità della pira. Eccola, si disse Rocheblanche, la falce.

Lo legarono al palo, mani, busto, piedi, mentre gli accoliti della *Congregatio mortis* si radunavano al suo cospetto, avvolti dal fumo dei turiboli. Prima che potessero intonare preci, una voce imperiosa li fermò.

«Nessun *Miserere* per costui!».

Colto da un fulmineo senso di familiarità, Maynard cercò tra la folla per comprendere da dove fosse provenuto quell'ordine. Finché non vide spuntare, scortato da un drappello di armigeri, il suo nemico.

Gualtiero avanzò ostinatamente tra la gente, stringendo la mano di padre Andrea per non perderlo nella ressa intorno alla pira. Ormai era vicino, al punto da scorgere il capo di Rocheblanche oltre la schiera di teste davanti a lui.

«Fermatevi!», lo implorò l'abate, trafelato.

«Nemmeno per sogno», grugnì il pittore, aprendosi varchi a suon di spintoni. «Deve vederci! Deve sapere che non l'abbiamo abbandonato!».

Ma Andrea faticava sempre più a procedere, soprattutto da quando il comparire di un drappello di armigeri aveva eccitato la folla, inducendola ad appressarsi ancor più al luogo dell'esecuzione. Inciampando sui lembi della sua tonaca e su decine di piedi altrui, si trovò all'improvviso stretto nella calca e perse la mano di Gualtiero. «Misericordia!», esclamò con indignata frustrazione.

Il giovane si voltò. «Forza, seguitemi!».

«Andate avanti voi», disse l'abate. «Vi raggiungerò».

Gualtiero ne dubitava. Benché l'anziano monaco si fosse degnato di accompagnarlo a Ferrara, aveva espresso fin dall'inizio la sua titubanza ad assistere al rogo. Non voleva essere testimone del trapasso così miserevole di uno spirito giusto.

Il pittore la pensava proprio come lui, però intuiva che l'abate non fosse stato del tutto sincero. Era certo infatti che dietro la sua ritrosia si celasse il timore di attirare troppi sospetti su di sé. Eventualità assai probabile, del resto, se Cingoli o Pouget l'avessero scorto in prima fila all'esecuzione di Rocheblanche. Perciò non se la sentì di dargli del codardo, e avanzò da solo.

Contrariamente all'abate di Pomposa, lui era un volto qualunque e poteva passare inosservato tra i figli del volgo giunti ad assistere al turpe spettacolo. Continuò dunque a sgomitare finché a separarlo dalla pira fu soltanto uno schieramento di soldati.

Faticò non poco a riconoscere l'uomo smagrito e coperto di stracci legato al palo. Ma non dubitò un istante su chi potesse essere il vegliardo in abito prelatizio, dal portamento ancora energico, che si stava avvicinando a lui.

Bertrand du Pouget avanzò sorreggendo un'asta con in cima una croce. «La vedete, Rocheblanche?», proclamò con enfasi, mostrandola al condannato. «Ecco la salvezza! L'unica che otterrete, se ve ne mostrerete degno».

Maynard gli rise in faccia. «Quale salvezza potrebbe mai offrirmi un diavolo vestito da prete!».

«Perché vi intestardite?», disse il cardinale, dissimulando un sentito cordoglio. «Parlate, per l'amor di Dio! Parlate, affinché io possa redimervi!».

«Sembrate più spaventato di me, eminenza», perseverò a canzonarlo.

Monsignor Bertrand non raccolse la provocazione. La smania di sapere lo spinse a lanciarsi in avanti senza alcun ritegno, dimentico dell'asta, dei soldati e della folla intenta ad assistere. «Voi non capite... Non capite!». Afferrò il cavaliere per i legacci che gli immobilizzavano il petto e lo scosse con violenza. «Non potete nascondere alla Chiesa ciò che sapete! È un crimine inammissibile, un peccato mortale!».

«Bruciatemi, dannazione!», lo sfidò Maynard. «Suvvia, cos'aspettate?».

Il cardinale indietreggiò furioso. «Mi provocate, Rocheblanche? Dovreste implorarmi invece!», e indicò la base di fieno su cui poggiava la pira. «Se non vi aprirete a me, la vostra anima immortale finirà all'inferno!».

«Io sono già all'inferno. Voi me l'avete mostrato».

«Non sapete cosa dite!».

«Purtroppo per voi, invece, ne sono ben consapevole. Quanto tempo vi resta, eminenza? Siete vecchio, e con me perirà la vostra ultima speranza di trovare il *Lapis exilii.* Con tutto il vostro terrore e la vostra astuzia non siete riuscito a farmi parlare!».

«Su una cosa v'ingannate», sibilò Bertrand du Pouget. «Finché resta in vita vostra sorella, non tutto è perduto».

Nonostante la paura di morire, Rocheblanche si ritrovò a temere per Eudeline. Abbozzò una smorfia beffarda per aizzare ancor più l'ira del prelato. «Mia sorella è una donna accorta, non la troverete mai».

«Invece è vicina, lo intuisco! E quando l'avrò in pugno...».

«Voi non oserete!».

Il cardinale gli si avvicinò per l'ultima volta, gli occhi spalancati da una brama incontrollata. «Parlate Rocheblanche!».

«Giammai!».

«E dunque...», sua eminenza si voltò verso la folla con le braccia aperte, «che costui arda!».

Fu questione di un attimo. Maynard alzò gli occhi al cielo per consacrarsi al Signore. Poi, abbassandoli, incrociò lo sguardo di un uomo ammantato di nero ritto sulla balconata del palazzo. Obizzo d'Este parve indirizzargli un saluto. Ancora più in basso, a cercare nella folla, le sue iridi si ritrovarono a fissare un giovane dai capelli arruffati, il volto in lacrime contratto in un grido.

Poi un armigero gettò una torcia sulla paglia, che divampò all'istante.

In quella gelida mattina di gennaio, Rocheblanche sentì l'aria farsi più spessa. Il fumo gli aggredì le narici, lo accecò, riportandolo nel mondo buio e remoto delle sue visioni. Ed ecco, gli parve di udire un tambureggiare di zoccoli. Il quarto cavaliere veniva a prenderlo!

Il fumo emanato dalla base della pira aumentò a dismisura, costringendo la folla e gli armigeri ad arretrare. Gualtiero cadde a terra, accecato da quella coltre fitta e caliginosa che continuava a espandersi come se uscisse dalla bocca di un vulcano. Sentì risuonare improperi, grida atterrite, esclamazioni di stupore. Incapace di comprendere, si ritrovò a gridare il nome di Maynard.

Poi, un prodigio degno dell'inferno. Dalla base della pira si sprigionarono vampe scarlatte simili a serpenti di luce. Uscirono dal buio con un sibilo acutissimo, che atterrì ancor più i presenti nella piazza.

Fu allora che giunse.

In sella a un cavallo enorme, bardato in un'armatura più nera della notte, avanzò a spron battuto senza curarsi di travolgere nella sua corsa armigeri, preti e villani. Si tuffò dove il fumo si faceva più spesso e lì rimase, nello sbigottimento generale, finché la sua sagoma non riemerse per allontanarsi al galoppo.

In un crescendo di stupore, Gualtiero avrebbe giurato di scorgere sulla sua sella il corpo esanime di Maynard.

Mentre il fumo si dissipava nel vento, scoprendo i resti di una pira vuota, il giovane pittore si rialzò in piedi, ancora incapace di comprendere cosa fosse accaduto. Si guardò intorno in cerca di padre Andrea, nella speranza che almeno lui fosse in grado di fornirgli delle spiegazioni.

Non fece in tempo a scorgerlo, tuttavia, che udì una voce alle spalle.

«Gualtiero de' Bruni, *pintor*?».

Annuì d'istinto, voltandosi.

Ma prima di poter guardare in faccia colui che gli aveva rivolto la parola, ricevette un pugno allo stomaco e un altro alla testa.

E ancora quella voce: «Venite con me, il cardinale vi aspetta...».

67

Se padre Andrea non finì travolto dai passanti nel tafferuglio generale fu per puro miracolo. Ai primi accenni del prodigioso accrescersi del fumo era sgusciato dalla calca per cercare riparo presso la facciata della cattedrale, consapevole che stesse accadendo qualcosa di strano. Quanto verificatosi in seguito, però, era stato talmente repentino e bizzarro da lasciarlo senza parole.

Alla fine di tutto si era ritrovato a vagare per la piazza, a guardarsi intorno fra decine di persone basite quanto lui, finché non aveva scorto una ben strana compagnia allontanarsi a passo svelto dal luogo del rogo. In testa al gruppo procedevano Lamberto da Cingoli e un anziano prelato che l'abate non esitò a identificare con monsignor Bertrand du Pouget. Al loro seguito si muovevano degli sgherri intenti a trascinare per le braccia un uomo privo di sensi.

Non appena ebbe riconosciuto il malcapitato, Andrea si affrettò nella loro direzione.

«Fermi!», gridò. «Non avete alcun diritto!».

Cingoli si fermò di colpo per comprendere da dove provenisse il richiamo. Riconosciuto l'abate, fece cenno alla compagnia di procedere.

«Non potete arrestarlo!», insistette l'abate, sforzandosi ad avanzare il più spedito possibile.

Con sua grande sorpresa, vide l'inquisitore andargli incontro. «Proteggete Gualtiero de' Bruni, reverendo padre?».

Andrea fu intimidito da quel tono d'accusa. «Egli è... un uomo incapace di fare del male».

«È amico di Rocheblanche», soggiunse fra' Lamberto. «Condivide con lui dei segreti. Segreti che nemmeno immaginate».

«Egli è un buon cristiano», trovò il coraggio di difenderlo. «Lasciatelo in mia custodia, e mi impegnerò io a interrogarlo, nel caso possa…».

«Anche voi siete amico di Rocheblanche». L'inquisitore gli rivolse un sorrisetto minaccioso. «Devo forse supporre che nascondiate qualcosa?».

L'abate ebbe la sensazione che degli artigli di ghiaccio gli stringessero il cuore. «Io intendevo solo… fare chiarezza».

«Lasciate che sia io a occuparmene», tagliò corto Lamberto da Cingoli. E con un congedo stizzoso, lo lasciò solo nella piazza.

A disperare.

68

Maynard fu svegliato da un pianto d'infante.

Nell'aprire gli occhi, si stupì di trovarsi sdraiato su un pagliericcio, con un soffitto a travi sopra la testa. La vista era appannata. Si massaggiò le palpebre per cogliere le forme nella penombra. Nel frattempo la sua mente si sforzava di colmare lo iato che separava il rogo della piazza da quello sconcertante momento. Sono ancora vivo, si ripeteva incredulo. Vivo e… impregnato dell'odore di bruciato.

Rammentò l'innaturale quantità di fumo sollevatasi dallo strato di fieno e l'attesa snervante che cominciasse il dolore. Ma con sua grande sorpresa, le fiamme erano rimaste basse, continuando ad alimentare esalazioni sempre più nere e spesse che gli avevano mozzato il respiro. Poi era comparso il cavaliere in armatura. Aveva estratto la spada per tagliargli i legacci e…

Ancora quel pianto.

Sollevò il capo dal giaciglio e scorse un uomo dai tratti moreschi, abbigliato con una cappa verde, intento a tenere in braccio una bimba dai capelli biondi. Una scena talmente singolare da indurlo a chiedersi se non fosse in preda alle allucinazioni.

Poi il moro mise la piccina a sedere su uno sgabello e si avvicinò. Gli tastò la fronte, sollevò una palpebra e annuì soddisfatto.

«Chi… siete?», gli chiese Rocheblanche.

«Un diavolo dell'Hispania», rispose una terza presenza, quasi burlesca.

Maynard spostò l'attenzione verso un uscio alla sua sinistra e scorse un enorme individuo in armatura nera. Indossava ancora il terribile elmo che riproduceva le sembianze di un demone cornuto.

«Un diavolo che tempo addietro mi salvò la vita», continuò l'uomo misterioso. «E che oggi la salvò a voi, messere. Egli infatti è abile tanto nell'*ars medicinae* quanto nell'impiego delle polveri piriche».

Rocheblanche sollevò la schiena facendo leva sui gomiti. Non sapeva se essere più sconvolto da quelle affermazioni o dall'orribile ricordo che risvegliava in lui il suono di quella voce. «Intendete dire che…».

«Che stanotte», spiegò l'armatura nera, «il mio servo introdusse nel fieno della vostra pira delle sostanze capaci di produrre l'effetto mirabolante di cui siete stato testimone».

«E chi sareste voi», l'interrogò, «per avere interesse nel fare ciò?».

La risata dell'uomo echeggiò metallica da dietro la ventaglia. «Da quando risiedo a Ferrara ho preso l'abitudine di farmi chiamare Namo». Slacciò una cinghia alla base della gorgiera, poi, con esasperante lentezza, si sfilò l'elmo. «Affinché nessuno sospettasse, conoscendo quello vero, che ero legato a voi».

Trovarsi di fronte a quel volto fu per Maynard la più atroce delle torture. Sbarrò gli occhi, scattando in piedi in preda a uno sgomento che non avrebbe mai immaginato di dover provare. Fu con odio, però, che pronunciò quell'unica, terribile parola: «Padre».

69

Benché la sua vita fosse stata densa di avventure e traversie, Gualtiero non riuscì a rammentare un momento in cui avesse provato maggior paura. L'avevano trascinato in una segreta coperta da una volta di pietra, con pareti umide e odorose di muffa. C'era una sola lanterna, posta su un tavolo a cui sedevano due uomini di Chiesa. L'inquisitore e il cardinale. Oltre alla loro presenza, c'erano tre sgherri ammantati di nero.

«Dov'è Rocheblanche?», tuonò Lamberto da Cingoli.

«Era legato alla pira…», squittì il giovane, mentre un armigero lo costringeva a restare in ginocchio.

Bertrand du Pouget batté un palmo con rabbia. «È fuggito, l'hanno visto tutti!», sibilò. «Chi l'ha aiutato?»

«Io… Non lo so».

«Negate forse di essere un suo seguace?»

«Un seguace?». Gualtiero li fissò contrariato. «Io sono un suo… amico».

«Lo sappiamo, lo sappiamo…», ghignò l'inquisitore. «Così come eravamo certi che sarebbe giunto qualcuno oggi, ad assistere al rogo. Vi manda madonna Eudeline?».

All'udire quel nome, il giovane combatté con l'impulso di ribellarsi all'armigero. Gli avvoltoi al suo cospetto non aspettavano altro che tradisse un'emozione. «Non conosco nessuna madonna Eudeline».

Cingoli si astenne dal commentare. «Non verrete a raccontarci di esser giunto a Ferrara di vostra spontanea volontà».

«È la verità».

«E il *Lapis exilii*? Non conoscete neppure quello?»

«Io…», Gualtiero si morse un labbro, «non conosco il latino».

«Furbo il mascalzone», mormorò Pouget.

«Nessuna arguzia, reverendissimo», si difese il prigioniero. «Sono una persona dalla mente semplice, io».

«Non c'è nulla di semplice in voi», lo contraddisse il cardinale, sempre più nervoso. «Così come non ce n'era in quella cagna di vostra madre, Elisa d'Este».

Gualtiero scattò in avanti in preda alla collera, ma fu subito schiacciato a terra da un violento colpo alla schiena. «Non osate...», schiumò tra i denti.

«Ora basta!», alzò la voce fra' Lamberto. «È evidente che siete in combutta con Rocheblanche! Rivelateci i suoi segreti!».

«Io non so nulla!», gridò, mentre il piede dell'armigero continuava a premergli in mezzo alle scapole.

«Mentite! Diteci delle reliquie del Cristo».

Il giovane fece cenno di voler rispondere, ottenendo così di tornare in una posizione più consona. Riprese fiato nel tentativo di placare il tumulto che aveva nel petto. Molti inverni prima, quand'era bambino, aveva tenuto tra le mani un passero e percepito attraverso il fremito del suo corpo la paura. Ora si sentiva esattamente come quella bestiola. «Cristo Nostro Signore», disse, «è risorto nella carne senza lasciare alcuna reliquia del proprio corpo».

Monsignor Bertrand inarcò un sopracciglio. «Vi prendete gioco di noi?»

«Non mentirei mai dinanzi alle vostre eminentissime autorità».

Cingoli lo zittì spazientito. «Se non fosse per il fatto che ci servite», l'ammonì, «vi farei subito tagliare quella lingua impertinente». Poi, sporgendosi in avanti, gli rivolse un sorriso sadico. «Ma di qualcos'altro potremmo privarvi, statene certo».

Lo sgherro sguainò un pugnale. «Tagliamogli un orecchio!», propose, afferrando Gualtiero per i capelli.

«No», lo interruppe Pouget. «È un pittore, se non sbaglio. Tagliategli il mignolo della mano destra».

«Fermi!», strepitò il giovane nel tentativo di divincolarsi. La disperazione gli infuse tanta forza da richiedere l'intervento di un secondo uomo. Fu sollevato da terra, trascinato fino al tavolo e costretto a mettere la mano sul ripiano. La vista della lama lo fece trasalire. «Non fatelo! Non fatelo, vi supplico!».

Fra' Lamberto fece cenno all'armigero di trattenere il pugnale.

«Se ci tenete a uscirne indenne», disse al prigioniero, «parlateci dei segreti di Rocheblanche».

«Egli non mi rivelò nulla d'importante!», gridò Gualtiero con tono implorante. «Nulla, vi dico! Nulla!».

L'inquisitore sbuffò deluso. «Tagliate».

70

«Voi dovreste esser morto!». La voce di Maynard tradiva uno stato d'animo lacerato dall'astio e dallo sbalordimento. «Vi vidi giacere nella polvere di Algeciras, otto anni or sono, dilaniato dalle scimitarre degli infedeli!».

Gaspar de Rocheblanche depose l'elmo su un trespolo, insieme ai guanti dai terribili rostri. Una scorsa all'Arabo, messosi accanto alla bambina, infine tornò a suo figlio. «Rammento fin troppo la vostra visita, e anche lo stato deplorevole in cui aveste l'ardire di abbandonarmi. Se sopravvissi lo debbo soltanto a questo saraceno, che sanò le mie piaghe in cambio della promessa di partecipare, un giorno, delle mie ricchezze. Da allora mi serve con obbedienza».

«L'inferno vi risparmiò, dunque. Ma perché celare la vostra presenza per tanto tempo?»

«Suvvia, mio nobile figliolo! Non ero certo ansioso di offrire il mio petto alla vostra spada! Conoscevo fin troppo la vostra smania di uccidermi. Ve la lessi in volto quel giorno infame, in Hispania, come pure la vedo ora. Immutata, feroce, nonostante vi abbia strappato dalla pira».

«Immagino l'abbiate fatto per rendermi ancor più spiacevole il trapasso».

«L'ho fatto per me, a onor del vero», ribatté Gaspar. «Negli ultimi mesi ho indagato sulla vostra situazione e, benché mi sfugga il motivo per cui foste ingabbiato dall'Inquisizione, ho deciso di non permettere che la mia progenie perisse sul rogo, nel pubblico dileggio, con l'accusa di eresia. Se ciò fosse avvenuto, la casata di Rocheblanche si sarebbe macchiata di un'onta indelebile, con la conseguenza di essere spogliata dei propri beni dalla Chiesa».

«Giungete tardi, allora», lo schernì Maynard, «giacché le nostre sostanze furono comunque sottratte dalla Camera Apostolica».

«Impossibile!».

«Sottratte!», ripeté con una punta di piacere. «Con gli omaggi del cardinal du Pouget e del vostro erede maschio, che darebbe la vita pur di veder puniti i vostri innominabili abomini!».

«Tacete maledetto!», sibilò l'uomo in armatura, abbrancandogli il collo.

«Mia madre uccisa! Mia sorella violentata!», gridò Maynard, liberandosi con rabbia. Lo sforzo gli costò un'improvvisa spossatezza che lo costrinse ad appoggiarsi con la schiena a una parete. Quante volte aveva desiderato trovarsi faccia a faccia con il padre redivivo, per punirlo di persona! Ma ora aveva perduto il suo vigore, forse per sempre, e si trovava a fronteggiarlo coperto di stracci, senza neppure un'arma da poter brandire.

Gaspar esitò ad aggredirlo, tradendo un'evidente instabilità alle gambe. «Voi e le vostre menzogne!», sbuffò con voce cavernosa. «Ve ne siete riempito la bocca per anni, scommetto, attribuendo a me i crimini che foste invece voi a commettere! Oh, il sangue del mio sangue! E tutto perché bramavate anzitempo i miei feudi, i miei denari e il mio titolo».

C'era un riflesso di follia negli occhi di Gaspar de Rocheblanche. Maynard lo studiò con il timore di riconoscervi qualcosa di sé. L'incubo di potergli assomigliare lo ossessionava da sempre, ma ora che lo udiva proferire accuse mendaci, senza alcuna ragione plausibile, si chiedeva se la dissennatezza avesse sempre abitato la sua mente o se fosse stata il prezzo per aver ingannato la morte. In ogni caso, non sarebbe stato sufficiente per frenare l'odio che lo divorava. «Come osate», proruppe, «imputare a me ciò che faceste voi?»

«Ebbene, cosa dicevo?», ghignò Gaspar in direzione dell'Arabo. «Costui è accecato dalla cupidigia e dalla rabbia. Mi colpevolizza del frutto della sua scelleratezza. E intanto, non ancora pago del male compiuto, brama di versare il mio sangue».

Il moro annuì disgustato. «Ora finalmente potrete vendicarvi, padrone».

Maynard li fissò incredulo. «Di cosa diavolo state parlando?».

Gaspar fece cenno all'Arabo di portare la bimba in una stanza attigua e si diresse, in parte claudicando, a uno sgabello. A giudicare da come si muoveva, il peso dell'armatura sembrava mettere a dura prova una contusione o più probabilmente una ferita all'inguine. «Tornato dall'Hispania, restai nascosto nell'attesa di vedervi uscire allo scoperto, e quindi affrontarvi», confessò una volta seduto, «ma l'ammetto, metteste a dura prova la mia pazienza. Dopo Crécy sembravate svanito nel nulla. Io però non avevo scordato la sprezzante crudeltà con cui mi lasciaste agonizzare, nel sangue e nelle mosche, ad Algeciras. Desideravo punirvi per quell'oltraggio, e lo desidero ancora. Ragion per cui divenni l'angelo custode di Eudeline, proteggendola dalle nefandezze del mondo in attesa che voi tornaste a farvi vivo».

«La vostra visione degli eventi è distorta, morbosa!», esclamò Maynard. «Come potete ritenervi degno di proteggere colei che umiliaste con il più ignobile degli oltraggi?»

«Lavai i miei peccati prendendo la Croce», disse Gaspar battendosi una mano sul petto. «Ad Algeciras sono morto e risorto nel perdono di Dio. Voi non avete alcun diritto di scagliarmi accuse».

«Le menzogne di poc'anzi erano quindi a uso e consumo del vostro servitore! Le formulaste per garantirvi la sua lealtà?»

«Cosa sono le menzogne, se non il corredo funebre che rimettiamo ai morti? E voi presto lo sarete, figlio mio, morto. Per la mia vendetta e il mio completo riscatto».

«Uccidendomi non seppellirete la verità. Eudeline sa e vi odierà per sempre».

«Eudeline tornerà con me», proferì Gaspar con una smorfia cupida. «L'amo troppo per rinunciare a lei. È mia, e finita questa storia nulla mi impedirà di averla al mio fianco».

Nauseato da quelle parole, Maynard avanzò di scatto e lo spinse sul pavimento, facendo traballare le piastre dell'armatura. Poi, vincendo l'affanno, lo costrinse a restare supino premendogli un ginocchio sul pettorale. «Il demone che vi possiede dev'essere di un'arte ben fine», affermò velenoso, «per avervi stravolto a tal punto il cervello!». Allungò la mano verso la spada del padre, ma prima di poterla brandire sentì una lama premergli la gola.

«Perché costui blatera ancora», intervenne l'Arabo alle sue spalle, «quando dovrebbe già avere uno squarcio sotto il mento?». Trascinandolo indietro, lo costrinse a lasciar libero il padrone con l'intenzione di sgozzarlo.

Gaspar gli fece cenno di risparmiarlo e si rialzò a fatica. «Costui è mio, non vostro!».

Il moro annuì in malo modo, per poi separarsi dal prigioniero e far sparire il pugnale a mezzaluna sotto la cappa.

Maynard riprese a fronteggiare il genitore. «Mi toglierete la vita senza onore, alla stregua di un miserabile assassino?»

«La morte è la morte», sentenziò Gaspar.

«Avreste ragione», ribatté furente, «se il mio desiderio di uccidervi non fosse pari al vostro. Invece lo è, quindi reclamo il diritto di affrontarvi come si conviene, in combattimento».

«Un porco non può reclamare nulla!», lo aggredì l'Arabo.

«Taci!», ordinò l'armatura nera, finendo per scrutare il figlio con le sue pupille spiritate. Meditò un istante, allettato da oscuri pensieri, infine disse: «Fatemi riavere i miei feudi e vi concederò l'onore che pretendete».

«Un modo ci sarebbe», rispose Maynard. «Ma soltanto in cambio della mia libertà e di un cavallo veloce».

«Avrete entrambe le cose».

«Allora sappiate che vi basterà presentarvi ad Avignone, presso la Camera Apostolica, e dichiararvi signore legittimo di Rocheblanche. I possedimenti del casato, che furono sottratti a Eudeline perché erroneamente ritenuta l'ultima vostra erede ancora in vita, torneranno subito a voi».

Gaspar annuì. «Dovrei fidarmi di voi?»

«E io di voi?», ribatté a tono Maynard.

«Sta bene. Avrete il cavallo».

«E voi la mia promessa che tra un anno esatto mi troverete davanti al castello di Rocheblanche, a pretendere la vostra testa».

71

Abbazia di Santa Maria di Pomposa
2 gennaio, notte

Varcò in fretta e furia l'ingresso della cripta e scese le scale tortuose, incurante della neve che gli copriva il capo e le spalle. Il tempo era poco, pochissimo, e se non fosse stato abbastanza rapido avrebbe perduto per sempre la sua occasione.

Attraversò l'ambiente sotterraneo a passi sicuri, le mani tese in avanti, tremanti per l'impazienza, finché non le usò per aprire il cancelletto di una nicchia e si chinò su una botola di pietra.

La sollevò con un unico gesto, così repentino da graffiarsi le dita. Poi, smanioso, afferrò un involto di tessuto che giaceva sul fondo della cavità e lo pose davanti a sé, sul pavimento. L'istinto gli suggeriva di correre via, prima che fosse troppo tardi. Ma un impulso ancora più acuto lo indusse a indugiare un attimo per contemplare le reliquie del Cristo nascoste sotto quello strato di tela.

Fu così che aprì l'involto, e con un lampo di incredulità si trovò di fronte a due pietre.

Ancora in preda allo sgomento, si accorse di una punta di pugnale che gli premeva contro la nuca. Si voltò lentamente, con un'espressione stravolta.

Isabeau continuò a minacciarlo con la basilarda di Gualtiero. «Dov'è mio marito?», gli chiese guardinga.

Strisciando sulle ginocchia, padre Andrea arretrò di un palmo. «L'hanno... catturato».

Le iridi della ragazza guizzarono come fiamme. «Chi?»

«I nemici di Rocheblanche».

«Siete stato voi! L'avete tradito!».

L'abate sentì la lama del pugnale tagliargli una guancia, e per poco temette il peggio. «No!», gridò accasciandosi a terra. «Io sono qui per salvarlo!».

«Non mi sono mai fidata di voi!», sibilò Isabeau, minacciando ancora di colpirlo. «Mai!».

«Dov'è madonna Eudeline?», chiese il religioso, incurante dell'insidia. «Come mai le reliquie non sono al loro posto?»

«Eudeline se n'è andata con Maynard», spiegò lei, facendolo sobbalzare per lo stupore. «Egli è giunto ore fa, con una fretta del diavolo. Si è sincerato che stessimo tutti bene, e dopo aver saputo che Gualtiero era al sicuro con voi, a Ferrara, ha preso sua sorella, le due reliquie, ed è fuggito a cavallo».

«Ma...», balbettò Andrea.

«Se n'è andato subito per non mettere a repentaglio le nostre vite», continuò la ragazza, brandendo con maggior fermezza la basilarda. «E voi... Voi, maledetto! Ora venite a dirmi che il mio Gualtiero è stato preso da quei bastardi!».

«Io... io...». L'abate annaspava come in un sogno. «Io non sapevo! Non potevo immaginare!». Si coprì il viso con le mani, per poi trovarle sporche di sangue.

«E ora come farò?», continuò ad angustiarsi lei. «Come farò a riaverlo?»

«Un modo ci sarebbe stato...», sospirò Andrea, vinto dallo sconforto. «Ci sarebbe stato se avessi potuto disporre delle reliquie. Le avrei barattate per la salvezza di Gualtiero, capite? Ero giunto qui per questo. Ma ora... ora... dannazione!». Prese le due pietre e le scagliò contro una parete della cripta. «Cosa potrò offrire in cambio della sua salvezza?»

«Maynard è ormai lontano», piangeva la ragazza, intenta a menar fendenti all'aria. «Non lo raggiungeremo più! Mai più!».

Ma l'abate aveva smesso di ascoltarla. Era annichilito, inginocchiato in preda al cordoglio. Rimase a imprecare, a lamentarsi, mentre la sua mente si ostinava a cercare una soluzione per quella terribile disgrazia. Non c'era tempo, continuava a ripetersi. Gualtiero non era della tempra di Maynard. Sarebbe impazzito o morto da solo, nella paura e nel tormento. E tutto perché Andrea era stato così stolto da non consegnare a suo tempo...

«Un attimo!», si rialzò di colpo.

«Cosa?», fremette Isabeau.
L'abate si affrettò d'istinto verso le scale. «La biblioteca!», si limitò a esclamare. «Forse non tutto è perduto!».

72

Ferrara, Palazzo della Curia
3 gennaio

«Lo custodivo nella biblioteca della mia abbazia, per Rocheblanche». Padre Andrea tamburellò l'indice sul possente codice *in folio* appena posto sullo scrittoio del vescovo. Le borchie di bronzo sul piatto anteriore parvero ammiccare nella sua direzione, suscitandogli dei terribili sensi di colpa. Sapeva bene di separarsi da un testo preziosissimo, forse la fonte più autentica della religione cristiana. D'altra parte, ringraziava il cielo che Maynard si fosse scordato di portarlo via da Pomposa. «Avrei dovuto consegnarlo molto tempo fa a monsignor Guido di Baisio», soggiunse con finto rammarico, «ma capirete bene… con la grande pestilenza, gli innumerevoli lutti e il mio progetto di riforma, me ne ero completamente scordato».

Con malcelata curiosità, il vescovo Filippo d'Antella sfiorò il dorso costolato del libro. «Quindi, è da questo manoscritto che nascono le accuse su messer Maynard?».

L'abate si strinse nelle spalle. «Se c'è dell'altro, io non ne sono a conoscenza. E ancor meno lo è il giovane catturato l'altro ieri dall'Inquisizione».

«Cingoli sostiene che sia coinvolto nella fuga di quel Rocheblanche».

«Tanto astuto da compiere un'impresa del genere e tanto ingenuo da farsi acciuffare? Siamo seri, vostra eccellenza, nemmeno uno sciocco se la berrebbe. Gualtiero de' Bruni è un artigiano, non certo un uomo d'azione».

Il vescovo annuì pensieroso. «E voi, reverendo padre?»

«Vostra grazia?», fremette Andrea.

«Mesi fa giungeste sino a Firenze per favorire Rocheblanche», gli fece presente l'Antella. «Sborsaste molti fiorini pur di rimandare il suo giudizio».

«Ciò perché ho sempre scorto in quel cavaliere un'immensa nobiltà d'animo», si giustificò l'abate. «Lo reputo un amico, oltre che un grande esempio di coraggio, perciò non mi pento affatto d'aver cercato di aiutarlo». Per eludere un'occhiata sospettosa, indicò il codice sul tavolo. «Ciò nondimeno», concluse, «l'unico mistero di cui egli mi mise a parte fu questo libro».

Il vescovo si prese una pausa per sbirciare il titolo sul frontespizio. «Liber… Flegetanis». Sollevò lo sguardo incuriosito. «L'avete letto?»

«Solo qualche stralcio», mentì Andrea, tenendo a freno il nervosismo. Prima di varcare la soglia di quella stanza si era ripromesso che sarebbe stato il più sincero possibile, limitandosi a omettere qualche parte di verità. Sempre per l'interesse comune, ben inteso. Si schiarì la gola. «Contiene passi biblici intrecciati a brani di provenienza a me ignota. Forse un apocrifo, benché non mi sia arrischiato ad addentrarmici troppo».

Il reverendo Filippo richiuse il volume. «Una scelta coscienziosa, che pur non vi rende scevro da altro genere di sospetti».

Nonostante il palazzo fosse pieno di spifferi ghiacciati, l'abate si sentì soffocare dal caldo. «Vi supplico di essere il più esplicito possibile», disse impassibile.

«Fra' Lamberto e monsignor Bertrand», esordì sua eccellenza, «alludono a delle reliquie perdute, non a un libro. Benché io abbia scelto di lavarmene le mani, ho comunque consultato i verbali dell'interrogatorio a cui fu sottoposto Rocheblanche».

Andrea abbozzò una smorfia incredula. «Nella mia abbazia non è custodita alcuna reliquia, se non quelle destinate da oltre un secolo al culto dei santi locali», precisò. «Mandate pure i vostri *missi* a controllare, se lo reputate opportuno. Oggi stesso, in mia presenza. Potranno appurare che non nascondo né messer Maynard né alcun suo eventuale alleato. Nel caso l'abbiate sospettato, s'intende».

Prima di ribattere, Filippo d'Antella lo scrutò di sottecchi. «Quindi», concluse, «consegnando questo libro, riterreste la vostra confessione completa».

«Per l'appunto», disse, accorgendosi di essere giunto all'importante svolta che teneva in serbo dall'inizio. «Oltre a ciò», si affrettò ad aggiungere, «le mie parole comprovano l'innocenza di Gualtiero de' Bruni. Se il *Liber Flegetanis* fu affidato a me, non vedo cosa possa saperne lui di questa faccenda».

Il vescovo si mostrò d'accordo, pur continuando a serbare un'evidente perplessità. «Perché», chiese all'improvviso, «scomodarsi per un comune popolano?».

Andrea si era aspettato anche quella domanda. «Egli non è un villano qualsiasi», mise in chiaro, «bensì il mastro pittore a cui ho affidato il programma pittorico della mia abbazia. Il suo genio è tale che non può essere eguagliato, e se solo posaste gli occhi sulla parte dell'opera già compiuta non esitereste a darmi ragione. Gualtiero è prezioso... Anzi, insostituibile! Condividerete quindi il mio sconcerto nel saperlo ai ceppi per un'accusa ingiusta».

«Non è ancora stata formalizzata alcuna accusa», precisò l'Antella con una velata accondiscendenza. «Tuttavia, non so quanto Cingoli sia disposto a scagionare il vostro uomo».

«Neppure con la consegna del libro di Flegetanis?», volle sincerarsi l'abate.

Con un gesto rapace, il vescovo pose una mano sul codice. «Questo libro non uscirà mai da questa stanza, se non per finire su un braciere».

«Ciò nondimeno», insistette, «fra' Lamberto dovrà comunque obbedirvi. Siete il suo vescovo e detenete il controllo su qualsiasi processo spirituale in atto nella diocesi».

«Immagino abbiate ragione», sospirò sua eccellenza. «Ma anche se fossi disposto ad aiutarvi, resterebbe il cardinale Bertrand du Pouget. Credetemi, sa Dio quanto la sua presenza ingiustificata intralci la mia autorità! Me ne libererei anche subito, se potessi. Ma il mio potere non arriva a tanto».

Fu allora che Andrea si sporse in avanti con un sorrisetto astuto che tanto stonava sul suo volto spirituale. «D'altro canto, se si rendesse noto che monsignor Bertrand si trova a Ferrara non in veste ufficiale, bensì per ragioni ignote alla stessa curia di Avignone, il piatto della bilancia penderebbe a vostro favore».

«In tal caso, sua grazia il cardinale si troverebbe in una posizione di estremo imbarazzo», commentò Filippo d'Antella con un guizzo di entusiasmo che, dopo una breve riflessione, scemò in un gesto contrariato. «No, reverendo padre. Non sono disposto a esacerbare i miei rapporti con quel prelato. Un simile gesto mi si potrebbe ritorcere contro, capite?»

«Non sarà necessario che vi scomodiate di persona», lo rassicurò l'abate.

Il vescovo ritrovò il suo interessamento. «A cosa state pensando?»

«A *chi*, per l'esattezza. Il cardinale Hector de Durfort, generale dell'esercito pontificio attualmente di stanza in Romagna. In qualità di stratega e ambasciatore di sua santità, egli sarà senz'altro informato su ogni prelato avignonese presente nei feudi circostanti, e immagino maldisposto a tollerare delle irregolarità come quella di monsignor du Pouget. A mio avviso basterà informarlo con un messaggio anonimo per scatenare la sua reazione».

Filippo d'Antella si illuminò. «Mi avete elargito un ottimo consiglio, reverendo padre».

«Lieto di avervi potuto servire, eccellenza», e si alzò per baciargli l'anello.

Adombrandosi di colpo, il prelato ritirò la mano. «Resta soltanto un problema».

«Un altro?», sbottò Andrea.

«Il marchese Obizzo d'Este non accetterà di buon grado la presenza di Durfort a Ferrara. Ho sentito dire che lo evita da mesi per non sentirsi obbligato a concedergli degli uomini da impiegare in un'azione militare nelle terre di Faenza. Se poi venisse a sapere che tutto ciò è avvenuto per far scarcerare un semplice mastro pittore...».

«Se dovesse rendersi necessario», disse l'abate spazientito, «suggerite a sua signoria di fare buon viso a cattiva sorte. Sempre che non preferisca veder divulgata la notizia di un ignoto discendente della casata d'Este. Un discendente assai più degno dei suoi figli nella linea di successione».

Sua eccellenza scattò in piedi. «Se fosse vero...».

Andrea colse di nuovo la sua curiosità, ma si guardò bene dal soddisfarla. «Ritengo di avervi messo in pugno armi bastevoli per riacquistare la vostra autorità», considerò con cautela. «Auspico possiate ricambiarmi».

Dopo una breve esitazione, il vescovo annuì. Conoscere troppi segreti, parve voler sottintendere, è un lusso concesso a pochi. E gli porse l'anello. «Farò il possibile, reverendo padre».

73

Gualtiero tornò a Pomposa tre giorni dopo. Fu scaricato davanti all'abbazia da un carro con le insegne vescovili e, dopo pochi passi, cadde stremato sui gradini innevati del portale.

Isabeau gli corse subito incontro con il cuore gonfio di emozione. Piangeva e rideva allo stesso tempo, quasi non riuscisse a decidere se fosse in preda all'ansia o alla gioia. Si inginocchiò davanti a lui e gli prese il capo in grembo, come aveva fatto tre anni prima, quando lui era sprofondato nel deliquio davanti all'impiccagione del padre.

«Amore mio», gli sussurrò all'orecchio. «Amore mio…».

Gualtiero ebbe un sussulto. Delirava per la febbre.

Poi le accarezzò il viso.

Con quel che restava della sua mano destra.

74

Francia, monastero di Mont-Fleur
13 maggio

Maynard frenò il morello e chiese a Eudeline di attenderlo in sella senza curarsi dei guardiani appostati davanti alle mura, al di là delle quali si ergeva il monastero di Mont-Fleur, in mezzo a una corte indorata dal sole. Nel vederlo, il cavaliere si concesse il primo sorriso dopo settimane di cupo silenzio. Il viaggio era stato estenuante. I ghiacci delle Alpi, le selve e i predoni avevano messo a dura prova sia lui che la sorella, ma alla fine erano giunti a destinazione.

Strada facendo si era ristabilito nelle membra e nello spirito, anche se le cicatrici che gli marchiavano il corpo restavano a rammentargli che non sarebbe più tornato l'uomo di un tempo. La prigionia e la tortura avevano smorzato, forse per sempre, il suo ardore.

Consegnate le armi, attraversò la corte con la bisaccia a tracolla e si fermò davanti all'orrido gorgoneion scolpito sulla lunetta del portale. Incubi e ricordi gli affollarono immediatamente la memoria. Fu costretto a distogliere lo sguardo, la fronte aggrottata nello sforzo di placare il delirio.

Quando rivolse la sua attenzione di nuovo al portale, un anziano monaco comparve davanti a lui.

«Quindi l'avete incontrato».

Bastò un'occhiata perché Rocheblanche riconoscesse in quella ragnatela di rughe il volto del saggio abate Manessier. Dominò l'emozione, disegnando un ossequioso inchino. Si era spesso domandato, risalendo verso nord, con quali parole avrebbe esordito al loro incontro. Il più delle volte aveva finito con l'immaginarsi nell'atto di consegnare le reliquie di Cristo, sussurrando un *Pater noster*. Invece, come già gli era accaduto dinanzi a quel vecchio, non riuscì a contenere la curiosità. «Di cosa state parlando?»

«Del quarto cavaliere», ridacchiò il religioso, avvicinandosi a lui con l'ausilio del nodoso pastorale. «Colui che sarebbe giunto in seguito all'avvento dei tre araldi». Non pareva affatto stupito di rivederlo. Quasi non avesse fatto altro, per tutto quel tempo, che aspettare.

«Quindi rammentate...».

«Il vostro sogno? Naturalmente. Ci ho riflettuto a lungo, specie dopo la visita del giovane presentatosi qui in vostra vece».

«Gualtiero de' Bruni», annuì Maynard. «Lo pregai di raggiungervi perché temevo di non sopravvivere alla peste. Mi ha raccontato che gli mostraste il *Lapis exilii*».

«Parliamo d'altro», minimizzò Manessier, studiandolo con attenzione. «Il vostro tormento. Non ve ne siete ancora liberato, dico bene?»

«Esso mi consuma...», ammise il cavaliere, preso alla sprovvista. «E mi tiene in vita».

Pur consapevole di metterlo a disagio, il vegliardo scostò un lembo del mantello del viaggiatore e controllò, sopra il bavero, i segni di ustione che salivano fin quasi al mento. «Avete sofferto», osservò.

Il cavaliere si ritrasse. «Il martirio è stato atroce», si limitò a dire.

«Non tutti i martiri sono destinati a diventare santi», ribatté Manessier, in risposta alla sua tacita allusione.

Maynard mortificò sul nascere quel rigurgito di orgoglio. «Comunque sia», disse, «ho mantenuto fede al giuramento».

Prima che il religioso avesse il tempo di ribattere, aprì la bisaccia e gli mostrò il contenuto.

«Oh, Dio mio!», esultò Manessier, riempiendosi di stupito sollievo. «Venite, messere. Entrate! E che il Signore vi benedica!».

Poco dopo stavano percorrendo le scale dirette alla cripta. Manessier faceva strada con una lanterna in una mano e la bisaccia di Maynard nell'altra. Nonostante i gradini ripidi che parevano non finire mai e l'assenza del pastorale, procedeva fin troppo svelto. «Il *somnium* dei tre cavalieri», accennò d'un tratto, forse per ingannare l'attesa. «Non siete certo il primo ad averlo fatto, ma ogni volta significa qualcosa di diverso. Come già vi confidai, a mio avviso rappresenta i tre flagelli annunciati dalla congiunzione di Giove, Marte e Saturno. Per voi, tuttavia, potrebbe trattarsi di ben altro».

«Rammento sia i vostri discorsi», confermò Rocheblanche, «sia la vaghezza con cui li pronunciaste».

«Spesso una parola taciuta è di sprone all'intelletto».

«Troppa vaghezza può andar bene per chi si diletta in rompicapi», replicò Maynard, «ma non certo per chi dispera in una cella dell'Inquisizione».

«Non commiseratevi», lo rimproverò Manessier. «Se siete qui, ora, è anche grazie al messaggio che avete colto nel vostro sogno».

«È la morte». La voce del cavaliere echeggiò nel buio. «Sono persuaso che sia questo il messaggio. I tre araldi la precedono, come nell'*Apocalisse* di Giovanni».

«Davvero?», volle sincerarsi l'abate, continuando a far lume. «Eppure siete ancora vivo».

«La morte a cui alludo è altra cosa», precisò Rocheblanche. «Essa è colei che gioca a scacchi con ognuno di noi fin dal giorno della nostra nascita, pur restandoci celata allo sguardo. È il nemico perenne, il *memento*, il cacciatore sempre pronto a sorprenderci».

«Voi alludete all'angelo della morte!», si voltò di scatto Manessier. «Colui che viene chiamato Azazel nel *Levitico* e Samael nel *Midrash Debarim Rabbah*».

Maynard colse il suo trasalimento. «E perché non l'arcangelo Michele?», ribatté. «Non è forse lui a traghettare le anime nelle sfere ultraterrene?»

«Qualunque cosa sia, ho idea che iniziate a riconoscervi in quell'essere».

«Lo affermate come se fosse un male».

«Lo affermo con rispetto», rettificò l'abate. «Poiché Michele è anche il messaggero divino come un tempo lo fu Mercurio. Non a caso gli gnostici riconoscono l'uno nell'altro, e adorano entrambi». Scese gli ultimi gradini che terminavano davanti a una porta di legno borchiato. Prima di aprirla, concluse: «Perciò è vero, Rocheblanche. Il quarto cavaliere siete voi. E insieme alla morte, recate il messaggio più prezioso. Le reliquie perdute del Cristo».

Il varco li condusse a una cripta a pianta circolare che culminava in una volta oblunga scavata nella roccia. Alla sommità si apriva uno spiraglio da cui penetrava un fascio di luce bianca che cadeva sull'unico oggetto presente.

Una tavola rotonda.

Maynard si avvicinò con la sensazione di essere avvolto da una strana fragranza, o forse un suono, capace di risvegliare in lui una profonda riverenza. Posò i palmi sulla mensa di pietra, accorgendosi che era completamente ricoperta di parole graffite in una lingua sconosciuta.

Rivolse lo sguardo a Manessier, affinché potesse rispondere alla sua tacita domanda.

Il monaco però era intento a fare altro. Mormorando un'antica preghiera, stava estraendo dalla bisaccia le due reliquie per riporle al centro della tavola.

La coppa e la punta di lancia. Rocheblanche osservò i loro corpi lucidi, più neri della notte, stagliarsi sotto un candido fascio di luce. Ne ricavò un inspiegato benessere, che si tramutò in commozione allorquando le vide, a poco a poco, cambiare colore.

Grigie, bianche, porpora.

Finché non divennero dorate.

Si ritrovò prostrato, in preda a un sentimento di amore così intenso da non riuscire quasi a contenerlo. Ora non aveva più bisogno di porre domande, né di conoscere. *Sentiva*. Non poté trattenere il pianto.

A quel punto Manessier gli pose una mano sul capo, poi si inginocchiò accanto a lui. «Avete ottenuto il dono delle lacrime», mormorò.

E, giunte le mani, schiuse le labbra per intonare un inno di gioia.

75

Abbazia di Santa Maria di Pomposa
6 giugno

Gualtiero osservò i moncherini della sua mano destra, prese un carboncino da un astuccio di legno e iniziò ad abbozzare il disegno di un passero. Le dita tremavano, il tratto ne uscì incerto. Si sforzò di imprimere maggior controllo sul medio e sull'indice, con il risultato di scatenare una fitta all'estremità del palmo.

Se in principio si era detto fortunato d'aver perso soltanto le dita ritenute meno importanti – il mignolo e l'anulare – ora scopriva quanto fossero state utili nel governare il calamo e il pennello. Senza era privo di stabilità, come un ubriaco incapace di camminare diritto. Inoltre, a cinque mesi dalle torture inflitte da Cingoli e Pouget, il dolore non si era ancora placato, scatenandogli dei crampi improvvisi che si estendevano dal polso fino alle appendici ormai inesistenti.

Cercò di ignorarli applicandosi al disegno. Morbido e sicuro, s'impose. Le linee dritte della coda e quelle curve del capo e del petto gli costarono non poca fatica, ma lo ripagarono del risultato. Si concesse un sorriso. Settimane di pratica sembravano finalmente giovargli. Proseguì con maggior spigliatezza, sfumando le piume delle ali, le zampe finché… un fulmine di dolore, violentissimo, si ramificò fino al gomito.

Gettò il carboncino con un grido di rabbia, frenando l'impulso di scardinare il ripiano dello scrittoio. Inutile, si disse. Del tutto inutile!

Sferrò un calcio allo sgabello e iniziò a camminare per lo scriptorium deserto. Non era più tempo di alimentare false speranze!

Non sarebbe stato mai più in grado di dipingere. Quei bastardi gli avevano rovinato la vita.

Continuò ad aggirarsi furioso per la stanza, in preda alla rabbia e alla disperazione. Padre Andrea gli aveva concesso di esercitarsi in quel luogo finché non si fosse rimesso e considerato pronto a riprendere il lavoro agli affreschi. Per tutto il tempo che gli fosse stato necessario. Era stato premuroso, comprensivo oltre ogni misura. Si era preso cura di lui e di Isabeau, accogliendoli in una casupola ai margini del chiostro, precedentemente occupata da alcuni servi, preoccupandosi di non far mai mancare loro né cibo né legna da ardere.

Gualtiero però era stanco di provar gratitudine senza riuscire a ricambiare.

Quel che lo faceva maggiormente soffrire, però, era sentire dentro di sé il *bisogno* di dar sfogo alla propria creatività. Se solo si fermava a riflettere vedeva il programma pittorico già ultimato. Oh, solo a pensarci fremeva per l'entusiasmo! Le dita già iniziavano a muoversi per la voglia di dar forma a quelle immagini portentose.

Già, sospirò. Le dita.

Continuò a vagare tra i tavoli dello scriptorium, mentre le ombre della sera si facevano sempre più lunghe. Per tutta la vita aveva inseguito un sogno. E ora che l'aveva quasi realizzato, il destino si faceva beffe di lui.

«È bellissimo».

Si voltò. Vide Isabeau davanti al suo tavolo di lavoro, intenta a contemplare il disegno. «Bellissimo», ripeteva.

A Gualtiero si spezzò il cuore. Anche lei si illudeva. «Cosa ci fai qui?», le chiese brusco. «Sai bene che l'abate non vuole».

«Non ci sono monaci a quest'ora», rispose con un sorriso. «Nessuno che io possa mettere in imbarazzo».

«In ogni caso non dovresti…».

«Fai progressi», lo interruppe la ragazza, rimirando il bozzetto del passero. «È molto… dolce».

Lui a quel punto non riuscì più a trattenersi. «Non sono più io!», sbottò. «Non è il mio modo di disegnare!».

«Devi aver pazienza», disse lei, correndo ad abbracciarlo. «Aspettare».

Gualtiero però era inconsolabile. «Aspettare cosa?», sorrise con amarezza. «Che mi ricrescano queste dannate dita?».

A quel punto Isabeau si ritrasse. Lo scrutò intensamente, seria, finché lui non si decise a ricambiare il suo sguardo. «Per me non è necessario che tu sia pittore», affermò. «Ti amerò sempre e comunque, qualsiasi strada tu decida di percorrere. Falegname, calzolaio, guitto, accattone... Io sono tua moglie, accetterò ogni tua scelta». Si chinò per raccogliere il carboncino finito sul pavimento e glielo porse. «La domanda è: tu riusciresti ad accettarti?».

Lui esitò. Rimase davanti a quegli occhi traboccanti di forza e di bellezza, consapevole di non poter mentire. Benché la risposta lo terrorizzasse. «Io... no», mormorò infine. Indicò il tavolo da disegno, il bozzetto. «È questo ciò che sono. Non vorrò mai essere nient'altro».

«Allora imparerai di nuovo», disse lei, risoluta. «A costo di ricominciare da capo, e di servirti della mano sinistra».

EPILOGO

Sub oculis Domini

76

Castello di Rocheblanche
1° gennaio 1351

Si ergeva grigio come il ferro, sulla collina più aspra che dominava le selve estese fino alla Marna. Maynard frenò il morello al limitare della vegetazione e ne scrutò le torri severe, i merli simili a denti protesi verso il cielo. Il luogo che evitava da quasi dieci anni, la sua casa. Rassicurò Eudeline con un cenno, poi la invitò a proseguire al trotto lungo un sentiero che s'inerpicava verso una radura ai piedi del castello.

La neve aveva imbiancato ogni cosa, cancellando il verde degli alberi e l'odore della terra. Lui tuttavia riconobbe la strada, continuò fino a un luogo cosparso di pietre conficcate nel terreno e lì si fermò, scendendo da sella.

La lapide di sua madre si trovava sotto le fronde di una grande quercia. Maynard rammentava bene il punto, giacché era stato proprio lui a deporla lì, con l'aiuto dei servi, in quella notte d'inferno. Prima di portare via Eudeline. Prima che il mondo finisse. La pulì dalla neve, scoprendo il nome e la croce incisi sopra il marmo.

«*Mātr*», sussurrò. Fin da bambino l'aveva chiamata così, con la stessa parola usata nel gallico antico per nominare il fiume. Madre.

D'un tratto si accorse di avere sua sorella al fianco. L'abbracciò, avvolgendola nel mantello, e insieme rimasero a osservare la lapide finché l'alba non divenne mattino.

Soltanto allora Maynard ruppe il silenzio. «Starai ad assistere tra gli alberi, nascosta».

Lei annuì.

«E se io dovessi aver la peggio...», aggiunse, «fuggi».

«No», ribatté Eudeline, mostrandogli uno stiletto. «Se dovesse accadere perirò anch'io, con te».

Il primo a giungere fu l'Arabo. Scese dal declivio in sella a un cavallo baio, avvolto in un mantello del colore del sangue. Si fermò ai margini della radura, sovrastato dall'immagine del castello che si stagliava contro il cielo biancastro. Lo seguiva un drappello di servitori, tra cui un'ancella che teneva per mano una bambina di circa due anni.

Maynard era a venti passi da loro, pronto al combattimento. Oltre alle sue spade, portava sotto il mantello una vecchia armatura composita, con un usbergo rinforzato da piastre e fasce di cuoio, dono del venerabile Manessier al momento del loro addio. A detta dell'abate, era appartenuta a un nobile guerriero giunto a Mont-Fleur sessant'anni prima per ritirarsi per sempre dal mondo. Non erano servite altre parole perché il cavaliere capisse da dove proveniva la tempra dell'anziano monaco, e si sentisse onorato del dono.

Gaspar de Rocheblanche si manifestò per ultimo. Uscendo dal portale del castello, avanzò in sella a un cavallo da guerra coperto da una gualdrappa nera quanto l'armatura, e come uno squarcio di tenebra scampato al mattino raggiunse la schiera dei servitori. «Costui è mio figlio!», vociò al loro cospetto, indicando Maynard. «Se quest'oggi egli dovesse uccidermi, il castello, i miei feudi, il mio titolo e ogni altro mio bene, compresi voi tutti, passeranno sotto la sua signoria».

Poi abbassò la ventaglia e sguainò la spada da taglio. «Ebbene, siete stato così folle da mantenere la parola!», gridò in direzione del rivale. «Ma badate bene, non basterà certo il coraggio a rendervi vincitore!».

Nascosta tra gli alberi, Eudeline seguiva la scena in preda a una miriade di emozioni. Benché Maynard l'avesse preparata a quel momento, rivedere il padre aveva riaperto una profonda ferita da cui erano scaturiti dolore e ossessioni. Rimase a osservare Gaspar aggrappata a un ramo ghiacciato, tormentata dal ricordo di lui che, affermando di amarla, abusava della sua innocenza. Oh, sacrosanta vendetta! Pensò allo stiletto nascosto sotto il suo mantello e si trattenne a stento dal correre verso quell'infame per trafiggerlo, incurante che la sua esile lama si potesse spezzare al contatto con la corazza di metallo.

I suoi piedi si mossero quasi da soli. Gli alberi erano abbastanza fitti da consentirle di spostarsi intorno alla radura restando sempre nascosta, e di scivolare sul manto di neve come un lupo che prepara l'agguato. Perché era questo che stava facendo. Del resto, aveva un bell'ardire Maynard a ritenersi l'unico in diritto di far giustizia! Invece era lei ad averne! Più di ogni altro, fossero stati anche in mille ad aver subìto le angherie di Gaspar de Rocheblanche! Forse non possedeva l'abilità di menar fendenti, e certo non avrebbe mai avuto l'ardire di sfidarlo a una tenzone, ma il suo odio verso il padre era più che sufficiente a renderla degna di reclamare il suo sangue.

Giunta che fu alle spalle dei servi, impugnò lo stiletto e rifletté su come sorprendere il cavaliere nero. Una volta accanto a lui, le sarebbe bastato un affondo alla base del collo o sotto l'ascella, dove né metallo né cuoio proteggevano la carne, per ucciderlo. Il problema era superare l'Arabo senza farsi scorgere.

Esaminò la disposizione della servitù per valutare se fosse possibile aggirarla e avvicinarsi ancora, magari tra i cespugli più bassi, quando scorse qualcosa che la fece improvvisamente trasalire.

La bambina in braccio all'ancella.

E il pendente che le risplendeva sul petto.

Tanto bastò per farle perdere l'attimo.

Con un colpo di sproni, Gaspar si lanciò all'attacco. Maynard lo vide procedere a spada tratta, in una carica furiosa. Si consacrò al dio della vendetta e partì a sua volta, gettando il mantello sulla neve. La lingua di terreno che li separava si ridusse a un velocità vertiginosa, pur concedendogli il tempo di rivivere tutto l'odio, la rabbia e la sete di sangue che l'avevano condotto a quel momento. Il tormento di anni bruciato in pochi attimi.

Le spade si schiantarono in uno stridere violentissimo, per poi venir trascinate via con i rispettivi combattenti dallo scalpitare dei corsieri. Maynard giunse al margine della radura, girò il morello e si lanciò al secondo assalto. Era solo al primo scambio di colpi e già la mano destra gli doleva, rammentandogli le tenaglie del boia che, nelle prigioni di San Domenico, gli avevano slogato le dita. È tutto passato, si disse. Resisterò.

Il secondo impatto fu assai più violento. Gaspar strattonò le redini, facendo impennare il cavallo per sferrare un terribile fendente dall'alto. Maynard parò e rispose con un colpo diretto al costato, ma con sua grande sorpresa la lama rimbalzò contro le piastre dell'armatura senza neppure scalfirla. Non fece in tempo a ripiegare che vide il pomolo del padre abbattersi sul suo viso. L'impatto fu talmente potente da scardinarlo dalle staffe.

Stramazzò sulla neve con la faccia lorda di sangue. Annaspò in cerca dell'arma e si rialzò in fretta, stordito. Il grido di odio che gli uscì dalla gola s'intrecciò con quello del cavaliere nero.

«Ora vi ucciderò!», sibilò Gaspar de Rocheblanche, sovrastandolo dall'alto della sua sella.

Ma Maynard, incurante della vista appannata, gli afferrò una gamba e lo trascinò a terra.

Una croce d'oro gemmato. Eudeline non riusciva a togliere gli occhi da quel pendente, incredula e commossa al tempo stesso. Impossibile, si disse. Impossibile! Eppure quell'oggetto le era terribilmente familiare. Come anche, a ben vedere, i lineamenti della bambina. Le sue iridi verdi e i ricci ribelli, castani... Più li osservava, più le sembrava di rivedere il volto di Aleydis.

No, non può essere!, ripeté dentro di sé. La piccola Angélique era morta con la madre fra le strade di Reims, durante l'infuriare del vaiolo. Nessuno avrebbe potuto sopravvivere in simili condizioni. Nessuno, figurarsi un infante!

D'altronde, quel crocifisso...

Un grido di battaglia la strappò dai ricordi, costringendola a seguire gli esiti dello scontro.

La mano destra era un crogiolo di dolore. Maynard dovette aiutarsi con la sinistra per resistere alla pioggia di colpi inferti dal padre. Benché combattessero entrambi a piedi, instabili sulla neve, Gaspar torreggiava su di lui nel suo involucro di metallo nero. Accompagnava ogni assalto con una risata gutturale, piena di sadico godimento, al fine di fiaccarlo anche nello spirito.

Ma Maynard era ben lungi dal volergli dare soddisfazione. Per non soccombere a quelle incessanti prese di ferro, chiuse la distanza con uno scatto improvviso, facendo perdere l'equilibrio all'avversario.

Fu così che, con un'esclamazione sbalordita, Gaspar de Rocheblanche si ritrovò a terra, schiacciato dal peso della sua stessa armatura. Agitò le braccia come un enorme insetto, nel tentativo di rialzarsi, ma non poté impedire al figlio di bloccargli il petto con un piede e puntargli la spada alla gola.

«Toglietevi l'elmo!», ordinò Maynard, trafelato.

Fu un errore.

Appena le dita coperte di rostri ebbero slacciato la cinghie della gorgiera e sfilato la celata di ferro, lo misero di fronte alla smorfia di sfida del padre.

«Ebbene, figlio mio», lo provocò Gaspar, «è in questo modo ignobile che intendereste finirmi?».

Per un attimo che parve eterno Maynard rimase a fissare quello sguardo.

Poi, dal folto degli alberi, udì un grido lacerare l'aria: «Uccidilooooo!».

Con un fruscio del tessuto scarlatto, l'Arabo balzò giù da sella e corse tra i rami per acciuffare Eudeline. Lei sentì la sua mano stringerle il polso per farle prima cadere lo stiletto, poi trascinarla allo scoperto, tra i servi. Stupida donna!, si rimproverò. Del resto non aveva saputo resistere, il grido le era uscito dalla gola come un'ondata violenta e incontenibile. Fremeva troppo per l'eccitazione di vedere infilzato il padre, la smania angosciante di assistere alla morte di quel bastardo. Ma perché Maynard indugiava?

In uno slancio d'orgoglio, si ribellò al moro e puntò di nuovo lo sguardo verso il fratello. «Uccidilooo!», ripeté. «Per tutto il male! Per tutto quello che mi fece!».

La spada era diventata incredibilmente pesante. Maynard lanciò un'occhiata stravolta verso la sorella, chiedendosi cosa le fosse saltato in mente per spingersi fin laggiù, e tornò a fissare il padre sdraiato sulla neve. «Giuratemi che il vostro servo non le farà del male!».

«E voi», grugnì Gaspar, «che non mi darete una morte tanto ignobile».

Senza il minimo indugio, Maynard conficcò la lama a terra e lo aiutò a rialzarsi, permettendogli di far cenno all'Arabo di non infierire su Eudeline. Appena vide la sorella libera, tornò al combattimento. «Orsù, brandite il vostro ferro!», intimò al rivale. «Dacché questo sarà l'ultimo assalto». Sguainò la spada da stocco e l'assicurò alla mano stringendovi intorno un laccio di cuoio, affinché il dolore alle dita non gli facesse perdere la presa.

Quindi si mise in guardia.

Gaspar lo percosse con forza, proseguendo l'attacco cruento iniziato a cavallo. Aspettandosi quella mossa, Maynard riuscì ad avvantaggiarsi costringendolo al gioco stretto. Si difese dagli assalti puntando non tanto a ferire quanto a fiaccarlo, sprezzante del rischio di venire colpito di nuovo. Nel frattempo la sua rabbia mutava in una lucida fierezza, uno stato di percezione istintiva che lo coglieva durante gli scontri più impegnativi.

Ben presto le sue emozioni furono un tutt'uno con il respiro e lo sforzo delle membra, in un'eco visionaria che gli diede l'impressione di assistere alla scena da lontano. Ed ecco che si vide a combattere indomito contro quel Golia di ferro nero, a volteggiare in una danza letale. Era diventato l'angelo della morte, il prode Michele uscito dalla tenebra della prigionia per punire, vendicare e distruggere.

Schivò un affondo e, girando su se stesso, penetrò nelle difese del nemico sferrando un micidiale fendente sotto la spalla sinistra. Il filo della lama penetrò l'acciaio e la carne.

Con un'espressione incredula, Gaspar de Rocheblanche cadde sulle ginocchia ed emise un rantolo. Maynard estrasse la lama strappandogli un grido di agonia, mentre uno spruzzo di sangue macchiava la neve.

«Ecco», sentenziò con il cuore che gli martellava nel petto, «la giusta morte che vi spetta!».

Si raccolsero intorno al signore di Rocheblanche nell'attesa che esalasse l'ultimo respiro. L'Arabo chino su di lui a tergergli la fronte, i due fratelli in piedi al suo cospetto, algidi come statue.

D'un tratto Gaspar si agitò, fece per rivolgere la parola a Eudeline, ma tutto ciò che riuscì a esprimere fu con lo sguardo. Una cattiveria smisurata, aberrante, folle. Poi uno spasimo lo portò via.

Lei, con una durezza che di tanto in tanto, nella vita, le sarebbe ancora affiorata in volto, si staccò da Maynard e raggiunse la bambina. Si inginocchiò davanti a lei, prese tra le mani il suo crocifisso e lo contemplò con attenzione. Infine, annuendo tra sé, la accarezzò.

«Tu sei Angélique», le disse con un sorriso stanco. «La figlia di colei che mi amò e mi odiò allo stesso tempo. Da ora in poi, se vorrai, sarò tua madre».

Maynard scrutò il castello di Rocheblanche e si sentì finalmente libero. L'urlo dei cavalieri era ormai lontano, quasi un sussurro portato dal vento. Restavano il dolore e la spossatezza, ma fu grato a entrambi perché erano la giusta misura delle imprese che aveva compiuto.

Fu poi colto dal rimpianto per le cose perdute, per gli amici lontani e per il mistero che mai, pur serbandone memoria, avrebbe del tutto compreso.

Forse un giorno, si disse, avrebbe raggiunto Manessier per concludere la sua vita nel luogo più ritirato e sereno del mondo. Ma non ora.

Raggiunse Eudeline e la strinse in un abbraccio.

77

Abbazia di Santa Maria di Pomposa
13 marzo

L'anno del Giubileo si era concluso, gli ultimi pellegrini erano in movimento per la via dei Romei verso la Città eterna. A poco a poco la neve si era dissolta, lasciando il passo alla stagione delle nebbie e poi a giornate sempre più lunghe, dal tepore profumato.

L'affresco della navata centrale era progredito. Il mastro pittore stava completando, ritto su un'impalcatura, la scena finale dell'Apocalisse che l'abate aveva deciso di aggiungere sotto le fasce del Vecchio e del Nuovo Testamento. Con rapide pennellate, diede forma al cavaliere del *Verbum Dei* con la spada a doppia lama che gli usciva dalla bocca, poi all'arcangelo Michele armato di lancia e infine alla bestia serpentiforme ricacciata nell'abisso.

Decorare la parete settentrionale era stata un'impresa quasi folle, resa possibile soltanto dall'amore e dalla fiducia di Isabeau. Nel riprendere a dipingere alternando l'uso della mano sinistra a quello della destra, Gualtiero si era reso conto che il suo stile mutava diventando via via più corsivo ed efficace, quasi ossessivo. Così per lo meno gli era parso nel rappresentare Elia rapito dal carro infuocato e Abacuc sorretto per i capelli da un arcangelo in volo. Ma più di ogni altra scena, era la Crocifissione a rivelare la differenza con i suoi affreschi precedenti. Le forme cruente, quasi intagliate del Cristo, si alternavano al simbolismo tragico della Madonna, afflitta da un dolore emotivo e insieme spirituale.

Ancora una volta era stato necessario murare alcune finestre per dare respiro agli immensi riquadri delle vicende di Mosè, di Davide e degli altri profeti, fino alla battaglia di Giuda Maccabeo, per poi proseguire sulla fascia inferiore con la vita di Gesù. Affinché tutto fosse chiaro e intelligibile, padre Andrea l'aveva invitato a trascrivere, a mo' di corredo per ogni scena, delle didascalie in versi latini vergate di suo pugno.

«Un ulteriore allontanarsi dalla semplicità del volgo», era stato il commento di Gualtiero.

Il religioso, serafico, aveva ribattuto chiedendogli di pazientare e di riporre maggior fiducia nelle sue direttive.

E Dio gli era testimone, aveva avuto ragione.

Finito di ritoccare le squame del *draco*, il mastro pittore scese dal ponteggio e, asciugandosi la fronte con le mani sporche di colore, camminò per la navata col naso all'insù. Le campane avevano appena battuto l'ora quarta e nessun monaco sarebbe entrato nel monastero fin dopo pranzo. Il silenzio era totale, le immagini vibranti.

Parlavano.

Non avrebbe saputo descriverlo in altro modo.

Contemplò nella sua maestosa interezza il sovrapporsi dei tre tempi biblici della Rivelazione, dal compiersi del peccato originale al futuro simbolico dell'Apocalisse, infine puntò lo sguardo verso il Giudizio Universale, le trombe degli angeli, la Gerusalemme celeste, i beati in attesa nel seno di Abramo e le pene dell'inferno.

La storia della Salvezza.

«È come un abbraccio».

Isabeau lo osservava da sotto l'arco di una navatella, radiosa.

Gualtiero aveva le lacrime agli occhi. Era fiero di sé, appagato in un modo che non avrebbe mai creduto possibile. C'era lui dentro ognuna di quelle immagini! Lui, insieme agli insegnamenti di padre Andrea, al coraggio di Rocheblanche e all'amore di sua moglie. Gli servì un istante per avere la meglio su quella vertigine di emozioni. «Forse non tutti capiranno», mormorò.

«Anche se fosse?». Lei si strinse nelle spalle. «Capiranno abbastanza da sentirsi benedetti».

Il pittore annuì. Indugiò ancora un attimo davanti alla Maria dell'Annunciazione, che con quegli occhi allungati e i capelli biondi riproduceva il volto di sua madre Sapia, poi, con un sorriso, baciò sua moglie. «Ora», le disse, «è giunto il momento di andare».

Padre Andrea arrotolò il messaggio appena ricevuto da messer Maynard de Rocheblanche, lieto di aver appreso la buona novella, e salutò i due giovani sposi che si stavano allontanando su un carro.

Così com'era giunto, Gualtiero de' Bruni infine se ne andava.

L'abate non sapeva con esattezza dove fosse diretto, ma intuiva che il mastro pittore avrebbe portato il suo talento visionario oltre le balze dell'Appennino, tra la Romagna, l'Umbria e le terre tosche, lungo gli stessi sentieri battuti un tempo dal padre.

Guardò il carro imboccare un sentiero diretto verso sud, incapace di trattenere la commozione. Poi, dopo aver augurato a Gualtiero e a Isabeau ogni bene, si ritirò nel monastero per ammirare ancora una volta gli affreschi.

Rimase a osservarli fino al calare del sole, infiammato dall'euforia e da un pizzico di curiosità. Fra innumerevoli simboli e immagini bibliche, infatti, Gualtiero aveva lasciato un enigma.

Una mensa dell'Ultima Cena rotonda anziché rettangolare.

Guardandolo dipingere, padre Andrea era stato tentato più volte di chiedergli il perché di una scelta tanto singolare, ma alla fine aveva deciso di tenere per sé quella domanda.

Perché, in fin dei conti, non era soltanto il rutilare dei colori a rendere impareggiabile quell'affresco. Era anche il mistero.

E per nulla al mondo, dopo anni di silenzio, lui avrebbe rinunciato a udire di nuovo, in un così sublime trasporto, il brusio degli angeli.

Nota dell'autore
(La luce della storia)

Il cardinale Bertrand du Pouget morì il 3 febbraio 1352 nel suo Palais de Griffon, a Villeneuve-lès-Avignon, gravato dal fallimento di una campagna politico-militare nel Nord Italia e dal ricordo di uno dei periodi più cupi del Medioevo: la grande pestilenza. Spero non me ne voglia se ho sfruttato il suo nome per tratteggiare un genio dell'intrigo e del male. D'altronde potrei difendermi affermando che "Dumas docet", e dal momento che anch'io intendevo tratteggiare un cardinale Richelieu – nel senso letterario del personaggio – non ho esitato a pescare a piene mani dai libri di storia. Altrettanto vale per Lamberto da Cingoli (o Rambertucius Cingulanus), uno dei frati domenicani più influenti della Lombardia inferior fin oltre la metà del XIV secolo. Tra il 1329 e il 1331 fu tra i giudici del processo per eresia contro i fautori di Ludovico il Bavaro, insieme a Egidio Galluzzi e Pace da Vedano. Il settecentesco *Catalogus inquisitorum* di Ermenegildo Todeschini lo vuole inoltre inquisitore generale di Bologna, con competenze estese fino a Ferrara, fino al 1338, quindi priore del convento bolognese tra il 1342 al 1355, con un intermezzo segnato dall'incarico di provinciale. Le sue notizie si perdono dopo la nomina a lettore dello Studium generale della stessa città, nel 1356.

Precise sono anche le notizie riguardanti Hector de Durfort, inviato in Italia nel 1349 con il titolo di *rector Romandiolae pro Ecclesia*, e Guido di Baisio, spirato a Ferrara il 21 aprile 1349 – non certo perché trafitto da una freccia! Nel suo testamento, vergato tre giorni prima della morte, si menzionano i libri giuridici scritti dall'omonimo zio.

Nei limiti consentiti dalla fiction, mi sono sforzato di essere preciso anche riguardo Filippo di Neri d'Antella e mastro Vitale de Equis. Ma la maggior cura è stata rivolta a ricostruire la Ferrara medievale, senza trascurare neppure i postriboli (i più frequentati erano nelle contrade di San Romano e di San Paolo).

E poi c'è Pomposa, con la sua luce e la sua grazia. Con la sua bellezza. Non è stato difficile descriverla fra queste pagine, poiché è giunta fino a noi quasi immutata. Affrescata nel 1351 per volere dell'abate Andrea – così recita un'iscrizione nel catino absidale – offre agli sguardi di chi ha il privilegio di visitarla gli affreschi di un artista senza nome. Affreschi apocalittici, sì, ma eseguiti negli anni immediatamente successivi alla peste, quando iniziava a risorgere la speranza che la storia dell'uomo non fosse giunta al termine, e che Dio non si fosse stancato dei propri figli.

L'Apocalisse di Pomposa è quindi rivolta a noi, che camminiamo inconsapevoli dentro un disegno teologico, e capolavoro gotico, del "tutto è compiuto".

Per chi ci crede, naturalmente.

Per quel che mi riguarda, credo nelle qualità che ho voluto infondere nei miei personaggi. Maynard, Eudeline, Gualtiero, Isabeau. Alla fine dei conti importa soltanto come si è vissuto, e come certe idee continuino a vivere dentro di noi. A ispirarci, a legarci l'uno all'altro. E a suggerirci che anche nel cuore della narrativa più nera, così come nei risvolti più tragici della Storia, c'è sempre, per chi la sappia cercare, un po' di luce.

Comacchio, 21 maggio 2016

INDICE

Marcello Simoni

L'abbazia dei cento peccati

Volume rilegato di 352 pagine. € 5,90

È l'agosto del 1346, quando il valoroso Maynard de Rocheblanche, sopravvissuto a una disfatta militare, entra in possesso di una pergamena con un enigma vergato. Quell'oscuro testo fa riferimento a una reliquia preziosa, avvolta nel mistero, il *Lapis exilii*. Sono molti coloro che hanno interesse a impossessarsene, primi fra tutti un ambizioso cardinale di Avignone e il principe Karel di Lussemburgo, desideroso di farsi incoronare imperatore. Per non far cadere l'inestimabile documento in mani sbagliate, Maynard sarà costretto a fuggire. Si recherà prima a Reims, presso la sorella Eudeline, badessa del convento di Sainte-Balsamie, poi nell'abbazia di Pomposa. Proprio lì avverrà il fortunato incontro con l'abate Andrea e il giovane pittore Gualtiero de' Bruni, insieme ai quali proverà a scoprire la verità sulla reliquia. L'unico a conoscerla, tuttavia, è un monaco dall'aspetto deforme, che ha carpito il segreto del *Lapis exilii* da un luogo irraggiungibile, il monastero di Mont-Fleur…

NEWTON COMPTON EDITORI

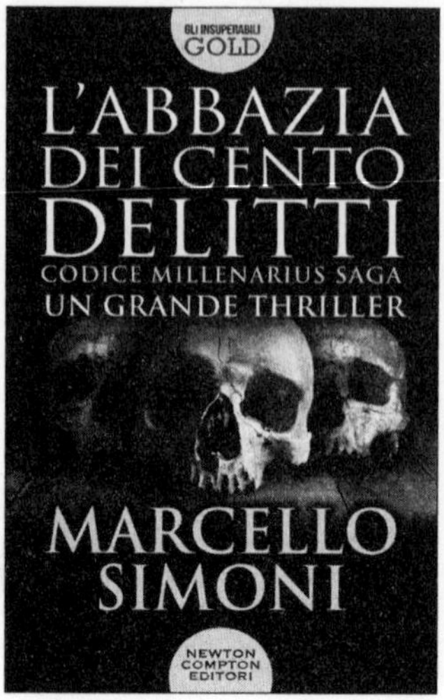

Marcello Simoni

L'abbazia dei cento delitti

Volume rilegato di 384 pagine. € 4,90

Ferrara, 1347. Il cavaliere Maynard de Rocheblanche sta indagando sulla truce morte del monaco Facio di Malaspina, collegata alla ricerca del leggendario Lapis exilii. Per far luce sulla vicenda, Maynard deve accedere alla corte estense e guadagnarsi la fiducia del marchese Obizzo, signore di Ferrara. Intanto, nella vicina abbazia di Pomposa, l'abate Andrea assiste impotente alla fuga del suo protetto, il giovane miniaturista Gualtiero de' Bruni, diretto ad Avignone con la speranza di ritrovare la madre. Ma l'inaspettato dilagare della peste nera sovverte i piani di tutti, in particolare quelli di Maynard, che si vede costretto ad affidare i segreti della sua indagine a qualcun altro… Il custode prescelto saprà salvaguardare il mistero del Lapis exilii e proteggerlo dalle brame di chi vuole scoprire ciò che deve rimanere nascosto?

NEWTON COMPTON EDITORI

Marcello Simoni

La cattedrale dei morti

Volume rilegato di 224 pagine. € 9,90

Dotato di arguzia e di un formidabile spirito di osservazione, il giovane Vitale Federici, cadetto di Montefeltri, viene chiamato a indagare su un concatenarsi di delitti all'apparenza insolvibili. L'Italia di fine Settecento, tuttavia, si rivelerà presto ai suoi occhi come un insidioso gioco di apparenze, sotto il quale si celano le macchinazioni di aristocratici, religiosi e magistrati. Le città di Roma, Urbino e Venezia diverranno per lui autentiche trappole mortali, dalle quali potrà salvarsi soltanto grazie al lume dell'intelletto e all'arte della dissimulazione.

NEWTON COMPTON EDITORI

Marcello Simoni

La trilogia del mercante di libri

Volume rilegato di 736 pagine. € 8,90

Il suo nome è Ignazio da Toledo, e la sua fama corre di bocca in bocca nell'Europa medievale. Le sue avventure lo portano a viaggiare tra l'Italia, la Francia e la Spagna. Prima alla ricerca dell'*Uter Ventorum*, un libro rarissimo che contiene antichi precetti della cultura talismanica orientale, e permette di evocare gli angeli e la loro divina sapienza. Poi sulle tracce del mitico *Turba philosophorum*, un manoscritto attribuito a un discepolo di Pitagora, che conserva l'espediente alchemico più ambito al mondo: la formula per violare la natura degli elementi. Infine in Sicilia, alla "Corte dei miracoli" di Federico II, dove forse si cela il mistero sulla temibile setta dei Luciferiani. Sul suo cammino, personaggi loschi e ambigui cercano di ostacolare con l'inganno e la forza ogni sua ricerca, ponendolo di volta in volta in pericolo di vita...

NEWTON COMPTON EDITORI

Marcello Simoni

L'isola dei monaci senza nome

Volume rilegato di 320 pagine. € 5,90

Il 2 luglio 1544 l'armata del corsaro ottomano Khayr al-Din Barbarossa mette sotto assedio le coste dell'isola d'Elba. Lo scopo è liberare il figlio di Sinan il Giudeo, suo generale delle galee, tenuto in ostaggio dal principe di Piombino. Il vero interesse del corsaro non è però il giovane, bensì il terribile segreto che egli custodisce. Il figlio di Sinan è infatti l'ultimo depositario di un mistero risalente ai tempi di Gesù e in grado di minare le basi della fede cattolica. Ma il Rex Deus è stato occultato per oltre quindici secoli ed entrarne in possesso sarà tutt'altro che semplice. Il giovane dovrà seguire un'antica pista di indizi lasciata da un monaco templare, destreggiandosi tra rivalità di corsari, intrighi di corte e battaglie navali. E dovrà anche sventare il complotto della Loggia dei Nascosti, intenzionata a mettere le mani su quell'antico segreto…

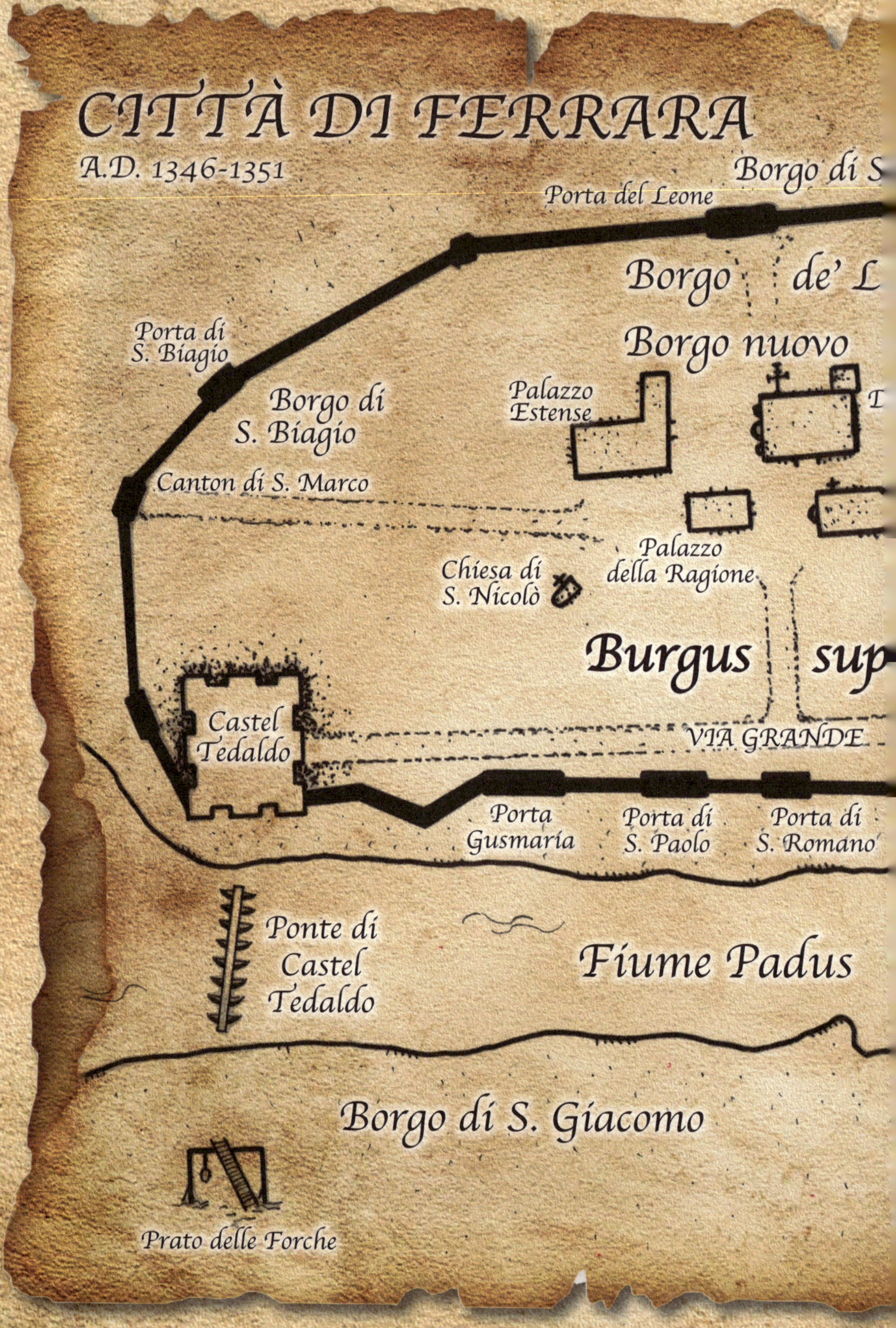
CITTÀ DI FERRARA
A.D. 1346-1351
Borgo di S
Porta del Leone
Borgo
de' L
Borgo nuovo
Porta di
S. Biagio
Borgo di
S. Biagio
Palazzo
Estense
Canton di S. Marco
Palazzo
della Ragione
Chiesa di
S. Nicolò
Burgus
sup
Castel
Tedaldo
VIA GRANDE
Porta
Gusmaria
Porta di
S. Paolo
Porta di
S. Romano
Ponte di
Castel
Tedaldo
Fiume Padus
Borgo di S. Giacomo
Prato delle Forche